滨州地方戏曲研究丛书

王新生剧作选

王新生 著

中国戏剧出版社
CHINA THEATRE PRESS

图书在版编目（CIP）数据

王新生剧作选 / 王新生著. -- 北京 : 中国戏剧出
版社，2020.11
（滨州地方戏曲研究丛书）
ISBN 978-7-104-04968-5

Ⅰ. ①王… Ⅱ. ①王… Ⅲ. ①剧本—作品综合集—中
国—当代 Ⅳ. ①I230

中国版本图书馆CIP数据核字(2020)第125386号

王新生剧作选

责任编辑：赵宇欣
责任印制：冯志强

出版发行：中国戏剧出版社
出 版 人：樊国宾
社　　址：北京市西城区天宁寺前街2号国家音乐产业基地L座
邮　　编：100055
网　　址：www.theatrebook.cn
电　　话：010-63385980（总编室）
传　　真：010-63383910（发行部）

读者服务：010-63381560
邮购地址：北京市西城区天宁寺前街2号国家音乐产业基地L座

印　　刷：鑫海达（天津）印务有限公司
开　　本：787mm×1092mm　1/16
印　　张：32
字　　数：430千字
版　　次：2020年11月　北京第1版第1次印刷
书　　号：ISBN 978-7-104-04968-5
定　　价：198.00元

1996 年，中国艺术研究院首届编剧班合影

1996 年 5 月 30 日，与张庚先生及编剧进修班老师同学合影

1996 年 5 月，与王安葵先生合影

1996 年 5 月 30 日，与中国戏曲学院院长周育德合影

1996 年 5 月 31 日，
与文化部艺术局局长
曲润海合影

1996 年 6 月 5 日，
与曲六乙先生合影

与章诒和老师及山
东学员合影

吕剧《红雪》

粤剧《红雪》

京剧《游百川》

广东汉剧《诗娘》

粤剧《大明悲歌》

雷剧《岭南圣母》

粤剧《谯国夫人》

吕剧《长白寒儒》

五音戏《云翠仙》

五音戏《紫凤》

柳子戏《选民老冤蛋》

吕剧《大河开凌》

柳琴戏《沂蒙情》

吕剧《烈烈渤海红》

京剧《太阳上山又下山》

花灯戏《天堂》

吕剧《鼓韵》

序

山东的剧作家王新生先生告诉我他要出剧作选，我很高兴。我说：“早该出了！”新生的作品吕剧《红雪》、柳琴戏《沂蒙情》、五音戏《云翠仙》、京剧《游百川》、吕剧《大河开凌》以及“老冤蛋”系列等都达到很高的艺术水平，受到广大观众的欢迎，产生广泛的影响，但对新生作品的艺术价值、他的创作道路的研究做得还很不够。《王新生剧作选》的出版，将为新生作品的研究提供重要资料，年轻的剧作家会从新生的创作中吸取有益的经验，这对推动当前的戏曲创作应能发挥积极的作用。

我与新生相识是在20世纪90年代，那时中国艺术研究院戏曲研究所应各省市的要求，举办了多届戏曲编剧培训班，新生是第一届培训班（1996）的学员。那一届培训班的学员以广东和山东为主，新生与广东的梅晓担任班长。我是培训班的班主任。培训班邀请了中国艺术研究院和在北京的戏剧、文学等领域的许多专家讲课。在学习和工作中，我对新生如饥似渴的求知精神和认真负责的工作态度留有深刻印象。此后则经常看到新生作品的演出和读他的剧本。我这个人不善交际，所以见面时除了谈戏外，很少谈个人生活中的事情，所以对新生成长的过程并不了解。从别人文章的介绍中得知，新生的生活经历是很坎坷的，受过很多苦；但这对于一位剧作家来说，却使他具有丰富的生活阅历和深刻的人生感受。从我与他的接触中感受到他那山东汉子淳朴、倔强的性格，作品具有浓浓的乡土气息。如他塑造的老冤蛋这个形象，有些胆小，但是非分明，不甘屈服，在乡村民主化的进程中，逐渐地挺起腰杆。这个形象是很有典型性的。作品语言生动质朴，甚至不避俚俗，这样的作品是很受群众欢迎的。这是剧作家长期生活于群众之中并努力向传统学习才能达到的境界。

新生曾多次认真地说，在北京的学习对他的创作思想产生了强烈的冲击，自己的创作思想发生了很大的转变。我没有问他这种冲击和转变具体是什么，但从他后来的作品中我感到，大概主要是以下两点：一是他认识到艺术不等同于生活，戏曲创作需要寻找独特的东西；二是更加感到艺术创作必须追求独创性，要不断突破自己，突破现有的模式。这种努力和追求具体表现在他的新作《红雪》和稍后的《诗娘》中。《红雪》从内容到形式都不同一般。它把明末、清末和民初的三个故事扭结在一起，一个演员扮演三个故事中的女人，三个人在不同的时代有不同的人生经历，但最后都是在强大的思想观念和社会舆论的压力下走向悲剧的结局。其中一个故事说，一个外出读书的儿子，回来后发现寡居的母亲与和尚有私情，母亲为到庙里与和尚相会，要涉过冰冷的河水，于是就默默地为母亲造一座木桥，母亲感到儿子已知道自己的私情，深感不安，抑郁而死，此时儿子去找到和尚并亲手杀了他。新生讲过，他在哪里看到这样的故事，儿子讲这样做的理由是“造桥顺母意，杀僧报父仇”。传统的道德观念与复杂的现实生活相遇，常常会产生很多矛盾，儿子怪异的行动似乎又非常符合传统道德观念，他对母亲和父亲都尽了“孝”，让人们在惊讶中又说不出话来，悖论中见深刻。另一个故事中寡妇为了保护自己的“名节”，情急之中，亲手锤死了心爱的石匠。御赐的贞节牌坊，舆论的压力，毁灭了纯真的感情，这种悲剧具有很强的震撼力。三个不同时代的故事连在一起又让人们思考：一种观念，一种文化，有那么强的“超稳定性”！

这一作品引起业界关注，也有不同意见的讨论。当时正是“探索性戏剧”流行，新生也把自己的作品叫作“探索性戏剧”。今天看，所谓探索性戏剧大都在当时引起较大关注，却不太可能长期在舞台上流传。一个作家，也不可能总写探索性戏剧。但是探索精神，探索性作品，对于一个作家，或在整个戏剧发展中，都是重要的。江西的剧作家曾把革命历史题材创作中的老故事、老题材、老主题等叫作“五老峰”，习惯的创作模式会像山峰一样挡在前进的路上，要突破，要超越，就必须有探索新的道路的勇气，没有探索就不可能越过山岭，就不可能进步。

但是探索之后能不能进步，关键还要看作家有没有厚实的生活积累，有没有较高的艺术修养，对“探索”有没有正确的态度。如果没有厚实的生活积累，没有较高的艺术修养，以为“探索”就可以胡编乱造，可以通过哗众取宠取得成功，那就不会有什么进步。“天下坚实者空灵之祖，故木坚则焰透，铁实则声宏。”（明代张岱语）新生后来的创作证明他是具有“木坚”和“铁实”品格的剧作家。探索使他的作品焰更透，声更宏。

《诗娘》取材于真实的历史生活，在明清两代直到民初，在岭南存在着一个独特而又神秘的女子群落——“姑婆屋”。这些女人一生不结婚，群居在一起，也叫“自梳女”。这一题材是不常见的，但新生选取这一题材并不是为了猎奇，剧本的结构也无特殊之处，作者对这一历史现象做了深入的考察，对人物的心理做了细致地探视，在从容不迫的叙述中塑造出诗娘、吴苏妹、雅琴等多个撞击人们心灵的艺术形象。她们走到这里来，每个人有着不同的原因，又有着共同的社会背景，表面看她们实现了自强自立，实际上是非常柔弱的群体。她们标榜着圣洁和不可侵犯，但每个人都有一本心酸的历史，她们是一个个痛苦的灵魂。作品使我们了解到这些似乎特殊然而却和普通人一样的人，通过她们的命运折射了社会历史的一个侧面。《诗娘》不一定叫“探索性戏剧”，但它留下了探索的痕迹，又超越了“探索”。

之后，新生又创作了多部现代戏（包括革命历史题材和现实生活题材）、新编历史剧和古代故事剧，他对乡土的爱恋、对父老乡亲的感情，他在艺术上积极探索的精神，在这些作品中都有充分的体现。

抗日战争离今天不算遥远，但对新生这一代剧作家也早已成为历史，写抗日战争时期的题材已无法亲身体验。所以新生写《沂蒙情》是有难度的。但剧作家生活在与这段历史紧密相连的土地上，与这里的人民血脉相通，所以在参观历史展览、阅读资料和访问老区群众之后，能产生强烈的感情，以这种感情写出的人物便能生动感人。作品当然也不是真实材料的照搬，婆媳三人，先后成为烈士的遗孀，主人公山杏在约定的婚期结婚时丈夫却上了前线，因此她只能按乡村的习俗抱着公鸡拜堂。之后一直没能与丈夫见面。两次有见面的机会，却又因战事的变化而没能见成。这些都带有偶然性，但这偶然性是战争年代所可能产生的，是真实可信的。写偶然的事情又必须真实可信，这是艺术创作（也是探索性戏剧所提示的）要寻求并必须遵循的原则。与一个未曾见面的男人结婚，还能一直坚守，这不是封建的思想观念吗？但是当这种乡村多年积下的观念与抗日的爱国情感相结合时，我们就不觉其“旧”，而只觉其“深”。

《沂蒙情》之所以感人还在于作家用对乡亲的深度了解充实了人物。大儿媳秋月得知丈夫牺牲的消息悲痛欲绝，但强忍住不敢告诉婆婆；婆婆知道了以后却坚强地与两个儿媳讲了一番大道理。她说男人是天，女人是地。“人生一世，草木一秋，怎么都是一辈子，最最要紧的是看咱活得值不值了！”《易经》说：“乾，天也，故称乎父；坤，地也，故称乎母。”中国的男人与女人如同天空一样寥廓，大地一样坚实，天与地相辅相成。老太太没有读过《易经》，但她讲的是中国的宇宙观和中国老百姓的人生观。这种人生观与大知识分子比起来毫不逊色，而且是用生命写出来的，在伟大的抗日战争中显露出来，就更为光彩夺目。所以《沂蒙情》不仅是抗日战争时期的壮丽诗篇，更是中国老百姓精神品质的深情的颂歌。被婆媳三人救起的赵连长发誓说：“若不赶走鬼子，还百姓一个好日子，无颜再回沂蒙山！”这是人物的语言，也表达了作家发自内心的情感。

《烈烈渤海红》可以看成是《沂蒙情》的姊妹篇。在抗日战争中，仅

1944 年 1 月，渤海老区就有数百大娘送子上战场，数百大嫂送郎参军，某一个小村庄二十七名青年参军，全部牺牲，这是无数惊天地、泣鬼神的抗日故事中的一个，怎样把它搬上舞台？新生构思了这样一个故事：姑娘芦花与绅士的儿子文韬相爱，约好文韬带头参军。芦花为了鼓动大家参军，当着众人说："谁第一个报名我就嫁给谁！"文韬在父亲的压力下却躲起来了。这时愣小伙猛子站出来说："我参军！"带动了全村二十七个青年都参了军。芦花不能食言，只好嫁给猛子。猛子为了一句不给芦花丢脸的承诺，勇猛杀敌，立了功，负了伤，无怨无悔。芦花在这个过程中感到猛子才是真正的男人。特殊的环境使本来"无情"的人结合在一起，并产生了深刻的感情，看似不合理，却符合生活的逻辑。把这种荣誉看得比生命、比爱情更重，是幼稚吗？裴多菲的诗"生命诚可贵，爱情价更高，若为自由故，二者皆可抛"，成为西方争取自由的人们崇高的信条；而在保卫家国的斗争中不做孬种，不给亲爱的人丢脸，则是我们民族、我们人民的一种信念，一种强大的精神力量。道是无情却有情，芦花、猛子等人的行动，他们的感情，在特定的历史条件下是真实的，符合我们民族的性格，因此具有强大的震撼力。

近年各地都努力通过表现英模人物和历史文化名人来打造当地的"文化名片"。滨州在清朝出了个游百川，写游百川的任务自然就落到新生的头上。写真人真事，对创作有很大的限制，新生也是以很严肃的态度来写历史剧的。因此这部作品并没有什么"独出心裁"的地方。我们读剧本和看演出感到它如同作者其他作品一样，既有历史的厚度，又有很强的情感冲击力。游百川被委以与修圆明园有关的重任，背后却隐含着帝后之间、各派大臣之间尖锐的利益冲突，游百川被当成他们相互攻守的一枚棋子。游百川以国家利益为标准判定去取，却要违背皇帝和太后的心意，从而带来意想不到的灾祸。在特定的历史环境中，作家深刻地揭示了主人公内心的痛苦，皇帝逼他违心地改写了奏章，但他觉得这是"欺人欺世欺上苍"，因此不顾身家性命也要把奏折要回。作家给游百川的定位是一个了解群众疾苦的读书人。“臣自幼生长在黄河尾岸，见惯了穷苦人备受熬煎。”“不忧家国事，枉做读书人。”这一个游百川就不仅是一个有独特的作为的历史人物，而且具有鲜明的山东汉子的地域特点。

新生的创作得益于底蕴深厚的齐鲁文化，融民间文化与文人文化于一体的聊斋文化也是一份重要的养分。当年人们搞探索性戏剧，“荒诞戏”是其中一个重要部分。研究者发现，在中国古代的小说和戏曲中，早就存在“荒诞”的成分,《聊斋》中的许多鬼狐故事，今天看来就是“荒诞”的。五音戏演过很多聊斋戏，如《换魂记》就被当作“荒诞戏曲”的一个例证。新生为淄博五音戏剧院写的《云翠仙》和《紫凤》（与人合作）继承和借鉴了《聊斋》和聊斋戏的传统，同时又在紧密结合现实的基础上有所升华。

《云翠仙》原小说中的男主人公梁有才是个无赖，翠仙是鬼是狐没有明写，但她以神秘的力量惩罚了梁有才。剧本《云翠仙》则把梁有才写成一个郁郁不得志的书生，见到受伤的白狐心生怜悯，救了她的性命。而翠仙由感恩而对有才相爱。吐出多年修炼而得的宝珠救活因屈辱而上吊的有才，并靠仙术使有才过上了富裕的生活。有才受坏人陷害醉酒后在典妻的文书上摁了手印，酒醒后去理论，又被打昏。翠仙在姊妹们的帮助下，再次救活有才，惩治了坏人。两个人的性格——书生的善良、易于受骗却又不屈，狐仙的纯情和执着，都表现得非常鲜明。作品具有神话色彩，但没有往“荒诞”的路上继续走，而是努力增强生活气息，使作品既有乡土气又清新明丽。

《紫凤》是吸收《聊斋》素材、运用聊斋手法创作的神话戏，一对感情甚笃而性格差异很大的姑嫂，又一个耿直却穷困的书生，被一个权力不大却借权整人的土地神所捉弄，先是把地府要“请”去的嫂子换成了小姑，而后把书生也“捎带”到地府，当判官听了姑娘紫凤和书生牟复生的申述后，让他们还阳，土地却让男人与女人换了魂，灵魂与躯体错位，两个人便十分尴尬。这个戏的荒诞色彩更重，但紫凤那敢打敢撞的性格更为鲜明。作品引起人们对现实生活的广泛联想，有的观众说这是一出同生共死的爱情戏，有人甚至认为它是扫黑除恶的戏。这些作品说明新生在尝试“探索性戏剧”之后，是在扎实的道路上稳步前进。

新生嘱我为他的剧作选写序，以上的一些读后感就权当是序吧。我没有看过新生作品的全部，限于篇幅，很多作品都没有论及，因此这些感想不能作为对新生作品的全面的评价；这本选集也只是新生作品的一部分。与读者朋友分享这些感受主要是希望大家对新生的作品有更大的关注，年轻的创作者能从中得到有益的启示。新生虽已不年轻，但创作力仍很旺盛，祝愿他继续向艺术的高峰攀登，不断取得新的更大的成就。

安葵

2020 年 4 月

目　录

·探索性戏曲·

红　雪

时　间：明末、清末、民初。

地　点：阴阳河畔。

人　物：女　人——明末的寡妇；清末的母亲；民初的姑娘。全剧唯一的贯穿者，既是三个朝代中不同的活生生的女人，又是一个符号。

石老大——明末工匠头。

和　尚——清末河对岸一座小庙里的出家人。

仁　儿——母亲的儿子。

外国人——画家。

天　正——民初京师大学堂的学生。

知县、太监、众衙役、众石匠

二流子、随从、红帽子、众轿夫、众乡绅、众村民。

[服装：女人身着一种看不出任何时代的服饰，尽可奇装异服。其他人物则着各自所处时代的服饰。

[灯光：明末以桃红色布光。清末以橘黄色布光。民初以天蓝色布光。特殊处理以血红色布光。

[漫无边际的黑暗。

[极度压抑的埙声，如泣如诉。

[天幕上渐显一条弯弯曲曲的河，涛声呜咽。

[冷丁一声喊：“圣旨下——”

[一束桃红色光渐亮。

太　监　“奉天承运，皇帝诏曰：阴阳河人贾氏，初嫁丧夫，自此恪守妇德，孀居二十载足不出户，实为天下妇人之楷模。为标立懿德，廓清世风，垂范千古，着即拨银择址，建造贞节牌坊。钦此！”

知　县　（匍匐）万岁，万万岁！

[佛号声声。

[另一束橘黄色光渐亮。

和　尚　（垂睑趺坐）尽形寿不杀生，能持否？

母　亲　（背影，跪地合十）能持。

和　尚　尽形寿不偷盗，能持否？

母　亲　能持。（抬眼偷觑）

和　尚　尽形寿不邪淫，能持否？（无回应，高声）尽形寿不邪淫，能持否？

母　亲　哦，能……能持。

[和尚不禁睁眼看她，怦然心动。

[几声犬吠。

[又一束天蓝色光亮。

[天正拉姑娘跑上。

天　正　哎，我们演的戏好看么？

姑　娘　嗯，就是……光说不唱。

天 正 这叫文明戏，跟外国人学的。

姑 娘 你们京师大学堂的洋学生胆儿可真大，男的女的在台上就敢抓手。

天 正 这有什么？人家外国人，守着人还亲嘴呢。

姑 娘 是吗？嘻嘻，嘻嘻嘻……（忽见天正直直盯着，羞）天正哥……

[天正猛地抱住姑娘狂吻，遂又急迫地去解衣扣。

姑 娘 别！等过了麦，俺就是你的人了，到时候……全给你。

[陡然，一种不祥的声音传来，天上飘下红色的雪。

姑 娘 （惶恐地扑去）哦，你看！

天 正 这天，都啥时候了，还下雪。

太 监 咦？邪了，咋还是红雪？

知 县 该不会……出啥事吧？

和 尚
母 亲 （对视一眼）阿弥陀佛！

[光渐收。

[埙声幽幽。

[扑通一声，随之，一声瘆人的呼喊：“又淹死人啦——”

[凄婉而又挣扎的唢呐声冲天而起。转瞬，一片死寂。

[伴唱：阴阳河哟淌了千百年，
一个故事哟总也么说不完。
托生到世上就不容易了，
活得像个人呐咋就这么难！

[字幕：明末。

[桃红色光启。

[建造中的半截牌坊兀立河畔，众石匠挥锤打石。

石老大 （唱）天闹灾，

众石匠 （唱）叮叮当，

石老大 （唱）地里荒，

众石匠　（唱）叮叮当，
石老大　（唱）皇上胡闹咱遭殃，
众石匠　（唱）叮叮当，叮叮当。
石老大　（唱）就为几口糊口饭呐，
　　　　让人逼着建牌坊。
众石匠　（唱）但凡能忍忍着吧，
　　　　混混日子填肚肠。
石老大　（唱）忍不了哇就豁上，
　　　　管他皇上不皇上，天王老子也去它个娘！
众石匠　对！
　　　　（唱）忍不了哇就豁上，
　　　　天王老子也去它个娘！
　　　　[几声锣响。
石老大　嗨嗨，耍猴的来啦。
　　　　[众石匠登高张望。
　　　　[一乘小轿悠悠颤颤，知县伴轿而行。
知　县　（唱）一步三晃，
众衙役　（唱）县太爷有轿不坐下步量。
知　县　（唱）不为人前装模作样——
众石匠　咦，为啥呢？
众衙役　（接唱）小轿里呀，接来个勾人魂的美娇娘。
知　县　狗屁！这是万岁爷钦封的贞女，贞女懂不？
众衙役　是是，贞女、贞女！
石老大　哎，啥叫贞女呀？
石匠甲　就是……不让男人摸的女人呗。
众石匠　哈哈哈……
石老大　嘘——
知　县　（唱）穷山穷水穷地方，
　　　　穷家难当。

本以为升官无望——

嘿嘿！

（接唱）不小心，折腾出了一个大名堂。

小小女子惊动圣上，

竟然御笔题牌坊。

天大的干系押在她身上，

敬奉如娘娘。

小的们呀！

众衙役　有！

知　县　（唱）与我落轿打石场——

众衙役　是！

［轿帘掀处，冷傲俊美的寡妇款款走出。

众　人　（惊艳）呀！

［伴唱：哎呀呀，惹得人、心乱撞、口半张，全忘了赵钱孙李周吴郑王！

［切光。

［字幕：清末。

［一束橘黄色光启。

［小庙内，和尚打坐蒲团。

和　尚　（唱）一盏小油灯，

一卷弥陀经；

一尊佛祖像，

一个守庙僧。

每日里撞钟敲罄，

一如这木鱼笃笃声声空。

清清冷冷，

冷冷清清。

自从那香客里来了一个她——

阿弥陀佛！（接唱）

柳暗花明！

呀，天色不早了！（跃起，轻出山门）

[灯暗。

[生怕出声偏又出声的掩门声。

[一束光引母亲惶惶上。

母　亲　（唱）天上雨蒙蒙，

地下路不平。

胸口咚咚直打鼓，

胆战心又惊。

约好今夜冤家到，

只觉得，前后左右尽眼睛。

风吹树影动，

树动发响声。

未等见到他呀，

先吓飞了半条命。

摸黑挨到河边等，

咳！耶冤家呀——

河上无桥走，你蹚水呀俺心疼，俺心疼！

[牌坊后忽然伸出一只手，抓住母亲。

母　亲　啊！（欲逃）

和　尚　（湿淋淋闪出）别怕，是我。

母　亲　你……吓死我了！

和　尚　你，想死我了！（欲抱）

母　亲　（忙制止）哎……回家。（引和尚匆匆绕至房前，入内，闩门）快，先换换湿衣裳。

和　尚　不忙。（由怀中取出一枝花）来，我给你戴上。

母　亲　哪儿来的？

和　尚　香客们拿来供佛的。

母　亲　（惊骇）啊？阿弥陀佛，阿弥陀佛！

和　尚　众生即佛，你就是佛嘛。

母　亲　你就不怕……下地狱？

和　尚　死了下地狱，活着，咱先上天堂吧！（一把抱起）

[母亲一怔，伸手勾住了和尚。

[灯暗。

[另一束光引失魂落魄的仁儿上。

仁　儿　（唱）读书苦，累断筋骨，
苦读书，望断仕途。
十年寒暑忘寒暑，
整日里闭门不出。
原以为，从此直上青云路，
万不料，朝廷一夜废科举，枉费我一番心血苦功夫。
喊，声噎住，
哭，泪已无。
昏昏沉沉别帝都，
糊糊涂涂近乡土，又见自家茅草屋。

[房门吱呀一响，和尚溜出。

[屋内传出母亲压低的声音："哎！河里水凉啊。"

和　尚　为了你，不怕。（赤脚拎鞋下）

[目瞪口呆的仁儿一屁股跌坐地上。

[埙声低回。

[光渐收。

[字幕：民初。

[天蓝色光启。

[姑娘欢快地拿一长巾上。

姑　娘　（唱）趁着浓浓的夜色，
借着融融的月光。

怀着羞羞的渴望，
揣着甜甜的梦想。
轻轻盈盈来到河边，
让流水呀，洗出个鲜鲜亮亮的姑娘。
看一看，岸上无人走，
听一听，水中无声响。
将身儿藏在浓荫下，
卸下了哇，卸下了层层女儿装。
呀！是谁？
是谁这么漂亮？
惊得水不淌，
羞得月无光。
左瞅右看还是你，
好一个呀，好一个等着出阁盼着嫁人的傻姑娘！
嘻嘻！（潜入水中）
[灯暗。
[一束光引外国人背画夹上。

外国人 （唱）远涉重洋，
异国他乡。
一片神奇的土地，
一个美丽的地方。
它着人迷恋，
它令人神往。
谜一般的千年风韵，
撩起我无尽的遐想。
放下了白日的疲惫，
走近了陌生的村庄。
月光下，登高远望——
[忽有水声传来，河中渐显姑娘沐浴的身姿。

外国人 哇!

(接唱)不远处，竟有个美丽的东方裸女出浴姑娘。

(忙提笔勾画)太美了!

姑 娘 (大惊)谁?

外国人 (友好地)嗨!

姑 娘 啊? 你……你走开!

外国人 No，我、画家，给你、画画，OK?

姑 娘 (吓得直哭)天正哥! 天正哥……(缩身躲下)

外国人 哎，小姐! 哦，姑娘，姑娘! (遗憾地耸耸肩)

[收光。

[字幕：明末。

[锤子砸地的声音。

[桃红色光启。

[众石匠或躺或歪歇在半截牌坊下，石老大有一搭没一搭地抡锤敲地。

石匠甲 这女人，也他娘的太俊了，简直是妖精!

石匠乙 俊又咋着? 一嫁过来就陪着个死人，怎么熬来?

石匠丙 也值了，这牌坊咋说也是皇上赐的。

石老大 (一甩铁锤)屁! 不就一堆冰凉的石头? 一辈子狗蛋猫蛋没见过，瞎做了回女人!

[众石匠相互瞅瞅，哄地爆出一阵笑。

石老大 笑啥?

石匠甲 一辈子狗腥猫腥没闻过，不也瞎做了回男人?

石老大 (一把揪住)你说谁?

石匠甲 哦，我……我说他。

石老大 娘的，我要是不睡了她，就不算个站着尿尿的!

[众惊，面面相觑。

石匠乙 你不要命了? 她……她可是……

石老大 为了自己稀罕的女人，死也值！

[灯暗。

[一束光引寡妇踽踽上。

寡　妇 （唱）二十年，深宅大院，

数得清，房顶几根檩墙头几块砖。

二十年，困觉吃饭，

全不知，夜里起几回一日食几餐。

二十年，二百四十个月，

二十年，七千三百天。

二十年呐二十年，

人生有几个二十年？

耗尽了渴念，

熬干了心田。

再不想，再不盼，

再不愁，再不烦。

不想不盼不愁不烦，

不悲不怨不恨不嫌。

傻了一样。

死了一般。

哦，二十年！（接唱）

一天又一天，一天又一天，

一天一天一天一天……熬过来的二十年！

二十年换来个人前体面，

可谁又知啊——

[伴唱：这牌坊，血也斑斑泪也斑斑！

[突然传来一阵阵发情的牛叫声。人喊："噢！看配牛喽……"

[寡妇木然望去，猛一激灵，忙躲于牌坊后。少顷，却又忍不住偷看。

[陡然一串大笑，蓦回头，石老大得意地立于身后。

[寡妇头一低，欲躲。

石老大　（拦住）大嫂，别走啊。

（唱）此时此刻就你我，

休怕把那面子抹。

想看尽管看呗，

看看也快活。

寡　妇　（又欲走，被扯住）别碰我！

石老大　（唱）这辈子没教男人摸，

岂不算白活？

做人不能只喘气，

做牛也并非光拉车。

牲口都知寻个乐，

何况你与我？

你再看，那不叫苦、不喊饿、不咬群、不多舌、吃了干、干了卧、低眉顺眼、老实巴交、规规矩矩、唯唯诺诺、再憨没有、再木不过的老黄牛哇，也干着庄稼外的活儿！

[寡妇甩手一掌，拧身跑下。

[石老大愣怔片刻，忽然兴奋地折个跟头，仰天大笑。

[收光。

[字幕：清末。

[刺耳的锯树声。

[橘黄色光启。

[母亲上，不安地向林中眺望。

[拉锯声愈响愈烈。

母　亲　仁儿，仁儿……这哪儿是锯树啊，这不是锯人嘛！

（唱）听锯声晨昏不断，

惊得人六神无主坐立不安。

仁儿陡然性情变，

疯了似的伐树为哪般？
喊也不答话，
问也不开言。
硬是教人猜不透啊，
不由得心胆寒！
虽说是，虽说是我儿懂孝道，
可还是怕呀，不知有啥灾啥难到眼前。

［仁儿扛原木上。

母　亲　哦，快歇歇，看把你累的，你哪是干这个活儿的身子骨哇。

［仁儿撂了原木欲下。

母　亲　哎！饭都热过两遍了，你不先垫垫？

［仁儿仍欲走。

母　亲　仁儿，娘跟你说话呢！

［仁儿闷声坐下。

母　亲　你没白没黑地伐树，到底是想干啥呀？

［仁儿抄起锛，修理原木。

母　亲　（急得直掉泪）仁儿！你这是咋啦？咋就不说句话呢？你想闷死娘、吓死娘啊？

仁　儿　我……

母　亲　你怎么？

仁　儿　我想……

母　亲　你想咋着，啊？你倒是说呀！

仁　儿　我想……在河上……修座桥！

母　亲　什么？修桥？

仁　儿　你日后学佛，也好来去方便。

［母亲猛地打个寒战，惊住。

［那不祥的声音又古怪地响起，天上洒落红雪。

［光渐收。

[字幕：民初。

[天蓝色光启。

[一声唢呐，锣鼓喧天。台上化为红光。

[一盆水泼出，头顶红盖头的姑娘被搀上花轿。

红帽子 起轿喽！（扬手抛撒红纸花）

[花轿舞蹈行进。

众轿夫 （唱）震破天的锣鼓敲起来，
刺破天的唢呐吹起来；
惊破天的喉咙喊起来，
颠破天的花轿颤起来！

[众村民拥新郎官天正舞上。

众村民 （唱）红红的囍字挂起来，
红红的长毡铺过来；
红红的轿帘掀起来，
红红的新娘抱出来！

[有人向新人抛掷“满天福”，孩子们涌上哄抢。

红帽子 （高声赞礼）一拜天地！二拜高堂！夫妻对拜，送入洞房！

[天正牵红绸引姑娘欲下，外国人上。

外国人 Hello！

二流子 耶嗨，洋鬼子来凑啥热闹？

[众人诧异地瞅着。

外国人 愿上帝赐福你们！为表达、真诚的祝福，我、特意来赠送一件、最美的礼物！

天　正 礼物？你？赠送？

外国人 嗯哼。（招手）Come in.

[随从捧盖着红绸的画框上。

外国人 在这幸福的时刻，我把它、献给东方的、维纳斯！（一把扯掉红绸）

[画上，是姑娘美丽的裸体肖像。

众　人　（惊愕）啊？

[静场。

二流子　（忽然不怀好意地笑起来）嘿嘿，嘿嘿嘿……这不是新嫂子的大光腚嘛，咋让洋鬼子……

[天正一把将二流子踹个趔趄，遂又夺过画框，大吼一声摔于地上。

外国人　No，No！

天　正　（逼近外国人）我叫你No，我叫你No！（追打）

外国人　No！（狼狈逃下）

[众村民嘀嘀咕咕，摇头散去。

姑　娘　哎，哎……（试探着撩起盖头）啊？天哪！

[盖头坠地。

[埙声幽咽。

[光渐收。

[字幕：明末。

[喝堂威声。

[桃红色光启。

[县衙内，众石匠跪伏堂下。

知　县　知道为啥招你们来吗？今天本县有赏。

众石匠　谢老爷。

知　县　（惊堂木一拍）赏你们板子！这牌坊修不修的不见动弹，磨洋工呐，啊？

石老大　回老爷，这阵子都是闹闯王闹的。

知　县　什么闯王？

石老大　哦，是闯贼。

知　县　闯贼不让你修牌坊了？

石老大　那倒不是，可眼下……老爷也许听见了，到处都唱："盼闯王，迎闯王，闯王来不纳粮。"这不，石匠们就跑了大半去投闯王……哦不，投闯贼去了。

知 县 （怪笑）“闯王来了不纳粮？”不纳粮他吃什么？就那么容易让他糊弄？嘁，一群猪脑子！

众石匠 老爷英明。

知 县 该不是也想跟着造反吧？

众石匠 小的不敢。

知 县 不敢？哼，那是没到时候。不过，我也告诉你，几个蟊贼成不了气候，万岁爷的龙椅嘛——

（唱）稳稳当当，

若不然，哪有闲心建牌坊？

别以为，几块石头不起眼，

有了它呀——

（接唱）天下效尤、万民归心、大明永昌！

都明白了吗？

众石匠 明白了。

知 县 晚咧，来呀！

众衙役 有！

知 县 挨个儿地赏几板子，也好让他们长点记性！

众衙役 是！（举棍）

[灯暗。

[一束光引寡妇上。

寡 妇 （唱）原本是一汪深潭，

从不起波澜，

猛然间一石击中，

浪花溅，乱了心田。

眼，不肯纫针线，

腿，不愿炕头盘。

扯了个因由来河畔，

只道是啊，心为牌坊牵。

隔好远，心先怦怦跳，
未靠前，腿已软绵绵。
说不清为了啥，
道不明为哪般。
恨只恨那天那畜生啊，
搅得俺心不安！
想一想，官家褒奖族人夸赞，
看一看，身儿无靠影儿孤单。
虽说脸上光彩，
怎奈心头凄然。
难道说，真格就活得不如牛马？
实实地说呀心不甘！

[石老大嬉皮笑脸地闪出。

石老大 你又来了。

[寡妇回身欲走，被截住。

石老大 我知道你就得来。

寡　妇 让开！（仍要走，又被拦）

石老大 为了你，我可又挨打了。

寡　妇 你活该！（还要走，再被挡）

石老大 不为你，我他娘的早就走了。

寡　妇 爱走不走，关我什么事？

石老大 谁让我稀罕你呢。

[寡妇抬手欲打，被捉住。

寡　妇 你……你想发坏？

石老大 男人不坏，女人不爱。

寡　妇 （啐其一口，挣扎）我喊人了？

石老大 好啊，我帮你喊，让人们像看配牛一样再来开开眼。一、二……

寡　妇 大哥！你……这不是逼俺死嘛！

石老大 不，我这是救你活，救你活呀！（伸手搂抱）

寡　妇　大哥，大哥！

（唱）别、别、别，

莫、莫、莫，

别逼俺下作，

莫毁俺名节。

俺二十年的清白身呐，

沾不得脏，染不得血！

石老大　（唱）什么名节不名节，

名节算什么？

二十年的苦日子可像人过的，

岂能甘愿受折磨？

要我说，压死人的玩意儿咱破一破，

索性换快活！

寡　妇　不不！

石老大　你就情愿守着这堆石头？

寡　妇　这是皇上封的。

石老大　可皇上他娘的三宫六院尽他玩，你能拿这个当真？人活着，难道还不如个畜生？你见了我，就真的一点也不动心？

寡　妇　（讷讷地）我……我……

石老大　别傻了！（一把搂住）

[寡妇立时瘫软。

[蓦地，那不祥的声音再次响起，红雪翻飞。

[寡妇惊叫一声，死死抱紧石老大。

石老大　别怕，天塌了有我！（扛起寡妇走向牌坊）

[伴唱：天，作了罗帐，

地，当了软床。

就倚着，就倚着半截牌坊——

[石老大画外音：我呀！

（接唱）让你也做一回新娘！

[牌坊后，寡妇一声呻吟。

[切光。

[字幕：清末。

[橘黄色光启。

[寺庙内，和尚欣然上。

和　尚　有桥了，桥通了，阿弥陀佛、阿弥陀佛！

（唱）坐穿了蒲团，

收不住意马心猿。

翻烂了经卷，

斩不断俗世尘缘。

终日里持名诵念，

却还是心魔难拴。

任凭我佛珠捻断，

却奈何，放不下那朝思暮想的女婵娟。

盼相见，难相见，

难相见，更想见。

忽听得小桥通两岸，

好不欢喜，好不喜欢！

从此后来去方便，

重续我俩今生缘。

说去就去莫怠慢——

唉！（接唱）

该死的日头未下山，还须等黑天。

[母亲顾盼奔上。

母　亲　（悄声地）哎。

和　尚　你？你让我想得好苦哇！

母　亲　我来是想告诉你，从今往后……

和　尚　往后自然好了，有了桥，我就再也不用……

母 亲　不，有了桥，你就再也去不得了！

和 尚　为什么？

母 亲　仁儿怕是知道了。

和 尚　哦！

母 亲　咱们……还是断了来往吧！

和 尚　不不，这不成，我……

母 亲　我也不想这样，我也不愿这样啊！可……我怕，我怕呀！

（唱）我，好害怕，
　　总觉得，地要陷、天将塌。
　　我，好害怕，
　　总觉得，祸临头、灾进家。
　　不定哪霎，不定哪霎，
　　他、他把这孽缘断呐孽根拔。
　　一旦出事，
　　把人活吓煞！

和 尚　（唱）别怕，怕啥？
　　脑袋掉了碗大个疤。
　　福又能咋？祸又能咋？
　　由它！
　　凡事随缘莫在意，
　　只管笑，哈哈，哈哈！

母 亲　你呀，做贼都不心虚。

和 尚　你呢？心虚还做贼。

母 亲　你！（嗔怪地扬手欲打，被捉住）

[仁儿上。

仁 儿　（故意高声）娘！

母 亲　（大惊失色）仁儿……

仁 儿　哦，法师，我来给娘送件衣裳，外面——起风了！

和 尚　阿弥陀佛，善哉善哉。

母　亲　师父，告辞了。

仁　儿　等等!

[母亲倏地立住。

仁　儿　我还有一事恳求法师。

和　尚　请讲。

仁　儿　我娘一心向佛，可毕竟体弱多病，看她往来奔波，仁儿实在放心不下。法师，你若方便，能否常去我家讲经说法?

和　尚　这……(见母亲急急摆手)不妥，不妥吧?

仁　儿　法师，你就成全仁儿一片孝心吧!(跪地)

和　尚　(迟疑地)好，我……我去。

母　亲　师父……(欲跌)

仁　儿　(急扶)娘!

[埙声又起。

[切光。

[字幕：民初。

[远处，几声枪炮，遂又归于平静。

[天蓝色光启。

[几个乡绅摇头晃脑上。

众乡绅　(唱)一阵枪，一通炮，

争天下的闹欢了。

才把辫子铰，

转眼换皇袍。

刚说建民国，

又见龙旗飘。

乱了，乱了，

摸不清头脑。

乱了，乱了，

乱了也不孬。

怂了那晚清遗老遗少，

愁了这脑后没抓没挠。

接条小辫充个数吧——

嗨嗨！（接唱）

蛮好，蛮好！

乡绅甲 咦？桥那边不是天正新娶的媳妇嘛。

乡绅乙 咋还拖了根棍子？

乡绅丙 她哭天抹泪地干啥去？

乡绅丁 谁知道哇。

乡绅甲 哎，该不是去找那洋人吧？

众乡绅 对，没错！

[灯暗。

[一星红光忽明忽灭。

[一束光渐亮。

[外国人手握烟头，枯坐于画架前。

外国人 （唱）这，好生奇怪，

我，百思不解。

一番美意反被打，

无端惹祸，平白招灾。

为什么？说不清楚，

凭什么？道不明白。

荒唐，荒唐得令人好笑，

无奈，无奈得教人悲哀。

一支烟斗不离嘴，

可这心头郁闷，吐也吐不出来！

[门被咚地撞开，姑娘抹着泪提棍闯入。

外国人 姑娘？你……

[姑娘一棍击倒画架。

外国人 哦，Sorry！我……不知道，这会伤害你，我是好意，我……

Sorry，可我……错在哪里？

姑　娘　你，看了我身子。

外国人　Yes，你太美了！

姑　娘　你还画了我身子！

外国人　Yes，我是用心、用心画的！

姑　娘　你还拿给全村人看了！

外国人　Yes，我就是要让所有人，崇拜你的美！

姑　娘　你混蛋！你毁了我，你毁了我！（号啕大哭）

外国人　哦，姑娘！那，我去说，我要告诉他们，什么是美，OK？

［姑娘止了哭，疑惑地看着外国人。

［灯暗。

［光渐启。

［二流子溜溜达达上。

二流子　咦，洋鬼子？（回头喊），哎，洋鬼子来了，洋鬼子又闹西洋景喽！

［众村民拥上，巴望。

［外国人扛一摞人体名画上。

［众村民大气不出，惊讶地看他将画框或吊或摆立于村头。

村民甲　疯了，洋鬼子疯了。

村民乙　是疯了，疯大了！

二流子　嘿嘿，嘿嘿嘿……（猛挨一脚，当即哑了）

外国人　（指点着）喏、喏！这是美，是人体美！人体，是自然界中最具魅力的尤物，是上帝赐给人类的最最完美的礼物！

二流子　不就是洋娘们儿的大奶子嘛，哈哈哈……

外国人　No！这是艺术，是艺术懂吗？这是世界名画，是艺术珍品，是……不可亵渎的！

乡绅甲　（气得直抖）住口！这……这些个下流的东西，堵到咱家门上，这是辱没咱祖宗啊！给我打，给我砸了！

众村民　打洋鬼子！（围上去群殴）

外国人 （挣扎着）哦，上帝呀！（昏倒）

[众散去，冷眼旁观的天正走近毁损的名画，久久不动。

[姑娘冲上，骇然驻足。

[天正撇她一眼，默然离去。

[不祥的声音又一次响起，红雪飘洒。

[姑娘绝望地腿一软，跌跪地上。

[光渐收。

[字幕：明末、清末、民初。

[时空交叉，人物、灯光随之隐显变幻。

[埙声幽婉地响着。

[一束光渐亮。

姑 娘 （长跪不起，心力交瘁地）天正哥，你就放我进屋吧，拜了天地，我就是你的人了呀！

[另一束光下显出天正。

天 正 （痛苦地）闺女大了，爹妈都不能看，可你……竟让洋鬼子看了！

姑 娘 不，这不怪我！这不是我的错，不是我的错呀！

[天正隐去，另一束光渐亮。

和 尚 你……这是咋啦？你盼我来，我也想来，仁儿又请我来，咱这不正好……

母 亲 （惊惧地）不不，你走吧，你还是走吧。别来了，别再来了！

和 尚 那我还活着干啥？我今生今世，怕是专为你来的呀！

[和尚隐去。另一束光下显出石老大。

寡 妇 （醉心地粲然一笑）这，就是你说的那个缘吗？

石老大 对，我跟你有撕不开、拆不散的缘。有了它，我就能让你知道，你是个女人，一个活生生的女人！

寡 妇 （梦呓般地）缘，真好，真好啊……

[石老大隐去。另一束光渐亮。

天　正　你……还是走吧。

姑　娘　（一惊）走？你让我去哪儿？

天　正　去哪儿都行，就是别……别进这个门了。

姑　娘　啊？不，不能啊！

天　正　别恨我，不是我心狠，是咱这阴阳河容不得呀！

姑　娘　天正哥……

［天正隐去。另一束光下显出和尚。

和　尚　还记得吗，那句话？

母　亲　哪句？

和　尚　死活在一起，永也不分离。

母　亲　记得，可是……天不遂人愿啊！

和　尚　嗨，天管不着咱。

母　亲　可人呢？人要管呐。

和　尚　你是说……仁儿？

母　亲　他那桥，修得蹊跷。

和　尚　（一笑）那有什么？

母　亲　他那脾气，越来越怪了呀。

和　尚　那，又有什么？

母　亲　你……咋就没个数呢！

［和尚隐去。另一束光亮。

石老大　有数。你，离不开我了。

寡　妇　你这该杀的。

石老大　说谁呢？

寡　妇　说你。

石老大　再说？

寡　妇　就说，该杀的该杀的！

石老大　（一把将寡妇扯进怀里）还说不？

寡　妇　（软软地）你这……该杀的！

（唱）是你，都是你，

你这该杀的。
你呀，你让俺见了新天地，
俺，俺想咬死你！

石老大　（唱）咬吧，甭客气，
咬就咬块肉，撕就撕层皮。
疼到心里才痛快，
俺哪，俺想吃了你！

［石老大隐去。另一束光下显出和尚。

母　亲　不！

和　尚　不？为什么？

母　亲　（唱）那桥，怎是你走的？
这家，怎是你来的？
说为弘法你也信，
你呀你，咋就不生疑，咋就不生疑？

和　尚　（唱）无桥时，无禁忌，
有了桥，生啥疑？
想来就来多遂意，
你呀你，莫失良机，莫失良机！

母　亲　你……真是个冤家！

［和尚隐去。另一束光亮。

石老大　嗨嗨，不是冤家不聚头嘛。
（唱）俺要钻到你心里，
长到你肉里。
这辈子死活在一起，
永也不分离！

［石老大隐去。另一束光下显出天正。

姑　娘　（喃喃地）死活在一起，永也不分离！
（唱）就冲这一句，
俺铁心跟了你。

谁知盼到新婚夜，
俺门也进不去，身也无处栖！

天　正　（唱）就冲这一句，
我也盼佳期。
可一旦平地风波起，
这由不得我，更由不得你！

［天正隐去。另一束光下显出石老大。

［寡妇扑上去，狠狠撕咬石老大。

石老大　好，使劲，再使劲！

寡　妇　（松了口）你……吃了我吧！

［石老大一把扯开寡妇的衣裳，俯身过去。

［切光。

［字幕：明末。

［鸟鸣啾啾。

［一束桃红色光启。

［衙役甲晃上。

衙役甲　（忽觉踩了什么，见是衣服，疑惑地四下一瞅，大惊）哎！哎哎……

［另一束光骤亮。

［寡妇呼地推开石老大，抱住前胸。

衙役甲　好哇，等死吧你！（掉头跑下）

寡　妇　他……他去告……

石老大　告吧，惹恼了老子，我连那狗官也一块儿宰喽！你等等，我去去就来。（欲下，被死死拽住）哦，别怕，我带上东西，咱远走高飞！（疾下）

寡　妇　（惊怔怔地）我……我这是怎么啦？怎么啦？
（唱）我，做了什么？
我，做了什么！

我怎敢如此放肆？
我咋就这么下作？
我怎会鬼迷心窍？
我咋能与人苟合？
二十年守身如玉，
一时间失了贞节。
作孽呀，闯下这塌天大祸，
作孽呀，招来那永世折磨！
躲？
往哪儿躲？
躲得过人头落，
躲不过呀，千人唾骂万人戳！
我，我该怎么办？
我，我可怎么活？
这是谁之过？
这是谁之恶？
天呐，你对不住我，
地耶，你对不住我！
这牌坊，沾了我多少泪，
这牌坊，凝了我多少血。
就这么就这么眨眼工夫，
再也不归我，再也不归我！
我恨呐，
恨自己经不起诱惑；
我恨呐，
恨那该杀的死死缠住我，教人难挣脱！

[人声、犬吠声。

[石老大携包奔上。

石老大　快，跟我走！

[寡妇挣开，回望牌坊。

石老大 嗨呀走吧，再不走就来不及了！

[寡妇抚着牌坊，百感交集。

石老大 你呀你呀，都什么时候了，还恋这堆破石头，你不要命了？

[人声逼近。

[寡妇张皇四顾，不知所措。

石老大 走，走，走啊！（拽了寡妇便走）

[寡妇跟跑几步，忽又抽身停住。

[四周一片呐喊。

石老大 （霍地拉开决斗架势）快！铁锤，给我铁锤！

[寡妇抓起铁锤欲递，却又鬼使神差冲石老大后脑猛然一击。

[石老大一抖，惊愕地转过身来。

石老大 你……你呀！（訇然倒地）

[知县、众衙役蜂拥而上。

[寡妇手中铁锤当啷落地。

知　县 （忽然怪笑）嘿嘿，好。哈哈，好！

衙役甲 老爷，刚才……刚才她……

知　县 刚才她以死抗争，不愧为贞女节妇！

衙役甲 老爷……

知　县 （啪地一掌打去）少啰唆！本县即刻奏明圣上，恳请追加皇银，扩建牌坊！

衙役甲 是是！

[“老爷”！衙役乙踉跄奔上。

衙役乙 不好了！闯贼他攻陷京城，皇上……皇上他……

知　县 皇上咋啦？

衙役乙 皇上……驾崩了！

[知县倒吸一口冷气，僵住，倒地。

众衙役 老爷，老爷！

[寡妇突然放声大笑，继而转为痛彻的哀号。

[埙声凄切。

[光渐收。

[黑暗中扑通一响，接着，又是令人心悸的呼喊："又淹死人啦！"

[撕心裂肺的唢呐声陡地响起。

[字幕：清末。

[一阵阵的咳嗽声。

[橘黄色光启。

[昏暗的油灯下，母亲斜倚床头，病情危重。

母　亲　（唱）昏惨惨一灯如豆，
眼见得熬干盏中油。
病恹恹身儿枯瘦，
自知今世到尽头。
叹，人生苦短，
恨，无常来勾。
更怕那三千经与咒，
全无用，抵不住天大祸事藏后头。
那冤家，蛮灵透，
咋就浑然不知愁？
不该来时偏来凑，
不该住时偏又留。
整天价提心吊胆，
吓得俺呀，终成病，命将休。
临终只盼见个面呐，
却又怕，怕冤家当真来到床前头。

[和尚匆匆上。

和　尚　（心疼地）阿弥陀佛！

母　亲　（一惊）你？你怎么又……

和　尚　我来……看看你。

母　亲　唉，你到底还是来了，可你……不该来呀。走吧，走吧！

和　尚　仁儿还请我为你助念呢。

母　亲　（又一惊）什么？他……不，不要！你走，你赶紧走！

[仁儿端药上。

仁　儿　娘，你终日念佛，不就求了脱生死么？你就让法师助你往生吧。

母　亲　不不，我这人业力深重，哪还能往生净土呢？师父，你……你还是走吧！

仁　儿　不！只要一切放下，断绝尘缘，就一定会带业往生的。娘，你……念佛吧！（跪）

母　亲　师父……

和　尚　女菩萨，静心念佛吧。（闭目合十）

母　亲　师父！

[和尚悲声唱念。

母　亲　师父呀！

[和尚仍唱念不止。

母　亲　（大叫一声）阿弥——陀佛！（气绝）

仁　儿　娘——（恸哭）

[灯暗。

[一束光引和尚走来。

和　尚　（唱）欲哭无泪，欲哭无泪，
唯有肝胆碎。
眼睁睁看她离去，
千呼万唤，千呼万唤也不回。
菩萨呀，
可知我伤悲！
想当初，一支冷香伴人睡，
岁月化炉灰。
好容易，天作美。

孤零人儿相依偎。
谁知情缘如此短啊，
转眼残花飞！
尘缘断去天缘在吧，
等着我，少时我去追。

（至桥头，盘腿打坐）

[仁儿一身缟素上。

和　尚　（抬起眼睑）你来了。

仁　儿　嗯！

和　尚　我想，你会来的。

仁　儿　你真是明白人。

和　尚　辫子呢？

仁　儿　铰了。知道不？大清完了，皇上退位了。

和　尚　（笑笑）世事沧桑，缘起缘灭罢了。

仁　儿　可还有不变的。

和　尚　因果报应。

仁　儿　对，很对！

和　尚　不管怎么说，我还是要感谢你，这些年，多亏了你修了这座桥。

仁　儿　不用，我那是为了俺娘。不过，咱俩的事也该有个说法了。（拔刀）

和　尚　你就别造杀业了，我还是自我了断吧。

仁　儿　不，为了俺爹，我必须亲自动手！

[和尚看看他，叹息。

仁　儿　法师，你也往生吧！（扑腾跪地，叩头，遂又起身举刀）

[一片血光。

[埙声呜咽。

[收光。

[字幕：民初。

[天蓝色光启。

[姑娘倚坐在新房门前，已经虚弱不堪。

姑 娘 天正哥，你不说……不说喜欢我吗？你那心……咋又跟石头一样了呀？

（唱）我不懂，海誓山盟，
咋就化作一阵风？
我不懂，新婚大喜，
咋就变成了夫妻绝情？
我清清白白，
我干干净净；
我本本分分，
我正正经经，
我是个人见人夸的好姑娘啊，
怎么就，怎么就落了个遭人骂、被人扔？
往日的千般好，
转眼无踪影；
早先的夸赞话，
全成了唾骂声。
我不懂，
我不懂！
不就是一幅画嘛，
为啥就浑身是嘴也说不清？
我哭无用，
我喊无用；
我求无用，
我辩无用。
我哭我喊我求我辩，
谁又理，谁又听？
我有婆家，婆家不许进，

我有娘家，娘家也不容。
世上本有千条路，
却为何，为何条条路不通？
我不懂，我不懂，
我真不懂！
天正哥，看在以往情分上，
你给个明白，我死也成！

［门被猛地打开，天正冲出。

姑　娘　（稍一愣怔，死命搂住）天正哥！天正哥……

［二人流着泪连连亲吻。冷不丁，天正停下，推开姑娘。

姑　娘　天正哥？

天　正　别、别怨我，树活一层皮，人活一张脸啊。如今我……我也是学堂不能回，家也不能待了！

姑　娘　你……这是往绝路上逼我呀！

天　正　不！你不要……

姑　娘　不要什么？我还能怎样？

天　正　不不，你让我……想想，再想想……哦，这样！今晚上……对，今晚上！

姑　娘　今晚上？

天　正　咱投革命军去！

姑　娘　革命军？

天　正　你到半截牌坊底下等着我，不见不散！

姑　娘　半截牌坊，不见不散。

天　正　你先去，去吧。

姑　娘　（欲走又止）天正哥！（忘情地扑过去）

［灯暗。

［雄鸡报晓声。

［光启。

［姑娘瑟缩守候在牌坊下。

[二流子哈欠连天地上。

姑　娘　（躲避，却终忍不住）哎，你……你看见……

二流子　哟，你还傻等着呢？

姑　娘　怎么？他……

二流子　他呀，自个儿喝了半宿闷酒，天不亮就走喽。

姑　娘　（如雷击顶）他……走啦？

二流子　早走了，不走能丢起人了嘛！（欲走，又折回）嘿嘿，嘿嘿嘿……要不，跟我走？也就是我不嫌你吧。哎，跟兄弟乐呵乐呵去？

[姑娘猝然大喝一声，疯了似的扑去，又撕又咬又踢又打。

二流子　（吓傻了，打懵了）哎，姐、姐！……饶了我，饶了我吧，俺叫娘行不？……哎哟，别打了，不敢了，再也不敢了！奶奶，奶奶！（连滚带爬逃去）

[姑娘虚脱似的跌坐在地上。

[天正犹疑地背包上。

姑　娘　（呼地站起）你……没走？

天　正　走了，可又回来了。

姑　娘　（一阵激动）你来接我？

天　正　（摇摇头）有句话，我……一直想问问你。

姑　娘　什么话？

天　正　你……真的只是……只是让外国人看了一眼吗？

姑　娘　你！

天　正　不问清楚，我走到天边也不安生啊！

姑　娘　你那书念瞎了，你走吧。

天　正　哎，你还没说呢，你和那外国人……

姑　娘　滚！

[天正一怔，颓然离去。

[姑娘颤抖着泪流满面。

[那古怪的声音再一次响起，漫天红雪纷纷扬扬。

[伴唱：万念俱灰，
天与人同悲。
哀大莫过心已死，
化作红雪飞！
[半截牌坊轰隆掉下一块石头。
[姑娘木然地缓步走向阴阳河……
[落水声，又是一声令人毛骨悚然地喊叫："又淹死人啦！"
[唢呐声直冲云霄。
[伴唱：阴阳河哟淌了千百年，
一个故事哟总也说不完。
托生到世上就不容易了，
活得像个人呐咋就这么难！
[光渐收。
[一束光下，残破的半截牌坊仍兀立河边……

（剧终）

（该剧与邹星枢合作）

附：

“世界的裂缝从诗人的心上通过”
——大型戏曲《红雪》编后

李小青

编发好山东剧作家王新生、邹星枢的《红雪》之后，掩卷唏嘘，脑子里浮现出德国诗人海涅的一行诗。是的，就是这句——“世界的裂缝从诗人的心上通过。”

这是一部让我们看到“世界的裂缝”的戏曲作品。

去年八月末，在辽宁抚顺新宾县的天湖度假村，举行了“全国戏剧创作研讨会”。在这个研讨会上，与会的专家、学者、剧作家对于《红雪》的讨论，见仁见智，可以说引起了一些争议。引起如此歧义的剧本解读，在有些沉寂的戏曲创作论坛上，应该说并不是经常发生的。

对于这部戏在形式上的探索，专家们大部分持肯定态度。争论的焦点基本集中在戏的立意、人物和细节上。

大家看到，这部戏展现的是三个不同时代的女性——明末的寡妇、清末的母亲、民初的姑娘，在性爱、情爱和婚恋上的悲剧人生。这三段故事既彼此独立，又互相呼应、融和……就像夏夜田地里的几点萤火，汇聚到一起照亮了黑暗的角落，也像浅唱低吟的几曲小调，最终竟达到了令人心酸也心惊的艺术效果。这是剧作家在戏剧形式上的匠心独运。

有观点认为，这出戏直接、正面写性爱，三个女人形象符号化，有的细节，诸如配牛作为推进情节发展的因素，在审美上是不可取的。有观点认为，这出戏虽然从性爱切入，但着眼点并不在于此。这样三个故事相叠，之间存在着一种递进关系，不仅仅是数量的增加，而是表现了封建文化的超稳定性——历史在演进，而人们的文化心理没变。悲剧的产生不仅是外部的原因，更主要的是来自自身。第二个故事中的儿子仁儿，是一个在戏剧人物画廊中少见的艺术形象。寡妇击向石老大的那致死的一锤，仁儿为母亲修桥的戏剧动作，天正临走又返回的那最后一问，都是有力的和独特的。

是的，在《红雪》中，三个女性形象不是作为个体的人而存在的，而是作为三种类型女人的生活状态出现在舞台上：有一位是寡妇，刚刚嫁过来就死了丈夫，在度过了二十年的孤独岁月以后，被崇祯皇帝钦封贞女，就是说从此她必须孤独地生活下去，以“为天下妇人之楷模”，是被迫缺失性爱的女人；有一位是母亲，丈夫早逝，与儿子相依为命，在寻求精神寄托的过程中，与和尚产生了感情，是在双重禁忌之中寻找情爱的女人；有一位是美丽活泼的姑娘，在与两情相悦的恋人成亲的当天，因发现无意中被洋画家画了裸体，恋人掉头而去，自己有家不能归，被全部的社会关系抛弃，是无辜而被认为犯了不可饶恕的罪过的女人。

三位女人，更准确地说是三类女性，都在或被动或主动地和命运抗争的过程中，或惨烈或黯然地死去。在这出戏里，剧作家用心灵和智慧烛照着“世界的裂缝”。

我们看到，当“世界的裂缝从诗人的心上通过”之后，一方面，那里的阴暗和残酷寒冷着人心；另一方面，“诗人”想要表达的，不仅止于此。正如一位俄国诗人所说：“我们赞美诗人不是他说了什么，而是他让我们感知到了没有说出来的东西。”

让我们来看看站在三个女人或者说三类女性身后，主宰她们不幸际遇的，到底都是些什么东西。

在出现的人物中，主宰寡妇命运的是知县；让母亲在心理恐惧中咽气的是儿子；使得姑娘绝望投河的是恋人天正。但这三个人物的身后，其实也是另有其人其势——知县的身后是皇权，仁儿的身后是他爹，天正的身后是众乡邻……应该说，是专制的权力和自以为是令一个活泼泼生命可以是私有物的褊狭见解以及被偏见主宰的社会舆论，让人的正常情感、欲望和个性变得禁锢和有罪。

其实何止这三个或三类女人，很多悲剧是因此而发生的，很多心灵是因此而戕害的，很多生命是因此而终结的——不光是哪一个人，不仅是哪一个性别，不单是哪一个时代。

对于一部艺术作品，每个人都有不同的理解。有位理论家说过，有一千个读者，就有一千个哈姆雷特。在我记述以上感想的时候，也希望这部戏曲剧本能引起更多关注和讨论。

（选自《剧本》2001 年第 4 期）

·新编历史故事剧·

游　百　川

时　间：同治十二年。

地　点：清廷内外。

人　物：游百川——字汇东，福建道督察御史。

同　治——清穆宗。

周　氏——游百川夫人。

翁同龢——弘德殿行走，同治帝师，游百川座师。

恭亲王——道光帝六子，军机处行走，总理衙门领班大臣。

太　后——慈禧，同治生母。

载　福——王爷，御前大臣。

文喜儿——太后贴身太监。

舜　子——同治近侍太监。

众大臣、歌女、纤老大、众纤夫、长随、侍卫。

序

[一束光，投向一卷卷泛黄清史……

[伴唱：卷帙浩繁著清史，
鲜有诤臣人共知。
拂尘细看断裂处，
又谁浩叹泪还湿？

[伴唱中，叠出神色凝重的游百川画像，渐隐。

[陡然一声喊："太后懿旨！"

[一束光骤亮，显出文喜儿。

文喜儿 "前因皇帝冲龄践祚，一切用人行政，王大臣等不能无所禀承，姑允所请，垂帘听政。十余年来，皇帝孜孜念典，德业日新，剖决是非，权衡允当。今召见恭亲王等，谕以自本年冬至大祀圜丘为始，择日举行亲政典礼！"（隐去）

[鼓乐齐鸣，渐显巍峨朝堂，百官匍匐。

[内唱："一俟龙飞冲九霄——"同治阔步上。

同　治 （接唱）挟雷霆，卷狂飙，万里长空任腾遨，看天下仰我新朝！

众大臣 吾皇万岁，万岁，万万岁！

同　治 （唱）十余载听惯了山呼海啸，
却奈何从未曾制锦操刀。
今朝揽政登大宝，
只怕太后权不交。
欲待独断须善巧——
舜子！（接唱）
速速宣朕孝亲诏！

舜　子 嗻！"奉天承运皇帝诏曰：两宫皇太后垂帘听政以来，朝乾夕惕，备极辛劳。朕亲理朝政，倍感慈恩。念及圆明园为列祖列宗驻跸听政之地，未奉太后在园憩息，朕心难安。思虑再三，拟筹资重修，即着王公以下大小官员量力报效。钦此！"

众大臣　啊？这……

同　治　这也是太后多年夙愿！

翁同龢　皇上……

载　福　皇上圣明！圆明园乃举世无双万园之园，今日重修，必上合天心，下顺民意，堪称以仁孝临天下之盛举，微臣愿倾力捐修，并请领命督办！

同　治　哈哈哈……准奏！

[光急聚于众大臣。

翁同龢　载福曲意邀宠，荧惑圣听，误国、误国呀！

众大臣　三千多万两银子呀！

恭亲王　银子？就没看出皇上用心？

众大臣　怎讲？

恭亲王　一旦太后进了园子，大清将是谁之天下？

大臣甲　哎呀！倘若太后辨分明——

大臣乙　一山二虎必相争。

大臣丙　我等身陷夹缝里——

大臣丁　慢说银子，就这脑袋……保不齐哪天吹了灯！

众大臣　六王爷，快拿主意吧！

恭亲王　主意就一条，枪打出头鸟！

众大臣　（惊）拿福王爷开刀？

恭亲王　此前，他在西城无法无天，太后早有烦言，适才争宠督办，势必转嫁民间，若借此煞他嚣张气焰，这修园子的事儿嘛……

众大臣　妙！可……谁敢冲他下手？

恭亲王　翁大人。

翁同龢　不不，老朽……

恭亲王　呵呵，帝师尽可明哲保身，只需力荐一人。

翁同龢　谁？

恭亲王　你的得意门生——游百川。

翁同龢　他？

[光聚，渐收。

二

[一声朗笑，一束光引微醺的游百川上。

游百川　（唱）懵懂懂，时来运转，
一夜间，小编修迁御史一步登天。
恍惚惚，犹似梦幻，
一转眼，顶戴换水晶，花翎添一眼，
七品官成了五品大员！
那日巡查西城往，
恰遇见，福王爷纵子行凶市街前。
冲天一怒羁凶犯，
立判立斩平民冤。
弹劾奏章御前递——
福王爷呀！（接唱）
当谢你横征暴敛、助我锄奸，成就了游百川！
哈哈哈……
[灯亮，景显御史台。
[“游百川！”载福冲上。

游百川　哦，福王爷？（被一脚踢翻）

载　福　还我儿命来！
（唱）小小汉奴忒大胆，
竟敢在爷掌心翻。
堂堂宗嗣尔问斩，
不诛逆贼恨难填！

游百川　诶，世子非我所杀。

载　福　哦？

游百川　他惹的是王法。

载　福　你！（挥刀砍去）

游百川 （躲闪）挟私报复，诛杀命官，你可担得？

载　福 杀了你再说！

游百川 慢！在下有稀世墨宝一幅，何不先屈尊瞧瞧？（猛喝）请懿旨！

［载福惊跪。

游百川 呵呵，若无金刚钻，怎敢揽这瓷器活儿？怕是皇上也正惦记您呢。

［“皇上口谕！”一束光下显出舜子。

舜　子 “惊悉载福假以建园之名，聚敛殃民，中饱私囊，纵子行凶，劣迹昭彰，太后谕以严惩。即着吏部革其公职，废其私爵，永不叙用！”

载　福 啊？皇上！（隐去）

舜　子 呵呵呵……游大人。

游百川 舜公公。

舜　子 看不出哇，文弱书生也有雷霆手段。这不，皇上一高兴还赐了你个物件儿。

游百川 谢皇上恩典！

舜　子 拿下福王爷，还杀了他儿子，又挡了他的差，这事儿干得漂亮哦。

［游百川猛一激灵。

舜　子 别看修园子的事儿你还拧着，可皇上并不在意。哦，这玉玦有点儿分量，你就掂量掂量吧？（下）

游百川 （一震）玉玦？玉玦！

（唱）手捧玉玦心忐忑，

弦外之音更了得。

满者为环缺为玦，

分明是，无言警诫胜断喝。

天子佩玉玦，

自警莫自得。

转而赐予我，

暗喻君臣绝。
一个绝字惊胆裂，
这这这……无端胁迫又为何？
百思不解心头惑——

[景显游百川家。

游百川 哦！莫不是惩治宗亲并非圣意，而延宕了修园么——

（唱）看似功，却为过，皇上令我封口舌？

[“老爷！”周氏疾上。

周　氏 适才恩公来过，说皇上已新命诚明大人督办修园，恭亲王当即捐银两万。

游百川 什么？恭亲王……也唯诺应从？

周　氏 出了何事？

游百川 （示玦）玦者，绝也！

周　氏 啊？难怪恩公再三叮咛，嘱你别再递什么折子了。

游百川 怎么？翁大人他……他他也不许我讲话？

周　氏 不当讲就不讲。

游百川 不准我递折子？

周　氏 不当递便不递。

游百川 难道要我推聋作哑？

周　氏 恭亲王已然宾服，恩公也敛迹自全，你不推聋作哑又能如何？

游百川 天呐！一个个……竟都如此乖巧了！（痛吟）有意追陶公，奈何怜斯民。不忧家国事，枉作读书人！（怆然涕下）

周　氏 老爷！你可记得，早年在家晒场扬麦？

[游百川一怔。

周　氏 避开风头，撤身一旁，方可免扑面秕糠啊！

游百川 你……你也劝我……

周　氏 为妻是为你揪心呐！

（唱）妻知你，心头滴血痛难忍，
志在靖国怜庶民。

妻知你，不堪众僚墙头草，
更悲恩公亦收心。
煌煌朝堂列公卿，
怎不叹，竟无一人男儿身？
奈何迎头风正劲，
宦海激浪势欲吞。
今又玉玦示警诫，
也只能，强自忍，泪暗吞，万万不可逆龙鳞！

游百川 不管了？

周　氏 不管。

游百川 不问了？

周　氏 不问。

游百川 可我……

周　氏 抚琴去吧。

游百川 欲将心事付瑶琴？呵呵！若人人推聋作哑，个个远避风头，那这大清……

周　氏 大清是皇上的！

游百川 也是百姓的呀！当初建园，历五代、经百年，耗资庞巨。而今国运不昌，民生凋敝，若强力重修，势必朘削穷民，动摇社稷。我……我一朝廷命官，怎能置若罔闻不吭一气？

周　氏 那，你要作甚？

游百川 直言上疏，谏阻修园！（直奔书案）

[周氏夺笔。

游百川 拿来。

周　氏 玉玦在此。

游百川 拿来！

周　氏 它可容你落笔？

游百川 你与我拿来！

[周氏折笔。

游百川　你！落笔压死，罢笔憋死，那……还不如宁为玉碎！（欲摔）

周　氏　（扑通跪倒）一旦玉碎，天塌地陷呐！

游百川　夫人，那园子实实修不得呀！身为人臣，若上不能匡主，下亡以益民，我游百川……

[周氏欲夺玉玦，游百川猝不及防，跌落，急扑。

[静场。

游百川　它……碎了？

[周氏怔怔点头。

游百川　碎若……点点落花。

[周氏欲悲。

游百川　（凄然一笑）这下，倒无须上书了。

周　氏　老爷——

[切光。

二

[一声脆响，杯盘落地，一束光骤亮。

太　后　反了，简直是反了！修个园子跟挖他祖坟似的，这哪是冲皇上？打我脸呢！

（唱）大清入关百余载，

汉臣哪个敢不乖？

游百川，敕封御史方几日，

竟敢将钦赐玉玦掷尘埃，

以下犯上好大胆，

就不怕招得灭门灾？

休以为，哀家撤帘不问政，

看天下，谁又敢轻慢本宫撒野来？

文喜儿　太后息怒！以奴婢之见，这事儿……怕另有说道。

太　后　哦？

文喜儿　一个小小御史，若无人撺掇，谅他也没这胆子。

太　后　读书人都这臭毛病！三天不打，就敢上房……（猛收住）这回，小六子可是率先捐报的呀。

文喜儿　恭亲王何等聪明？自打罢了他的议政王，这朝中大事儿哪还消停过？

太　后　哼哼，那就杀鸡儆猴！

［“咣当”一声响，暗转，显出阴森天牢。

游百川　（披镣长吟）“一封朝奏九重天，夕贬潮阳路八千。欲为圣明除弊事，肯将衰朽惜残年……”昌黎先生，你我倒好有一比了！

（唱）一弯冷月透寒窗，

重重铁栏隔阴阳。

虽说蝼蚁也惜命，

生死间，更悲大清一言堂！

从来是，言路广开国运旺，

普天噤声必荒唐。

从来是，纳谏如流庙社稳，

却怎的，直臣贬、言官亡，千古悲歌不绝响，

空留这满腔遗恨痛国殇？

［伴唱：叹，心寄明主成奢望，

悲，情在奉国徒哀伤！

游百川　（唱）皇上啊——

怎忍见，国势衰微添人祸，

苍生无助频遭殃？

怎忍见，内忧外患一并起，

社稷飘摇付汪洋？

命悬一线无他想，

唯乞圣命可更张。

欲达天听苦无路——

（撩袍咬指）

［“住手！”翁同龢疾上。

游百川 恩师？

翁同龢 你你你……又要做甚？

游百川 （唱）一腔血，直泼青衫谏君王！

翁同龢 糊涂！太后杀你，意在敲山震虎，而皇上羁你，却是恨你执迷不悟！

游百川 哦？未必杀我？

翁同龢 生死由你。

游百川 若想活命？

翁同龢 俯顺圣意。

游百川 如若不从？

翁同龢 身首分离。

游百川 那恩师的意思？

翁同龢 性命攸关，从权考虑！

游百川 怎么，你要我违心附和？

翁同龢 这，也是无奈之举！

游百川 恩师！当初你曾谆谆教诲，士当以天下为念，效法先贤，苟利国家生死以，岂因祸福……

翁同龢 此一时彼一时嘛！

游百川 难道那些个匡世宏论、济民高谈，俱是银样蜡枪，尽可食言而肥？

翁同龢 你……

游百川 恩师啊恩师，学生……都不敢认你了！

翁同龢 汇东！

游百川 那，就容我留一世清名吧！（跪）

翁同龢 呆子！（一掌打去，唱）

枉读诗书不明理，
硬将隽才化青泥。
生死岂可作儿戏？
你不怜惜我痛惜！

可知道——

天子一言胜九鼎，

三尺矮檐头须低。

留得青山常常在，

一腔抱负方可期！

游百川　（淡淡地）不必了。

翁同龢　还要老夫求你不成？

游百川　学生怕了，怕落得千夫所指，怕辱没了恩师你半生清誉！

［翁同龢震动，无言地拍拍其肩，欲走。

［周氏负琴上。

周　氏　恩公……

［翁同龢叹息下。

游百川　夫人？

周　氏　老爷！

游百川　你怎么……

周　氏　我来看你。

游百川　此乃天牢死地。

周　氏　我来陪你！

［伴唱：一夜双双两鬓白，

执手语咽泪满腮。

最是痛处道不得，

诀别不肯哭声哀！

游百川　是我害苦你了！

周　氏　不，你是堂堂真男儿！

游百川　你不恨我、怪我？

周　氏　那日阻你不住，便更知老爷真性情了！

（唱）妻不恨，不恨你不同流俗性耿介，

妻不怪，不怪你诤言招致无妄灾。

若要恨，只恨为妻见识短，

不解丈夫大情怀。
若要怪，只怪上苍浑无道，
不佑家国栋梁材。
情知此劫难更改，
负琴唱挽伴你来。
今夜痛扯裙一缕——
（撕裙戴孝，接唱）
待来日，披孝扶棺午门外，妾身与你同穴埋！

游百川 （热泪飞迸）夫人呐——（砰然一跪）
[一声炸雷。
[周氏和泪抚琴，声如裂帛，游百川跽坐聆听……
[光聚，渐收。

三

[昏暗中一声高呼："传游百川御书房觐见呐！"
[一串雷声滚过，光渐启。
[御书房内，同治心烦意乱，强自按捺望雨。

同　治 （唱）听天外，惊雷频催倒春寒，
望飞檐，冷雨更激心头烦。
秉政大计未甫定，
却见那，云中推手暗中翻。
本已乱雨遮望眼，
斜刺里，偏又冒出个不长眼的游百川！
这呆子，自恃才高多忧患，
屡屡直面触龙颜。
这蠢材，常诩师古效忠烈，
每每浑搅乱局间。
执迷狂慢敲不醒，
迫慑警诫亦枉然。

一旦闹至天机泄，
太后闻听必擅权。
为防大患当立断——

［游百川上。

游百川　罪臣游百川叩见皇上！

同　治　（忽换笑脸）爱卿不必拘礼。
（唱）趁夜阑，君臣对酌把手欢。

游百川　（一怔）罪臣不敢！

同　治　拿酒来！

［舜子捧酒上。

同　治　（唱）玉杯琼浆映天心，
珍宠怜才方为真。

游百川　（唱）自知死罪当不赦，
弗敢僭越犯至尊。

同　治　（唱）今夜莫论罚与罪，
只作酩酊率性人。

游百川　（唱）浩荡皇恩莫敢受，
来世再剖赤子心。

同　治　（唱）何以再三拂朕意？

游百川　（唱）戴罪之身难侍君。

同　治　为游大人更衣！

舜　子　嗻！（捧出朝服）

游百川　这……

同　治　这也坚辞不受？

游百川　谢皇上不斩之恩！

同　治　呵呵！游爱卿，你看这蚕月时节，本当清风如醉，却陡起一派蛮烟瘴雨，阴冷袭人，大有倒转乾坤之势哦。

游百川　哦……

同　治　依爱卿看来，此乃好雨知时节，抑或淫雨不常在呢？

游百川 自然是……骤雨消歇日更红。
同　治 雨不长久?
游百川 不久。
同　治 无碍日出?
游百川 无碍。
同　治 那它，岂不是空劳一场?
游百川 这个……
同　治 雨来风借力，作势挟其行，这也尽怪不得雨吧?
游百川 哦，是是。
同　治 哈哈哈……
（唱）携爱卿，隔帘望雨添酒兴，
游百川 （唱）一句句，微言软语藏机锋。
同　治 （唱）君臣间，肝胆相照摒猜忌，
游百川 （唱）一字字，直捣心头莫名惊。
同　治 （唱）有道是，酒逢知己千杯少，
游百川 （唱）却分明，半盏苦酒险象生。
同　治 （唱）观此杯，一天风雨收不尽。
游百川 （唱）消歇处，却已冷汗透三层。
同　治 （唱）来来来，举杯放怀且畅饮，
游百川 （唱）乞万岁，杯中之意道分明!
同　治 爱卿果真聪颖率直!朕来问你，何年殿试入宫?
游百川 本朝元年。
同　治 与朕同历一个生肖轮回?
游百川 一十二年。
同　治 是啊!朕冲龄即位，历尽沧桑，全赖两宫皇太后亲裁大政，以致一十二载尚不能令圣慈燕憩颐养，朕怎不悚仄在心，终朝悽惶?修园事亲，以承慈欢，实乃上应天道，下合伦常，你亦有双亲，怎不体恤朕心，反倒横拦竖挡?
游百川 皇上……

同　治　莫非陷朕于不仁不孝之境地，尔等才如愿以偿？

游百川　奴才不敢！

同　治　你也是受人蛊惑。来！（拉至案前）

游百川　这是……

同　治　亡羊补牢，重撰奏章。

游百川　重……写什么？

同　治　抨按非议，力倡修园。

游百川　什么？

同　治　教那些唯恐天下不乱之伪臣，闭口收敛！

游百川　哎呀皇上……

同　治　朕这支御笔，不知你可顺手？

游百川　不不……

同　治　朕亲手为你研磨可好？

游百川　使不得、使不得呀皇上！

同　治　来来，朕为你绾起袖口，也好从容下笔。

游百川　皇上、皇上，折煞微臣了哇！（仆倒）

（唱）游百川，何德何能，
竟敢冒天下之大不韪，儆动圣躬？
游百川，非贤非圣，
又怎敢，大不敬，劳万岁递笔研墨绾袖笼？
那贡砚，岂敢碰？
这御笔，焉能擎？
抨按非议非本意，
力倡修园又怎能？
皇上啊——
臣持另见非忤逆，
犯颜直陈为大清。
捣地恳乞收成命，
天下无事自安宁！

同　治　朕收回成命，天下安宁？

游百川　是是。

同　治　那朕交出玉玺，岂不万众欢腾？

游百川　这这……

同　治　朕本想令你回心转意，而你却一而再、再而三逋慢欺君，你何苦代人受过，殃及你游家满门？（将御笔奏折掷去）

[游百川直愣愣盯着御笔，惊颤不已。

同　治　（不容置疑地）写！“臣游百川启：皇上修园，非家事而关国体。人臣响应，非盲从而为履忠。臣枉挠圣意，负罪惶恐。为挽不臣之过，恳乞举万众之力，造旷世工程。凡有怠慢，当刑则刑。叩请圣裁！”

游百川　（抖抖提笔，饮泪写下）皇上！

同　治　哈哈哈……

[收光。

四

[一束光下，翁同龢愁绪萦怀，披衣遥望天穹。

翁同龢　（唱）一夜惊雷终去远，

破晓益发心倒悬。

忽闻圣上夜召对，

顿不知，当悲当叹执哪端？

汇东此去不屈就，

痛失英才泪不干。

他若低头避凶险，

叹大清，再无诤臣敢直言。

愁如飞絮纷纷乱，

却只能，楚河汉界待终盘。

[长随翻上。

长　随　大人，游大人已安然出宫。

翁同龢 哦？

长 随 可不知为何，他行至半路却踯躅街头，忽又折身而返。

翁同龢 去往哪里？

长 随 直奔宫中。

翁同龢 哎呀不好！天怜英才也好，委曲求全也罢，既然逃得一命，何必再去送死？

[暗转，渐显幽深街巷。

[内唱："磕绊绊恓惶惶长街游荡——" 游百川踉跄上。

游百川 （唱）悲切切，迷茫茫，凌乱衣衫裹皮囊，浑不知魂归何方？
回首望路尽头满目凄怆，
只有这孤零影儿跌跌撞撞、汲汲皇皇！
我也曾，士林放胆抨时政，
却怎的，百丈豪情付黄粱？
我也曾，御前仗言无所惧，
却怎的，淫威之下张皇失措改弦更张？
我恨呐！恨书生百无一用，
愧对了家乡父老、白发爹娘、多难家邦。
当初一诺千钧重，
又怎能，忘初心、匿衷肠，弃正见、惧担当，
朝秦暮楚小人样，落得个千古骂名、亵渎忠良？

[伴唱：道不尽，满腹愧疚，
诉不完，一腔悲凉！

游百川 我……我做了什么？做了什么！我怎干出这等龌龊勾当？不成，我得回，我得面见皇上，讨回奏章！

（唱）荒唐荒唐忒荒唐，
肮脏肮脏太肮脏。
似我非我却是我，
欺人欺世欺上苍。
为挽此咎宫中闯——

（猛一趔趄）

［伴唱：陡然间，惊魂一喝震耳旁！

［一束光骤亮，显出同治。

同　治　朕本想令你回心转意，而你却一而再、再而三逋慢欺君，你何苦代人受过，殃及你游家满门？（隐去）

游百川　（跌坐）一步闯入，便断无生路，我死就死了，可游家老老少少百余人，怎可受我牵累横遭屠戮？不，不能啊，就当我……聋了、哑了、瞎了、死了吧！

（唱）聋了好，不闻民间多不幸，

哑了好，纵有不平不作声。

瞎了好，世事颠倒再不见，

死了好，任它天崩也不惊。

一了百了甩手去，

管什么大清不大清？

［伴唱：仰天一叹泪飞迸，

身似黄叶独飘零！

（颓然下）

［“汇东——”翁同龢策马上。

翁同龢　（唱）马蹄踏碎青石板，

横穿斜巷将他拦。

一路寻呼人不见，

蓦回首，背影闪处是百川！

（追下）

［游百川恍惚上。

游百川　修不修园，关我屁事？天下大乱，与我何干？不管了，不问了，抚琴去吧。

［“铮”的一声琴响，显出周氏。琴声激越……

游百川　（登时周身震颤）夫人！

［琴声戛然而止，周氏隐去。

游百川 夫人？夫人……你，是在骂我吗？骂我豪气干云，大不过天桥把式嘴巴蒙人。骂我秉直疏狂，终不过驴粪蛋子外面光。骂我墙头草，骂我缩头龟，骂……我就如此不堪？我好歹是读书人，大小是御史言官，若拿不回奏章，我何颜面对吾妻、面对苍天？（回身欲走）

[翁同龢冲上，人马相撞。

翁同龢 （急扶）汇东！

游百川 （支撑着）恩师，劳你扶我进宫。

翁同龢 又去作甚？

游百川 那新撰奏章，实属被逼无奈呀！

翁同龢 你待怎样？

游百川 讨回奏章，死而无憾。

翁同龢 我就知你成心找死！跟我回去。

游百川 扶我进宫。

翁同龢 跟我回去！

游百川 恩师！你非要逼我做小人么？

翁同龢 不做小人，亦不可为真君子呀，懂吧？

游百川 不懂，也不想懂！（跌撞走去）

翁同龢 （顿足）汇东，去不得呀！（隐去）

[一束光下，文喜儿奔上。

文喜儿 太后！太……（一跤趴下）

太　后 文喜儿，抢死呢，你？

文喜儿 回太后，适才翁大人跑来递了个话儿。

太　后 他也学着嚼舌头？

文喜儿 不不，听话音儿，修园子可不为修园子呀。

太　后 那为什么？

文喜儿 您老若进了园子，这宫里宫外的事儿不就成了……

太　后 放肆！皇上是我身上掉下的肉。

文喜儿 奴才多嘴！

太　后　有屁就放吧。

文喜儿　嗻！奴才以为，皇上已非当年，不然，怎会驳您懿旨放了游百川，还逼他力倡修园？皇上着急着呢。

太　后　是嘛，那我倒要看看，我那亲儿子能憋出什么尿？

（唱）难怪说，老猫教虎留一手，

教会它上树命堪忧。

哀家扶儿登大保，

孰料想，罔极之恩反成仇。

这不退之退怎再退？

淳儿呀，大不该倒逼母后动权谋！

［暗转，景显朝堂。

同　治　众爱卿，这修园之事，再无旁议了吧？

众大臣　哦……

恭亲王　皇上，听说福建道督察御史游百川……

同　治　哈哈，你那是老黄历喽！

（唱）言官总爱秉异见，

卖弄清卓生事端。

好在知过今已改，

转而拥戴朕修园。

质疑莫如抬眼看——

舜子。（接唱）

传予列位细细观。

舜　子　嗻！（转递奏章）

众大臣　（围拢）啊？这小子当真把我等卖了？

同　治　不妨朗声一读。

［“且慢！”游百川一个跟头跌入。

恭亲王　你干的好事！

游百川　这不作数，这不能作数啊！（一把夺过）

（唱）非我所愿非我想，

满纸泪痕浸荒唐。
为保家门乞君上，
违心书就苦难当。
辱没先人羞煞我，
枉为士子断脊梁。
斗胆折返龙廷闯，
死也扯碎这奏章！

（撕碎扬盾）

［众惊。

同　治　大胆！竟敢出尔反尔，欺君罔上，来呀！将这乱臣贼子推至午门……

［“等等！”文喜儿嘻嘻笑上。

文喜儿　传太后口谕：“游百川一心事国，忠贞可嘉，特请皇帝赏穿黄马褂，绕城一周。”

同　治　这，这这……（颓坐）

［光渐收。

五

［几声怪笑，一束光下显出得意的恭亲王。

恭亲王　这游百川，还真是个人物！

（唱）乍看一副文弱样，
却有那，能扛事儿的硬肩膀。
虽说脑瓜不灵透，
顺毛倔，戗毛犟，邪驴才好派用场。
皇上拿他钳众口，
太后借他揽朝纲。
当初本王选中他，
也不枉，我一番苦心费思量。
今日设宴画楼上——

［游百川上。

游百川 （唱）活过来的游百川，满腹狐疑见恭王。

［恭亲王击掌，一束光下顿显怀抱琵琶的歌女。

游百川 见过六王爷。

恭亲王 本王迎候多时了，请！

歌　女 （唱）轻拨丝弦慢行腔，
未等开口泪两行。
天涯沦落成歌女，
不由想起奴的郎……

［喝彩声爆起。

游百川 哦，王爷，游某一向远离浮艳绮靡之所，我还是……

恭亲王 诶，今日为你压惊贺喜，这琵琶新唱也是为你点的哟。

歌　女 （唱）奴与郎，自幼结伴在水乡，
情笃意厚终成双。
本指望，安贫守道人偕老，
不料想，官家征徭役，棒打苦鸳鸯！

游百川 这说的，可是修园之祸？

恭亲王 不错。

游百川 不听也罢。

恭亲王 呵呵，你看我天朝大小臣工，哪个遇事不是稳若泰山？

游百川 那是坐等出事！

恭亲王 哈哈，痛快！何不把盏一叙？

游百川 只怕王爷也并无闲情吧？

恭亲王 一言中的！不然，怎会力荐你出任御史？

游百川 你？

恭亲王 翁大人也是听了我的主意。

游百川 哦！

恭亲王 汇东啊，若非你挺身而出，只怕这修园闹剧……

游百川 呵呵，六王爷不也于闹剧之中捐银两万么？

恭亲王 我就知你有气！可你哪里知道，这里面人人煞费苦心，个个迫不得已？

游百川 哦？

恭亲王 太后恋栈，人所共知，而皇上已然大婚，撤帘归政便成大势所趋，这不让之让岂非无奈之举？

游百川 此其一。

恭亲王 皇上亲政，百废待举，本当求新图变，却囿于太后干政，不得不以孝亲之名，请其远离，这个中滋味么……

游百川 你是说修园是假，权争是真？

恭亲王 任其下去，大清亡矣！

游百川 那，你这股肱之臣怎不力谏力阻，反倒推波助澜，虚与委蛇？

恭亲王 太后尚不知就里，甚或亲手绘图操笔，我这失意亲王多说一句，不仅于事无补，反会徒生嫌隙呀！

游百川 堂堂千岁尚且如此，那这偌大朝堂，可还有人临危蹈难，了此残局？

恭亲王 有。

游百川 谁？

恭亲王 你。

游百川 我？

恭亲王 也只有你，才能警醒太后，从而挟制圣上，重振威誉！

[游百川不由倒吸一口冷气。

恭亲王 （唱）唤汇东，莫惊诧，

古往今来，深宫何曾不斗法？

看似诏令安天下，

局外人，又谁看透雾中花？

此番尽掏肺腑话，

只望你，眼瞪大，莫犯傻，谂知效命为哪家。

只要撩得龙虎斗，

你与我，何愁来日不腾达？

游百川　呀！

［光急聚于游百川。

游百川　（唱）听听听……一番浑话发根参，

我我我……两耳轰鸣活惊煞。

本以为，效死输忠为报国，

万不料，竟陷这深宫戏法难自拔。

本以为，秉公任直怀天下，

万不料，竟被玩弄股掌上，

活像个楚楚可怜、戚戚可悲的大傻瓜！

一腔血换来个春秋大梦，

待醒来，胸口几欲炸，訇然天将塌。

想哭，哭哪个？

想笑，笑谁家？

哀大莫过心已死，

哪堪木匠自戴枷？

与其宫中任戏耍，

倒不如，挂冠一去归故里，青堂瓦舍话桑麻！

［一声号子传来，显出蜿蜒河堤，众纤夫拉纤上。

纤老大　（唱）一声号子哎——

众纤夫　（唱）嘿哟嘿哟，震塌一方天，

纤老大　（唱）一根纤绳哟——

众纤夫　（唱）嗨嗖嗨嗖，拽倒万重山。

纤老大　（唱）官家闲来逗乐子，

众纤夫　（唱）百姓又闯鬼门关。

嘿哟嘿哟……（渐远）

［游百川登高追望，不由心潮激荡。

游百川　（唱）号子声声冲霄汉，

直激得，心头霎时起狂澜。

纤夫字字千般恨，

吼出了，天下百姓活命难。
根根纤绳扯心肺，
个个脚窝碾胸间。
我若一怒辞官去，
安忍只作壁上观？
身为言官当死谏，
舍我其谁代民言？
[切光。

六

[一束光引众大臣提灯笼鱼贯上。

众大臣　（念）摸黑起，赶早朝，
心头咚咚乱鼓敲。
近日皇上气不顺，
生怕惹来一腚臊。

大臣甲　（念）怕乱套，准乱套，

大臣乙　（念）宫中一地烂鸡毛。

大臣丙　（念）万岁这回玩大了，

大臣丁　（念）错把太后当病猫。

大臣甲　（念）偏又恭王从中搅，

众大臣　咳！
（唱）这夹板日子更难熬！

大臣丁　呀，快瞧！

众大臣　妈耶！热闹了。（隐去）
[伴唱：一杆灵幡迎风摆，
一口棺木穿长街。
一身缟素红墙外，
一腔悲愤闯宫来！
[伴唱中，游百川托顶戴、携披孝的周氏上。

游百川　夫人！今生负你，下世奉还，请受汇东三拜！

周　氏　为妻……在此等你了！（跪）

［游百川一震，慨然走去。

［丹陛大乐轰然响起。暗转，渐显朝堂。

众大臣　吾皇万岁，万岁，万万岁！

同　治　哼，一个个镇日山呼万岁，眼里却只有太后，哪有皇上？

恭亲王　皇上太后，本是一家。

同　治　既然一家，还请什么懿旨，拉什么党羽？

恭亲王　这……

同　治　这把龙椅，让与你坐？

恭亲王　奴才绝无二心呐，皇上！

同　治　（唱）谁不知恭王有大谋，
八大臣亦曾满盘输。
两万白银作烟幕，
私下里，瞒天过海屡设阻。
道道圣诏推不动，
哪一回，不是你机关算尽费功夫？

恭亲王　奴才冤枉啊！

［舜子疾上。

舜　子　皇上！游百川擅自闯宫，已被拿下。

同　治　来得好！也免得枉费了恭王那桌上等酒菜。（招手）

舜　子　宣游百川上殿呐！

［“领旨！”游百川上。

游百川　（唱）九重宣召挺身往，
撩袍托冠进朝堂。
玉阶彤庭顿首拜，
待亡之臣面君王！

同　治　哈，待亡之臣？

游百川　百川此来，自知黄泉路近。

同　治　那还前来送死？

游百川　只为把话说完。

同　治　你若不说，列位怕也心有不甘。讲！

游百川　谢皇上！

（唱）臣自幼生长在黄河尾岸，
见惯了穷苦人备受熬煎。
因此上，多年寄望遇明主，
盼只盼，竭智尽忠、披肝沥胆，还大清一个国泰民安。
不承想，皇上孝亲成首选，
敕令派捐为修园。
墨吏乘机多聚敛，
激得变民又揭竿。
本已库藏近告罄，
外夷环伺在周边。
星火若成燎原势——

皇上啊！（接唱）到那时，谁又管，修不修园，争不争权，
国将不国难倒转，
最苦还是百姓难！

同　治　好一番慷慨陈词！堂下可有人附议？翁大人？

翁同龢　老臣……不敢苟同。

众大臣　是是，不敢！

同　治　呵呵，这“不敢”二字，颇值玩味哟。

游百川　还有一句，更当玩味。

同　治　哪句？

游百川　天下人不直陛下久矣。

同　治　怎讲？

游百川　陛下误举，臣僚误顺，早无一人肯为大清正言了！

同　治　你……

游百川　君者，天下臣民之主也。惟其为天下臣民之主，责任至重。凡

民生利病，无不尽系一身。而臣者，辅君道，呼民声，乃为江山万世谋也。若臣不尽言，主不达听，则灾祸隔绝，江山危矣！夫人子尽孝，天性使然，吾皇事亲，不啻垂范。然，为此疲敝民力，耗尽国帑，又为圣主所不为也！

同　治　够了！

（唱）孝亲本乃朕家事，

何劳尔等多微词？

游百川　（唱）修园已然撼国本，

臣子岂能任由之？

同　治　（唱）溥天之下皆王土，

衔报慈恩何足惜？

游百川　（唱）倾尽国力为一娱，

动摇民心失丕基。

同　治　（唱）纵有蟊贼不足道，

平乱只需动王师。

游百川　（唱）动辄杀伐必激变，

哪如与民养生息？

同　治　（唱）满口大言道民意，

忤逆朕心罪可知？

游百川　（唱）竭忠死谏为社稷，

身为言官怎敢辞？

同　治　（唱）一派胡言谁教你？

游百川　（唱）古圣先贤皆吾师。

同　治　（唱）出头椽子必先烂——

游百川　呵呵！

（唱）臣不当罪天下知！

同　治　说！是哪个唆使你冒死一辩？

游百川　是皇上、是先王、是大清祖制，让臣知无不言！

同　治　这……

游百川 皇上啊！当初撤帘归政，举国忻忻，谁不望革除旧弊，咸与维新？孰料开山之举，竟是修园事亲，怎不令朝野大哗，万姓忧心？然，君不思过，反罪直臣，从而阿谀曲从成风，逆耳忠言不闻，以致君逼臣，官逼民，层层抽剥，积怨日甚。更有天灾频仍，匪患厮侵，放眼望去，遍是难民汹汹，哀号滚滚。倘若外寇乘虚而入，我大清库银无几存，舰炮不成军，即便上下同心，又有胜算几分？况且修园伤民，亿兆国人还有几多壮士肯冲锋陷阵、奋不顾身？皇上啊皇上，一旦内外生变，你你你……便是亡国之君！

［同治拍案震怒，忽又斜睃众臣。

同　治 他，骂得好与不好？可都暗自称许？哈！朕还真落得孤家寡人。也好，孤便孤，寡便寡，反倒从中看出是谁暗中作祟，是谁图谋不轨，是谁朋比为奸，是谁网罗逆贼！

游百川 臣从来一人做事一人当。

同　治 哼哼！你一人就能做得御史？就可请动懿旨？就敢弹劾载福？就会闹得天翻地覆？来呀！将这班图谋不轨的诈伪之臣一并罢黜，贬为庶民！

［切光。

七

［伴唱：抛却了，顶戴花翎，
辞别了，繁华帝京。
布衣芒鞋归故里，
此一去，路也迢迢，雨也蒙蒙。

［启光，渐显燕郊乡路。

内唱："一朝罢官大梦醒——"游百川一袭长衫上。

游百川 （接唱）洒脱脱，置身尘外好不忘情！
沿途饱览漫坡绿，
时而蓦见一点红。

茅屋闻犬吠，
炊烟绕笛声。
乡野独好养心性，
艳羡荷锄田头翁。
撇舍身前身后事，
终其老，一犁一钵一卷经。

[周氏擎伞上。

周　氏　（唱）看似他，云在青天水在瓶，
却分明，心头郁结万千重。
无以劝慰强颜笑——

游百川　夫人，看这燕郊之地，远山近水，烟雨迷蒙，小村散落，宛若仙境，即便比之当年的圆明园……（收住）

周　氏　你呀！
（唱）从此无官一身轻，何必烦恼耽于胸？

游百川　信口一说，而已而已，哈哈哈……（忽闻马蹄声，回首张望）

周　氏　嗨，路上往来之人，与你何干？

游百川　对对，大路朝天，各走一边。
[“汇东慢走！”翁同龢打马疾上。

游百川　恩师？

翁同龢　快，回京履任！

游百川　怎么？皇上他……

翁同龢　皇上一意孤行，太后震惊，怒饬圣上，反躬自省。太后言道：若无群僚辅佐，哪有今日大清？遂拟懿旨，尽数复官，去者返京。

游百川　那，修园工程？

翁同龢　立收立停！

游百川　着哇！此乃国之大幸，民之万幸！

翁同龢　来，上马！

周　氏　汇东……

游百川 恩师，我虽心事已了，却也无心为官了。

翁同龢 为何？

游百川 （唱）历尽劫波心灰冷，
厌倦皇家尔虞争。
纵是我心思报国，
一池浑水撇不清。
何如荒村沽老酒，
半卧田头笑人生？

（揖别）

翁同龢 回来！

游百川 回我山东。

翁同龢 站住！

周　氏 望恩公放行。

翁同龢 非走不可？

游百川 走了清净。

翁同龢 主意已定？

游百川 恕不从命。

翁同龢 再不顾天下百姓？

游百川 惭愧！书生无能，不堪大用。

翁同龢 那……你走，走出这龌龊之地，远离这腌臜大清！

二　人 恩师（恩公）？

翁同龢 （顿显苍老）汇东啊，我不留你，可大清不能再无诤臣了哇！君有君威，臣有臣份，纵然天下无道，亦当报国安民吧？为师亦曾年少气盛，几番着恼，却欲罢不能。宫中乱象，早已见惯，孰浊孰清焉能不明？大凡清狷，多有贤士，而贤士哪个又无苦衷？老夫磕绊走来，虽说再无当年之勇，却还眼巴巴瞅着盼着诤言莫停。今日豁出老脸，代万民，求汇东，胸怀天下、忍辱负重、宁折不弯、铁骨铮铮，重塑那一代士林新风！（砰然跪倒）

游百川 恩师！您愧煞学生了！（与周氏同跪）

（唱）恩师剖心道隐衷，
堪比耳旁炸雷霆。
百川不该动意气，
居然轻抛士子风。
若非常忧家国事，
怎敢厚颜称书生？
回手牵马恩师请，
重抖精神返帝京！

翁同龢　好哇！

周　氏　可那……那是再入龙潭呀！

游百川　（仰天一叹）不忠君王事，焉能不报国呀！

［伴唱：卷帙浩繁著清史，
鲜有诤臣人共知。
拂尘细看断裂处，
又谁浩叹泪还湿？

［伴唱中，游百川的画像徐徐而落……

［光渐收。

（剧终）

附：

一代诤臣的两难境地
——京剧《游百川》创作谈

王新生

这是个命题作文，而且令人猝不及防。

那日，市里宣传部部长、文化局局长和京剧团团长突然登门来访，力邀为本地写个京剧，圈定的题材是市郊中游村的一位历史人物游百川。不知是我孤陋寡闻，还是滨州的历史名人太多，反正此前我对游百川几乎一无所知。明摆着，这事要难为他猴哥了。

果然，我在翻阅了少得可怜的历史记载后，发现同治年间的这位福建道督察御史平生只做过四件事：一是不避权贵，奏劾惩治了在帝都西城撒野的某王爷的两个儿子；二是谏阻重修圆明园，说他曾“侃侃正言”“声震殿瓦”，且“毫无惧色”，穆宗为之动容，遂改初衷；三是临危受命，治理黄河，“轻骑巡视”“散粮急赈”，并“奏请筑两岸遥堤，复于其内筑缕堤，使黄河水不致泛滥”，政声甚好；四是总督国家粮仓，因“仓廒火灾”而被罢官。有人说，写就写他杀宗亲。泰山压顶，宁折不弯，绝对有戏，可杀宗亲能杀出什么新意？慢说史料上仅一笔带过，即便记载得波谲云诡，无非又多一出“刀铡陈世美”，嚼过的馍能香到哪儿去？有人说，那就写他治理黄河。黄水滔滔，百姓流离，非百川不足以治水患、抚黎民，多么彰显其伟岸形象？可我觉得：治河再难，无非是面对艰难险阻或与幕后硕鼠斗法，充其量再造一位“青天大人”，或再弄一个司空见惯的公案戏，其价值几何？显然，此路不通。

直觉告诉我，自古华山一条路，唯谏阻重修圆明园一事可挖。然而，煌煌清史却有意无意地黯淡了这位老先生，史家或说是皇家并不待见他，除了说他“声震殿瓦”和李鸿章赞其为“一代诤臣”外，并无其他翔实记载。那么，游百川还是个尘封的符号化人物，很难“活”过来。

别无他途，唯有潜下心来抽丝剥茧，逼近历史。

正史、野史、传说乃至不成样子的文学作品，但凡能搜罗到的史料书籍一概码放案头，努力从历史的空白处、断裂处和夹缝中去寻找他的人生轨迹，去捕捉决定其命运的性格特征，同时大量查阅与重修圆明园相关的各类人物和这一事件的缘起以及重重内幕。终于，功夫不负有心人，那些原本不起眼的散金碎玉逐渐清晰地穿成了一条令人惊艳的“玉珠串”。

一个人的历史便是全部历史。

公元 1861 年，咸丰帝驾崩，爱新觉罗·载淳作为咸丰唯一存活的儿子和慈禧的亲骨肉六岁登基，年号“祥祺”。同年，不肯受制于顾命八大臣的慈禧联手恭亲王，或杀或废清除了异己，改年号为“同治”，以示两宫皇太后临朝同治，实行“垂帘听政”，并将次年定为“同治元年”。十二年后，载淳大婚，方才熬到太后撤帘归政，这在清史上也是绝无仅有的特例。18 岁才大婚、才亲政的同治帝自然不想再受人摆布，于是，煞费苦心又迫不及待地以“娱亲”之名昭告天下重修圆明园，意在将两宫皇太后请出权力中心——紫禁城。而贪图享乐又颇为“恋栈”的慈禧却不明就里，满以为这是亲儿子为圆她在咸丰年间就撇舍不下的修园梦，自然大喜过望，全然不顾朝野大哗，数次亲临圆明园并亲手绘图。于是，一幅震动朝野、潜藏危机的“帝后之争”的宫斗图就此铺展开来。随之，一干人等便不得不卷入这暗涛汹涌的漩涡之中，而一向以天下为己任的游百川在这场人为的祸乱中自然被推向了风口浪尖。

一边是新帝急于擅权，一边是太后依旧“恋栈”；另一边是恭亲王从中搅局，还有一边是恩师翁同龢首鼠两端，只有这个不知情、不长眼、不知进退的游百川死活抱定了家国情怀，一而再、再而三地力阻修园。就这样，一个被玩弄于几方势力股掌之上的古代知识分子的悲剧命运便成为不可逆转的必然。

游百川，活了，尽管活得艰难。

写历代知识分子，这是个全新的角度、全新的发现，它令我兴奋且热血偾张。试想，忧国忧民历来是知识分子与生俱来的天赋使命，一旦事关百姓疾苦、家国危难，焉能不挺身而出、仗义执言？游百川初为御史言官，又怎会视而不见、敛迹自全？何况，圆明园当初建成“历五代、经百年，耗资庞巨，而今国运不昌，民生凋敝，若强力重修，势必朘削穷民，动摇社稷”呢？他，退无可退，哪怕是心有戚戚，痛感“聋了好、哑了好、瞎了好、死了好”之后，不还得以“待亡之臣”的悲壮完成其无奈之举？这是他的宿命。其实，在这场荒唐闹剧中哪个人物又不是不得已而为之？同治帝，好不容易熬到亲政，大清百废待举，本当求新图变，却囿于太后干政，不得不以孝亲之名请不肯交权的亲娘老子远离，这个中滋味恐怕也只有这位新帝晓得。

慈禧呢？太后“恋栈”，人所共知，而皇上已然大婚，撤帘归政便成大势所趋，尽管稀罕园子，但与秉政大计相比也就不在话下，但是不让行吗？这不让之让岂非无奈之举？

恭亲王，本是帝王之才，什么事儿能瞒过他的法眼？修园乃亡国之举，他当然明白，奈何此前身高欺主惹了太后，刚被摘去摄政王的帽子，这会儿若在帝后之间多说一句，不仅于事无补，或许还会徒生嫌隙，他不虚与委蛇、暗售其奸又能如何？

翁同龢，身为帝师，又是游百川的座师，更是他的举荐之人，明知大清不可没有诤臣，却又担心自己的门生不知死活，落个再无诤臣的结局，怎不“愁如飞絮纷纷乱，楚河汉界待终盘”？

周氏，与游百川相依为命又是知根知底的妻子，最怕的就是性情耿介的丈夫触犯龙颜，谁知越是劝阻越发引出祸端，丈夫临危蹈难，她怎不肝肠寸断？但她能做的却不是救他生，而只能是披孝抚琴伴他赴死，她还有其他选择吗？

总之，人人不得已，个个叹两难，哪一个不是人性使然？哪一个又不背负着那个特定的历史环境下的文化印记呢？更为悲催的是，所有人的无奈叠加在一起，便将游百川死死逼进了难以挣脱的两难境地。

死里逃生，是他的侥幸。修园之痛，却是大清之殇。同治帝的一厢情愿，最终因游百川的冒死直谏惊动了太后而落败，修园便成了一出历史的荒诞闹剧。在这场闹剧中，游百川与不少古代知识分子一样，始终抱定为民大义和家国情怀，不做官时想做官，做了官却又厌倦了“宫中何曾不斗法”，几死几活之后，怎不想“挂冠一去归故里，青堂瓦舍话桑麻”？对此，饱经沧桑的翁同龢何尝不懂他心头隐痛？然而，为了江山社稷、天下百姓，也只能求其返京，以期重塑那一代士林新风。身为士大夫的游百川怎不为之震动？又怎能不答应回京履任？在家国同构的旧时代，君即国，国即君，游百川纵是壮怀激烈，也只能化作仰天一叹：不忠君王事，焉能不报国呀！嗟乎，两难中的历代知识分子！

2019 年 10 月 15 日

·广东汉剧·

诗 娘

自梳女，一个并不遥远的故事

——题记

时 间： 清末民初。

地 点： 岭南某地，怡心堂。

人 物： 诗 娘——女子学堂的学生，后为怡心堂小妹。

吴苏妹——怡心堂创建人，自梳女敬重的大家姐。

雅 琴——怡心堂中的二姐。

家 宝——西学堂学生，后为诗娘的丈夫。

众姐妹 父亲（剪影） 男人 女人 乡民 学生 清兵 新娘

序

[一束光投向高高耸立紧紧闭合的趟栊门。

[凄婉压抑的筒声幽幽响起……

[伴唱：冷雨潇潇幽巷深，
韶光不度掩重门。
如烟往事成旧照，
谁怜当初女儿心？

[伴唱中，滞重的趟栊门缓缓开启，渐显两组泛黄的自梳女旧照。

[吴苏妹由旧照中缓步走出。

吴苏妹 （唱）女儿心，女儿身，
百般摧折谁垂悯？
姐妹自梳相依傍，
从此无意恋红尘。

[雅琴亦郁郁走出。

雅　琴 （唱）恋红尘，绝红尘，
天地不容做女人。
静堂终老亦含恨，
孤灯长夜伴冷衾。

[造型，又如往昔旧照。

[凝重的画外音：自梳女，一个发端于岭南，兴于明、盛于清、衰于民初的极为独特而神秘的女子群落。她们自梳发髻，终生不嫁，聚居于姑婆屋终其一生，留给了后人无尽的叹惋与思考……

[光渐收。

[筒声悠悠……

一

［启光，渐显阒寂幽深的雨巷。

［突然，学生装束的诗娘仓皇奔上，忽然意识到什么，掉头沿巷疾疾寻找，终见一熟悉墙头，不禁触景生情。

诗　娘　家宝，你在哪里呀？

［闪回。歌声，渐强：“众学生，勿彷徨，以尔身，为太阳，照尔祖国以尔光……”

［枪声骤起，有人疾呼：“清兵开枪了，快跑！”

［伴唱：枪声起，马蹄疾，
血溅反清旗。
乱尸堆中才爬起，
又见追兵急！

［伴唱中，游行学生们跑上，枪响，有人倒地，诗娘惊呼扑去。

家　宝　快走！（将其急扯于暗处）

［枪声、马蹄声，诗娘惊恐地扎其怀中。

［一队清兵策马追上，远去。

家　宝　（嘘口气）走了。

诗　娘　走了？（忽觉尴尬，忙松手）

家　宝　哦，你没事儿吧？

诗　娘　没……呀，你流血了！（掏出丝帕包扎）疼吗？

家　宝　不，一点都不……（猛觉眼前一亮）你叫什么？

诗　娘　诗娘。

家　宝　好美的名字！

诗　娘　那，你呢？

家　宝　我叫家宝，国家的家、宝贝的宝。

诗　娘　（扑哧一笑）多大个人了，还宝贝。

家　宝　这么说，好记。

诗　娘　嗯，谢谢你。

家　宝　　后会有期！（欲走）

诗　娘　　哎……

家　宝　　（转身）诗娘？

诗　娘　　家宝……

[伴唱：轻轻唤一声，
陡生别样情。
离别偏在相识后，
何日再重逢？

[陡然，枪声又起。

家　宝　　不好！清兵原路搜回，你在这儿，千万别动！

诗　娘　　那你……

家　宝　　（跃出，高喊）自由平权，革命排满！（撒腿跑去）

[清兵追上，一通乱枪。

诗　娘　　家宝！（昏倒）

[光暗。

[“反了，简直是反了！”半空中陡显父亲阴森剪影。

父　亲　　一个黄毛丫头，居然也敢闹学潮反朝廷，找死！

诗　娘　　朝廷开枪杀人，他们才是……

父　亲　　住嘴！不杀，还能由着你们闹上天去？

诗　娘　　放我回去，我死也不嫁那家阔少！

父　亲　　放肆！父母之命，岂能由你？

诗　娘　　不！我已经……有心上人了。

父　亲　　什么？他是谁？在哪儿？

诗　娘　　他……（饮泣）

父　亲　　你就死了这份心吧，关起来！

[咣当一声响，剪影隐去。

诗　娘　　放我出去，放我出去！

（唱）一把铜锁将人困，
逼我就范岂甘心？

拼死一争破窗去，

还我自由女儿身！

[破窗，光暗。

[闪回毕，景回雨巷。

诗　娘　（悲泣地）家宝，我到哪儿去找你呀！

（唱）举头问上苍，

冷雨和泪淌。

旧时墙犹在，

人却两茫茫。

是死是活无觅处，

直教人，思君念君不见君，无依无傍独断肠！

[伴唱：仰天叹——

诗　娘　（唱）有书难就读，

有家却逃亡。

[伴唱：俯首悲——

诗　娘　（唱）反清义旗断，

孑然去何方？

[伴唱：孑然去何方？

[诗娘无助地蜷身檐下，嘤嘤啜泣。

[忽然，小巷深处，一袭香云纱的吴苏妹带众姐妹擎伞走来，翩然若舞。

诗　娘　（抬眼望去，不由惊羡）自梳女？

[伴唱：蓦见雨巷倩影动，

翩若云天凤展屏。

绝处怎不生向往？

恍若置身桃源中。

[突然，一声凄厉的呼喊："杀人啦！"遍体鳞伤的女人逃上，男人带乡民追来，揪住暴打。

[雅琴欲前，被吴苏妹阻止。

诗　娘　住手！不……不许打人！

男　人　嘿！狗拿耗子，女人也他妈算人？念几本破书，就以为也会站着撒尿了？（与乡民恣意大笑）

诗　娘　你……

男　人　滚开！（手起棍落）

诗　娘　（急护女人，被打）啊！

［雅琴终忍不住，夺棍。

男　人　你？一群不下蛋的铁母鸡，也想打鸣？回窝等死吧，死了也没地儿埋！（揪起女人）走！

女　人　救命、救命啊！（被拖下）

［雅琴欲追。

吴苏妹　雅琴！墙外世界，遍地不公，你又能如何？

雅　琴　大家姐……

吴苏妹　回吧。哦，这位小妹伤得可重？

诗　娘　你……就是怡心堂的大家姐？

吴苏妹　（爱怜地）我叫吴苏妹，你呢？

诗　娘　诗娘。

雅　琴　好俏丽的妹子！

吴苏妹　你一学生娃娃，怎落到这步田地？

诗　娘　（不由悲从中来）做女人，咋这么难？咋就生不如死？大家姐，我……我也要自梳！（砰的跪倒，伏地恸哭）

［光急聚于诗娘，渐收。

［筒声幽咽……

二

［如泣如诉的岭南民歌：

西关小姐晒红裙，

翻来翻去晒唔匀。

阿爸爱男唔爱女，

阿妈拉男撇女开。

今世做人做错女，

后世做女我唔来！

[歌声中，隐约见一群女子挣扎舞蹈，渐隐。

[“小妹快来！”灯亮，雅琴引诗娘上。

[怡心堂内，花团锦簇，塔香高悬。

诗　娘　呀！

（唱）身着学生装，

初进怡心堂。

满屋新奇扑入眼，

一时间，忘了创痛，醉了心房！

雅　琴　（唱）抬眼望——

诗　娘　（唱）香案供奉观音像，

雅　琴　（唱）回头看——

诗　娘　（唱）满庭蝶飞花芬芳。

雅　琴　（唱）这里瞅——

诗　娘　（唱）挨间清新小房舍，

雅　琴　（唱）那边瞧——

诗　娘　咦？

（唱）为什么琳琅塔香悬画梁？

雅　琴　哦，那是自梳姐妹祈望来生的。

诗　娘　来生？为何不求当下？自梳之后，不就自尊自立、自由自在了吗？

[吴苏妹带众姐妹上。

吴苏妹　自梳乃是自救，哪能改得了天下？

诗　娘　可是……

吴苏妹　雅琴，带她暂去歇息，饭后雨停，送她出门吧。

雅　琴　怎么，不收留她？

诗　娘　不！我不走，我要留在这女儿国！

雅　琴　小妹发心自梳，就收下她吧。

众姐妹　是啊！

吴苏妹　姐妹们，将心比心，但凡有条活路谁又自梳呢？

诗　娘　路？我哪还有活路哇！

（唱）人说世上千条路，
奈何遍地拦路虎。
我也曾，懵懂少女追绮梦，
见惯了，男人撒野女人哭。
我也曾，读书救国争自由，
到头来，官府开杀戒、家父铁锁箍、寻爱人不在、
流落无栖处，一如黄叶无归路，哪有我前途？
撞得头破才醒悟，
女人生来死也苦，不绝人处唯自梳！

吴苏妹　小妹！

（唱）一番痛说戳心窝，
深潭水，霎时搅起千层波。
姐妹们哪个未尝百般苦？
几句话，勾起了过往痛楚、曾经折磨，泪眼婆娑！

众姐妹　大家姐！（悲泣）

吴苏妹　（唱）你可知，怡心堂寄我半生梦，
与姐妹，苦撑苦熬度坎坷？
你可知，姑婆亦有姑婆苦，
乡规族规连王法，些微差池容不得，万缘放下方能活？

诗　娘　天大的规矩，我也守得住！（跪）

吴苏妹　可，你是富家小姐。

诗　娘　不再是了。

吴苏妹　你读过洋学堂啊。

诗　娘　回不去了。

吴苏妹　一步进来，将孤身终老。

诗　娘　我愿死在这里!

吴苏妹　你，真的能铁心自梳不动妄念?

诗　娘　能!

吴苏妹　真的能守身如玉永不反悔?

诗　娘　能!

吴苏妹　真的能循规蹈矩保一世清名?

诗　娘　能，我能!

吴苏妹　倘若……日后玷污了怡心堂——

诗　娘　那就天打五雷轰!

[轰隆一声惊雷。

吴苏妹　（一把扶起）小妹!知道吗?从见你第一眼起，我就舍不得你了呀!

雅　琴　原来这样啊，小妹!

（唱）莫怪大姐顾忌多，

众姐妹　（唱）嚣嚣尘世，女人好难活。

雅　琴　（唱）莲出污淖泥不染，

众姐妹　（唱）全凭着，自心自性自把握。

雅　琴　（唱）今朝迈进这门槛，

吴苏妹　（唱）莫负我良苦用心寄重托!

诗　娘　我，记下了!

吴苏妹　好!为小妹沐浴更衣，择时自梳!

[暗转。

[雾气缭绕的浴堂。

[伴唱：氤氲雾霈轻若涌，

一池香汤漾熏风。

洗却尘梦旧伤痛，

妄念尽抛换新生。

[伴唱中，众姐妹撒入柏叶，提桶续水。

[雅琴牵诗娘上，亲手为之宽衣。

[诗娘羞，雅琴惊艳。

[伴唱：呀、呀、呀——

好一似，仙人弄影，

活脱脱，带露芙蓉。

雅　琴　（唱）禁不住心旌摇动，

怎么就如烤如蒸、如煎如烹？

诗　娘　二姐？你……

雅　琴　哦，请入浴净身！

众姐妹　（唱）续把柴草炉火红，

雅　琴　（唱）波光影里窥娇容。

众姐妹　（唱）云蒸霞蔚缠丽影，

雅　琴　（唱）分明七女下九重。

众姐妹　（唱）出浴惊得万籁静——

雅　琴　小妹！

（唱）谁不羡，这肤如凝脂、身似雪拥、翩若惊鸿？

诗　娘　（更羞）二姐，还不快陪我更衣。

[光暗。

[岭南民歌：清河绾髻春意闹，

三十不嫁随意乐。

江河水宿寄此生，

摇橹唱歌桨过滘。

[内喊："吉时已到，为诗娘行自梳大礼！"

[启光。众姐妹喜气洋洋捧花果、红烛供奉观音像前。

[吴苏妹欣然上。

吴苏妹　（唱）上天不负怡心堂，

无意送来小诗娘。

腹有诗书气自华，

清纯可人，足了我心事一桩。

今日焚香行大礼——

（率众姐妹祭拜）

［雅琴伴焕然一新的诗娘上。

诗 娘 （唱）祈菩萨佑我沐佛光。

［磬声一响。

雅 琴 诵经梳起！

［众姐妹趺坐念诵。

［雅琴捧盘，大家姐为诗娘梳头盘髻。

雅 琴 谢过众姐妹！

［诗娘施礼，光聚，众隐去。

诗 娘 （举镜顾盼忘情）

（唱）秀身轻着香云纱，
美足俏将木屐踏。
乌油长辫绾发髻，
素面含笑亦胜花。
纤纤玉指抖香帕，
哎呀呀，哪来的甜得迷人的小姑婆，美得犯傻的臭小丫？

［雅琴捧衣上，不觉为之吸引。

雅 琴 （唱）好一个，天真无瑕，
又怎知，苦海无涯？

诗 娘 （唱）再不用，担惊受怕，
再无须，观景伤花。

雅 琴 （唱）同林鸟儿栖檐下，
喜忧参半心如麻。

诗 娘 （唱）从此俏为自家俏，
不作依树攀枝花。
谐与姐妹同欢乐，
这才是，梦中的天堂暖暖的家！

［雅琴痴望，手中衣衫滑落。

诗 娘 （回首）二姐？

雅　琴　（忙捡起）哦，这是大家姐特为你置办的新衣，来，穿上。

诗　娘　哎！（欲穿，忽被抱住）二姐，你……

［吴苏妹上。

吴苏妹　雅琴！（又缓了语气）该带小妹教习刺绣了。

雅　琴　就去。

［光急聚于吴苏妹，渐收。

［筒声如叹……

三

［一束光下，雅琴呆呆愣愣独坐床前。

雅　琴　（唱）暮色沉沉天将晚，

余晖落窗前。

又是漫漫长夜到，

孤枕难安眠。

虽说是，过惯了凄清日子，

却终归，熬不过影儿孤单。

本以为，心如枯井，

哪知道，猛然来了个小诗娘，乱了心田。

闭眼听她笑，

抬眼瞅她欢。

小冤家怎就和我过不去？

搅得人心不安！

［诗娘拿绣品上。

诗　娘　二姐。

雅　琴　小妹？（惊喜开门）快，快进来！

诗　娘　呀，二姐房里好清雅，简直……简直像嫦娥的月宫！

雅　琴　你喜欢？

诗　娘　世外桃源嘛。哪像外边，乱糟糟的，剪条辫子还要问罪。

雅　琴　是嘛，那就常来……陪陪二姐。

诗　娘　好啊。（吟）“来此绝境，不复出焉！”

雅　琴　真的？那，我拿点心去！

诗　娘　先教我针法嘛。（蓦见床头竹篮）咦，这是什么？这么多铜钱，你攒的？

雅　琴　不！是……师父留下的。（欲端走）

诗　娘　我看看嘛。（抢过）嘻嘻！个个金光灿灿，好亮哦。干吗用的？咋还摆在床头天天瞅着呢？

［雅琴被触痛，凄凄含悲。

诗　娘　（慌）二姐，怎么了？我……说错什么了吗？

［雅琴摇头。

诗　娘　那你……

雅　琴　你……真想知道？

［诗娘怔怔点头。

［雅琴抓一把铜钱抖抖撒落地上，接着，一把又一把。

诗　娘　二姐……

雅　琴　（一把攥住诗娘的手）小妹！你还小，你不懂……不懂嫦娥也有嫦娥的苦，那一天一天、一年一年她是怎么熬过来的呀！（抱起竹篮哗地倾倒地上，闭了眼俯身摸着）就这样，每到天黑就熄了灯，然后，一枚、一枚，一枚一枚摸到鸡叫，摸得困了乏了撑不住了才倒头睡去呀！（呜咽）

诗　娘　二姐！（含泪抱住）

［雅琴突感从未有过的肌肤之亲，战栗。

诗　娘　二姐？

雅　琴　别动！就这样……就这样抱抱我。（醉心地摩挲）

［诗娘吃了一惊，跳开。

雅　琴　小妹！咱们……咱们结金兰、契知己吧？

诗　娘　什么？

雅　琴　就是从今往后，你我朝夕相伴、形影不离！

诗　娘　啊？二姐……

雅　琴　不，叫我雅琴，叫我阿琴！

［诗娘慌得退步欲走。

雅　琴　（扯住）别，别走！我会对你好，我会真心对你好的！

诗　娘　（惊得大叫）二姐！（夺门欲逃）

雅　琴　小妹！（无望地仆地恸哭）

［诗娘登时不知所措，光聚。

［伴唱：荒唐，忒荒唐，

荒唐竟出怡心堂！

诗　娘　（唱）本是清净所在，

依旧青砖粉墙。

尚闻经声佛号，

心境却如酱缸。

这……哪还像桃花源地？

浑不知身在何方。

无边红尘三千丈——

二姐，你——（接唱）

大不该，迷了你心窍，搅了我梦乡！

雅　琴　小妹……

［吴苏妹一步闯入，灯骤亮。

［静场。

诗　娘　大家姐？

吴苏妹　（直视雅琴）你……一块美玉，怎就忍心将它化为顽石？

［雅琴一声悲泣，掩面奔下。

诗　娘　二姐！

吴苏妹　由她去！（稍顿）小妹呀，要知道动念容易收心难呐！

（唱）心魔难拴，

稍不慎，危崖失足坠深渊。

烦恼难断，

稍疏忽，人生八苦苦纠缠。

　　　　自梳理当消妄念，
　　　　一世清名大如天。
　　　　洁身自好守本分——
咱这怡心堂啊——（接唱）
　　　　方有望千古流芳代代传！

诗　娘　大家姐，我……绝不让你失望！
吴苏妹　好，好哇！
　　　　[墙外骤起砸门声喧哗声，两姐妹疾上。雅琴闻声复出。
姐妹甲　大家姐，不好了！
吴苏妹　怎么？
姐妹乙　小妹家人找来，说要抢她回府，即刻完婚！
诗　娘　啊？大家姐……
吴苏妹　你，可拿定了主意？
诗　娘　我至死不嫁！
吴苏妹　那就做不落家的自梳女！
诗　娘　不落家？
雅　琴　就是只与夫家拜堂，不可破身，借三日省亲再不返回，此后，虽名为夫家人却依旧做姑婆！
诗　娘　哦！可是……他若强使蛮横？
吴苏妹　那就熄灯为号，众姐妹抢你回来！
诗　娘　（紧张地讷讷重复）熄灯为号，抢我回来。
吴苏妹　姐妹们！事不宜迟，速为小妹缝制连身衣裤！
　　　　[众姐妹应声上，吴苏妹挥手，众飞针走线。
　　　　[光渐收。
　　　　[筒声低回……

四

[一声唢呐，鼓乐喧天。

[幕后高唱：“一拜天地！二拜高堂！夫妻对拜，送入洞房——”

[转瞬，一片沉寂。

[一束光渐亮。洞房内，头顶红盖头的诗娘惴惴而坐，不时撩起盖头窥探。

诗　娘　（唱）听屋外，匝匝噪声渐渐息，
反教人，心儿颤颤胆惊虚。
无形阴影当头罩，
六神惶惶无所依。
猜不出，将出啥事，
欲脱身，怎样逃离？
众姐妹何时来搭救？
二姐耶，莫等到男人扯碎我嫁衣！
（忽闻脚步声，忙端坐如初）

[披红戴花的家宝微醺上。

家　宝　（唱）说什么，新婚大喜？
倒像是引颈待宰的鸡。
道什么，人生得意？
却分明漫漫长夜无尽期。
喊半天，婚姻自主，
反落得，捆绑夫妻。
我倒要撩开盖头看仔细，
究竟是哪样女子害得我将头低？
（撞门而入）

[诗娘惊起。

家　宝　别动！

诗　娘　（霍地拔出剪刀）别过来！

家　宝　（惊）你……你要干吗？

诗　娘　离我远点，不然……我死给你看！（反手将剪刀对准自己）

家　宝　等等！为什么？

诗　娘　我，自梳了！

家 宝　什么，姑婆？我娶了个姑婆？（大笑，猛收住）滑稽，滑天下之大稽！说，那你为什么还要嫁人？

诗 娘　不是我嫁，而是你家逼亲！

家 宝　笑话！既已自梳，为何还愚弄于我？（欲前）

诗 娘　别碰我！若敢无礼，我和你拼了！

家 宝　哈！想嫁就嫁，不让碰就不能碰？那我倒要见识见识，怎就碰不得？（欲扯盖头）

[诗娘惶惶挥剪。

家 宝　（被刺）啊！

诗 娘　（剪刀惊落）不，我没想……哎呀，你流血了！

家 宝　（忽觉耳熟）等等！你再说一遍。

诗 娘　（一怔，忙端量）你……流血了，疼吗？

家 宝　不，一点都不……（一把掏出带血的丝帕）

诗 娘　是你？

家 宝　怎么是你？

诗 娘　你还活着，你还活着呀！（泪如泉涌）

家 宝　我活过来了，活过来才四处找你！

诗 娘　我也在等你，天天等你！可是……

家 宝　天意，天意呀！

[二人冲近欲拥，诗娘却惶遽躲开。

家 宝　诗娘！

诗 娘　家宝，我自梳了，我自梳了呀！

家 宝　你为什么要自梳啊？

诗 娘　（大哭）我怎么知道……知道嫁的是你呢？家父逼我，往死里逼我呀！我逃出来，可不知你是死是活，我……我一个有书不能读、有家不能回的女孩，还能有什么办法？

家 宝　诗娘！（欲搂）

诗 娘　（又躲）这是命，认命吧。

家 宝　不！我不管，我想的是你、爱的是你、找的是你、娶的是你，

你就是我老婆！（一把抱住）

[诗娘无力地抵挡，娇喘吁吁，家宝欲吻。

诗　娘　（猛又挣开）不，不能！

家　宝　诗娘，咱这是明媒正娶，咱这是天经地义！

诗　娘　晚了，全晚了，你就当……一场梦吧！

家　宝　就算是梦，我也要抓住，抓住你不放！（仍欲搂）

诗　娘　（又闪开）别逼我，求你，求你了行不行?

家　宝　不行！我就要抱、就要亲！我亲自己老婆，天王老子也管不着！（冲过去抱住狂吻）

诗　娘　家宝！家……（瘫软，却又急切回吻）

[家宝冲动地欲解衣扣。

诗　娘　剪……剪刀！

[家宝抓起剪刀，诗娘夺过欲剪，家宝吹灯。

诗　娘　（拦阻不及）别熄灯！

[窗外人喊：“快，抢人呐！”

[雅琴带众姐妹破门而入，架起诗娘迅即离去。

[家宝欲追，雅琴反手一拧踢倒，出门落锁，疾下。

家　宝　（拽门不开）还我诗娘，还我诗娘啊！

[切光。

[埙声呜咽……

五

[一阵笑声，灯亮。雅琴与众姐妹兴奋地拥神情呆滞手攥血帕的诗娘上。

雅　琴　（唱）新婚之夜闯洞房，

众姐妹　（唱）抢回一个假新娘。

雅　琴　（唱）任凭新郎似狼叫，

众姐妹　（唱）空对鸾被鸳鸯床。

雅　琴　（唱）幸好时机瞅得准——

众姐妹　好悬呐！（接唱）

险些儿，毁了这金绣银镶的嫁衣裳！

哈哈哈……

［吴苏妹疾上。

吴苏妹　小妹！你……没事儿吧？（急翻衣裤，见无损）好，大家姐真没看错你呀！

（唱）你，不负众望，

凌霜方显玉兰香。

我，忧心宽放，

冰消喜见春水长。

赞小妹，堪为榜样，

令世人，举头敬仰。

从此后，谁还小觑自梳女？

赏冰清玉洁，还看我风雨不动怡心堂！

（见诗娘流泪）小妹……哦，怕是受了惊吓，静静心早歇了吧。（示意众姐妹，下）

雅　琴　（拽住几个姐妹）咱们，绝不能饶了那个臭男人！（掏出小草人）

几姐妹　对，咒死他！

［诗娘惊骇。

雅　琴　（念）天灵灵地灵灵，各路神明显神通——

几姐妹　迷夫咒语施法术，锄掉这个害人精！（嗡嗡嘤嘤越念越快，猛可一声吼，拔出银簪扎入草人）

诗　娘　（突然夺过草人）要扎……扎我吧、咒我吧，我该死、我该死！

［众惊得慌慌跑下。

诗　娘　（看草人，望血帕，不禁泪如雨下）家宝，家宝！

（唱）我好恨，有口莫辩，

我好痛，滋味百般。

说不得，心头渴盼，

道不出，满腹悲酸。

苦泪滚滚肚里咽，
委屈滔滔对谁言？
捣碎了肝胆憋炸了肺，
天呐天——
你……你让我死了吧！（开门冲出）
[一声闷雷，风雨骤来。
[伴唱：天地茫苍苍，风雨凄无边！

诗　娘　（唱）看眼前，千条线万条线万千羁绊，
想日后，冷的雨热的泪冷热熬煎。
不曾料，那日自梳成闺怨，
少女心扉启又关。
不曾料，掷地誓言全无用，
野马脱缰套拢难。
灼灼烈火压不住，
冷冷咒语耳边喧。
乡规族规道道索，
他心我心苦相牵。
迈出去，无异绝路，
收住脚，于心何甘？
怎么办？我该怎么办？
谁帮我挣脱？谁对我明言？谁教我心安？
[伴唱：叹，人生是苦，
悲，活着真难！

诗　娘　（唱）风雨凄迷回望眼，
但只见，高高门楼红红匾，可是我家园？
[咔嚓一道闪，浑身透湿的家宝兀立面前，诗娘惊叫欲跑。

家　宝　别怕！是我。

诗　娘　你？你来干什么？

家　宝　我想你，我想你呀！

诗　娘　不！我不想你，我不想见到你！

家　宝　诗娘！

诗　娘　我……我会把聘礼嫁妆还给你。

家　宝　我要得是人！

诗　娘　她们要咒死你，会咒死你的，走！

家　宝　要走一起走！要不……去投革命军？

诗　娘　我凭什么跟你走？

家　宝　我是你男人！

诗　娘　胡说！我没有男人，也不会有男人。再不走，我喊人了？

家　宝　喊吧！喊了人来把我乱棍打死，我来，就没打算活着回去！

诗　娘　你……你这个冤家呀！（扑过去死命捶打）

[家宝回手抱住，诗娘恸哭。

家　宝　诗娘，没你我活不了，我不能没有你呀！

（唱）你，要了我的命，
你，牵走我的魂。
你让我七死八活乱分寸，
你是我心中掐不断的根！

诗　娘　（唱）你，害人不偿命，
你，做贼专偷心。
你逼我跳了火坑油锅滚，
你你你……你这恨人不死的一根筋！

（抓起家宝手臂狠咬）

家　宝　啊！

[伴唱：恨之切，爱之深，
恨到极处情愈真。
咬个伤疤留个印，
唇齿血盟证此心！

[伴唱中，诗娘噙泪轻吻家宝被咬的手臂。

[家宝情难自禁，捧起诗娘的脸连连亲吻。

[雅琴撑伞寻来，当即目瞪口呆。

[家宝呼地抱起诗娘，疾去房后。

[雅琴愈惊，刚要上前，猛听一声呻吟。

雅　琴　（跌跪，悲呼）大家姐呀！

[光暗。

[伴唱：天塌了！

　　霎时间地动山摇。

　　地陷了！

　　骤卷起骇浪惊涛！

[一束光亮，吴苏妹抖抖地手扶太师椅摇摇欲倒。

吴苏妹　天呐！

[启光，衣衫不整的诗娘湿淋淋跪伏椅前。

雅　琴　（且哭且骂）呜呜，偷人，不要脸！姑婆屋怎出了你这么个贱人，你……你就等着装猪笼沉……

吴苏妹　住口！

雅　琴　大家姐，她……

吴苏妹　出去！

[雅琴委屈欲走。

吴苏妹　回来！（急迫地语断气促）雅琴，你听着，这件事……这件事必须咽下去，永远永远烂到肚子里！

雅　琴　什么？

吴苏妹　说什么……也不能毁了众姐妹名声，断送了怡心堂啊！

[诗娘惊，雅琴点头泣下。

[吴苏妹一个踉跄，跌坐。

诗　娘　（跪爬扑去）大家姐！

吴苏妹　你！（欲打，却又痛心疾首地拍打）你、你、你！你怎就不明白我的心呐！

诗　娘　（痛悔地）我对不起大家姐，对不起众姐妹呀！

吴苏妹　（虚弱地抬手一指）你看，你看呐！

[光起处，陡显层层叠叠摆放的自梳女们的骨灰坛，和长明灯下的一排排灵位。

[吴苏妹拽了诗娘踉跄走近。

吴苏妹 （抖抖抚摸青花坛与牌位）这是黄玉音、黄巧姑、黄英、黄梅、黄淑女，这是吴彩云、吴小囡、吴玉琴、吴……

[筒声兀地响起……

[远处，一个个亡灵在沉沉雾霭中隐现走来，缓缓而去……

吴苏妹 她们……就是你早逝的姐妹，是她们用女人的泪、女人的命，让咱在男人的天底下抻直了腰哇！

（唱）女人泪，女人怨，
女人身负万重山。
男人们，血拼世界霸妻妾，
哪有咱女人一线天？
若无有，前辈姑太尘缘断，
姑婆屋，何以堂堂立世间？
你偷私情、动邪念，
违乡规、悖誓愿，
好端端的怡心堂啊，
让你翻了个底朝天！
如今做出这等事，
可有脸，面对这一个个灵牌青花坛？

诗　娘 （扑通跪倒）让雷劈了我吧！

[一声惊天霹雳，切光。

[筒声长吟若哭……

六

[一束光下，已显虚弱的吴苏妹抚着腿边的诗娘，久久地举头望月。

诗　娘 大家姐……

吴苏妹　哦，你看，那天边的月亮美不美？

诗　娘　美。

吴苏妹　可它，还是个弯弯月牙，经不得风摧云遮，只有等它一天一天、一点一点地自个儿圆了，那才能穿云破雾、辉映天地呀！

诗　娘　大家姐，诗娘明白。

［吴苏妹欣慰地拍拍诗娘，揽于怀中。

［另一束光亮，雅琴踽踽走来。

雅　琴　（唱）人说秋日美，
我道秋风凉。
冷冷浸肌肤，
直入我胸膛。
小妹居然贞操舍，
痛断我肝肠！
曾恋她，乖巧模样，
却偏遇，六月飞霜。
看她清馨如蕾，
怎就红杏出墙？

［伴唱：怎就红杏出墙？

吴苏妹　（唱）小妹呀——
人如舟船舵须稳，
方能扬帆赴远航。
莫恋两岸风光好，
一篙冲出见大江。

［伴唱：一篙冲出见大江！

诗　娘　我，刻在心上了！哦，夜里风凉，回屋歇着吧。（隐去）

雅　琴　（见眼前一幕）难道……小妹真的收心了？
（唱）风来，陡掀滔天浪，
风去，波平息声响。
从来风向难料定，

怎敢信，拍岸惊涛变平塘？
逾规越矩当不赦，
却奈何，大家姐逼我话暗藏。
煞费苦心遮丑事，
只为了，保全这清清白白冰冰冷冷的怡心堂！

[忽传来嬉闹声，雅琴忙拭泪离去。

[启光。众姐妹喜气洋洋端盛满各色手工艺品的花篮上。

众姐妹　（唱）送春暖，迎秋凉，
七巧佳节庆吉祥。
摆慕仙，展新样，
百花争艳鸟飞翔。
巧夺天工谁之手？
样样绝艺冠群芳！

[“嘘——”有人一指，众噤声巴望。

[诗娘冷然挽一篮陶人上，离群索坐。

姐妹甲　（悄声地）哎，咋就跟换了个人似的？

姐妹乙　多像当年的大家姐呀。

众姐妹　像，太像了！

姐妹甲　（蹑足走近，一把抢走陶娃）哇，好可爱哟！

诗　娘　给我，快给我！（追）

众姐妹　不给，就不给！哈哈哈……（传递）

[雅琴扶拄杖的吴苏妹上，雅琴夺了陶娃欲还诗娘。

吴苏妹　慢！（直盯陶娃）娃娃？娃娃！你……

诗　娘　不！我……我不是……（欲呕，急奔一旁）

众姐妹　（关切围拢）小妹，怎么了？病了么？

雅　琴　（心头一紧，拨开众人）你……是不是……多久没来身上？

诗　娘　有……三个月了。

雅　琴　（惊呼）她怀孕了呀！

[吴苏妹手杖啪的落地，欲倒。

众姐妹　（忙扶）大家姐！

诗　娘　不！不会的，我和他早已……

[吴苏妹一掌打去。

诗　娘　啊——（疯了似的捶打小腹）

雅　琴　（忍痛大吼）捆起来！送祠堂族规处置！

[众姐妹架起诗娘欲走。

吴苏妹　慢！

雅　琴　大家姐，瞒不住了呀！

诗　娘　（忽冷静得吓人）我去，我和这没见天日的孩子……一起去死！

吴苏妹　孩子？他……他他命不当绝呀！

诗　娘　（爆发地）大家姐！

（唱）一步错，步步错，

我愧对大家姐。

一步错，步步错，

我死也无话说。

诗娘情知姐疼我，

小妹恋你也舍不得。

恨只恨种下这罪孽，

有心改过难了结。

事已至此悔亦晚——

众位姐姐！诗娘只求你们一件事——（接唱）

代小妹好生服侍大家姐，

下世再来报恩德！

（叩头）

众姐妹　小妹！（哭作一团）

吴苏妹　你……读书读糊涂了哇！（掩面摆手）

[众姐妹哭着押诗娘欲下。

雅　琴　等等！（跪地）要不，为了怡心堂，帮小妹堕胎吧！

众姐妹　（齐跪）帮帮她吧！

吴苏妹　可那……会出人命的呀!

诗　娘　死在姑婆屋，我愿意!

[吴苏妹犹疑半晌，点头。

雅　琴　抬压杠!

[众姐妹忍痛按倒诗娘，合力用木杠滚压其小腹，诗娘惨叫声声，几近气绝。

吴苏妹　住手!（颤颤扑至近前）小妹!小妹……

[众姐妹退下。

诗　娘　（气若游丝地）大家姐，我罪有应得，我不怕……不怕痛，再来!

吴苏妹　不!你……还是走吧。

诗　娘　走?

吴苏妹　有句话，我一直没说，原指望待我百年之后，将这怡心堂托付与你，可你……走吧，远走高飞吧!

诗　娘　去哪儿?

吴苏妹　下南洋，再也别回来。

诗　娘　不!要么，让族人把我装猪笼沉塘，要么就留下我。

吴苏妹　可你尘缘未了哇!

诗　娘　大家姐……

吴苏妹　（不忍卒看）走!去找你心上人，一起下南洋!

[诗娘绝望撑起，摇晃欲走。

吴苏妹　（急转身）小妹!

诗　娘　大家姐——（跌扑一起）

吴苏妹　你，已不是怡心堂的人，那就……松了发髻吧!（一把扯开）

诗　娘　（放声大哭）大家姐!

[吴苏妹猛地将其推出门外。

[訇然一声大门关闭，光急聚于失魂落魄的吴苏妹。

吴苏妹　怡心堂，我的怡心堂啊!（一头栽倒）

[切光。

[筒声如泣，久久回荡……

七

[喜庆的吹打乐由远及近，迎亲队伍抬花轿上。

[一束光投向昏倒路边的诗娘。

[有人禀告："少爷，前面有人挡路。"吹打乐骤停。

[头戴长辫的新郎家宝携新娘上。

新　娘　（猛见披头散发的诗娘）啊？疯子！

诗　娘　（醒来，挣扎起身）我没疯，我不是……（猝然与家宝相对）

二　人　是你？（惊住）

[忽传来当初重逢的热语："怎么是你？""你还活着，你还活着呀！""我活过来了，活过来才四处找你！""我也在等你，天天等你！可是……""天意，天意呀！"

[遽然，归于死寂。

新　娘　你们……认识？

家　宝　哦……

诗　娘　认识，只不过……多了条假辫子！

家　宝　我……（忙摸脑后）哦，你怎么在这？

诗　娘　是命，命中的定数要我来。

家　宝　来得好，我、我本来……可家里，非要逼我续香火……

诗　娘　真是个孝子！

家　宝　（语塞，一拽新娘）哦对，叫大姐！

[诗娘拧身欲走。

家　宝　诗娘！

[诗娘一晃，立住，颤抖着掏出血帕，嗤的一声，又一声，丝帕被撕成缕缕布条。

诗　娘　这世上……（猛然痛呼）已没有诗娘啦！（扬手掷向半空）

[光聚，家宝、新娘等隐去。

[伴唱：啊……啊……

诗　娘　（唱）撕碎了，含泪带血的那点指望，
　　扯断了，恋过痛过的那缕柔肠。
[伴唱：茫茫大地身何往？
　　人已半死，心已沧桑！
诗　娘　（唱）神悠悠，魂荡荡，
　　空壳一具迷茫茫。
　　无辨无识——
[伴唱：随风走，
诗　娘　（唱）无生无死——
[伴唱：飘四方。
诗　娘　（唱）身逐落英翻飞去——
[灯亮，怡心堂赫然矗立。
[伴唱：猛抬头，鬼使神差，竟又重回怡心堂！
[忽闻堂内姐妹惊呼：“大家姐！大家姐……”
诗　娘　大家姐？（惶惶奔入，悚然驻足）
[昏惨的油灯下，众姐妹围于气息奄奄的吴苏妹榻前嘤嘤落泪。
吴苏妹　（突然恍惚乱摸）小妹？小妹……
诗　娘　（疾扑）大家姐！你怎么了？你这是怎么了？
吴苏妹　（握住）你……你怎么……
诗　娘　他成家了，他又成家了呀！
吴苏妹　苦命的孩子！（相拥而泣）
（唱）我，灯油将尽，
　　上苍收我身。
　　你，青春年少，
　　莫辜负美景良辰。
　　为了这腹中小宝宝，
　　做一回……做一回真的女人！
诗　娘　我，还是个女人么？
（唱）少小时，也曾有玫瑰梦想，

读书后，也曾有几分担当。
从不信，女子生来命低贱，
孰料想，到头来活了死、死了活，遍体鳞伤！

众　　诗娘！

诗　娘　（唱）我也曾慷慨忧国是，
血溅处，皇上依旧辫子长。
我也曾自梳铭心志，
天作孽，偏又爱恨两茫茫。
大梦一场又一场，
百般挣扎付黄粱。
难道说天地不容小女子，
只许那代代灵牌不作声，青瓷花坛祭神堂？

［伴唱：走不出的麻石巷，
迈不过的青砖墙！

诗　娘　（唱）庭外漫天花飞落，
又谁还知花曾香？
终绝了，终绝了心中妄想，
终明白，终明白生又如何、死又何妨？

［伴唱：生又如何，死又何妨？

众　　小妹！

吴苏妹　你……糊涂哇！（晕）

众　　大家姐！大家姐……

［少顷，吴苏妹颤颤伸出两指。

雅　琴　我在！（紧盯其蠕动双唇）你是说……买了门口？

众　　（惊）什么？大家姐……买门口？。

［吴苏妹挣扎欲起，众扶。

吴苏妹　我……十三岁自梳，从此，娘家断了，死了……都没地儿埋呀！

诗　娘　别说了！我们明白……

众　　我们都明白！

吴苏妹　（含悲摇头）我都不明白呀！（拼尽最后一丝力气）那死鬼……姓梁，我叫……梁吴——苏、妹！（气绝）

众　大家姐——

［光暗。

［伴唱：冷雨潇潇幽巷深，
韶光不度掩重门。
不堪女子命如纸，
上苍捉弄人，偏是女儿身。
活着苦吃尽，
死后作孤魂。
一块门板半张席，
归去掉落海，无意恋红尘……

［伴唱中，又显雨巷，鬓插黄花的自梳女肃穆地抬草席掩身的吴苏妹绕村走去……

［诗娘回望来路归途，一片茫然。

［轰然几声炮响，有人高喊："革命军来喽——"

诗　娘　（歇斯底里地）大家姐呀！

［筒声凄绝地响起，须臾，幽幽袅袅……

［画外音：据清末邬庆时调查：仅番禺南村，1903年，几千女子中婚嫁者不过数人；1909年则无一出嫁，尽数"梳起"……

［筒声依旧，怡心堂滞重的趟栊门又缓缓关闭……

［光渐收。

（剧终）

（该剧与梅晓合作）

附：

姑婆屋，一个并非远逝的乌托邦

——《诗娘》创作谈

王新生

自梳女，俗称姑婆，是一个发端于岭南，兴于明、盛于清、衰于民初的、极为独特而神秘的女子群落，其结伴聚居的处所便是男性止步的姑婆屋。于是，自食其力后衣着鲜亮的姑婆和看似天堂般自由的姑婆屋，便成了饱受欺辱的万千女子憧憬、向往和投奔的所在。她们小至十三岁、大至二十岁出头，毅然自梳发髻，终生不嫁，以此昭告世人，此一生将与男人的天下诀别。

据清末邬庆时调查：仅番禺南村，1903 年，几千女子中婚嫁者不过数人；1909 年则无一出嫁，尽数“梳起”。

其心之坚、其情之悲、其性之烈，可见一斑！

对此，十年前的我几乎一无所知，幸有梅晓送我一套他多年收集的文字资料，遂又上网查阅，事后又借广东之行一同走访了仅存于世的四位老姑婆，由此，那群几近淹没于历史长河中的陌生女子才渐渐走出曾经远避尘嚣的趟栊门，走进我的心灵深处……

读着一页页带血的文字，听着老姑婆几度哽咽地倾诉，不由心痛如锥，继而暗想：她们独立了吗？自由了吗？她们的天堂安在？历代统治者为何如此宽容地允许姑婆屋的存在？说到底，那一代又一代勇敢却又迷茫的弱女子的悲壮之举，留给后人的绝非女性解放的历史记载，更不是撼动封建王朝根基的反抗，而是飞蛾扑火式的自戕与殉葬，留下的只能是无尽的叹惋与思考……

至此，创作冲动油然而生。

凑巧，有剧院邀请我们创作该题材，当即兴奋不已。孰料，剧院领导当面转达上级意图：自梳女是早于欧洲女权主义一百年之久的中国女性解放的萌芽，而且她们赚了钱回报家乡，拉动了当地的经济发展，从而成为一张令当地足以引以为豪的文化名片。听了，很是无语。显然，这与那字里行间、那历史皱褶中渗出的一把把辛酸、发出的一声声叩问全然南辕北辙。

不管他，唯有抛却羁绊，用自己的眼睛去姑婆屋中发现被有意无意忽略的角落，用自己的心去贴近去感受那一代代自梳女们欲哭无泪、欲语还休的灵魂挣扎。

在一间半塌的姑婆屋内，摇摇欲倒的供桌旁整齐地码放着一个个青花瓷坛，问及方知，那都是故去的自梳女，因为从“自梳”的那天起，她们便注定是既不属娘家也无婆家的孤魂野鬼，死无葬身之地。不肯火化者，则“一块门板半张席，姐妹帮手掉落海”——水葬。倘若有人执意入土为安，就须生前倾其一生之积蓄“买门口”，即嫁一死鬼，哪怕是三岁顽童或是八十老翁……

在一座香烟缭绕的小庙内，迎面是一排排密密麻麻逐次高置的小灵牌，灵牌前一一燃着幽幽袅袅的长明灯，上香者多为尚存的自梳女，或是自梳女们曾经的娘家后人。原来，这令人毛骨悚然的所在亦是自梳女们的终老归宿。那一个个鲜活的生命，已化作高不及三寸、宽不足两寸的小小灵牌……

在一座雕着冰心堂字样的清雅幽静的院落内，直扑眼帘的却是一盘盘高悬过顶的硕大盘香，盘香上逐一写着自梳女们的名字，而熄灭的已然作古。抬眼望去，正堂供奉着观世音菩萨，据说，这既为焚香祷告之所，也是诵念迷夫咒以法术致死坏男人并告诫思春者之处。若遇家人欲强行抢去成亲，众姐妹便为其缝制结结实实的连身内衣，并备一剪刀以防破身，如男人动粗，埋伏于户外的众姐妹便破门而入，直接抢回姑婆屋，从而成为“不落家”的自梳女。左厢房为百岁屋，是命终前由众姐妹助念往生的地方。右厢房则一如小庙，尽是层层叠叠的小灵牌与长明灯。出门，正堂外的两侧墙上，高挂着一张张泛黄的也曾青春靓丽的自梳女们的合影旧照以及种种族规、训诫之类的警示。陪同的向导说，一旦有人触规越轨，轻则送族堂鞭笞，重则装猪笼沉塘。

谁会去告发？

当然是同堂姐妹。

那……她们就没有人性渴求？

结金兰，契知己，也就是同性恋。否则，只有死。

陡然间，我脊背阵阵发凉！

我想，假如这些女子当真是自发地反抗男权社会的压迫，以“自梳”的方式向世人宣告自身的独立、平等和自由的诉求，这无疑是早于西方女权运动的萌芽，且具有相当的进步意义。然而，在数千年男人们把持的超稳定的封建文化的围城里，少数女性的反抗与突围有几多可能？正因如此，她们的举动必然是盲目的、扭曲的、畸形的，甚至是残酷的。其悲剧的宿命，从走进姑婆屋那天起便已在劫难逃。

自梳女们前仆后继地冲出男人的牢笼，扑向自己心目中的天堂——姑婆屋，以为从此尽可像人或者更像女人一样自由自在地生活。但是，看似飞鸟出笼的背后，却始终难以挣脱来自宗族的、道德的、文化的封建枷锁。姑婆屋内的条条戒律，依旧是早已渗透于骨血之中的男权社会强行横加的种种精神桎梏，如：契知己、迷夫咒、百岁屋、买门口、装猪笼……。从她们跳出火坑的那一刻，便无意中选择了自我人性的扼杀，同时，也伴随着同为社会最底层的姐妹间出自善良的相互扼制与戕害，从而坠入更加痛苦的血泪深渊。

叹，善良也杀人！

更可叹的是，自梳女每个人积淀于血脉里的封建文化因子并没有因其反抗而自行泯灭。那看似清幽肃穆的姑婆屋，不过是一个被造势者和懵懂的女子们理想化了的乌托邦，它所承载的不过是一个又一个令人叹惋的悲剧人生。自梳女，不过是特定时代、特定环境中畸形文化的产物，它的产生、兴起乃至衰落，也就成为那段不堪回首的陈年往事的历史必然。

历史是一面镜子，此话不谬！

悲酸、痛楚、喟叹、联想与思考令我们欲罢不能，采风的当晚，便一鼓作气完成了全剧构思，次日我草就详细提纲，又十天完成剧本。然而，交稿之后却因某种原因压下了。幸好，广东汉剧院看中文本并搬上了舞台。在一片鲜花与掌声中，该剧成为来自全国的评委手中唯一全票肯定的剧目，却又因某种特殊原因给予特别奖，好在，剧作还获了个优秀编剧奖。

戏里戏外看去，莫非我们也走不出那早已半塌的姑婆屋？

·新编历史故事剧·

大明悲歌

时　间：明末。

地　点：辽东边陲、罗浮山、皇城内外。

人　物：袁崇焕——初为辽东巡抚，后为辽东督师。

崇　祯——明思宗。

叶　氏——袁崇焕之妻。

成基命——内阁首辅。

田贵妃——崇祯爱妃。

皇太极——后金大汗。

范文程——后金章京。

道　长——云游道人。

祖大寿——锦州总兵。

佘三、内侍、探马、狱卒

众大臣、歌舞伎、大明将士、后金兵将

[凝重的画外音：明，天启年间，袁崇焕率师平辽，屡挫强敌。宁远一役，炮中敌酋努尔哈赤，遂边事初定。不想，阉党乘机作乱，诬告袁崇焕与金媾和……

[伴唱：**金戈铁马驱虏鞑，**
血染征衣固邦家。
戍边将士甲未卸，
圣旨一道挟狂沙！

[伴唱中，战尘弥天，一杆“金”字大旗傲然飘荡。旗下，显出一黄罗盖伞。

[一声炮响，伞飞旗折。旋即，战鼓咚咚，喊杀阵阵，数面大明旌旗掩杀过来，“袁”字大旗凌空而降。

[陡然一声喊：“圣旨下！”

[一束光引袁崇焕气宇轩昂上。

袁崇焕 （伏地）万岁！

[内声：“奉天承运，皇帝诏曰：边陲大捷，朕心嘉悦。辽东巡抚袁崇焕屡建奇功，忠勇可嘉，赏银三十两，大红纻丝二表里。然，念其置身危疆，六载于兹，妻儿老小，且为孤注，特准予解甲归田。钦此。”

[袁崇焕一时惊愕。

[内声：“袁崇焕接旨！”

袁崇焕 臣……领旨谢恩！

[“袁大人——”祖大寿率众将士涌上。

祖大寿 大哥！

袁崇焕 （执手含泪）祖将军，边患未定，天下未安，平辽大计唯靠众家兄弟了！

众将士 袁大人！（跪泣）

[切光。

[细雨霏微，山林如黛。

[内唱："一朝解甲离边关——" 袁崇焕上，叶氏擎伞随上。

袁崇焕 （接唱）洒脱脱，置身尘外、漫步云间，好不怡然！

披一肩，斜风细雨，

洗一脸，炮火硝烟。

布衣芒鞋轻胜马，

访遍名山涉大川。

归隐林泉养心性，

未得道，先已成就半个仙！

叶　氏 （唱）看似他，无挂无碍自陶然，

却分明，心随长风上摩天。

叹夫君，心头郁结未了愿——

袁崇焕 夫人，看罗浮山层峦叠嶂，云雾迷茫，微雨清风，涧鸣水响，想必这绝尘之处定有高人。

（唱）何不去，寻师问道讨教一番？

["老爷——" 佘三奔上。

袁崇焕 （急切地）佘三，可有边关消息？

佘　三 咳！辽阳、沈阳、抚顺、铁岭、开远五镇相继失守，皇太极亲率辫子军直扑宁远！

袁崇焕 啊？

叶　氏 老爷……

袁崇焕 大明危矣！

叶　氏 可你……还是上山去吧。

袁崇焕 咳！"追往事，叹今吾，春风不染白髭须。却将万字平戎策，换得东家种树书！"

[忽有歌声传来："来者如风雨，去者若微尘。欲知三岔路，须问过来人。" 道长飘然上。

袁崇焕 （忙施一礼）敢问道长尊号大名？

道　长 贫道无名无号，人称云游道人。

袁崇焕　在下袁崇焕，乞请道长指点迷津！

道　长　（随口吟来）水暖水寒鱼自知，花开花谢春不管。

袁崇焕　你是说……

道　长　持而盈之，不如其已；揣而锐之，不可长保；功遂身退，天之道也。

袁崇焕　莫非……报国欲死无战场了？

[成基命寻上。

成基命　崇焕！

袁崇焕　恩师？（激动不已）你老来了？

成基命　千里迢迢。

袁崇焕　学生等得好苦。

成基命　为师这腿也快断了。

袁崇焕　恩师，颁旨吧！（跪）

成基命　你怎知我奉旨而来？

袁崇焕　知我者，恩师也！恩师此来，定是于朝堂之上力荐学生，新帝降旨，召我出山！

成基命　呵呵，好一个聪颖过人的袁崇焕呐！

道　长　哈哈哈……殊不知祸兮福之所倚，福兮祸之所伏？人之迷也，其日固久矣！（扬长下）

叶　氏　（不安地）老爷，听那道长所言……

成基命　不必多虑。崇焕蒙冤，乃先皇不明，阉党只手遮天所为。如今新帝登基，剪除异党，大明中兴有望。而北疆金奴亡我之心不死，国家亟待用人，圣上求贤若渴呀！

叶　氏　成大人！

（唱）大明衰微，

一如斜阳送余晖。

国运不昌，

徒唤奈何心意灰。

纵是崇焕领圣命，

只怕是，边关危局难挽回。
更何况，任劳遭怨，功成获罪，
历历往事不胜悲。
既已乞休归故里，
容我们，夫唱妇随、寄情山水、举案齐眉！

袁崇焕 夫人呐！
（唱）我也愿，数间茅屋傍溪水，
我亦想，终老青山忘边陲。
怎奈贼寇犯中土，
千里圣诏唤我回。
今蒙英主识崇焕，
大丈夫，焉能不披甲仗剑指日挥？
老恩师，跋山涉水跑折腿，
又怎能，将他思贤报国的心意违？

成基命 着哇！袁崇焕跪听宣诏！

叶　氏 老爷……

袁崇焕 （撩袍跪地）万岁！万万岁！
[切光。

[一弯冷月，数点寒星。
[一束光渐亮，崇祯伫立平台仰望夜空，忧心忡忡。

崇　祯 （唱）月残星稀天将明，
更鼓敲得人不宁。
徘徊平台难安枕，
夜夜烦听蛰虫鸣。
成基命，请旨南下召崇焕，
黄鹤一去杳无声。
莫非是，克虏将军存积怨，
临危授命拒不从？

袁卿啊——
你可知，金奴犯境势凶猛，
边关告急险象生？
你可知，宁远虽小干系大，
门户一开亡大明？
生死存亡思良将，
社稷飘摇望支撑。
愿将军，尽释前嫌国为重——

[田贵妃携银裘上。

田贵妃 皇上，夜冷风寒，当心龙体。

崇　祯 咳！边关告急，成基命却一去不回。
（唱）忧只忧，成爱卿召不回那一柱擎天的袁爱卿！

田贵妃 皇上放心，成大人定然不虚此行。

崇　祯 袁崇焕能复旨就京？不，先皇失聪，听信谗言，令他心灰意冷亦未可知啊！

田贵妃 皇上！
（唱）袁将军本是读书人，
读书人，焉能抛却济世心？
纵然失意思归隐，
亦不过，貌似散淡志犹存。
若遇慧眼识才俊，
又谁甘当蓬蒿人？
将军但闻边患起，
能不跃跃踏征尘？
成卿此去传圣命，
袁崇焕，又怎不一骑绝尘辞南国，重出江湖慰君心？

[成基命疾上。

成基命 皇上，微臣来迟了！

崇　祯 袁崇焕现在何处？

成基命　殿前候旨。

崇　祯　快，召他觐见！

［袁崇焕快步上，田贵妃退下。

袁崇焕　旧臣袁崇焕叩见皇上！

崇　祯　爱卿！朕等你多日了！

袁崇焕　皇上……

［伴唱：君臣执手盈盈泪，
梦里相逢几多回。
江山托付委重任，
力挽狂澜待须眉！

崇　祯　来！（席地而坐）辽之边，国之重，爱卿有何复辽方略，快快讲来！

袁崇焕　凭坚城，用火炮！

崇　祯　哦？

袁崇焕　如今情势，唯用辽人筑守辽土，且守且战、且筑且屯，以守为正着，以战为奇着，以和……

崇　祯　什么，与金奴议和？

成基命　（急接）不不！崇焕所言，乃议和之举断断不可！

崇　祯　（释然）哦。且守且战、且筑且屯，固是上策。只是，此举旷日持久，何时才能平辽？

成基命　皇上，若能准其便宜行事，并着户部、工部、吏部、兵部力保所需……

袁崇焕　臣当五年灭奴！

崇　祯　五年即可平辽？

袁崇焕　不敢虚言欺君。

崇　祯　好，好一个扛鼎之臣！成基命！

成基命　臣在。

崇　祯　立饬四部，照此办理！

成基命　遵旨。

崇　祯　还有！袁崇焕韬略夙娴，危疆允赖。现起升兵部尚书兼右副都御史，督师蓟辽，并赐尚方宝剑，准予便宜行事！

袁崇焕　谢主隆恩！

（唱）浩荡皇恩显英主，
天助我辈展宏图。
今朝重拾旧时梦，
豪气干云踏征途。
来日挥戈驱外辱，
直捣黄龙灭金奴！

崇　祯　有你克虏将星千金一诺，大明有望了！

［突然，祖大寿满面战尘一步闯入。

祖大寿　边臣祖大寿叩见皇上！

［众惊。

崇　祯　怎么，宁远……不保？

祖大寿　守城将士死伤过半，弹尽粮绝，宁远势如危卵！

崇　祯　啊？

袁崇焕　皇上！臣乞星夜赶赴辽东，绥靖边患！

崇　祯　（反手将银裘披其身上）全赖将军了！

袁崇焕　万死不辞！（欲走又止）臣尚有一事相求。

崇　祯　尽管直言。

袁崇焕　望皇上对臣下能信而不二、用而不疑。

成基命　（惊）崇焕！哦，袁将军该登程了。

崇　祯　（忽仰天大笑）哈哈哈……怕是爱卿先自疑君了吧？

［袁崇焕周身一震，成基命顿足暗叹。

［切光。

［宁远城外，尸横遍野。

［鼓声骤响。呐喊声中，后金大旗又如狂潮涌来。突然万炮齐鸣，辽兵掩旗溃败。袁家军挥旗追杀，辽旗纷纷倒下。欢呼声

起，“袁”字大旗漫天挥舞。

[暗转。

[后金帐内，一辽兵为皇太极包扎，被一脚踢翻。

皇太极 可恼！

（唱）望宁远，旌旗猎猎蔽云天，

听营内，哀叹声声盈耳边。

样样如同万簇箭，

支支猛插胸口间。

恨，屡战屡败屡历险，

损兵折将，人仰马翻。

恼，屡攻屡退屡丧胆，

折戈沉沙，车毁旗残。

本以为，长驱直入无抵挡，

孰料想，尸骨横陈马不前。

切齿大骂袁崇焕，

我与你，誓不两立、不共戴天！

你，令我先汗抱恨破碎了中原梦，

你，阻我雄兵入关贻误了夺江山。

你你你……你这小小的袁蛮子呀，

不雪此辱，我枉为大汗！

来人！

[一辽兵应声上。

皇太极 号令八旗，与我倾力攻城！

[“慢！”范文程闪出。

范文程 不可一味强战，徒损军力。

皇太极 休得啰唆！

范文程 八旗兵绝非袁家军之对手。

皇太极 胡说！

范文程 大汗呐！

（唱）纵览兵书破万卷，
战云诡谲当了然。
袁崇焕，文韬武略难匹敌，
旷世奇才非等闲。
这蛮子，二度出山来势猛，
坚城利炮踞雄关。
以刚克刚兵家忌，
一着不慎难回天。
前车覆辙莫重蹈，
举兵还须思再三！

皇太极 那，依你之见？

范文程 避实就虚，以守为攻。

皇太极 不打？

范文程 不打。

皇太极 不战？

范文程 不战。

皇太极 不打不战，崇祯小儿肯将江山拱手相让不成？

范文程 非也！

（唱）袁家军锐势不可当，
莫如偃旗避锋芒。
盛极必衰天之道，
袁崇焕，难逃此劫不胜防。
参透玄机巧借力，
定教他，君君臣臣龙虎斗，自毁长城、国破家亡！

皇太极 哦？借谁之力？

范文程 大明君臣。

皇太极 此话怎讲？

范文程 中原士人，一可敌十，却十不及一呀。

皇太极 细细讲来！

范文程 崇祯将半壁江山尽数托付袁崇焕，可谓宠信有加。

皇太极 不错。

范文程 但倚之过重、寄之过望，恰好留下可乘之机。

皇太极 说下去！

范文程 崇祯一向视四夷为奴，最忌乞和。而袁崇焕屯兵千里，后援不及，且多有掣肘。鏖战之后，他必急于休养生息，整肃军备。因而，料他不会拒我议和。一旦如此，势必激怒崇祯，为他自己埋下后患。此时，只需派出奸细，潜入京城……（耳语）

皇太极 妙，妙哇！范章京不愧为汉家名门之后，果然深知中原士人七寸所在！

范文程 那……

皇太极 修书议和！

[暗转。

[一声朗笑，崇祯阔步上殿，众臣匍匐。

崇　祯 （唱）边关大捷，
尽展往日眉头结。
朝野同庆，
举国欢腾歌不歇。
迎，百官朝贺，
待，君臣唱和。
日月同辉普天乐，
醉看曼妙《洞仙歌》！

众大臣 万岁！万万岁！

崇　祯 平身。恢边胜算，尽显大明神威。今日，朕设宴隆庆，以震撼海内！

大臣甲 皇上，此役重挫金贼，全凭赫赫龙威呀！

大臣乙 天子威仪四方，鞑虏焉有不败之理？

崇　祯 诶，宁远大捷，袁将军功不可没。

大臣丙 皇上圣明！袁崇焕确有经天纬地之才，克虏将军名不虚传！

大臣丁 皇上慧眼识珠、运筹帷幄，袁将军矢志报国、锐意灭奴，若乘胜出击，全复疆土指日可期呀！

[众臣纷纷附和，唯成基命沉闷不语。

崇 祯 成爱卿……

成基命 哦，皇上。

崇 祯 乘胜出击，你意下如何？

成基命 臣……谨遵圣意。

崇 祯 好，为一举复辽灭奴，共饮此杯！

[内侍上。

内 侍 皇上，袁崇焕回京见驾。

崇 祯 哦？（略一沉吟）随朕出迎！

[袁崇焕上，内侍下。

袁崇焕 辽东督师袁崇焕叩见皇上！

崇 祯 爱卿，才下战场又踏归程，辛苦了。来！这杯酒为全胜将军接风洗尘。

袁崇焕 微臣不敢。此番赴京，是有要事启奏。

崇 祯 金奴还敢妄动？

袁崇焕 非也。

崇 祯 那便痛饮几杯，再议不迟。

袁崇焕 可是……

成基命 袁大人，还不举杯谢恩？

袁崇焕 谢皇上！（一饮而尽）

[内侍匆匆上。

内 侍 皇上，锦衣卫呈来密折。

崇 祯 念。（见内侍迟疑）念嘛。

内 侍 “近日，京师盛传民谣……”

崇 祯 哦？读来听听。

内 侍 “袁崇焕，心藏奸，私通鞑虏上贼船。暗中定下议和计，引敌入关夺江山。”

[举座皆惊。

成基命 不，其中必定有诈!

崇 祯 （突然大笑）哈哈哈……街谈巷议，纯属无稽之谈。

袁崇焕 皇上，夷贼乞和确有其事。

[众又是一惊，窃窃私语。

袁崇焕 臣以为，后金议和是假，但不妨为我所用。

崇 祯 （笑吟吟地）袁爱卿，五年平辽，朕可铭记在心哦。

袁崇焕 臣也未敢忘怀。

崇 祯 适才廷议，便是乘胜出击。

袁崇焕 什么？皇上……

崇 祯 歌舞上来!

[众歌舞伎上，翩然起舞。

[伴唱：冰肌玉骨，
自清凉无汗。
水殿风来暗香满，
绣帘开，
一点明月窥人，
人未寝，
倚枕钗横鬓乱……

袁崇焕 皇上！皇上容禀！（砰然跪倒）

崇 祯 你……（愤而掷杯）

[众惊骇伏地，歌舞伎惶惶退下。

崇 祯 你，还要多事?

袁崇焕 皇上，议和之举实乃缓兵之计呀!

（唱）宁远血战城池毁，
兵员不及粮断炊。
枪折刃卷少装备，
弹药告罄无一枚。
倘若妄动烽烟起，

颓城不保国堪危。
因此上，审时度势知进退，
暂修和约后灭贼。
我也知，此言一出遭毁谤，
我也知，此举一动恶名背。
为大明，微臣甘冒大不韪，
乞皇上，准奏章、赢机会、固城囤粮、整肃军备，
再杀金贼凯旋归！

崇　祯　（霍地站起，忽又佯作醉意）朕不胜酒力，退下。（扶内侍下）

袁崇焕　皇上！

成基命　崇焕！你……你这不看眉眼、不知深浅的一根筋呐！

［切光。

［夜。驿馆内，袁崇焕满腹惆怅，独步阶前。

袁崇焕　（吟）昨夜寒蛩不住鸣，惊回千里梦，已三更。起来独自绕阶行，人悄悄，帘外月胧明。白首为功名，旧山松竹老，阻归程。欲将心事付瑶琴，知音少，弦断有谁听？（不由拔剑起舞，却终难消愁，掷剑于地）咳！

（唱）风萧瑟，月朦胧，
满庭黄叶悲秋声。
惆怅萦怀难排遣，
拔剑消愁愁更浓。
叹，回京面君龙颜怒，
陈说利害拒不听。
悲，攸关家国存亡事，
满朝文武却噤声。
议和化泡影，
毁谤平地生。
一心期报国，

无端落骂名。
此身荣辱不足虑，
实堪忧，复辽大计功亏一篑江山倾。
天子一言胜九鼎，
袁崇焕，回天乏术、欲罢不能，仰天一叹倍伤情！
心事浩渺连广宇，
胸中块垒难抚平。
匹夫尚有报国志，
大丈夫，焉能苟且误大明？
想到此，饱蘸一笔书奏章，
披肝沥胆为苍生！

[叶氏捧汤上。

叶　氏　怎么，你要上书？

袁崇焕　社稷安危、黎民生死尽系于此，我岂能安之若素？

叶　氏　老爷呀！

（唱）妻知你，忧国忧民，
终身抱定赤子心。
妻知你，不愧不怍，
半生俯仰不由人。
君子坦荡荡，
犯颜敢直陈。
怎奈大明气数尽，
朝中遍及不谐音。
帝心幽邃深似海，
稍不慎，惊涛骇浪势欲吞。
虽说夫君不畏死，
怕只怕，欲待擎天天倾覆，徒添悲歌苦自吟。
世事难料多凶险，
莫忘了，那道长箴言意味深！

袁崇焕　出家人哪管江山？可身为边臣，岂能但求自保而坐视不管？（疾书）

［成基命上。

叶　氏　成大人？

袁崇焕　恩师缘何深夜到此？

成基命　（直奔案前）你……果然不肯罢手！（抓起欲撕）

袁崇焕　恩师……

成基命　这一纸奏章，将断送我大明栋梁啊！（扯碎）

袁崇焕　恩师！难道你也不懂学生的心吗？

成基命　我何尝不知，你报国心切？何尝不知，你力主议和乃上上之策？然而，皇上主战，国人思战，你你……这是逆势而动、逆天而行啊！

（唱）顺天应时，乃立身之本，
本无根，志又何存？
俯首听命，乃为臣之道，
道不顺，心值几文？
可知道，满城流言如飞蝗，
众口铄金能杀人？
可知道，龙心震怒强隐忍，
一招不慎祸临身？
纵然你，字字泣血为家国，
到头来，违圣意、悖民心、不识时务、不知退进，
无异于鱼游釜中、厝火积薪！
宦海沉浮当儆诫，
你怎就一误再误犟断筋，聪明人偏作糊涂人？

袁崇焕　恩师，莫非你要学生虚与委蛇，置黎民于水火，弃大明于不顾么？

成基命　临渊羡鱼，不如退而结网啊！

叶　氏　老爷，就听恩公一句劝吧！

成基命　从来慷慨赴死易，委曲求全难。如今，举国上下立誓雪耻、求战心切，你我奈何不了。这，就是“势”，势在必行啊崇焕！

袁崇焕　如此说来，唯有一战？

成基命　君命不可违！

［袁崇焕抓起端砚猛掷于地。

叶　氏　老爷！（落泪）

袁崇焕　与其和而不能、战不而胜，还不如卸甲归去，存亡由它！

［一阵急促的马蹄声，祖大寿奔上。

祖大寿　大哥，不好了！

袁崇焕　怎么？

祖大寿　皇太极假扮狩猎，借道科尔沁草原，直扑关内，现已突破喜峰口！

袁崇焕　（大惊）啊？

成基命　不好！这……这是要置你于死地呀！

叶　氏　何出此言？

成基命　当战不战，纵敌入关，只怕百口莫辩了！

袁崇焕　不，此乃天赐良机！

众　人　良机？

袁崇焕　（唱）当谢上苍怜赤诚，
　　　　贼寇尽入我囊中。
　　　　顺势应变发号令——

祖将军！

祖大寿　在！

袁崇焕　火速回营，率军待命，一旦接我密令，直捣后金大都！

祖大寿　是！

袁崇焕　恩师，我带八千轻骑前去阻敌，望你速速禀报皇上，即刻调集各路人马，关门打狗！

成基命　好好，老夫去也！（疾下）

袁崇焕　（唱）且待我，一举复辽大功成！

哈哈哈……

[收光。

[远处，炮声隆隆。

[殿内，崇祯惶惶翻看奏折，众臣探身侍立。

[内侍上。

内　侍　皇上，西线失守，皇太极逼近京城！

[崇祯一惊，奏折哗啦落地。

大臣甲　皇上，回援之师一战即溃，京师堪危呀！

大臣乙　金奴横扫千里，如入无人之境，这……这便如何是好？

大臣丙　情势突转，分明是袁崇焕内外勾结、纵敌入关！

大臣丙　对对，袁崇焕早存异心，罪当不赦！

崇　祯　（击案）够了！平日个个高喊报国，危难之时却只会摇唇鼓舌、毁谤他人，滚！

[众臣慌忙溜下。

崇　祯　（颓然跌坐，讷讷地）内外勾结，纵敌入关？（猛地倒吸一口冷气）袁崇焕，袁爱卿！难道你当真心怀不轨、另有图谋？不，不能啊！

（唱）朕，待你不薄，

你理当感恩戴德。

朕，视你为擎天一柱，

你怎会与金媾和？

袁卿啊——

朕自信未将你看错，

你莫负朕心忘重托。

可记得，平台召见寄厚望，

献策论兵君臣和？

可记得，宁远大捷龙心悦，

朕率百官宫门接？

想当初，信誓旦旦千斤诺，
却为何，战必胜、攻必克，胜券在握竟息戈，辽东督师乞议和？
虽说是，众臣弹劾难置信，
可终归，民谣无风不起波。
大兵压境生疑窦，
谁敢说，确无内外相勾结？
真假莫辨当谨慎，
警觉，警觉，再警觉！

[田贵妃上。

田贵妃 皇上，国难当头，为何不调克虏将军回京护驾？

崇 祯 咳，人心难测呀！

田贵妃 怎么，皇上疑心袁将军？

崇 祯 大敌当前，焉能不防？

田贵妃 皇上！

（唱）从来奇人有奇志，
生性耿介不足奇。
袁将军，半生戎马安社稷，
碧血丹心世间稀。
所向披靡灭贼寇，
试问天下谁能敌？
皇上啊，历来功高招非议，
莫教长舌将人迷。
先帝失聪险误国，
全赖将军披征衣。
风云变幻寻常事，
万不能用人之际陡生疑，君臣离心、悔之晚矣！

崇 祯 爱妃所言，亦非全无道理。

田贵妃 只是，臣妾有一事不解。

崇 祯 何事？

田贵妃 鞑虏直逼京师，袁将军为何还不驰兵回援？

崇 祯 爱妃有所不知，先皇为防不测，立下明令，边军无诏不得擅入京都。

田贵妃 可如今情势，不容迟疑了呀！

崇 祯 对！待朕下旨，命他即刻回京护卫！

[成基命奔上。

成基命 皇上，袁崇焕亲率八千轻骑，驰援京师！

崇 祯 （大喜）袁爱卿真乃神人也！

田贵妃 这下好了！皇上未等下诏，袁崇焕已回师救驾，真可谓心有灵犀呀！

成基命 （一惊）什么，无诏？

崇 祯 （忽又阴鸷地）哼哼，无诏回师？

成基命 不不，袁崇焕必是救主心切……

崇 祯 救主心切便可无诏入京？

成基命 这……

田贵妃 皇上，解京城之危，才是当务之急呀！

崇 祯 传朕口谕！袁崇焕纵敌深入、勤王不力，着即城外阻敌、与之决战！

成基命 皇上！强敌十倍于我，与之城外决战，无异于羊送虎口哇！

崇 祯 那你的意思……

成基命 臣……遵旨！

[收光。

[夜。马蹄嘚嘚，如疾风卷来。

[内唱："急若星火策马来——"袁崇焕率众将士跃马上。

袁崇焕 （唱）好一似，卷地狂飙挟尘埃！

八千精骑披重铠，

扑面疾风壮胸怀。

恨金贼，绕道偷袭闯关隘，

京城霎时布阴霾。
人心大乱惊圣驾，
敌兵过处哭声哀。
想我巍巍九州地，
岂容贼寇染指来？
满腔怒火冲霄汉，
恨不得，飞身迎敌战荒垓。
笑金奴，蚍蜉撼树不自量，
且待俺八路神兵从天降，杀你个片甲不留、遍地尸骸！
星夜赶至在广渠门外——

众将官！

众将士 有！

袁崇焕 （唱）待援军，铁围重重将敌埋！

[“报——”探马疾上。

探　马 八路大军皆被皇太极一一击败！

袁崇焕 你再说一遍。

探　马 八路援兵，已溃不成军！

袁崇焕 啊？

众将士 督师，怎么办？

[一声马嘶，边将勒马跃下。

边　将 末将奉祖将军之命，参见督师。

袁崇焕 祖将军派兵驰援来了？

边　将 不，将军令我请命，何时趁鞑虏后方空虚，直捣敌巢？

袁崇焕 哎呀！祖将军，此一时彼一时啊！

边　将 待我速搬救兵！

袁崇焕 只怕远水不解近渴呀！

[内喊：“崇焕——”成基命飞马奔上，滚落。

袁崇焕 （急扶）恩师！

成基命 皇上口谕：袁崇焕纵敌深入、勤王不力，着即城外阻敌、与之决战！

[袁崇焕惊住。

成基命 崇焕……

部将甲 敌兵来了！

[远处，声震如潮。

众将士 督师，我等与他拼了！对，拼了吧！

袁崇焕 不！入城——休兵！

成基命 什么？那你通敌罪名可就坐实了！

袁崇焕 吾意已决！

成基命 （唱）休休休，莫莫莫，

不战而退还了得？

纵是阵前百战死，

亦不可，枉背骂名担罪责。

一旦抗旨杀无赦，

君命如山违不得！

众将士 督师，下令出战吧！

袁崇焕 住口！再敢言战，定斩不饶！

成基命 出兵吧！老夫也拼将一死，与你同存共亡！

袁崇焕 恩师！将士效命沙场，死不足惜。但这八千健儿一旦捐躯，皇太极必乘势破城，大明亡矣！

成基命 哦！

袁崇焕 眼下，唯有入城固守，才可解不保之虞！

成基命 可你……

袁崇焕 为保江山社稷，崇焕宁被千夫所指，刀斧相加！

众将士 （大恸）督师！

成基命 也罢！老夫即刻冒死觐见，乞请皇上准你入城！

袁崇焕 恩师！（跪）

[收光。

[后金营前，皇太极与范文程带兵将上。

皇太极 区区数千兵卒，便想阻我十万雄师，真真笑煞人也！

[众狂笑。

皇太极 来呀，与我破城而入，生擒崇祯！

范文程 且慢！阵前明军虽寡，却是袁家军精锐之师，况且哀兵必胜，我大金未必占得上风。即便拿下广渠门，只要袁崇焕在，怕也得而复失、后患无穷！

皇太极 范章京不会令本汗退兵吧？

范文程 退兵三十里。

皇太极 你……

范文程 袁崇焕不除，绝无宁日啊！

（唱）围而不歼，

并非畏敌如临渊。

借刀杀人，

早有孙子谋宏篇。

似这般，强取硬攻难制胜，

反令他，君臣合力、众志成城斗志坚。

倘若退兵不言战，

皇城内自有人推波助澜，助我除却心头患。

到那时，轻取天下入城去，

我保你，高枕无忧、取威定霸坐江山！

皇太极 不动一兵一卒？

范文程 退避三舍。

皇太极 不费一枪一弹？

范文程 隔岸观火。

皇太极 如此说来，当初你力促本汗千里奔袭，岂非多此一举？

范文程 恰恰相反！若无我军奔袭，大明君臣怎会见疑？百姓怎会积怨？袁崇焕又怎会身陷两难？此时后撤，看他鹬蚌相争，自可坐收渔翁之利。

皇太极 真会如此容易？

范文程　绝非容易，这也是积毁销骨、积羽沉舟哇！

皇太极　有理！那就依你之计……

范文程　慢来慢来。

皇太极　又要作甚？

范文程　还请大汗给崇祯修书一封。

皇太极　再补一刀？

范文程　他也是中原士人嘛。

皇太极　哈哈，拿笔来！

［切光。

［宫中，崇祯怒不可遏，成基命抖抖伏地，田贵妃忐忑而立。

崇　祯　入城休兵？入城休兵！看来，民谣所指，绝非无中生有！

成基命　皇上，袁崇焕绝无二心呐！八千将士千里驰援，早已人困马乏，亟待休整。况且敌众我寡，唯有凭坚死守，否则，后果不堪设想啊！

田贵妃　臣妾以为，成卿所言句句在理。

崇　祯　多嘴！还不退下？

［田贵妃忙垂首避下。

［内侍捧箭书上。

内　侍　皇上，敌营射来一纸箭书。

崇　祯　念！

内　侍　奴才不敢。

崇　祯　（大喝）念！

内　侍　是！“崇……崇祯小儿，速来乞和，如若不然，血洗孤城！”

［崇祯一把夺过，掷于成基命面前。

崇　祯　一内一外、一唱一和，你——还有何话要说？

成基命　这……定是皇太极蓄意离间我大明君臣。

崇　祯　成基命！

成基命　臣在。

崇　祯　拟旨！命祖大寿，即日总理辽东各部，火速率兵勤王，不得有误！

成基命　皇上！使不得呀！

（唱）强敌压境城欲摧，
　　临阵换将更堪危。
　　群龙无首军心乱，
　　须提防，夷贼趁隙破墙围。
　　袁崇焕，纵有过失慢处置，
　　且容他，将功折罪、纾难解危！

崇　祯　呵呵，成大人可谓护犊情深呐！

（唱）朕问你，纵敌入关谁之罪？
　　拥兵胁和谁作为？
　　抗旨不遵谁作祟？
　　入城休兵谁通贼？
　　这桩桩件件成铁案，
　　怎不问，他袁大将军意何为？
　　你纵有利口善雄辩，
　　只怕是，欲待描正愈描黑。
　　朕再问，谁在朝堂力保举？
　　谁为授权紧鼓吹？
　　谁谈议和话暧昧？
　　谁替叛贼屡解围？
　　若非你，煞费苦心的成铁嘴，
　　袁崇焕，又怎敢逆天行事、图谋不轨、胡作非为？

成基命　（惊恐不已）皇上，微臣纵有天大胆子，也不敢……

崇　祯　来人！

［侍卫上。

崇　祯　立即将袁崇焕……

内　侍　皇上，他近前有八千子弟兵啊。

崇　祯　那就派锦衣卫暗中下手！

成基命　皇上，杀不得呀！

崇　祯　怎么，兔死狐悲？

成基命　不不！微臣以为，阵前杀他必招致哗变，若皇太极乘势起兵，定然城毁人亡。以臣之见，皇上不如……

崇　祯　不如放虎归山？

成基命　微臣是说，不如招他朝堂议事，先行拿下。

崇　祯　好，那就请你出马，唤他前来！

成基命　皇上……

崇　祯　（冷颜一笑）成爱卿？

成基命　臣……领旨前往！（仆地哽咽）

［光渐收。

［狱中，袁崇焕身披镣铐，闭目而坐。

［更鼓声声。

［天外依稀传来道长画外音："殊不知祸兮福之所倚，福兮祸之所伏？人之迷也，其日固久矣！"

袁崇焕　（惊起）道长？道长……

［另一束光下，显出道长。

袁崇焕　你怎会来至天牢？

道　长　欲归还小立，为爱夕阳红。

袁崇焕　哦！莫非我已日暮途穷？那，大明呢？

道　长　最是秋风管闲事，红他枫叶白人头。

袁崇焕　道长，国家危亡，崇焕怎能不忧心忡忡？

道　长　咳，镜破不改光，兰死不更香啊。（欲走）

袁崇焕　道长！能否再点拨一二？

道　长　袁将军，救既败之事，如驭临岩之马，休轻加一鞭；图垂成之功，如挽上滩之舟，莫稍停一棹。

袁崇焕　多谢道长！

道　长　（喟然长叹）此心终须去，再三留不住哇！（倏而隐去）

袁崇焕　道长……（猛然坐起，方知是梦）驭临岩之马，休轻加一鞭；挽上滩之舟，莫稍停一棹？

（唱）恍若一梦亦非梦，
句句箴言字字明。
胡笳声声逼城下，
烈士鲜血当溅红。
恨不得，拍马挺枪杀将去，
却奈何，铁链道道缚英雄！

［伴唱：天知否——

袁崇焕　（唱）那金贼，踏破国门施暴虐，
怎忍见，壮士卸甲锁刀锋？

［伴唱：天知否——

袁崇焕　（唱）我抱定，马革裹尸男儿志，
怎忍见，恨无长剑可屠龙？

［伴唱：满腔忧愤冲天起，
壮怀激烈泪飞迸！

袁崇焕　（唱）恨只恨，苍天无眼失中正，
是非颠倒冤孽生。
叹只叹，天子错将英雄困，
救国不能罢不能。
想城外，烽火连天乱旗动，
风卷黄尘马嘶鸣。
看狱中，青灯孤照寒窗冷，
空怀一腔报国情。
怒发冲冠血奔涌，
苍天呐，何时还我一清白，沙场弄长缨，纵死留英名！

［狱卒引叶氏上。

狱　卒　袁大人，你看谁来了？（退下）

叶　氏　老爷!

袁崇焕　夫人?

叶　氏　老爷——

（扑怀恸哭，唱）当初一别终相逢，
相逢竟在死牢中。
我夫蒙冤妻心碎，
嘤嘤悲咽不成声!

袁崇焕　（唱）当初一别终相逢，
相逢却在死牢中。
泪眼携手劝夫人，
奈何语哽话不能!

二　人　（唱）当初一别终相逢，
相逢偏在死牢中。
摧肝裂胆彻骨痛，
滴滴泪溅血花红!

袁崇焕　夫人，崇焕牵累你了。

叶　氏　不，你是堂堂男儿真英雄!

袁崇焕　或许，令你也身背骂名。

叶　氏　你怎样，我便怎样!

袁崇焕　夫人!哦，可是皇上恩准你来?

叶　氏　全赖成大人暗中疏通。

袁崇焕　恩师?他在哪里?

[成基命满面愧色上。

成基命　袁将军!老夫在此。（欲跪）

袁崇焕　（忙扶）恩师!折煞学生了!

成基命　老夫无颜见你!

袁崇焕　不，若非恩师，学生怕早已做了刀下之鬼。

成基命　惭愧!不过，自你入狱，皇上便情知中计，立准八千将士入城休兵。

叶　氏　　老爷，你终可重见天日了！

　　　　　[成基命顿时老泪纵横。

叶　氏　　怎么？皇上他……

袁崇焕　　（心头一坠）哦！那城外战事如何？

成基命　　皇太极连日攻城，均被击退。但，终归敌众我寡、朝不保夕呀。

袁崇焕　　那，为何不召祖大寿回援？

成基命　　他……闻听你蒙冤入狱，抗旨拒诏，说若不放你，决不出兵！

袁崇焕　　好生糊涂！难道为我一个，便作千古罪人么？

　　　　　[突然，成基命屈身跪倒。

袁崇焕　　恩师！你这是为何？

成基命　　袁将军！如今，大明安危尽系你一人之身了！

袁崇焕　　怎讲？

成基命　　（唱）大寿抗旨不奉诏，

　　　　　　　　圣上急若滚油浇。

　　　　　　　　百般无奈我请命，

　　　　　　　　求你修书挥长毫。

　　　　　　　　唯愿将军国为重，

　　　　　　　　调兵遣将于天牢！

袁崇焕　　求书搬兵？

叶　氏　　老爷，救得国危，或能证你清白呀！

袁崇焕　　清白？呵呵，只怕我绝死无疑了！

叶　氏　　为何？

袁崇焕　　罪囚手书胜于皇诏，岂不是欺君大罪？

叶　氏　　啊？

袁崇焕　　（断然地）拿笔来！

叶　氏　　写不得！

袁崇焕　　抗旨不遵，不还是一死？

叶　氏　　老爷——（痛哭）

成基命　　怪我，是我害了你呀！

袁崇焕 心碎不忍山河碎，慷慨悲歌红血飞！为大明江山、天下苍生，我——写！（咬指）

叶　氏 老爷！（猛从裙上扯下一角，抖抖捧上）

成基命 袁大人！老朽代天下人敬你，容我以背作案！（伏地）

［袁崇焕挥指疾书。

［伴唱：悲歌为国殇，
鲜血透霓裳。
荣辱寻常事，
勿忘我家邦！

叶　氏 老爷，为妻先行一步了！（触柱而亡）

袁崇焕 （悲呼）夫人呐——

［切光。

［雪夜。崇祯凭栏远眺，心重如铅。

［内侍上。

内　侍 皇上，袁崇焕已到殿外。

崇　祯 哦。

内　侍 有请袁大人。（退下）

［袁崇焕须发苍苍，着一袭布衣上。

袁崇焕 罪臣袁崇焕叩见皇上。

［崇祯回眸凝视片刻，上前扶起。

［伴唱：恍若隔世见故人，
相视无语意沉沉。
几经沧桑几多话，
白头一如雪纷纷！

崇　祯 你来了？

袁崇焕 来了。

崇　祯 下雪了。

袁崇焕 才是暮秋时节。

崇　祯　天意也飘忽不定啊。

袁崇焕　皇上，深夜召见……

崇　祯　只为对饮几杯、促膝畅谈。

袁崇焕　权作话别？

崇　祯　不……哦，祖将军业已回师抗敌，京师解围了。

袁崇焕　然后，就该论功行赏、按罪处置了。

崇　祯　（一怔）你……

袁崇焕　崇焕身为封疆大吏，妄谈议和、御敌不力、抗旨不遵，自然罪当不赦。

崇　祯　朕，也可赎你无罪。

袁崇焕　呵呵，皇上不忍杀我，可不杀又不足以平心头之忧、之恨、之患。

崇　祯　你……朕何忧之有？何恨之有？何患之有？

袁崇焕　皆为那一封血书！

崇　祯　（突然大笑，猛收住）不错，朕忧你拥兵自重，恨你功高盖主，患你图谋不轨。

袁崇焕　可见，当初我之忧，并非杞人忧吧？

崇　祯　这……

袁崇焕　皇上执掌天下，又谋中兴，为何每逢用人，总难信而不二、用而不疑？

崇　祯　你……不要逼朕，朕还没想杀你。

袁崇焕　蝼蚁尚且贪生，我焉能不知惜命？只是，崇焕命数已尽，在劫难逃了。

崇　祯　哦？愿闻其详。

袁崇焕　纵是皇上不恨，那国人呢？纵敌入关、媚和通贼，总要有人领罪吧？

崇　祯　这……不过是谣言。

袁崇焕　可谣言千遍，便成铁案，恐怕皇上也未必肯昭雪吧？

崇　祯　何以见得？

袁崇焕 皇上！大明之危，危不在外敌入侵，而危于世风日下、人心涣散啊！

（唱）我大明，徒华其表，
才这般，风雨飘摇。
人心不齐江山倒，
纵无外敌亦不牢。
逢绝症，良医着意下猛药，
图中兴，君王无奈动狠招。
我背骂名千刀剐，
国人啖肉共声讨。
借此激得民心聚，
可换来，千秋万代、如日中天的大明朝！

崇　祯 （震动）将军确非一介武夫！

袁崇焕 可皇上到底还是中原士人。

崇　祯 怎讲？

袁崇焕 既然一腔宏愿，又成竹在胸，何必闪烁其词？

崇　祯 你……甘心领罪？

袁崇焕 舍我其谁！皇上，袁崇焕纵有三头六臂，亦不过夺一战一役之功成，补一孔一线之缝隙，而我中原大地早已千疮百孔，非皇上不足以挽颓势，非皇上不足以兴大明啊！

（唱）为，千秋大业，
舍，颈上脑壳。
助皇上一臂之力，
激万众同心报国！

崇　祯 袁爱卿！你……果真肯舍身家性命，背千古骂名？

袁崇焕 崇焕已被逼至悬崖，唯有纵身一跳了。

崇　祯 你，不恨朕么？

袁崇焕 恨！我恨皇上，不当疑时妄猜臆断。我恨皇上，不当迷时听信谗言。我恨皇上，不当恨时加害无辜。我恨皇上，不当柔时心慈手软！

崇　祯　朕，有负爱卿了！

袁崇焕　也怪崇焕自己，明知不可为而为之！（长吟）忠臣血入地，地厚为之裂。今溅帝王衣，浣痕亦不灭。灵质偏成磷，光焰九天彻。精诚叩帝阍，愿化一寸铁！臣——该上路了。

崇　祯　袁爱卿！（敬酒）

袁崇焕　（饮罢一掷）告辞！（毅然走去）

崇　祯　袁爱卿……朕的袁爱卿啊！

［霎时，风狂雪骤。

［伴唱：千古悲歌成浩叹，
　　英魂抱恨九重天。
　　红血可将白雪染？
　　风云无边愁无边！

［崇祯失魂落魄，走进漫天风雪……

［光渐收。

［画外音：崇祯三年，袁崇焕被凌迟于北京菜市口。世人争相啖其肉、啜其血，骂其奸，一时间群情激愤、同仇敌忾、国威大振。是年，皇太极退兵关外，十四年未敢妄动……

（剧终）

（该剧与梅晓合作）

·新编历史故事剧·

岭南圣母

时　间：公元535—602年。

地　点：岭南及建康一带。

人　物：冼　英　百越大首领，后尊为圣母。

冯　宝　梁朝高凉郡太守，冼英之夫。

达　猛　俚峒峒主。

陈霸先　梁朝大将军，后为陈武帝。

华　乃　陈朝丞相，后为隋朝使臣。

少年冼英、少年达猛、秀女、叛将、内侍、陈蒨、韦洸、隋文帝、各峒首领、俚僚民众、梁陈隋兵将、陈隋大臣、御林军。

[一声炮响，顿见远处刀光剑影，战尘弥天。

[伴唱：群雄起，风雷骤，
马踏血溅万木朽。
狼烟起处天下乱，
唯见岭表山水秀，
红豆依旧上枝头……

[伴唱中，岭外景象渐隐，显出身着汉族婚装、头顶红盖头的冼英。

[一串笑声犹如天际飘来，少年达猛与少年冼英嬉戏追上。

少年达猛 英妹，你看！

少年冼英 许愿树？

少年达猛 咱也许个愿。大了，我娶你！

少年冼英 不，到时我要打亲入闺，嘻嘻！

少年达猛 英妹！

少年冼英 达猛哥……

[一曲岭南民歌悠悠响起：
小小蜜蜂翅膀黄，
一起飞到妹胸膛。
向妹心头咬一口，
问妹想郎不想郎……

[歌声中，二人牵手树下脉脉含情，渐隐。

冼　英 （撩起盖头，怅然若失）达猛哥……

[达猛翻窗而入。

达　猛 英妹！

冼　英 你？

达　猛 我绝不让你落入汉人之手！来，扯下这汉人皮，跟我走！（欲撕婚装）

冼　英 （挣开）不不，岭上百花开，任哥随手摘，你就别……

达　猛 不！你是我的女人！

冼　英　（含泪）可英妹……已不是从前的英妹了呀！

（唱）妹知哥心苦，妹亦锥心痛，

一般滋味两人尝，你我同伤情。

妹也愿，翔鸟任飞比双翼，

妹也盼，许愿树下伴哥行。

怎奈阿妈传铜鼓，

少女初长成，偏作了统领百越的大首领，我独木难支撑！

达　猛　那，你就非嫁汉人不成？

冼　英　（唱）你可知，岭外诸侯争天下，

战火频仍尸骨横？

你可知，虎狼之师窥五岭，

万千俚众难安宁？

痛断情丝另婚配，

举梁旗，嫁太守，只为这一方靖安享太平。

孰轻孰重哥该懂——

达　猛　我不懂也不想懂！那冯宝委身入赘，分明是居心叵测！

（唱）且待我，剖出他黑心祭苍穹！

冼　英　达猛哥，你……就做我的亲哥哥吧！

达　猛　（悲苦地）英妹！（抱住）

［光暗。

［另一束光亮，新郎装束的冯宝微醺上。

冯　宝　（唱）喜筵苦酒倍惆怅，

糊涂涂入赘高凉，好不荒唐！

说什么，抚循岭南有依傍，

道什么，俚汉通婚为兴梁。

无非是捆绑夫妻，

分明是乱点鸳鸯。

奈何父命难违抗，

可叹我错配蛮女作新郎！

[入内，灯骤亮。

冯　宝　啊？你……

达　猛　来得正好！（抽刀砍去）

[冯宝忙徒手招架，陈霸先飞身上。

陈霸先　贤弟当心！（挥剑拨飞俚刀，直逼达猛）

[冼英忙接刀挡开陈霸先，见达猛扑向冯宝，反手将其击倒。

冼　英　还不快走！

达　猛　（恼羞地）汉贼，我与你势不两立！（奔下）

陈霸先　（凝视冼英，赞叹）难怪岭南千峒归附，果然是盖世巾帼！

[冼英手中刀哨啷落地。

冯　宝　夫人！

陈霸先　恕愚兄来迟，恭贺二位新婚大喜！

冯　宝　（苦笑）谢陈兄。

陈霸先　（凑近）若非贤弟捷足先登，我陈霸先怕也要出手抢亲喽。

冯　宝　你……也忒霸气凌人了吧！

[陈霸先仰天大笑。

[陡然，铜鼓声起。

["大首领——"秀女疾上。

秀　女　不好了！达猛峒主他……

冼　英　他待怎样？

秀　女　聚众反梁！

冼　英　啊？

陈霸先　小小蛮夷胆敢造反，待我请兵平乱！

冯　宝　陈兄！陈兄不可……（拦阻不及，顿足）岭南危矣！

[切光。

[鼓声激越。

[一束光下，达猛赤膊奋力击鼓。

[一声喊："点篝火！"篝火熊熊燃起。

[各峒首领带俚僚民众持械狂舞，声震山谷。

达　猛　族人们！（一指梁旗）那是谁之大旗？

众俚僚　梁朝大旗！

达　猛　（又一指脚下）这是谁之高凉？

众俚僚　俚人高凉！

达　猛　我等生是高凉人，死作高凉山鬼，岂能任由汉贼欺辱！

（唱）千年古榕俚人栽，

万仞青峰俚人开。

激流飞溅俚人血，

红岭养就俚人胎。

铮铮俚汉敢伏虎，

岂容汉魔进山来。

众俚僚　（唱）铮铮俚汉敢伏虎，

岂容汉魔进山来。

达　猛　（唱）冲天一吼凌霄外，

砍梁旗，开杀戒——

众俚僚　（接唱）夺回那清平世界攘外消灾！

［达猛一刀砍去，梁字大旗訇然落地。

众俚僚　杀——

［切光。

［远处鼓角阵阵，旌旗猎猎，梁朝兵将持戈挺进。

［内唱："恨达猛反梁廷祸起五岭——"冼英飞马上。

冼　英　（唱）终招致，十万兵，千里征伐挟飓风，尘嚣嚣漫卷血腥！

本以为，冯冼联姻岭表定，

俯首归梁可靖宁。

孰料想，莽汉扯旗逆天动，

保境安民一梦空。

听鼓角，千钧雷霆滚地动，

看旌旗，万纛蔽天血阳红。

官兵汹汹逼岭下，

眼见俚民对刀丛。
山崩于前苦无计，
唯有弱肩阻天倾，只身拦重兵！

[杀声四起，陈霸先与达猛分别领兵上。

冼　英　（勒马喝止）不得动武！

陈霸先　哦，弟妹。

冼　英　陈兄。

陈霸先　请夫人大开山门，助我讨逆。

冼　英　呵呵，岭南乃大梁之王土，俚人乃圣上之子民，冼英身为汉臣，焉能引兵入关置王土于不顾、陷黎民于水火？

陈霸先　（大笑）陈某乃奉旨行事。

冼　英　自古俚汉一家，怎忍同室操戈骨肉相残？

陈霸先　难道要我养虎成患？

冼　英　以免生灵涂炭。

陈霸先　除非献出达猛人头！

冼　英　你……

达　猛　哈哈！爷爷在此，先杀你个人仰马翻！

陈霸先　夫人让开！

[两军对垒，冼英拦挡，见俚人倒下，痛极，大喝一声挺剑怒刺陈霸先。

[“住手！”冯宝带兵疾上，死死拉住冼英。

冯　宝　夫人！夫人……

冼　英　好端端一个岭南，眨眼血火遍地，我岂能容他！

冯　宝　陈霸先，你好糊涂哇！

（唱）达猛不过性鲁莽，
因爱生恨欠思量。
釜中汤沸当撤火，
血洗俚峒为哪桩？

陈霸先　（唱）受命镇边筑屏障，

岂容蛮夷反大梁？
奉诏率兵剿匪患，
平定骚乱保南疆。

冯　宝　（唱）动辄杀伐结怨怼，
俚汉反目乱家邦。

陈霸先　（唱）偏袒逆贼须酌量，
助他气焰更嚣张。

冯　宝　（唱）兴国莫忘怀柔术，

陈霸先　（唱）王法如天难更张。

冯　宝　（唱）恳请罢兵熄战火，

陈霸先　（唱）抗命不遵你可敢当？

冯　宝　下官自当竭力安抚，奏明圣上！

［冼英不由对冯宝另眼相看。

达　猛　呸！哪个要你安抚？来呀，与汉贼拼了！

冼　英　（出剑挡住）上前者，杀无赦！

达　猛　还由他踏破山门不成？（推开欲前）

［冼英忍痛一剑刺倒达猛，众惊。

冯　宝　夫人！

冼　英　（颤颤下令）重树梁旗！

［梁旗升起。

陈霸先　（震惊之余，顿生敬意）退兵！

［光聚。

冼　英　（含泪弃刀）达猛哥！

［光渐收。

［优美的岭南音乐，一队俚族青年男女情意绵绵上。

众男女　（唱民歌）五岭春早百花开，
郎哥隔篱采花来。
莫让黄狗咬着手，

好花等哥轻手摘。
春花一枝胸前戴，
莫再乱花迷心怀。
今生跟哥岭上走，
许愿树下抛球来。

[许愿树下，青年男女许愿抛球，幸福地结伴而去。

[身缠绷带的达猛抱酒上，见双双远去，不由悲从中来。

达　猛　许愿树，许愿树啊！

（唱）见古榕又撩起往日旧梦，
树依然人非昨好不伤情。
数月伤渐愈，
百日血泪凝。
黄连根茎苦，
最苦是达猛。
热望成灰随风去，
鸠占鹊巢我孤零。
血性男儿难忍恨，
惹来汉家十万兵。
为妹舍身杀上阵，
她……她竟一刀夺我命，红了白刃，断了痴情。
既然缘灭恩义断，
我养什么伤？保什么命？苦恋莫如了残生！

（猛扯伤口）啊——

[冼英闻声疾上。

冼　英　达猛哥！你不想活了？

达　猛　活着哪如一死痛快！（欲走）

冼　英　站住！早说一死，我何必单枪匹马力阻十万大军？又何必情急之下剑出偏锋留你一条性命！

[达猛愕然回首。

冼　英　早说一死，我何必派人翻山越岭为你采药调治？又何必令人精心服侍再由你寻死觅活！

达　猛　我……

冼　英　你可图一时之快，逞一己之能，而我呢？千峒寄望的大首领，可能容你招致兵燹，断送无数生灵？

达　猛　这……

冼　英　我本无意伤你，可又不能不一再伤你。知道吗？自打传鼓之日，英妹就不再是高凉山上任意翻飞的太阳鸟了呀！

达　猛　（一震）大首领！

冼　英　不，喊我英妹。

达　猛　英妹……

冼　英　（泪水盈盈）达猛哥，我本不想当这大首领，不想当啊！

（唱）莫唤大首领，
唤得妹心疼。
难忘儿时梦，
纵情山水中。
妹好想，一如翔鸟穿林莽，
妹好想，天高任飞舞长风。

达　猛　（唱）我也恋，深山放歌妹呼应，
我也恋，龙潭戏水影随形。

冼　英　（唱）若非铜鼓击梦碎，
妹还是无拘无束、无羁无绊，哥疼哥爱的小冼英！

达　猛　英妹！

（唱）虽说达猛性狂纵，
却也有三分柔肠叠九重。

冼　英　（唱）情深意长妹愧领，
兄妹相称——

达　猛　不！

（唱）哥只盼，妹莫忘今生缘呐一世情！

冼　英　我……只望你多多保重，日后与你另择秀女。

达　猛　我非你不娶！

冼　英　可我已是冯宝之妻。

达　猛　杀了冯宝，你就还是我英妹！

冼　英　什么？

达　猛　有他无我，有我无他！

冼　英　你……若敢动他一根汗毛，我拿你祭旗！

达　猛　英妹！

［冯宝提草药上，闻声驻足。

冼　英　你真混呐！冯太守文韬武略君子之风，初到岭南，便使民以礼治下清平，政令一出万民乐从。即便对你，也是阵前陈词力保你命，事后，仍不予追究望你自省，而你！你却习性不改一意孤行，以怨报德冥顽不灵。倘若再动杀念……

达　猛　汉魔不除，天理难容！

冼　英　那我就是大首领，休怪我法不容情！

达　猛　（痛切地）你……不是我的英妹！（拧身下）

［冼英仰面泪下。

冯　宝　呀！

（唱）无意撞见眼前景，
胸中钦敬油然生。
先前错把蛮女看，
今番始觉殷殷情。
原以为，此生无缘大不幸，
不承想，对头鸾凤暗和鸣。
心怀歉疚示爱意——

冼　英　（泪望许愿树，唱）谁知我风中黄叶独飘零！

冯　宝　夫人。

冼　英　（忙拭泪）哦，冯郎。

冯　宝　看这一树彩虹，好不撩人心动。

冼　英　彩虹虽美，又怎知不成过眼流云？

冯　宝　倘若云开日出，岂不另有一番景致？

[冼英心头一动，回望冯宝。

[岭南民歌响起：小小蜜蜂翅膀黄，
一起飞到妹胸膛。
向妹心头咬一口，
问妹想郎不想郎……

[二人不禁心潮涌动。

冼　英　冯郎……

冯　宝　夫人！

冼　英　（唱）心头砰然小鹿撞，
竟如头回识冯郎。

冯　宝　（唱）今朝着意细端量，
顿觉无酒醉欲狂。

冼　英　（唱）看夫君，果真是风流倜傥，

冯　宝　（唱）望爱妻，实堪称冠压群芳。

冼　英　（唱）临危方显伟丈夫，

冯　宝　（唱）经久才辨芙蓉香。

冼　英　（唱）叹以往，形同陌路，

冯　宝　（唱）悔当初，冷若冰霜。

冼　英　（唱）幸喜姻缘天成就，

冯　宝　（唱）阴霾一扫遍霞光。

二　人　（唱）许愿树下重携手，
宛若织女会牛郎！

冼　英　冯郎！

冯　宝　夫人！

冼　英　愿今生今世——

冯　宝　不离不弃！（相拥）

[“大首领——”秀女奔上。

秀　女　河南王侯景起兵反叛，皇上他被困京都！

冼　英　怎讲？

秀　女　侯景叛乱，皇上被困！

冯　宝　哎呀！

秀　女　大将军陈霸先举兵勤王，已遣副将送达手书，力邀太守与夫人合力平叛！

冯　宝　夫人！情势危急刻不容缓，我率本部兵马先行——

冼　英　为妻殿后！

[一声闷雷。

[收光。

[雷声迫近，夜笼丛岭。

[叛将领兵杀气腾腾上。

叛　将　哈哈！

（念）皇帝老儿困建康，
不日景王登庙堂。
可恨旧臣不自量，
聚合残部欲勤王。
料定冯冼从此过，
依险设伏斩杀光！

（挥手，叛军潜下）

[内唱："一标轻骑夜奔袭——" 冯宝率军策马上。

冯　宝　（唱）千里救驾马蹄疾。
可叹君王迷佛事，
反送逆贼可乘机。
圣上身陷虎狼口，
大梁存亡于旦夕。
情急横穿黑松岭——

（突然马嘶惊立）不好！

（接唱）拔剑出鞘快迎敌！

[叛军涌上。

叛　将　还不下马受缚!

冯　宝　叛贼看枪!

[双方激战，冯宝勇挑叛兵，却渐陷重围。

[“霸先来也!”陈霸先带兵突入，力挫叛军。叛将欲逃，冼英迎面杀上。

冼　英　哪里走!(几个回合，一剑将其斩于马下)

[忽一叛兵放箭。

冯　宝　当心!(推开冼英，中箭)

冼　英　冯郎!(抱住)

[陈霸先怒吼一声刀劈叛兵。

冯　宝　(吃力地)夫人，你我今生有缘，结为夫妻，冯宝……无憾了!

陈霸先　贤弟!

冯　宝　陈兄……是可成大事之人，望夫人……向化中原，一心事……事……(溘然长逝)

冼　英　(痛呼)冯郎——

[一声炸雷，风雨骤来。

冼　英　(唱)山崩地裂霹雳震，
风如刀，雨似剑，刺我胸膛穿我心，惊煞痛煞断肠人!
冯郎啊——
不敢信，你出师未捷身先去，
才续情缘化英魂。
不敢想，百年相守话犹在，
霎时竟作两界人!
从此孤雁无依傍，
唯有梦里将你寻。
泣血叮咛已铭记，
不负拳拳报国心。
你且高卧安然睡，

为妻我戴孝出征举哀兵！

（扯下内襟，扎于头上）

陈霸先 （肃然起敬）夫人大义，堪比天齐，愚兄愿与你戴孝北上，共谋大业！

［雷声。风雨中，全军披孝壮行。

［光渐收。

［伴唱：拍天怒涛三千丈，

席卷叛军下建康。

山河重整新朝立，

御旨一道惊高凉！

［伴唱中义军横扫叛敌，势如卷席……随之，半空升起陈朝大旗。

［“圣旨下！”显出华乃。

华　乃 （宣旨）侯景乱贼荡涤已尽，然先帝驾崩，举国痛悼！置此乱世，亟待立朝固本，养息吾民。为御大陈忧患，着即宣百越大首领冼英入宫辅弼。钦此。

冼　英 （惊）华大人！我……

华　乃 （轻叹）接旨吧。

［光暗。

［一声朗笑，灯亮。

［内唱：“扫乱贼定乾坤天降大任——”陈霸先阔步上。

陈霸先 （唱）安社稷，立大陈，弹指功成称帝禅梁一步凌云！

看诸侯臣服，百姓依顺，

恰如那，大江东去天下归心。

登基来日见得国行昌运，

欣然中却不免梦牵伊人。

圣旨一道作鸿雁，

但愿卿心慰君心。

丞相一去无音讯——

夫人呐！

（唱）可知朕视你为扛鼎之臣、钟爱之人？

[内喊：“丞相华乃回京复旨！”

陈霸先　宣！

[华乃风尘仆仆上。

华　乃　微臣叩见吾皇万岁！

陈霸先　（急迫地）爱卿，冼夫人她……她可与你同来？

华　乃　她么……哦，托微臣奉上奇珍异宝。

陈霸先　怎么，拒不接诏？

华　乃　不不，她要为夫守孝三年。

[陈霸先深长一叹。

大臣甲　借口，分明是借口！皇上，冼英她自恃百越之首，目无天朝啊！

大臣乙　俚僚一向难以宾服，归附汉室怕是韬光养晦吧？

大臣丙　偌大五岭乃至珠崖，尽辖于冼英一人，若有风吹草动，社稷堪忧哇！

大臣丁　着、着、着！此人不除，祸患无穷！

华　乃　一派胡言！若无冼夫人鼎力勘乱，哪有大陈之今日？若无她镇服百越，哪有这江山之稳固？

大臣甲　华大人，冼英拥兵数万，其意安在？

大臣乙　抗旨不遵，意欲何为？

大臣丙　丞相亲临，尚且请她不动……哼哼！

大臣丁　妇人之仁呐！

陈霸先　（击案）住口！摇唇鼓舌拨弄是非，你们……哪个又敢与冼英比肩？滚！

[众大臣惶惶退下。

陈霸先　（颓坐）难道……你偏要做鸡肋不成？

[光暗。

[一束光下，众大臣窃窃私语。

大臣甲 （念）春去秋来已三载，

大臣乙 （念）御令频召如坠海。

大臣丙 （念）圣上隐忍雷霆怒，

大臣丁 （念）抱病寝宫龙体衰。

大臣甲 （念）好个蛮女不识趣，

大臣乙 （念）欺君罔上定招灾。

大臣丙 （念）可怜辛苦老华乃，

大臣丁 （念）再请不来怎交差？

大臣甲 哈哈！

众大臣 哈哈哈……活该！

[光暗。

[另一束光亮，陈霸先病榻起身，移步窗前，伫望风雨。

陈霸先 （唱）冷雨潇潇敲窗棂，
沉疴久缠心不宁。
戎马半生创伟业，
仅三年，命悬一线叹人生！
忧身后，指点江山谁堪用？
立储君，奈何蒨儿无大能。
期盼冼英来辅政，
不料她御旨尽作耳旁风。
一介女流降不住，
陈霸先枉作了天之骄子开国英雄！
乱雨如麻惊睡梦，
冷丁一念撞心胸。
莫非廷议无妄语，
她她她……独霸南天欲称雄？
夫人呐——
寡人待你情匪浅，
为何拒诏拥重兵？

是患非患难论定——

（踌躇徘徊）咳！趁一息尚存，莫如永绝后患！来人！

［内侍上。

陈霸先 （接唱）摆驾校场，朕要钦点兵！

［内喊："百越大首领冼英求见！"

陈霸先 （一怔）哦？召她觐见。

内　侍 皇上，以奴婢之见……（附耳）

陈霸先 （沉吟颌首）也好。

［内侍下，遂御林军潜入。

［内唱："惊闻圣驾染重病——"中年冼英冒雨上，华乃跟上。

冼　英 （接唱）一路上，哪顾得山高路遥风雨冷，昼夜兼程到帝京！

华　乃 夫人留意！

冼　英 （不解）留意什么？

华　乃 哦，我是说宫中御阶错落，举步当心呐。（退下）

冼　英 御阶错落，举步当心？

（猛一激灵，唱）华丞相话半吐声色不动，

细揣度弦外音似有隐情。

莫非圣上妄称病，

恨我拒诏不入宫？

莫非君王萌杀念，

欲对岭南动刀兵？

陈主素来霸气重，

难料此行吉与凶。

倘若因我殃五岭，

更须履险闯寝宫。

只可叹，昔日仰慕的大丈夫，

竟也作这小人之举毁英名，教人悲且惊！

（入内）冼英叩见皇上！

陈霸先 平身。

冼　英　谢万岁！

陈霸先　诶，张口皇上闭口万岁，怎就不肯再唤一声陈兄？

冼　英　民女不敢。

［陈霸先大笑，猛地喷出一口鲜血。

冼　英　（惊）血？皇上！

陈霸先　怎么，心疼愚兄了？

冼　英　唯祈皇上圣安。

陈霸先　呵呵，可知朕因何致病？

冼　英　日理万机，操劳国事。

陈霸先　再者呢？

冼　英　内忧外患，淤积在胸。

陈霸先　好一个淤积在胸！那三者呢？

冼　英　这三者么……

陈霸先　冼夫人！

（唱）仙翁赏花花不晓，

伯乐识马马蹄蹽。

最是伤心求不得，

枉来人世走一遭。

冼　英　（唱）仙翁赏花花知晓，

伯乐识马马撒娇。

知遇之恩难为报，

唯将花容镌鞍雕。

陈霸先　（唱）烈马不驯着人恼，

花自凋零莫如抛。

冼　英　（唱）花残亦可育根本，

烈马通性不离槽。

陈霸先　哦？花残育根本，烈马不离槽？（冷丁一声喝）召陈蒨！

［陈蒨上。

陈　蒨　侄臣拜见叔皇。

陈霸先　来来。（冲冼英）蒨儿乃吾宗之英秀也。不过……一旦寡人宾天，只怕他孱弱无威，难以慑服臣下了吧？

冼　英　后主当有经天纬地之才，不然，焉能嗣位？

陈霸先　什么？你……（不意碰翻御杯）

［御林军闻声涌上。

冼　英　呵呵呵……（潸然泪下）

陈霸先　你也惧死？

冼　英　死又何惧？

陈霸先　那因何落泪？

冼　英　我痛，痛君臣见疑。我悲，悲国将不国！

陈霸先　怎讲？

冼　英　皇上病重，国必式微。后嗣年幼，社稷堪忧。在此攘臂于无望之际，本该君臣上下勠力同心，才有望保得江山无虞，可……怎就无端猜忌自断膀臂，就不怕寒透忠良之心么？

陈霸先　这……

冼　英　皇上用心良苦。（猛转身跪拜）冼英参拜后主！

陈　蒨　（慌乱地）叔皇……

陈霸先　（释怀大笑）哈哈哈……夫人一跪，寡人反倒无忧了！哎呀呀，适才竟险些令国之栋梁先寡人一步归天呢。（摆手）

［内侍上。

内　侍　冼英听旨！（宣旨）岭南大首领冼英一心事陈，忠贞报国，堪称南天一柱。特册封中郎将，赐锦绣油络驷马安车一乘，给吹鼓一部，并麾幢旌节，出入礼仪等同刺史！

冼　英　谢主隆恩！

陈霸先　（支撑着摘下玉佩）此乃朕心爱之物，赐予夫人，权作存念，也不枉我陈霸先……此生亦有……心仪之……之人！（倒头晏驾）

众　皇上！（跪伏）

［白幡翻飞，冼英手捧玉佩百感交集，泪如泉涌。

［岭南民歌沉沉响起：小小蜜蜂翅膀黄，
一起飞到妹胸膛。
向妹心头咬一口，
问哥想郎不想郎……

冼　英　（苦不堪言地）冯郎啊！

［收光。

［一声高唱，月下跃出一群俚汉，击鼓纵舞，刚猛威武。

［须臾，一群盛装俚女踏歌舞上。

众俚女　（唱民歌）月儿弯弯照九州，
新月知晓世间愁。

众俚汉　（唱）山哥登天寻阿妹，
阿妹含羞月中留。

［秀女引冼英含笑登高，观赏踏月风情。

众俚女　（唱）月儿弯弯照桑园，
哥妹桑下意绵绵。

［达猛自人群中跳出。

达　猛　（唱）月老专成人间美，
阿妹伴哥度华年。

［秀女跃下。

秀　女　（唱）月儿弯弯照山圹，
山圹飞起鹤双双。

［撇开秀女，凑近冼英。

达　猛　（唱）白鹤也懂交颈欢，
莫怪山哥癫又狂！

［众齐声叫好，遂与意中人结伴而去。

［冼英示意，秀女扯了达猛跑下。

冼　英　（欣慰地）呵呵呵……
（唱）看满山，灯火阑珊映明月，

听半坡，长鼓咚咚踏月歌。
赏不尽，俚人风情俚家乐，
赞不够，太平盛景天人合。
当喜累年避战火，
才换得田畴稻谷香，习礼育美德。
从此民风不尚武，
淳朴乡情日渐多。
谁还说，荒蛮之地常械斗？
谁又道，千家峒溪怨仇结？
遥谢汉室惠南粤，
也不枉，我一心事陈沐恩泽！

[秀女追达猛上。

秀　女　（委屈地）大首领，他……他是根木头！

达　猛　木头若发芽，栽于别人家。

秀　女　你就做梦吧！

[“报——”一俚兵飞奔上。

俚　兵　大首领，隋朝派出十万大军，直扑岭南！

冼　英　啊？急报圣京，备战迎敌！

[切光。

[内唱：“沧海桑田几经变——”华乃扬鞭催马上。

华　乃　（唱）梁易陈、陈易隋，呼喇喇乾坤倒转覆地翻天！
一夜间，后主归降国沦陷，
大隋朝山河一统定中原。
老臣正待归故里，
猛听得，十万隋兵扑岭南。
似见刀下血土染，
犹听俚人哭声喧。
冒死闯宫谏新主，
力陈罢兵去招安。

怀揣诏书星夜赶，
十万火急奔边关。
过深涧，几经险，
林中藤，马蹄缠。
山间乱石磕绊绊，
危崖陡壁奋力攀。
拍马纵身过天堑——

（腾空跌于马下，接唱）

拼一死，也要追至浩荡大军入岭前！

[切光。

[铜鼓咚咚。

[冼英一身戎装，与韦洸各率兵马上。

冼　英　来将通名！

韦　洸　大隋先锋韦洸！（一枪刺来）

[冼英挥戈交锋，混战中剑刺韦洸，隋军溃败，俚众欢腾。

达　猛　回营庆功！

冼　英　慢！前锋虽败，大敌在后。族人们！想我高凉，数十年远离战火，赢得一派祥和。而今，隋军犯境，该当如何？

众俚兵　誓与隋军血战！

[一俚兵上。

俚　兵　抓到一奸细老儿。

达　猛　押来砍了！

[“走！”蓬头垢面的华乃被俚兵推上。

冼　英　华大人？何以至此？

华　乃　（登时老泪纵横）夫人呐！大陈已亡，后主归降了呀！

冼　英　（惊住）不，这不可能！

[华乃抖抖捧出圣旨。

冼　英　诏书？（急览）

[远处显出隋文帝。

隋文帝 东汉以降，三百余年征战不熄，泱泱华夏满目疮痍。痛定思痛，江山待整。大隋朝灭诸侯、成一统，海晏河清。望冼夫人率土归并，青史留名！（隐去）

冼　英 （悲呼）陈先帝呀！（跌跪）

[光聚，众隐去。显出陈武帝之灵位。

冼　英 （唱）一支冷香祭先帝，
白幡飘处血泪滴。
大陈旌旗今犹在，
孰料后主交玉玺。
亡国之臣肝胆碎，
山风难掩我悲泣。
无边松涛呼天地——

我……我……

（接唱）浑不知身将哪里去？心向何处依？

[达猛带各峒首领与众俚僚上。

达　猛 隋军已连破数城，迫近岭下！

冼　英 （怆然地）岭南不保了！

达　猛 （扑通跪倒）大首领！陈朝覆灭，大敌当前，你何不自立为王，统兵抗隋？

众首领 我等愿共推你为岭南圣母！（齐跪）

冼　英 圣母？

众 请圣母登坛！

[“且慢——”华乃一步抢上。

华　乃 夫人呐！登坛称圣，与大隋分庭抗礼，必陷岭南于灭顶之灾呀！

达　猛 （揪住华乃）你这卖身投靠的宵小之辈，还敢来妖言惑众！

华　乃 （扑倒）夫人，大首领！眼下，万千性命尽系于你一人之身，稍有差池，后果不堪设想啊！

[达猛一脚踢翻华乃。

冼　英　说下去！

华　乃　昔日诸侯纷争，百姓苦不堪言。岭南屡临兵燹而不乱，全赖夫人识大体，明大义，殚精竭虑，力挽狂澜。然则，夫人力擎南天，却无以平复中原，烽火依旧时时危逼岭南，可见，舍天下一统终不得安。而今，隋文帝重整河山，荡尽狼烟，还万民于世代平安，实乃当今英主，不啻女娲补天。望夫人三思，审时度势，顺时应天，率土归隋，向化中原！

冼　英　（周身一震）向化中原？这……

［光聚。

冼　英　（茫然地）冯郎，你若活着该多好哇！

［另一束光亮，云雾中显出冯宝。

冯　宝　夫人。

（唱）俯瞰中土多混战，

悲悯苍生苦颠连。

岭表偏安，亦如刀尖走，

魂灵常惊，终不得安。

望夫人抛却陋见顺大势，

迷蒙中莫忘我临终遗言，向化中原，向化中原！（隐去）

冼　英　明白了，明白了哇！

［灯亮。

华　乃　夫人？

冼　英　好险，险些铸成大错。（一把握住华乃的手）多谢你披肝沥胆，指点迷津！

华　乃　（惊喜地）夫人！这就好了，这就好了！

达　猛　老贼！胆敢蛊惑圣母，找死！（一刀刺去，华乃倒地）

冼　英　华大人！（怒指达猛）你……与我拿下！

［“报——”俚兵疾上。

俚　兵　隋朝大军已达岭口，即刻破城！

［远处传来一片杀声。

达 猛 （急）此时不反，更待何时？

冼 英 （痛心地）你……死到临头，怎就还不明白呀！

达 猛 达猛我宁肯血溅红岭，也决不忘宗灭族，卖身投隋！……英妹！今生难聚首，来世再娶你！（横刀自刎）

冼 英 达猛哥！（惊愣）

[光聚，众隐去。

冼 英 （唱）惊怔怔见达猛引刃自刎，
顿教人，痛煞煞泪纷纷万箭穿心！
最不堪，兄妹一场临终含恨，
最不忍，半生因缘这般离分。
达猛哥——
你求爱不知妹之爱，
你痴心不懂妹的心。
世人皆称大首领，
可知我，几多愁苦暗自吞？
俚众共推拜圣母，
可知我，此生最想作女人？
你看我——
作首领，原本不爱嫁冯宝，
为岭南，含泪舍我女儿身。
作首领，儿时纯情藏心底，
为岭南，弃盟作了负心人。
作首领，明知先帝爱成恨，
为岭南，弱女履险去面君。
作首领，辜负了三个男儿汉，
为岭南，我有爱不说爱、有痛不说痛、有怨不说怨、
有恨不说恨，生生揉碎这颗心！

大首领？岭南圣母？呵呵！达猛哥，你死得糊糊涂涂，不值，不值啊！既然我是大首领，被尊为圣母，那我只能再负你一

次——易旗归隋！

[喊声震荡，隋朝大旗凌空而降。

[“圣旨下！”显出一隋朝大臣。

隋朝大臣 奉天承运，皇帝诏曰：岭南大首领冼英情在奉国，深识正理，以边陲番族，遵奉朝化，终使岭南百年无战火，立下旷世奇功。为彪炳千古，册封谯国夫人，赐金匾一方。钦此。（隐去）

[另一束光投向许愿树，白发苍苍的冼英蹒跚走近，伫望良久，不禁感慨万千。

冼　英 （吟哦）我事三朝主，

唯用一好心。

盛名皆虚妄，

孑然一老身。

呵呵呵……

[岭南民歌响起：小小蜜蜂翅膀黄，

一起飞到妹胸膛。

向妹心头咬一口，

问妹想郎不想郎……

[民歌中，冼英登高远去……

[光渐收。

（剧终）

（该剧与梅晓合作）

·新编历史故事剧·

长白寒儒

时　间：北宋。

地　点：范仲淹谪迁途中，淄州长白山下。

人　物：朱　说——范仲淹青少年时曾用名，后复姓归宗。

含　秋——姜遵之女。

朱文翰——字苑文，朱说继父，曾为平江府推官，后迁户部郎中，被贬淄州后告病还乡。

谢　氏——朱说生母，朱文翰后妻。

姜　遵——含秋之父，监察御史，丁母忧携女返乡。

慧　通——醴泉寺住持，朱文翰故交，曾为同榜进士。

范仲淹——参知政事，遭陷贬为青州令。

范　墉——范仲淹生父，武宁军节度掌书记。

内侍、老仆、香草、乡邻甲乙、衙役甲乙、小僧

众学子、众乡邻、众难民、众僧

序

[一束光投向千古名文《岳阳楼记》，叠出眉宇含忧的范仲淹画像……

[伴唱：寄情云梦著文章，
忧谗畏讥话沧桑。
先忧后乐忘荣辱，
吾谁与归叹悲凉！

[冷丁一声喊："圣旨下！"一束光下显出内侍。

内　侍　"上谕：朕亲政以来，宵衣旰食，革故鼎新，方致海晏河清，本固邦宁，然参知政事范仲淹罔顾圣恩，越职言高，荐引朋党，间离君臣，罪当不赦。念其昔日功勋，贬为青州令，敕令即日启程！"（隐去）

[琴声铮然，渐显慨然抚琴的范仲淹……

[客栈外，风狂雪骤。

范仲淹　（唱）冻云黯淡锁荒村，
烟雪弥蒙羁路人。
无边疾风摧夜店，
披毡吟啸弄古琴。
半生来，心系苍生忧国是，
却落得，三谏三黜三浮沉。
去国怀乡望飞雪，
一声叹，苍天不怜落拓人！

[老仆捧汤上。

老　仆　老爷，喝口汤暖暖身子吧。

范仲淹　（自顾吟来）天子无定志，仁心亦误国。与其空嗟叹，莫如踏乡歌！

老　仆　老爷敢是思乡了吧？

[陡然似有琴弦拨动，飞雪中隐约显出含秋当年身影，歌声

幽婉……

含　秋　（唱）青青子衿，悠悠我心。

纵我不往，子宁不嗣音？

青青子佩，悠悠我思。

纵我不往，子宁不来……

范仲淹　含秋！

老　仆　谁？老爷……

［幻象顿失。

范仲淹　哦！此去青州，又见白山孝水，怎不撩我旧日情怀？

老　仆　老爷不是吴中人么？

范仲淹　虽说父母仙逝，可老夫少长北地，情比桑梓，我本长白一寒儒呀！（闪回）

［一束光亮，显出病危中的范墉和怀抱婴儿榻旁拭泪的谢氏。

范　墉　苑文，苑文……

［一声马嘶。

谢　氏　老爷，朱大人……朱大人来了！

［范墉挣扎欲起，朱文翰疾上。

朱文翰　范兄！小弟来迟了！

范　墉　这就好了，为兄有……有一事相求。

朱文翰　但请吩咐。

范　墉　愚兄为官多年，家贫如洗，而今撇下她孤儿寡母……

朱文翰　小弟定当视同家人，全力济助！

范　墉　不！不是视同，而是结为一家。

谢　氏　老爷？

朱文翰　不不，使不得！我……怎敢辱没名门之后？

范　墉　（滚落在地）贤弟，你就应允了吧！

朱文翰　这……

范　墉　（捧出家训）自此，淹儿从你姓朱，望能视同己出，以此家训严加训……训导！（气绝）

[朱文翰、谢氏痛呼，婴儿惊啼……

[另一束光下，范仲淹和泪遥拜。

[光聚，渐收。

二

[（闪回）鸟鸣啾啾，启光。众学子摇头晃脑，把卷嬉戏。

众学子 （唱）之乎者也矣焉哉，

用得成章好秀才。

奈何念得昏昏睡，

未等学成人半呆。

今逢先生出门去——

哈哈！（接唱）

孝妇河畔耍起来！

（忽听咣的一锣，惊住）

[人喊："朱家少爷朱说解试高中，荐为秀才喽——"

众学子 呀！朱说有功名了耶。

学子甲 他人呢？

学子乙 喏，树下攻读呢。

众学子 难怪，难怪哦。（隐去）

[内唱："一卷诗稿惊天地——"一束光下，含秋带香草扮书生书童上。

含　秋 （接唱）哎呀呀，真个是连篇妙笔赛珠玉，文采飞扬堪称奇。

若问这逸群之才是哪个？

居然是……居然是长白山下一布衣！

莫名的，胸口咚咚小鹿撞。

无端的，心思缕缕添几许。

抚琴指先乱，

捧书字迷离。

女红无心做，

闺房懒打理。
未曾谋面的小朱说，
怎么就，搅得俺坐卧不宁心性迷？
原本是，随父丁忧回故里，
却怎的，这阵儿不思汴梁忘归期？
莫非上天眷顾我——

香　草　小姐……哦，公子！公子怕是心里揣了个小秀才吧？

含　秋　胡说！
（唱）本公子，不过是效法伯牙会子期。

香　草　嘻嘻！还是你会说。

含　秋　带路。

香　草　好嘞！

含　秋　（唱）一路秋色无心赏，

香　草　（唱）两腿匆匆奔朱庄。

含　秋　（唱）蓦见村舍扑入眼，

香　草　（唱）朱家门楼在近旁。

含　秋　（唱）欲待前往猛收步——
［伴唱：掩不住，情切切呀意惶惶！

香　草　呀，快看！
［陡显墙头题诗。

含　秋　“长河匹练小，泰岳一拳低。莫道逼仄处，直上登云梯！”

香　草　哇，好大的口气！谁写的？

含　秋　你说呢？

香　草　噢——俺也不说，嘻嘻！（隐去）
［锣鼓喧天，景显朱家门前。
［众乡邻捧贺礼涌上，朱文翰与谢氏欣然迎出。

乡邻甲　恭喜令郎，成就秀异之才！

乡邻乙　真可谓人中龙凤、长山骄子啊！

朱文翰　谬奖，谬奖了。说儿不过初学小成，还望多多教诲。

（唱）长山素来出隽才，
后生好学无须抬。
倘若娇纵少节制，
识得几字亦可哀。
如蒙不弃肯错爱——
拜托诸位乡邻！（接唱）
帮朱某，悉心打磨好成材！
［内喊：“朱说朱秀才到——”众学子簇拥朱说得意晃上。
［含秋、香草暗上。

朱　说　（唱）秋棠一枝秀天外，
笑看霜叶落尘埃。
森森林中谁竞美？
遍山黄绿迎花开。
此一番，区区乡试不足道，
不过尔尔一茂才。
待来日，直取汴梁应廷对，
蟾宫折桂等我来！
［众学子齐声喝彩，香草兴奋欲前，被含秋扯住。

朱文翰　（怒）如此张狂，羞煞先人了，还不与我跪下！

朱　说　父亲……

谢　氏　老爷，众人面前还是……

朱文翰　跪下！
（唱）上有天，下有地，
前有先贤不胜举。
论功论德全无你，
凭什么，口吐狂言敢自欺？

朱　说　（唱）居榜首，未诳语，
轻取功名非自欺。
出人头地错在哪儿？

难道说，屈居这弹丸之地才出息？

朱文翰　你……（踉跄欲倒）

谢　氏　老爷！

朱文翰　你你……为何读书？

朱　说　学而优则仕。

朱文翰　出仕作甚？

朱　说　光宗耀祖。

谢　氏　还有呢？

含　秋　封妻荫子，出人头地，哈哈哈……这便是那位才高八斗的朱秀才么？

朱　说　你是……

含　秋　村头一看客，道旁两路人！（拂袖而去）

香　草　哎小……（收口，追下）

朱　说　肖公子？

[切光。

二

[一束光渐亮，显出愁绪满怀的朱文翰。

朱文翰　（唱）推窗远眺群山缈，

云遮峰岭雾填坳。

一如心头缠愁绪，

久挥不去倍煎熬。

那日说儿一番话，

直惊得，浑似当胸扎一刀。

痛定思痛扪心问，

当初一诺犹在耳，我我我……错将重托辜负了！

范兄啊——

只怪我，一味重学疏管教，

轻忽立德枉才高。

只怪我，劝读未劝行大道，
“家国”二字少熏陶。
说儿有错错在我——

[谢氏捧茶上。

谢　氏　老爷，说儿犯错，你又何必自责？

朱文翰　养不教，父之过呀！

（唱）自今日，正家风立规矩亡羊补牢！

谢　氏　老爷！说儿已被关入书房，面壁思过，你还待怎样？

朱文翰　要他明白读书人的本分！

谢　氏　哎呀，老爷呀！

（唱）从来才高必气盛，
读书人，哪个又不恋功名？
光宗耀祖世人梦，
谁不盼，儿孙显达家门兴？
虽说秀才不足傲，
毕竟也算一殊荣。
说儿一时无形状，
纵错亦在情理中。
若论忧国忧天下，
哪是他，文弱书生可担承？

朱文翰　夫人！若读书人个个不思报国，醉心功名，贪图虚荣，那这大宋江山靠谁支撑？谁又为天子分忧，为百姓解愁？

谢　氏　这……

朱文翰　曾子云：古之欲明明德于天下者，先治其国；欲治其国者，先齐其家；欲齐其家者，先修其身；欲修其身者，先正其心呐！

谢　氏　这我知道，可……年少无定性，树大当自直嘛！

朱文翰　你是说，由他去？

谢　氏　无须多管。

朱文翰　再不过问？

谢　氏　何必劳神。

朱文翰　你……随我来！（取出《家训》）

谢　氏　范氏家训？

朱文翰　此乃范门对后人之训教，亦是范兄对你我之重托呀！（跪）范兄，小弟要代你管教管教了！

谢　氏　说儿怕要吃苦了！（掩泣而跪，隐去）

［“开门！放我出去，放我出去！”一束光下，显出书房内怨愤不已的朱说。

朱　说　（唱）一把铜锁扣房外，
幽困三日门不开。
荐为秀才谁不喜？
忒荒唐，逼我面壁为何来？
倘若是，浪得虚名倒罢了，
孰不知，三试通关靠真才？
煌煌榜文在，
岂非我争来？
诸生谁不羡？
邻里亦喝彩。
家父一向看重我，
这一回，怎么就不褒不奖反惩戒？百思不解我难释怀。
满腹委屈无处诉，
直恨得，几欲破窗出书斋！

［忽然远处传来阵阵呼号，朱文翰开门冲入，拉了朱说便走。

朱　说　父亲，拉我去哪？

朱文翰　（一路疾走，登高一指）你来看！

［眼前顿显如潮难民。

［伴唱：逃荒，逃荒，背井离乡，
乞讨，乞讨，悲呼上苍。
卖儿鬻女求活命，

终不过，走在路上，倒在路旁！

[有人猝然倒地，女童哭喊：“爹——”

朱　说　父亲！这……

朱文翰　黄河决堤，蒲台以北尽付汪洋，说是天灾，更是人祸呀！

（唱）仰天一叹撕心痛，
悲情难抑泪纵横。
自恨全无回天力，
试问谁当济苍生？
说儿呀——
面对这凄凄惨惨悲凉景，
可还有几几陶陶那心情？
读书当知民为重，
无百姓，哪来的江山社稷、大小官员、历代英雄？
民生忧则根基动，
黎庶乐则家国兴。
天下事，哪件不关百姓事？
莫忘了，读书人绝非仅仅一书虫！

朱　说　（一震）绝非书虫？

朱文翰　圣贤之道，尽在笃学尚行。不然，要它何用？为父也曾官至户部郎中，每每勘灾，见到的却多是墨吏横行，鱼肉百姓，于是愤而上书，为民请命，这才触犯龙颜，贬回淄州的呀！

朱　说　（又是一震）原来如此！

朱文翰　若为一己之私，莫如甘为田舍郎。若为大宋江山，那便去做国之栋梁。为父恨铁不成钢，实乃寄望于你呀！

朱　说　哎呀！

（唱）一番话，如同棒喝，
直震得，胸中陡起千层波。
两眼泪，霎时喷决，
顿觉得，羞愧难当心如割。

曾怪家父忒严苛，

却原来，呕心沥血寄重托。

砰然一跪儿知错——

朱文翰 说儿！

朱　说 （唱）爹的话，字字句句捣心窝。

儿不该，汲汲功名心胸小，

学无所成先失德。

儿不该，充耳不闻民间苦，

闭门家中妄自得。

今方知，天下学问在书外，

大济苍生待来者。

谆谆教诲儿记下，

且容我，收心敛性从头学！

朱文翰 明白就好。来，即刻唤人，搭棚舍粥，赈济灾民！

朱　说 哎！（喊）朱家门前，搭棚舍粥喽——

[欢声暴起，众难民簇拥乡邻埋锅造饭，欣欣一片。

朱　说 （抄起饭勺）拿碗来！

众难民 多谢朱大人！多谢朱少爷！

[光渐收。

三

[一束光引含秋郁郁上。

含　秋 （唱）自那日，心灰意冷，

一腔热望逐秋风。

看眼下，茕茕孑立，

空游无依踽踽行。

原以为，天赐含秋一知己，

不承想，竟是个才高识寡的可怜虫。

回头再来翻诗稿，

一时间，却又慨叹泪朦胧。
这一边，激扬文字，
那一旁，酸臭儒生。
两下里，哪个是你？
浑不知，何去何从。
心头郁结无遣处，
听凭双腿任西东。
野径穿林信步走——

[兀地显出朱家。

[伴唱：猛抬头，却怎的，又见朱家红灯笼？

[“小姐——”香草气喘吁吁奔上。

含　秋　香草？你怎么……

香　草　我就知道，你别无去处。

含　秋　快走！

香　草　哎哎！来都来了，干嘛不见见那位——害得你吃不下、睡不着的酸秀才？

含　秋　多嘴！

香　草　嘻嘻，咱家老爷可没少夸他哟。

[“站住！”二衙役追众乡邻奔上，含秋忙拉香草避下。

衙役甲　哼！量你们也逃不出我的手心。

衙役乙　甭废话，纳粮缴税！

乡邻甲　二位官爷呀！

（唱）左征税，右纳粮，
一日三变换名堂。

乡邻乙　（唱）暴赋聚敛又加码，
谁怜百姓饿断肠？

众乡邻　（唱）家家缸空不见米，
一个个，前胸紧贴后脊梁。

乡邻甲　（唱）望官爷，高抬贵手多体谅，

衙役甲 （一脚踹去，唱）少给老子耍花腔！

众乡邻 哎！你怎么打人呐？

衙役乙 我他妈还抓人呢！

[“住手！”朱文翰上。

朱文翰 大灾之年，理当薄赋轻徭，怎可变本加厉？

衙役甲 呵呵！朱大人，你若还在任上，放屁都香，可如今……

衙役乙 不过是落地凤凰，（学鸡）咕咕！（二人恣肆大笑）

朱文翰 忒也放肆了！

（唱）横行乡里无尊长，

辱没公门欺上苍。

敲骨吸髓增税赋，

凶悍不啻一强梁。

老夫虽无缚鸡力——

二衙役 你想怎样？

朱文翰 （唱）代民讼直上公堂！

众乡邻 好！

衙役甲 好大的胆子，告谁？封禅大典收银子，那是皇上的旨意！

衙役乙 再叽歪，当心小命！（冲乡邻）走！一过堂，都他妈老实了。

[“且慢！”朱说冲上。

朱　说 尔等吃着百姓饭，穿着百姓衣，非但不知恩，反倒狐假虎威，恣意盘剥，欺压良善，是何道理？

衙役甲 嘿！念书的咋都一个德行？

衙役乙 欠收拾！（揪住欲打）

[朱说被迫招架出手，二衙役一同扑来。

朱文翰 说儿小心！

[二衙役趁机扭住朱说。

含　秋 （闪出）放手！他不过仗义执言，何罪之有？

二衙役 这丫头是……

香　草 瞎了你狗眼，此乃监察御史姜遵姜大人的千金小姐！

二衙役 哦！见过姜小姐，可他……是聚众抗税呀。

朱　说 一派胡言！

（唱）问乡邻，历年皇粮谁未交？

指派徭役可曾逃？

若非这，税外加耗又折变，

百姓怎会苦难熬？

皆只为，千里封禅修岱庙，

才这般，殃及天下怨声高。

今日送尔一句话——

朱文翰 不得妄语！

朱　说 （唱）任他是天王老子也定不交！

二衙役 啊哈！跟皇上叫板，神仙也救不了你！（捆了朱说拉下）

［众疾呼。

香　草 这……

含　秋 回家！（隐去）

［一束光渐亮，显出郁闷独酌的姜遵。

姜　遵 咳！

（唱）丁忧还乡近一载，

身在静庐却忧怀。

我本无心问大政，

偏是零讯频频来。

才闻那，皇上封禅祭天地，

又见这，举国劳民又伤财。

叹大宋，朝堂上下官如蚁，

竟无一人站出来。

身为言官当谏阻，

却奈何，守制难回御史台。

心系家国苦无计，

也只能，借酒浇愁独自哀！

[含秋、香草疾上。

含　秋　爹爹，快去救人！

姜　遵　谁？

香　草　朱说朱秀才。

姜　遵　出了何事？

含　秋　县衙派人进庄逼税，那呆子气不过，便与公差理论起来。

姜　遵　理论什么？

香　草　他说税外加耗又折变，都怪皇上封禅。

姜　遵　呵呵！看不出，倒有几分锐气。

含　秋　爹爹怎还笑得出来？

姜　遵　秋儿，你不是说他徒有其表么？

香　草　那是从前。

姜　遵　这个从前，亦不过几日哦。

含　秋　爹爹！

（唱）解人危难莫逗笑，

朱说确非一草包。

才高八斗且不论，

这一回——

姜　遵　这回怎样？

含　秋　（唱）敢作敢为敢抗暴，怎不教人另眼瞧？

姜　遵　如此说来，值得一救？

含　秋　全凭爹爹。

姜　遵　为他还是为你？

香　草　自然是……

含　秋　自然为他！

姜　遵　哈哈哈……看来，大宋有幸不乏后人，家门有幸么，不愁贤婿了！

含　秋　（羞）哎呀，爹爹！

[切光。

四

［内唱：“望长天，昨日阴霾已去远——”一束光引逸兴遄飞的朱说上。

朱　说　（接唱）但只见，碧空如洗云几片，恰似我重返大美天地间。
观长山，层林尽染，
看孝水，九曲蜿蜒。
烟村散落可入画，
阡陌纵横胜诗篇。
难怪说，不经磨砺怎知好？
履险半日悟三年。
难怪说，吉人天相犹神助，
临渊自有救生船。
此番有幸脱危难，
全赖那，姜公父女暗周旋。
今朝登门谢恩去——
（忽有琴声传来）妙哇！
（唱）隔墙玉琴声瑟瑟，恍若天籁撩心弦！
［景显姜家庭院，含秋弄弦。

含　秋　（唱）青青子衿，悠悠我心。
纵我不往，子宁不嗣音？
青青子佩，悠悠我思。
纵我不往，子宁不来？

朱　说　（不由应和，唱）挑兮达兮，在城阙兮。

含　秋　（惊喜回眸，唱）一日不见，如三月兮！

朱　说　呀！
［伴唱：猛然间，一顾惊艳，
疑似神女降人间。
此前相逢未细看，

这一刻，迷了双眼，乱了心田！

含　秋　哎，怎好如此看人？

朱　说　（窘）小姐，我……

含　秋　（窃笑）你那干云豪气，哪里去了？

朱　说　这……

含　秋　“长河匹练小，泰岳一拳低。莫道逼仄处，直上登云梯！”

朱　说　你，见过墙头题诗？

含　秋　岂止见过？“村头一看客，道旁两路人。”

朱　说　哦！你便是那位……肖公子？

含　秋　嘻嘻，真是个呆子！

朱　说　小姐……

含　秋　还是……唤我含秋吧。

朱　说　（喜得一揖到底）含秋——

［伴唱：一声轻唤两心动，
旧识却似乍相逢。
忽而无语庭院静，
只将眼波送真情……

［一声朗笑，姜遵上。

朱　说　（慌忙施礼）晚生拜见恩公，谢大人鼎力相救！

姜　遵　诶，朱学究心怀家国，才高行洁，怎不令人爱惜有加？

朱　说　承蒙错爱。

姜　遵　来！依你之见，而今大宋内忧外患，民生凋敝，该当如何整饬？

朱　说　恕晚生冒昧。窃以为，内改法度，外攘四夷，整肃吏治，与民休息。

姜　遵　哦？细细说来。

朱　说　天下承平日久，朝廷无忧，朝廷无忧则诤言成仇。从而，圣上闭目塞听，臣僚蝇营狗苟，蒸民难达诉求，边将无以解忧，若要力挽，尚须未雨绸缪。

姜　遵　怎样着力？

朱　说　固邦本、厚民力、重名器、备戎狄、杜奸雄、明国听！

姜　遵　哈哈！果真奇士也，实乃宰辅之才！

朱　说　后生不敢。

姜　遵　秋儿，听此宏论，可入心否？

含　秋　爹爹！

姜　遵　哈哈哈……（隐去）

［“这还了得！”一束光骤亮，显出心急如焚的朱文翰。

朱文翰　（唱）惊悉说儿春心动，

谢恩居然萌私情。

诗书易理近荒废，

神不守舍劝不听。

施以教训全无用，

谁不知，最是情字道不清。

如此下去怎得了？

直教我，寝食难安忧重重。

千思百虑猛一震——

着哇！解铃还须系铃人——

（唱）何不去，恳乞姜公斩此情？

［另一束光亮，显出姜遵。

姜　遵　呵呵，朱大人多虑了。儿女之事，人之常情，何不顺势而为，随缘而动？

朱文翰　不可！说儿学业未竟，若沉湎于此，岂不断送前程？

姜　遵　怎么，我家小女误了贵公子？

朱文翰　不不，令爱乃名门秀媛，朱家求之不得，可我……确有隐衷啊！

姜　遵　哦？不妨道来。

朱文翰　说儿他……他他他并非我亲生之子！

姜　遵　什么？

朱文翰　其远祖，乃大唐名相范履冰。高祖范随、曾祖范梦龄、祖父范赞时、父亲范墉，无不为官，效命朝廷。而朱某，与范墉情同手足，视为胞兄。孰料范兄早逝，临终托孤，淹儿这才来我朱家，更名换姓！

姜　遵　哦！

朱文翰　朱某一诺千金，未忘初衷，只望范门之后来日大成。姜公，你就成全我一片苦心吧！（跪）

姜　遵　朱大人！快快请起。

朱文翰　你，答应了？

姜　遵　答应什么？

朱文翰　劝孩儿不再往来。

姜　遵　咳，我何尝不知育人事大，可若棒打鸳鸯……难呐！

朱文翰　（怅然若失）哦……

［光聚，姜遵隐去。

朱文翰　（唱）一个难字道不舍，

只怕劝分反撮合。

一旦延宕任由它，

势如溜车难回辙。

若非狠心动正格，

误了说儿悔不迭。

陡然一念心头起，

却又徘徊难定夺。

急忙进家去商议——

夫人！夫人……

［景显朱家，谢氏上。

谢　氏　姜大人怎讲？

朱文翰　咳！若要说儿远离纷扰，断其念想，恐怕只有痛下决心了。

谢　氏　你又待怎样？

朱文翰　挑明身世，激他出门！

谢　氏　什么，你……你要将他逼上绝路么？

朱文翰　我自有安排。

谢　氏　不必，我与说儿一同离家，哪怕沿街乞讨，与你无干！

朱文翰　那，真要毁他一生了哇！

谢　氏　我只要儿子！

朱文翰　夫人！我也绝非铁石心肠，可为了说儿——

（唱）宁背骂名遭口舌，也要逼他效贤哲！

［谢氏大恸，朱说闻声疾上。

朱　说　娘，出了何事？

朱文翰　说儿，你已长大成人，有件事……

谢　氏　不要说了！

朱文翰　你本不是……朱家人呐！

朱　说　什么？

朱文翰　（拿出《家训》）你原本姓范，乳名淹儿，幼年丧父，四岁便随母改嫁长山！

［一声霹雳，朱说惊住。

谢　氏　说儿！（欲扑，被朱文翰扯住，隐去）

朱　说　（唱）一声惊雷当头炸，

方知朱家非我家。

泪迸肠绝旷野奔，

一任这，风刀雨剑将我剐！

我恨，恨爹将儿抛撇下，

我恼，恼娘带我到朱家。

寄人篱下十余载，

居然不辨真与假。

再不想，傍人门户，

再不肯，知情装傻。

一世蒙羞不堪想——

天呐！（接唱）

从此后，无以为家何为家？

［伴唱：走——

风雨凄迷无归处，

留——

四顾茫然泪如麻！

［一声佛号，显出头戴斗笠趺坐树下的慧通。

慧　通　小施主，身将何往？

朱　说　天地之大，哪有我立锥之地？

慧　通　不然，得失本不二，无家处处家。（飘然走去）

［朱说一怔，久久伫望。

［光渐收。

五

［磬声震荡，启光。寺内，众僧合十唱诵。

［朱说踉跄闯入，仆倒。

朱　说　法师！晚生悲苦缠身，无力挣脱，万望指点迷津！

慧　通　小施主心中有苦？

朱　说　苦不堪言！

慧　通　拿来我看。

朱　说　这……

慧　通　拿不出，岂非颠倒梦想，皆为虚妄？

朱　说　怎讲？

慧　通　（唱）执着一念便是苦，

看破放下方为福。

欲得自在生欢喜，

即相离相守本初。

洞明究竟回头看，

万丈红尘景已殊。

朱　说　那，如何看破，怎样放下？

慧　通　（随手一画）此为何字？

朱　说　人。

慧　通　若不撇开终为苦，各能捺住即成名。

朱　说　谈何容易！

慧　通　不急，姑且淹留小寺，慢慢了悟。（率众僧下）

朱　说　（苦笑）呵呵！哈哈哈……

（唱）出家人置身红尘外，
怎知我，时乖运蹇苦难捱？
曾以为，家有双亲千般好，
孰料形同一弃儿。
曾以为，前世因缘今生定，
孰料转瞬两分开。
一枕黄粱大梦醒，
哪还有，天纵之才、赤子情怀、红袖舞来？
人逢绝处当思变，
却奈何，空空膛儿、萎萎形衰，大不过混同一蠢材！

［伴唱：泪洒佛前却无助，
点点滴沥莲花台。

朱　说　（唱）恨只恨，鲲鹏折翅难飞去——

［小僧上。

小　僧　施主，师父吩咐，寺内藏书甚多，尽可览阅。倦了，便去寮房安歇。

朱　说　（一激灵）怎么，尚有诗书陪伴？天不绝人呐！

（唱）我不妨，暂栖萧寺身放矮，不信书生吃长斋！

［暗转，山路上。

［内唱："忽闻朱说投禅院——"一束光引含秋疾上。

含　秋　（接唱）顾不得，山高路远奔醴泉。
说什么，为保前程情当断，
家世反转变数添。
说什么，懵懂少年不知爱，

花好未必月能圆。
我不管，不管世事几经变，
不管望月几时圆。
我不管，不管爹爹几多劝，
不管出门几回拦。
今生有爱便去爱，
纵然是，天黑路滑磕绊绊，不见公子我不回还！

（忽闻有人啜泣）谁？

谢　氏　姑娘，我……我来山上找人，走不动了！

含　秋　伯母？

谢　氏　你是……

含　秋　我是秋儿呀！

谢　氏　秋儿？秋儿——
（唱）一声秋儿心悲酸，
未等开口泪如泉。
不想两个苦人儿，
竟然相逢山道边。

含　秋　（唱）未曾见时常挂念，
待到相拥泪不干。
夜走荒岭为朱说，
可怜慈母魂梦牵。

［伴唱：泪往一处流，
手在一处挽。
心如盘山道，
摧折到阶前！

［“阿弥陀佛！”一束光亮，显出久候寺外的慧通。

慧　通　女施主，深夜到此，可是为了朱说？

含　秋　是是，这是他的娘亲，我是……

慧　通　含秋姑娘。

含　秋　　你……认得我？

慧　通　　人生八苦，苦苦相逼。退后一步，天高云低。

含　秋　　你，不许见他？

慧　通　　见又如何？

谢　氏　　跟我回家！

慧　通　　山门洞开，任其来去。只是，他刚刚按住心性，读书修为，可肯随你折返？

含　秋　　那，我就前来伴读！

慧　通　　女施主！

（唱）放眼山外看世界，
众生离苦当为怀。
虽说尘缘难了断，
毕竟情殇累形骸。
四重恩重各自报，
家国更须栋梁材。
朱说初来醴泉寺，
依我看，随缘莫负天安排。

谢　氏　　扶我进去！

[朱说抱书归来。

朱　说　　娘？你们……

含　秋　　公子！

谢　氏　　跟娘回去！

朱　说　　我已非朱家少爷，与你们……再无干系了！

谢　氏　　说儿！你怎舍得撇下娘亲？

朱　说　　朱家逐我出门，而我无力养你，恕儿不孝了！

含　秋　　公子，含秋已将此心托付，你怎可如此绝情？

朱　说　　我已这副模样，而你贵为千金，咱本不是一路人呐！

（唱）我想有家家不在，
我想有爱爱须掰。

举目已无安身处，
幸有佛门为我开。
终朝半碗粥，
山洞作书斋。
夜来听开示，
聊以慰心怀。
就一个，如此不堪的掉书袋——
你们……（接唱）
死死纠缠何苦来！
（欲走）

含　秋　（急拦）你……当真要绝我念想？

谢　氏　你要逼死为娘么？

［“住口！”朱文翰负琴上。

朱文翰　你们……怎就闹到佛门来了？

谢　氏　老爷，快把说儿接回家吧！

含　秋　含秋也求你了！（跪）

朱文翰　长老，这张琴交他散心用吧。

朱　说　呵呵，多谢朱大人成全！（又欲走）

［谢氏、含秋痛呼。

慧　通　阿弥陀佛！（走去）

［朱说含泪跟入，寺门訇然紧闭。

含　秋　（悲呼）朱公子——（晕厥）

谢　氏　秋儿！

［朱文翰仰面泪下。

［伴唱：门掩重关两世界，
萧萧落木铺满阶。
古刹难隔声声泪，
纵是如来不胜哀！

［光渐收。

六

[晨钟暮鼓中，经声隐隐……

[落叶、飞雪、春雨、夏荷……时光如梭倏忽而过，光渐启。

[朱说恬淡自若地伫立半坡，放眼春山，不由吟诵抒怀。

朱　说　小径小桃红，红色隐翠阴。是非不到耳，名利本无心。笋迸饶当户，云归半在林。何须听丝竹，山水有清音！

（唱）时光荏苒又一春，

三年判若山中人。

虽说时而有牵绊，

毕竟妄念不扰心。

每日里，苦研“六经”穷奥旨，

兼修佛道参悟深。

终明白，初来师父一偈语，

再无分别看红尘。

大千世界众生苦，

犹待慈航领渡人。

抚今忆昔追以往，

怎不常生惭愧心？

[小僧上。

小　僧　朱少爷，师父请你禅堂叙话。

朱　说　知道了。

[暗转。禅堂内，慧通与朱说跏趺对坐。

慧　通　说儿，寺中藏书可已尽读？

朱　说　逐一在心。

慧　通　那么三教归一，归于何处？

朱　说　佛家讲中和，道家讲中道，儒家讲中庸，都不离一个中，而中又派生了和，人与人，和为贵，人与万物则天人合一。由是空色不二，佛与众生不二。

慧　通　（欣然点头）心中可还有怨憎？

朱　说　非但无有，还深感愧对父母、愧对含秋。

慧　通　好！你终可远行深造了。

朱　说　去哪儿？

慧　通　去应天府书院就读。

朱　说　不！师父，我要剃度出家。

慧　通　呵呵，说儿呀！

（唱）你，尘缘未了，

摒名利，弃烦恼，行道莫抛。

你，慧根筑牢，

历磨难，尽忠孝，利泽生民功亦高。

出世法，从来不离世间法，

万勿虚处寻根梢。

当做什么便去做，

随缘亦可奉三宝。

此去南都莫懈怠，

还望你，沧波万里不辞劳。

朱　说　谢师父悉心点化！

慧　通　若谢，当谢另外一人。

朱　说　谁？

慧　通　有请年兄！

[朱文翰由内笑出。

朱　说　父亲？

朱文翰　怎样，犬子未令师尊失望吧？

慧　通　孺子可教矣！（二人畅笑）

朱　说　你们……

朱文翰　说儿，为父与慧通法师曾为同榜进士，乃为故交。

朱　说　啊？那怎不早些……

慧　通　早些说破，怎能激你出门，引你上山，荐你远行？

朱　说　这……

慧　通　诚如乃父所言：唯此，方能导其性、广其志、养其才、攻其病哦。

朱　说　如此说来，皆为着意安排？

慧　通　善哉，善哉！

朱　说　哎呀父亲，孩儿又错怪你了！

（唱）数载谜团蓦揭开，

霎时悔泪挂满腮。

父爱如山情似海，

我竟生怨恨于怀。

忤逆之罪岂可恕？

任打任骂任训裁。

罔极之恩难回报，

不孝儿，唯有谢罪跪尘埃！

朱文翰　说儿！这本《范氏家训》，终可交与你了。

朱　说　谢父亲再造之恩！

朱文翰　儿啊，更当叩谢法师洪恩。

慧　通　阿弥陀佛！

[伴唱：和泪三拜谢师恩，

没齿不忘拳拳心。

十里长亭牵手送，

漫山遍是故乡人！

[伴唱中，渐转长亭古道，朱文翰夫妇与学子乡邻依依相送。

朱文翰　说儿你看，这遍山的长山父老，十里相送，殷殷之情，无不对你寄予厚望啊！

朱　说　爹，娘，各位同窗、父老乡亲！此去虽乡关万里，可走遍天涯，亦不会忘了白山孝水、养育之恩。我，就是长山人！

[众齐声叫好。

乡邻甲　有这话，众乡亲都盼你早日荣归！

众学子 朱说！（围上）你可务必回来呀！

朱　说 一定，一定回来礼参父老！

［突然，香草抱琴上。

香　草 朱公子，这是我家小姐送与你的。

朱　说 她呢，她在哪儿？

谢　氏 说儿，这是秋儿……送你的一方绢书！

［朱说抓过疾看，含秋画外音："明月盈盈西楼，白露点点离愁。千里一脉秋水，却是残叶逐流！"

朱　说 含秋！含秋——

谢　氏 秋儿她……她已另许他人了！

［朱说身子一晃，绢书飘落。

朱　说 娘，孩儿这张琴……代我回赠含秋吧！（怆然涕下）

［伴唱：今朝一别乡关远，
心头滴血情亦牵。
痴梦已碎还揣起，
一把辛酸向天边！

［伴唱中，朱说抖抖捧起绢书，遥遥揖别。

［光渐收。（闪回毕）

七

［内唱："经汴水过泰山千里行远——"一束光下，老仆引范仲淹风尘仆仆上。

范仲淹 （接唱）数月来，栉风沐雨路漫漫，尝尽了滋味百般、苦旅颠连！
三十余纪远游客，
不堪回首近乡关。
青葱岁月别家走，
不承想，年华垂暮方得还。

老　仆 老爷，已到十里长亭！

［蓦显旧日长亭。

范仲淹　哦！回来了，我回来了！

（唱）见长亭，如烟往事又重现，

桩桩件件浮眼前。

回头想，若无长山众父老，

哪有我今日范仲淹？

扪心问——

可淡了，家国情怀，

可记得，苍生为念？

悲什么，宦海沉浮，

叹什么，遇挫心寒？

褒贬本是寻常事——

为天下百姓，我不下地狱谁下地狱？

（接唱）人生无常当坦然。

［鼓乐轰然响起。

老　仆　老爷，乡亲们来迎你回家了！

［“范大人——”乡邻甲由人搀扶着率众涌上。

范仲淹　（跪迎）范某叩见各位父老！

乡邻甲　哎呀，使不得呀！（齐跪）

范仲淹　老伯，你老可好？

乡邻甲　好。大伙儿知你为奸佞所害，都惦记你呐！

范仲淹　知道，我知道！多年望乡泪，万里倚门心。长亭迎侍日，桃李正芳阴！老伯，说儿为官半生，历尽波折，可也终归明白了，不以物喜，不以己悲……

众学子　（齐诵）居庙堂之高而忧其民，处江湖之远而忧其君。是进亦忧，退亦忧。然则何时而乐耶？

众乡邻　（随之）其必曰，先天下之忧而忧，后天下之乐而乐乎！

［突然琴声乍响，暮年的含秋与香草一步一颤走来，众隐去。

含　秋　（唱）青青子衿，悠悠我心。

纵我不往，子宁不嗣音？

青青子佩，悠悠我思，

纵我不往，子宁不来？

范仲淹 （和泪应唱）挑兮达兮，在城阙兮。

一日不见，如三秋兮……

含秋！

含　秋 你，回来了。

范仲淹 你……还在长山？

含　秋 你终于回来了。

范仲淹 你一直留在长山？你你……不是早已另许……（掏出绢书）

香　草 （一下哭了）那是……怕你走不出长山呐！

范仲淹 那过后……怎不找我？

香　草 找了呀，可你……已有家眷了！

范仲淹 （猛一趔趄）含秋！你……吃苦了！

含　秋 不，有这旧琴为伴，我——不苦。（抱琴蹒跚走去）

[香草拭泪，随之远去。

范仲淹 含秋！（跌撞撞奔向高处）长山呐长山，你待我的大恩大德，我范某何以为报哇！

[山谷震荡，范仲淹老泪纵横，匍匐在地。

[伴唱：寄情云梦著文章，

忧谗畏讥话沧桑。

先忧后乐忘荣辱，

吾谁与归叹悲凉！

[伴唱中，范仲淹颤颤起身兀立，《岳阳楼记》横贯天地。

（剧终）

· 五音戏 ·

云翠仙

（根据蒲松龄《聊斋志异》同名小说创作）

人　物： 云翠仙　梁有才　赵世虎　宋彩云　孙　铭　小　霞
众狐仙　家　奴　歌舞伎　四轿夫　众伴娘

序

[一束光投向横贯台口的蒲松龄画像，旁书：集腋为裘，妄续幽冥之录；浮白载笔，仅成孤愤之书；寄托如此，亦足悲矣！

[伴唱：**一部聊斋半部狐，**
蒲公着意著奇书。
浮白载笔写荒诞，
孤愤却作笑谈出。

[光暗。

[一束光渐亮，山石后忽探出一美丽白狐，见无人，跃出玩耍。

[陡然一声火铳响，白狐应声倒地。

[内喊："哈，打中了，追！"

[梁有才背行囊上，惊见白狐哀鸣，又闻林中脚步杂沓，忙将其掩于石后。

[赵世虎持火铳带家奴冲上。

赵世虎 呔！可见到一只受伤白狐？

梁有才 哦，小生赶考路经此地，未曾见过什么白狐。

赵世虎 呆子呀，滚！（踢翻，带家奴下）

[梁有才忙爬起探看白狐，撩袍扯布为之包扎。

梁有才 咳！小小生灵，竟也遭此劫难，逃条生路去吧。（欲走，却见白狐扭头看他，顿生爱怜）你我虽人狐殊途，有此一面，也算殊胜缘分了。（揖别而去）

[一股烟雾腾起，白狐倏尔化作俏丽女子，忍痛目送，光聚。

[伴唱：莫道人狐两殊途，
　　危难幸得君救扶。
　　虽是寥寥话几句，
　　却已悄然泪模糊！

[光渐收。

二

[光影闪烁，众狐仙一一闪出。登时，山林间欢声回荡。

小　霞 呀！这洞外的景色多美呀！
（唱）水儿清，鸟儿鸣，

众狐仙 （唱）一抹秋色轻点红。

小　霞 （唱）耳畔溪流叮咚响，

众狐仙 （唱）袖边雾岚戏清风。

小　霞 （唱）画中恍如梦，

众狐仙 （唱）心醉身儿融。

众 （唱）宛若飘飞瑶台上，
　　方知人间胜天庭！

小　霞 咦，翠仙姐呢？怎不见她？

狐仙甲 嘻嘻，怕是又去路边等那位清秀书生了吧。

狐仙乙 哦，怪不得这些日子跟丢了魂似的。

狐仙丙　是得相思病了吧？

众狐仙　哈哈哈……太好玩了！

小　霞　嘘！咱也悄悄跟去，见见那个小白脸儿！（隐去）

［山路上，一束光引翠仙子然走来。

［伴唱：踽踽出山林，
徐徐步绿茵。
徘徊山间路，
遥望不见人。

云翠仙　（唱）自那日，意沉沉，
洞中修炼无精神。
往日道业失定力，
莫不是……莫不是前世欠他一个女儿身？
你呀你，何苦心生怜悯将俺救，
又何苦不索回报道缘分？
害得俺天天路边苦等你，
夜夜辗转熬时辰。
小女子心如飞絮漫天舞，
待落定，杨花依旧恋红尘。
莫如当面身相许，
自媒自嫁意中人！

［梁有才内唱："秋闱高悬龙虎榜——"

云翠仙　呀，他回来了！（欲前又止，藏身石后）

［梁有才失意地上，叹息。

梁有才　（接唱）却又是断我大梦又一场，好不教人凄惶惶！
本以为，天生我才必有用，
青云直上任翱翔。
哪承想，一榜一榜又一榜，
榜榜皆成我撞头的墙！
心灰意懒回家转——

［翠仙舞袖作法，梁有才受阻绕行，又被阻，不禁纳罕。

梁有才 （唱）难道说，山神也拒我落魄人儿还故乡？

［翠仙扑哧一笑。

梁有才 （愕然地）这荒山野岭，哪来的妙龄女子？（迎头相撞，惊艳）

云翠仙 哦，俺是来……来寻失落的传家宝的。

梁有才 原来如此。（欲走）

云翠仙 （拦）哎，你这人毫不晓事。

梁有才 怎么？

云翠仙 天已这般时分，俺一弱小女子，独处深山，就不肯帮俺找找宝物么？（见迟疑）有劳大哥了。

［梁有才无奈地摇头叹息，翠仙窃笑。

云翠仙 请！

（唱）寻宝岂为寻宝来？

看他当真笑他呆。

梁有才 （唱）无端缘由难推却，

哪有心思揽闲差？

云翠仙 （唱）痴痴样儿招人爱，

怎就不肯眼角抬？

佯装失足逗逗他——

哎呀！

［梁有才急扶，见其含羞回眸，忙松手。

梁有才 （唱）既寻宝，何故飞眼频抛来？

云翠仙 （唱）杨柳不解春风意——

梁有才 大姐！

（唱）天将晚，莫如下山改日来。

［翠仙趁其施礼，忙变出玉佩丢其身后。

梁有才 （一回身）玉佩？大姐，这可是……

云翠仙 正是它，正是……正是他呀！

梁有才 （窘）既然失而复得，告辞！

云翠仙　（又拦）哎，你就这样走吗？

梁有才　还有何事？

云翠仙　俺还没答谢你呢。

梁有才　区区小事，何足挂齿。

云翠仙　大哥陌路相助，令人钦敬。这枚玉佩，还望笑纳。

梁有才　诶，家传宝物怎可收受？况且，君子固穷，不饮贪泉。（走去）

云翠仙　呀，真乃君子也！

[众狐仙悄然上。

小　霞　（夸张学舌）呀，真乃君子也！

[众狐仙大笑。

云翠仙　（佯嗔）死丫头，吓死我了！你们……都跟来做甚？

小　霞　嘻嘻，你来做甚，俺就来看什么呗。

云翠仙　好哇你，敢盯我梢，看我不揪掉你的尾巴！

小　霞　（跳开）说，是不是迷上那位小书生了？

云翠仙　哎呀，他救过人家的命嘛！

小　霞　别绕弯！

众狐仙　说嘛。

[翠仙满面羞赧，颔首。

众狐仙　（哄闹）嗷——那还不快去追他！

云翠仙　可……若被师父知道……

小　霞　嗨！大不了罚你闭关。

众狐仙　就是嘛！

（唱）朝为花，夕为尘，

豆蔻年华几多春？

莫负上天赐美意，

此生难得遇知音。

[翠仙舒袖而去。

小　霞　哎哎，这天大的好事，咱也去凑凑热闹，走！

[收光。

二

[一束光引手拖空粮袋的梁有才上。

梁有才 （唱）落魄归来炊断粮，
友人闭门不肯帮。
一把米也欺凌云志，
唯有那几卷残书、半壁文章，尚慰我辘辘饥肠。
读书人潦倒这份儿上——

[景显一贫如洗的草房。

梁有才 咳！
（唱）也不知，当叹人之哀呀国之殇！

[孙铭背粮溜上。

孙　铭 梁兄！

梁有才 孙铭？

孙　铭 （递）赶紧藏好！

梁有才 这……

孙　铭 为弟也劝你一句，而今世风日下，纵然才高八斗，若无靠山怕也枉然。

梁有才 哦？

孙　铭 适才闭门不出，是因我家那位母夜叉……

[宋彩云一步闯入。

宋彩云 说谁呢？哟，梁大才子，听说又栽跟头了，啧啧！瞧俺这个窝囊废，干啥啥不行，吃粮食倒一个顶俩，书都念到狗肚子去咧！

梁有才 你……

宋彩云 我说他！
（唱）满嘴酸臭求功名，
到了不值一棵葱。
何不拖根讨饭棍——

孙　铭 彩云……（被狠踩一脚）

宋彩云 我若混成这副奶奶样啊——

（接唱）早就一头栽粪坑！

（夺了粮袋）回去！（揪孙铭下）

梁有才 （羞愤难忍，唱）这悍妇，污言秽语登门骂，

一声声，犹如钢针、针针见血心头扎！

恨只恨——

璞玉形秽无人识，

浪底足金混同沙。

独木桥头总落水，

科举误我好年华。

说什么，书中自有千钟黍，

怎么就锅碗层层积土渣？

说什么，书中自有黄金屋，

怎么就寮房摇摇几近塌？

生计无着尚可忍，

怎忍得，云路断，遭辱骂，俨如双刃将我剐？

既然人天俱不容，

倒不如，魂随白绫、远离尘世自超拔！

[一道白绫凌空而下，梁有才踉跄走去，渐隐。

[内唱："辞别了众姐妹飞奔山下——"翠仙欣喜奔上。

云翠仙 （接唱）禁不住，情切切，羞答答，桃花腮儿映红霞，

今朝圆梦许配他，怎不教人乐开花？

谁说是，人狐异族隔两界？

且看俺神通变化也是一娇娃。

谁说是，法戒仙规难冲破？

且由它风吹雨打依旧爱萌芽。

心恋人间千般好，

翠仙俺遇他等他爱他嫁他终成一家。

情急催得脚步快——

（忽悚然一震）不好！

（接唱）猛觉得心上人儿遭凶煞！

（疾寻，陡显自缢的梁有才）哎呀！（忙舞袖施法，梁有才仆倒）公子！你醒醒，快醒醒啊！

［一阵烟雾，众狐仙飘然而至。

小　霞　翠仙姐，该赏杯喜酒吃了吧？

云翠仙　（一声悲泣）公子他……悬梁自尽了！

众狐仙　啊？

小　霞　（忙查看）气息已绝，脉象全无，怕是……

众狐仙　死啦？

云翠仙　不！他没死，他不能死，我要让他活过来！

小　霞　（拦）翠仙姐！六道众生生死由命，你我学道未成，哪能挽得回来？

众狐仙　是啊，事已至此，还望姐姐珍重！

小　霞　走吧。

［众狐仙欲扶翠仙离去。

云翠仙　不！翠仙已将心儿托付于他，怎忍弃他而去？况且，他曾保我一条性命，而今他命悬一线，去留尚在倏忽之间，我又怎能见死不救呢？

小　霞　可你……能拿什么救他？

云翠仙　这……（陡生一念）有了！

众狐仙　什么？

云翠仙　仙、丹！

众狐仙　（惊）仙丹？

云翠仙　对！你我苦修千年，灵丹初成。而它，聚阴阳二气，凝日月精华，存之可羽化成仙，用之便可救他一命啊！

小　霞　使不得！此法断断使不得！

狐仙甲　仙丹一旦用去，必将元气大伤，法力不再了呀！

狐仙乙　不仅再无仙缘，只怕也难回狐族了！

众狐仙 翠仙姐！千年道业，怎忍毁于一旦呐！

云翠仙 （一震，唱）众姐妹盈盈含泪苦苦劝，

顿教我方寸大乱左右难。

[伴唱：吐仙丹——

云翠仙 （唱）千年功废道业失，

[伴唱：求自保——

云翠仙 （唱）怎撇得，他的命、我的情，一世良缘？

[伴唱：心痛欲裂两牵绊，

油烹火燎八面煎！

云翠仙 （唱）公子他——

眉间留遗恨，

清泪挂眼帘。

魂虽云天外，

分明恋人间。

面对生死若袖手，

修得什么道？成得什么仙？

人命关天不容缓——

众狐仙 翠仙姐，你不能啊！（死死拉住）

云翠仙 （唱）愿你们早日功成列仙班！

众狐仙 翠仙姐……

云翠仙 （猛然一推）闪开了！

[无字歌起。

[翠仙跌扑翻滚，使尽浑身解数，终吐丹在手。

云翠仙 快、快给……公子！（仆倒）

众狐仙 翠仙姐——（恸哭）

小　霞 （忙捧丹放入梁有才口中）听，他腹中已有响动了！

[翠仙一下撑起身子，喜泪滂沱，众狐仙亦嘤嘤放悲。

小　霞 嗨！哭什么？咱应祝她们喜结良缘、美满一生！

狐仙甲 嗯！何不一同作法，将这茅屋换作楼阁？

云翠仙　不可！只需青砖粉墙衣食无忧既可，以免惊扰乡邻吓坏公子。

众狐仙　就依姐姐！

（唱）长袖舞处花木来，

巧将旧屋换新宅。

居家物用皆齐备，

愿你们，百年好合、凤友鸾谐、笑逐颜开！

［灯光变幻，梁家焕然一新。

云翠仙　多谢众位姐妹！

小　霞　梁公子随时醒来，俺们……也该回去了。

云翠仙　（不舍）姐妹们……

小　霞　日后若遇危难，只需咬破手指击掌三声，俺们即刻赶来。

众狐仙　姐姐保重！（挥泪而别）

［梁有才身动，翠仙忙藏身一侧。

梁有才　（唱）神悠悠，魂荡荡，

似梦非梦意恍恍。

丹田气涌人渐醒，

莫非魂飞到天堂？

云翠仙　（翩然而出，唱）望窗外，还是那汪清泉水，

看房内，不过新抹一粉墙。

无须惊诧旧貌改，

好人自有好人帮。

梁有才　那，你是何人？

云翠仙　怎么，不认得小妹了吗？

梁有才　是你？你怎么……不不，我……我好像死了哇。

云翠仙　可你又活了过来。

梁有才　是你救我一命？哎呀，你又何苦救我呢！

（唱）百无一用是书生，

枉留世上悲秋风。

云翠仙　（唱）秋风吹得人间醉，

怎可厌世妄轻生？

神仙尚羡红尘美——

梁有才 （唱）普天下，谁又看重读书人？

云翠仙 我！我就喜欢你读书的样子。

梁有才 取笑了！

云翠仙 大哥！

（唱）莫笑翠仙嘴巴笨，

俺一向仰慕读书人。

那日山间巧相遇，

难道你……未觉你我有缘分？

梁有才 （唱）落魄人岂敢思非分？

大姐休要寻开心。

云翠仙 （唱）倘若你有留客意，

羁旅之人愿栖身。

梁有才 （唱）难道你是一神女，

垂悯寒生怜敝人？

云翠仙 我虽不是神女，可也是山里……哦，是山的那边的那边。

梁有才 那又怎会来到此地？

云翠仙 一言难尽哦。

（唱）家住山外……云家屯，

父母……父母双亡孤一人。

那日走亲迷了路，

遭遇歹人伤我身。

幸有书生施援手——

梁有才 这书生他是哪个？

云翠仙 就是你……这样的书呆子呀！

梁有才 呵呵！

（唱）莫非他，浑不知自家本是你恩人？

云翠仙 是啊！这才害得俺流落他乡，无处安身，若是你也不肯收留，俺只有……不走了!

梁有才　这……

云翠仙　怎么，看我并非良善?

梁有才　不不，清纯善良。

云翠仙　容貌丑陋?

梁有才　貌美如花。

云翠仙　你可喜欢?

梁有才　这……咳!家徒四壁，生怕慢待姑娘。

云翠仙　呀，你应允了呀!

梁有才　可我……

云翠仙　(以手堵其嘴)公——子。

梁有才　大姐。

云翠仙　唤我什么?

梁有才　哦，翠仙姑娘。

云翠仙　哎呀，你呀!

梁有才　娘……娘子?

云翠仙　夫君——(欲扑，忽身子一软，被抱住)

[伴唱:一声呼唤拥入怀，

点点喜泪挂满腮。

不求随君享富贵，

唯愿红莲并蒂开!

[伴唱中，翠仙虚弱却又幸福地依偎，隐去。

[墙外，一束光引孙铭溜上，冷不防背上猛挨一掌。

宋彩云　(闪出)三天不打，就想上房揭瓦，拿出来吧。

孙　铭　彩云，身为同窗好友，我怎能眼看梁兄……

宋彩云　梁兄梁兄，他若发达了，你就更像墙根底下的狗尿苔咧!

孙　铭　我本远不及他。

宋彩云　呸呸!就他，还能成了精?

孙　铭　(一回头)哇，你看!

[灯亮，显出梁有才家整葺一新的宅院。

宋彩云 俺娘哎，还真成精了呀！（巴望）咱旡走错门吧？

孙 铭 旡。

[伴唱：扒门瞅，探头看，
蓦见冒出个美婵娟。
无名妒火心头起，
平地无风掀波澜！

[收光。

三

[启光，春雨霏霏。

[书房内，梁有才把卷苦读，翠仙捧汤上。

云翠仙 （唱）秋去春来送隆冬，
又见枝头花正红。
离却山林虽日久，
伴夫君，晴耕雨读乐融融。

梁有才 真乃千古绝句！（吟）大鹏一日同风起，扶摇直上九万里。假令风歇时下来，犹能簸却沧溟水……

[翠仙身后撩逗，被顺势抱住。

梁有才 又来乱我心性。

云翠仙 哪敢啾！
（唱）俺不过，时而隔窗望身影，
只见你，凝神把卷好忘情。
每逢读至酣畅处，
又见你，撩袍踏歌唱出声。
晨昏不分索章句，
活脱脱，分明是个小书虫！

梁有才 居然骂我，找打！

[翠仙撒娇凑近，二人绷不住大笑。

云翠仙　夫君，门外细雨霏微，春色撩人，何不放下书本去湖边一游？

梁有才　可我……

云翠仙　走嘛！（光聚）

[景转湖畔，二人同游，陶然如醉。

云翠仙　看呐！这风、这雨、这山、这水，这湖中的鱼，这岸边的柳，多美呀！

（唱）斜风轻弄垂杨柳，
微雨撩得春花羞。

梁有才　（唱）一泓碧水映山醉，
踏青堪比神仙游。

云翠仙　（唱）谁还说，此景只应天上有？

梁有才　（唱）桃源风光胜几筹。

云翠仙　（唱）谁还说，人间男女多烦恼？

梁有才　（唱）一旦率性全无忧。

云翠仙　（唱）愿只愿，朝夕相伴不言他——

梁有才　呀！

（唱）陡然一语又生愁！

云翠仙　大好光景，怎又闷闷不乐了？

梁有才　风光再美，岂可虚掷光阴？孟子云：天将降大任于斯人也，必先苦其心志，劳其筋骨……

云翠仙　好了，读书是个乐子，游玩也是乐子嘛。

梁有才　这怎好相提并论？

云翠仙　怎么就论不得？

梁有才　游玩之乐乐在放逐身心，而这读书之乐么，乐在求取功名！

云翠仙　功名？功名是什么东西？

梁有才　它是……嗨，它原本就不是个东西。

云翠仙　不是东西，怎还撇舍不下呢？

梁有才　这……嗨呀，我的糊涂娘子啊！

（唱）可知道，天下学子万万千，

苦研八股为哪般？
可知道，穷巷诸生瘦若鬼，
因何甘愿受熬煎？
只为念念两个字，
功名已将魂儿拴。
为了它，多少人悬梁刺股腰累断，
一朝梦碎近疯癫。
多少人穷经皓首愿未了，
唯留一叹对苍天。
我也曾三番两次入科考，
屡试不第成笑谈。
痛定思痛明白了——

云翠仙 明白什么？

梁有才 （唱）孙铭一语提醒我，诗外功夫在靠山！

云翠仙 我倒越发糊涂了。

梁有才 糊涂也好。来来，陪我回房读书去吧。（隐去）

[复明，景转梁家内外，宋彩云引赵世虎上。

宋彩云 喏，就是这家。

赵世虎 嘁，本公子什么美女没见过？一个村野民妇，还能俊出花来？

宋彩云 你说对了，不说万里挑一……也得万里挑一。

赵世虎 她是天仙？

宋彩云 不是。

赵世虎 她是妖精？

宋彩云 也不是。

赵世虎 比你如何？

宋彩云 我……也还行吧。

赵世虎 真不怕愁得那鸡尿下！（欲走）

宋彩云 哎！我保你瞅她一眼，三天不吃饭，十天难入眠。若是看她两眼……

赵世虎 那就得傻了、疯了、不喘气儿了？就冲你这话，我也得使劲瞅她个十眼八眼！

[二人进门。

宋彩云 梁公子在家吗？

[梁有才迎上。

梁有才 是你？

宋彩云 嘿嘿，一家人咱就甭客气了，招呼客人吧。

梁有才 这位是……

宋彩云 当今礼部尚书的宝贝外甥、富甲一方的赵世虎赵大公子。

梁有才 （悻然地）难怪面熟！今日屈尊降贵，有何见教？

赵世虎 少废话，听说你家娘子长得……

梁有才 长得？

宋彩云 哦，赵公子说，你家娘子长得……掌得一手好勺，炒得一手好菜，特来品尝。

赵世虎 去去！吃饭是假，看人才……

梁有才 看人才？

宋彩云 对对，看人才、看人才！你——不就是大大的人才么？

赵世虎 净给我瞎搅和！

宋彩云 别急，我还没给梁公子道喜呢。

梁有才 道喜？

宋彩云 （唱）恭喜你天上掉馅饼，

小屋里，来了这京都大人的乖外甥。

他二舅主管科举选才俊——

梁有才 哦？

宋彩云 （唱）靠上他，何愁日后不扬名？

梁有才 那……赵公子可肯扶掖襄助？

宋彩云 （唱）今日他慕名前来交朋友——

（冲赵世虎示意）

赵世虎 哦对！

（唱）我保你连中三元大事成！

梁有才 哎呀呀，多谢弟妹！多谢赵公子！

（唱）梁某愚钝梦方醒，
恕我怠慢未恭迎。
只道寒门无人问，
哪承想，天降贵人到家中。
三生有幸结识你——

翠仙！

（接唱）快快捧茶来照应！

[翠仙端茶上。

云翠仙 （唱）一壶香茗敬宾客——

赵世虎 （惊其貌美）啊？（呆住）

[云翠仙杯盘落地。

[伴唱：猛然间惊若天地崩！

宋彩云 怎么？你们早就……

梁有才 娘子，你怎会认得他？

云翠仙 （竭力隐忍）赵公子终日骑马狩猎，抖尽了威风，哪个不知谁人不晓？

赵世虎 妙哇！

（唱）见美人惊得我张口瞪眼，

宋彩云 （唱）吹半天，狗见骨头照样馋。

云翠仙 （唱）见仇人压不住万丈怒火，

梁有才 （唱）劝翠仙，贵客临门须周全。

赵世虎 （唱）只觉得魂出窍两腿拌蒜，

宋彩云 （唱）绾个套，引他两头儿来钻圈。

云翠仙 （唱）欲惩恶失仙丹法力不再，

梁有才 （唱）唤娘子，后堂下厨快备餐！

云翠仙 我……身子不爽！（拂袖下）

梁有才 娘子！娘子……（追下）

宋彩云　赵公子，赵公子？（举手在其眼前晃晃）娘哎，真傻了呀！

[孙铭疾上。

孙　铭　彩云！你……你怎能如此下作！

宋彩云　还不是为你？

赵世虎　美，太美了，仙人呐！（直挺挺欲倒）

[孙铭气极，架起赵世虎便走。宋彩云得意一笑，随下。

[梁有才上。

梁有才　赵公子……走了？赵公子！（欲追）

[“回来！”翠仙上。

云翠仙　这等恶人，怎可滥交！

梁有才　你……误我大事了！（顿足）

[切光。

四

[内声：“没法活咧！”一束光引家奴扶病恹恹的赵世虎上。

赵世虎　（唱）大病数月——

家　奴　（唱）炕头滚，

赵世虎　（唱）眼珠子溜圆——

家　奴　（唱）怪吓人。

赵世虎　（唱）茶饭不思——

家　奴　（唱）犯魔怔，

赵世虎　（唱）迷迷瞪瞪——

家　奴　（唱）丢了魂。

赵世虎　（唱）好歹下地挪两步，

家　奴　（唱）抬脚活像猴抽筋。

赵世虎　（抬腿一脚）滚！

[家奴跌爬退下。

赵世虎　（唱）寻花问柳十几春，

想不到，天下有此妙佳人。

俊俏模样瞥一眼，
生生教俺昏几昏。
仰赖彩云救救我，
眼巴巴，苦等回音无下文！

[“赵公子！”启光，景显赵府庭院，宋彩云扭上。

宋彩云　赵公子……

赵世虎　哎哟妹子，可把你盼来咧！

宋彩云　哟！咋拱得跟刺猬蛋啊似的？

赵世虎　命都快搭上了，能有好样儿么？

宋彩云　哈哈哈……你交付的事儿啊，成了！

赵世虎　成了？（跳起）俺那个亲……（欲搂）

宋彩云　哎哎，别冲谁都下手。我问你，说过的话算数不？

赵世虎　不就俺孙铭兄弟那点儿事嘛。

宋彩云　啥事儿？

赵世虎　塞到衙门里谋个差事呗。

宋彩云　还有呢？

赵世虎　云翠仙弄到手我亏待不了你，赶紧张罗吧！（哼曲晃下）

宋彩云　呸！不为俺那个不争气的，我伺候你？脏样呗！

[孙铭匆匆上。

孙　铭　彩云……（被狠拧一把）哎哟！我又做错什么？

宋彩云　你就算纸糊的，也得在人前给我支棱起来！

孙　铭　（诺诺地）哎哎。

宋彩云　人呢？

孙　铭　梁兄随后就到。

宋彩云　太好了！姓梁的呀——

（唱）任你尾巴朝天翘，
当心枪打出头鸟。
活该你娶个俊媳妇——

孙　铭　怎么？

（唱）难道说，请他赴宴有蹊跷？

宋彩云　（唱）倘若你不蒸包子争口气，
何至于，逼得老婆另想招？
借着赵府势力大——

孙　铭　彩云！
（唱）害人之心不可有，谆谆古训当记牢！

宋彩云　你想窝囊一辈子？

孙　铭　不想。

宋彩云　还想到官场混吧？

孙　铭　当然。

宋彩云　那就听我的！

梁有才　可是……

宋彩云　闭嘴！待会儿，若敢吃里扒外多嘴多舌，我……
［门外传来梁有才笑声。

孙　铭　梁兄来了！
［梁有才兴冲冲上。

梁有才　（唱）赵府力邀赴盛宴，
阴霾一扫揽长天。
借此重上青云路，
谁道书生总不堪？
布衣韦带豪门进——

孙　铭　梁兄！

梁有才　（唱）少时把酒须尽欢！

宋彩云　瞧瞧，难怪赵公子为你饯行，一看就是当官的料。

孙　铭　愿梁兄此去，蟾宫折桂！

宋彩云　再瞅瞅俺这窝囊废，三角眼八字眉，丝瓜脖子镰把腿，说老鼠不老鼠，说猴子不猴子，一见他我就……

梁有才　贤弟也是老老实实的读书人。

宋彩云　老实无用，一边儿趴着去！

［赵世虎更衣上。

赵世虎 哈，梁公子！今日能把尊驾请进敝府，实在是赵某的荣幸哦。

梁有才 岂敢。赵公子不以贵贱取人，又为我云程铺路，有才感激不尽！

赵世虎 好说。我已修书一封，送往京城，到时只要我二舅说句话……

宋彩云 保你飞黄腾达！（冲赵世虎）啊？

赵世虎 哈哈哈……上酒！

［众歌舞伎捧酒上。

赵世虎 （举杯）梁公子，美女美酒，尽情享用！

［乐起，歌舞伎舒袖曼舞。

歌舞伎 （唱）劝君畅饮一杯酒，
人生得意几多秋？

赵世虎 （唱）当尽兴时且尽兴，

宋彩云 （唱）莫失良辰待白头。

赵世虎 唱得好，干！

孙　铭 梁兄，你本不胜酒力……

宋彩云 （一把扯开）换大杯！

梁有才 （唱）双手捧过二杯酒，
梁某深感恩义稠。
倘若来日腾飞去，
不忘公子多运筹。

赵世虎 痛快！干！

孙　铭 梁兄，酒多乱性，不可……

宋彩云 （踹其一脚）再换大杯！

歌舞伎 （唱）与君伴同三杯酒，
酣然舞出旱龙舟。
才子向来性情爽，
半卧权作逍遥游。

赵世虎 好一个半卧权作逍遥游，干、干、干！

［歌舞伎趁机狂灌梁有才。

梁有才 好酒、好酒！

孙 铭 梁兄……

梁有才 干！

孙 铭 你真的醉了！

宋彩云 醉了好。

赵世虎 醉了才好！哈哈哈……（挥手令歌舞伎下）

梁有才 着哇！

（掷杯，唱）一醉方休忘百忧，

再无闲愁绕心头。

今朝有才蒙厚爱，

感恩戴德泪欲流。

知遇之恩难回报，

待来世，甘愿俯首做马牛！

孙 铭 梁兄，我送你回家！

宋彩玉 （扯住）你敢？

赵世虎 梁公子，来世我可等不得，眼下想怎样答谢？

梁有才 待我荣耀之后，即刻为你申……申建功德碑！

赵世虎 嘁，谁稀罕那冰凉的石头！

梁有才 那……

宋彩云 赵公子待你如何？

梁有才 恩重如山。

赵世虎 如何报答？

梁有才 结草衔环。

宋彩云 口说无凭——

梁有才 立字为证！

赵世虎 好！那就立下字据，签字画押！

梁有才 （一拍脑门）我怎就……想不出这绝好主意呢！

赵世虎 你答应了？

梁有才 字据拿来。

赵世虎 就等你这句话了。（掏出字据）喏，一式两份，摁上手印万事大吉！

孙　铭 慢！酒后画押，务必仔细呀！

梁有才 呵呵，多虑了。赵公子诚心待我，断不会有苟且……（醉眼惺忪地看看字据）写得什么？

孙　铭 （探身一看）啊？这上面……

宋彩云 （一把按倒孙铭）这上面，正好摁你手印！

赵世虎 （抓过梁有才手指沾了印泥）摁！再摁！

梁有才 摁出这点点红花纸上飞，来日送我步青云！哈哈哈……（醉倒）

孙　铭 梁兄、梁兄啊！（捣地呜咽）

［赵世虎、宋彩云恣意大笑。

［收光。

五

［电闪雷鸣，光渐启。翠仙心神不宁地眺望门外。

云翠仙 （唱）惊雷震落五更天，

惶惶一夜未成眠。

有才赴宴不归宿，

怎不教人心半悬？

夫君啊——

你不该，不该执意去赵府，

我不该，不该放你寻靠山。

从来秽处无洁物，

进出贼窝怎避嫌？

赵世虎绝非善良辈，

滥交友，一步走错回头难。

莫等事发后悔晚——

（欲出门，忽觉腹中胎动）

［伴唱：呀！呀呀呀一时胎动，忘了愁烦、醉了心田！

云翠仙 （唱）舒心的那一颤，
将娘魂儿牵。
连心的这一动，
把娘神儿拴。
初为人母才历验，
爱之花、情之果，花果坠枝已知甜！

［雷声。孙铭扶大醉不醒的梁有才上。

云翠仙 哎呀，怎就醉成这副样子？

孙　铭 （欲言又止）咳！

梁有才 摁，我给娘子……摁出个头名状元，呵呵！（桌前倒头睡去）

云翠仙 孙公子，他刚才说些什么？

孙　铭 他……我拦阻不住哇！

云翠仙 （惊）出了何事？

孙　铭 赵世虎他……他他随时上门抢人，你要早做打算！

云翠仙 （愈惊）这话从何说起？

孙　铭 （急从梁有才身上翻出字据）这……怪我，都怪我枉读圣贤怯懦怕事、贪图名利任人驱使，我……愧对兄嫂，无颜再见你们了哇！（扑通跪倒，捧上字据，泣拜而去）

云翠仙 孙公子……（抖抖展开）“典妻契约”，啊？（疾看）“为报赵世虎科考举荐之恩，自愿将吾妻云翠仙典于赵世虎为妾，期限三年。空口无凭，立字为证”！

［一声炸雷，暴雨如注。

［伴唱：啊……
惊天霹雳当头炸，
万条雨箭胸口扎。
是恨？是怨？牙咬碎，
是悲？是痛？泪如麻！

云翠仙 （唱）眼前这人可是他？
衣衫未改却似俩。

看似他，怎是他？
难道说，我竟与他是一家？
看不懂了看不懂，
不懂这世间乱象忒混杂。
看不懂了看不懂，
不懂这人情变故又为啥？
昨日还说共白首，
今朝卖我权贵家。
娇儿才在腹中笑，
转眼竟成苦命娃。
原以为，无处可比人间好，
孰能料，真情无价却有假，万般憧憬轰然塌！

［伴唱：为什么——

云翠仙 （唱）谁能与我做解答？

［伴唱：为什么——

云翠仙 （唱）谁又还我一个家？

［伴唱：天无言，也将悲泪当空洒，
地无语，只裹这连天哀痛汇成峡！

［雷声大作。翠仙伤心欲绝，饮泣。

梁有才 （醒来，诧异地）我怎就回家来了？娘子，你怎么……哦，昨日贪吃几杯，害你苦等，有才赔礼了。不过，此次赴宴大有斩获。那赵公子，待我情同手足，不仅代为举荐，还与我立下契约，保我高中！正是：一俟冲天今飞去，扶摇直上九重霄。喝令玉皇封诰命，凤冠霞帔赠阿娇！

［云翠仙愤然一掌，将字据甩去。

梁有才 （抓起）啊？这……这是怎么回事？这是怎么回事？

云翠仙 要问，就问你的心，问你那血红的手指印！

［梁有才跷指一看，一声霹雳，惊呆。

云翠仙 （唱）红手印，堪比那森森青锋刃，斩我情丝夺我魂。

红手印，远胜那冷冷暗枪弹，

穿我胸膛碎我心。

红手印，红手印，

硬生生掐断了往日情真。

红手印呐红手印，

痛快快了却了今生念想、一世缘分！

梁有才 不！娘子、娘子！

（唱）我冤枉，我也恨，

我不知，我无心。

我被人灌醉遭陷害，

我岂是黑了肝肠、昧了良心，禽兽不如的那等人？

云翠仙 够了！

（唱）叹只叹，这腹中娇儿还混沌——

梁有才 什么？你怀有身孕了？

云翠仙 这与你已无牵绊！

梁有才 不！娘子，我知错，我知错了哇娘子！

（跪地，唱）求求你且容我改过自新！

[云翠仙掩面痛哭。

梁有才 我真混呐！

（唱）悔不该，醉心功名失本真，

攀高结贵傍贼人。

悔不该，一朝得意便张狂，

杯中圈套不辩分。

一纸字据未细看，

两行墨迹留祸根。

梁有才摁下这该死的红手印——

险些儿误了娘子误了儿……赵世虎！

（接唱）拼一死，闯上门，讨不回公道我枉为人！

（抛契约，冲下）

云翠仙　有才！夫君……怎么办？这可怎么办呐！（忽想起，忙咬手指连击三掌）姐妹们，快来呀！

［远处烟雾腾起，众狐仙疾奔而来。

小　霞　翠仙姐，出了何事？

云翠仙　我……大祸临头了！

众狐仙　啊？

云翠仙　你们看！（递契约）

小　霞　“典妻契约”？怎会出这等事？

狐仙甲　赵世虎太歹毒了！

狐仙乙　那梁有才也实在可恨！

小　霞　翠仙姐，人间有什么好玩的？回咱深山老林去！（拉了便走，却又猛然止步）

［伴唱：一个回字脱口出，
　　　　方知人仙已殊途！

云翠仙　我……回不去了。（众泣）姐妹们，他已去赵府理论，可凶多吉少哇！再说，赵世虎即刻前来抢亲，我又该如何应对？

众狐仙　怎么办？小霞……

［小霞踌躇踱步。

云翠仙　看来，我只有追赶夫君，同去赵府一拼了！（欲走）

小　霞　不，你法力尽失，此去凶险呐！

云翠仙　夫君若有好歹，我还要命何用？（又欲走）

众狐仙　可你，还怀有身孕呢！

云翠仙　这……（泣）

小　霞　（兀的笑了）嘻嘻，嘻嘻嘻……

众狐仙　你怎还笑得出来？

小　霞　我等，何不以其人之道还治其人之身？

众狐仙　怎么，以假治假？

小　霞　对！由我，变幻翠仙姐的模样，你们变为伴娘。

狐仙甲 然后，花轿上门——

狐仙乙 大闹洞房！

众狐仙 哈哈哈……太好玩了！

[忽有喜乐传来。

小　霞 翠仙姐暂且回避。

云翠仙 不！豁出性命，我也要亲自上轿，进赵府、救夫君！

小　霞 也罢！那我就附体于你。

云翠仙 附体？

小　霞 事不宜迟，各显神通——变！

[烟雾升腾，收光。

六

[一束光下，二家奴挑红灯笼上。

家奴甲 （念）赵府张灯又结彩，

家奴乙 （念）公子抢得美人来。

家奴甲 （念）横竖也没咱的菜，

家奴乙 （念）倒是骂声跟着挨！

[身后一声咳嗽。

二家奴 公子！

[赵世虎披红上。

赵世虎 不去挂灯，在这趴窝下蛋吗？（一脚踹去）去！

[二家奴惶惶欲下，梁有才突然冲上。

梁有才 赵世虎！你这人面兽心的贼子！

赵世虎 找死，给我打！

[二家奴忙撇了灯笼，抽鞭打去。

梁有才 （挣扎着）还我契约！还我娘子……

赵世虎 打、打、打！

[家奴迎头一击，梁有才昏死。

二家奴 呀，挺过去了！

赵世虎 扔进山沟！

[光暗。内喊："起轿喽——" 喜乐声中，光渐启。

[内唱："猛听起轿一声喊，轿内乐翻了小狐仙——" 嬉笑声。四轿夫抬附体后的翠仙上，宋彩云与众伴娘随上。

云翠仙 （唱）小霞作怪俯翠仙，
似我非我辨也难。

众伴娘 （唱）颤悠悠，忽闪闪，
真假新娘一轿颠。

宋彩云 （唱）眼看生米成熟饭，
巧计赚来小翠仙。
一石两鸟遂心愿，

众伴娘 （唱）只怕你做梦空喜欢！

众轿夫 （唱）小花轿，压在肩，
怎就沉沉如扛山？
腰成虾米腿发软，

众伴娘 （唱）更有好戏在后边！

云翠仙 蹬蹬腿——

众伴娘 蹬蹬腿！

云翠仙 攥攥拳——

众伴娘 攥攥拳！

云翠仙 抖抖身子晃晃肩！
（唱）只待拜堂洞房进，

众伴娘 （唱）搅它个人仰马翻底朝天！（隐去）

[昏暗中，内声："小娘子。""嗯。""大美人儿！""过来呀。""哦，我来咧！" 启光，显出赵府洞房。

[翠仙头顶盖头端坐花床，伴娘侍立一旁。赵世虎色色欲搂，翠仙长袖一撩，赵世虎滴溜乱转仆倒，花床随之飘移。

赵世虎 （揉眼）耶？

云翠仙 （半卧床榻）俺在这儿呢。

赵世虎　哈，小心肝儿！（扑去）

［云翠仙勾脚一点，赵世虎一个倒栽葱趴地。宋彩云上。

宋彩云　呀，赵公子！（忽见其直眉瞪眼，惊得连连倒退）

［伴娘作法，赵世虎随宋彩云满地乱爬。

宋彩云　嗨！你不上炕，趴在地上逮蛐蛐吗？

赵世虎　（一激灵爬起）我还逮蝈蝈呢，去！

云翠仙　还不给俺掀盖头哇？

赵世虎　嘿嘿，我早就等急咧！

宋彩云　（扯住）媳妇管才来，孩子管开怀，不给她点儿厉害，就更跐鼻子上脸咧！

赵世虎　也对，帮我摁住她！

［二人撸袖欲前，翠仙一把扯掉盖头。

赵世虎　哇，美人儿！（又欲搂）

云翠仙　慢！我尚有一事不明。

赵世虎　说。

云翠仙　梁有才原本待我恩爱有加，怎就一夜之间卖与你了？

赵世虎　这个……

宋彩云　说也无妨，煮熟的鸭子还能飞了不成？

赵世虎　嗯，一屁崩到点儿上咧！（念）

那呆子，原本就是傻棒槌，

宋彩云　（念）眼珠子不小一抹黑。

赵世虎　（念）幸亏彩云设妙计，

宋彩云　（念）他屁颠儿屁颠儿地往上围。

赵世虎　（念）半坛烈酒灌下去——

宋彩云　那签字画押还由得他么？

云翠仙　哦？就不怕他日后高中，找你复仇？

赵世虎　呵呵，俺二舅可不是他二舅哦。（念）

书信暗递早意会，任他才高也爬着回！

云翠仙　这就怪了。

宋彩云　怎么？

云翠仙　典妻抢亲与你无干，你怎就……

赵世虎　她？猴子手里还掉枣吗？事成之后，还须帮她孙铭捞个一官半职。

云翠仙　也就说，你一向忌恨梁有才？

宋彩云　算是吧。

云翠仙　（一指赵世虎）又知他淫邪好色？

赵世虎　嘿嘿。

云翠仙　于是引他钻入圈套，然后借力打力，戏耍两家！

赵世虎　啊？

云翠仙　打她！

宋彩云　别听她的！

赵世虎　听你的，怕是把我卖了还帮你数钱呢。贱人！（一掌打去）

宋彩云　你！（扑上去厮打）

云翠仙　住手！那梁有才现在何处？

赵世虎　早已扔进山沟。

云翠仙　啊？夫君——（欲下）

赵世虎　（拽住）哪儿去？进了这道门就休想逃脱！

云翠仙　（一抖袖，赵世虎摔出）姐妹们，与我惩治恶贼！

［烟雾腾起，小霞分身而出，云翠仙奔下，众伴娘霎时化作狐仙。

宋彩云　啊？你看！

赵世虎　狐狸精？救命啊！（二人抱头鼠窜）

小　霞　呔！赵世虎！你横行乡里欺男霸女、残害生灵罄竹难书。而宋彩云，嫉贤妒能蛇蝎心肠、陷害无辜罪恶昭彰，我等岂能容你？姐妹们，上！

［伴唱：姐妹仗义闹花堂，
只为惩恶正气扬。
嬉笑怒骂玩一把，

还我世界一清凉！

[伴唱中，众狐仙施展身段，令赵世虎、宋彩云跌扑翻滚，终至绝叫一声倒地。

[众狐仙开怀大笑。

[收光。

七

[内唱："恨如天悔如海血溅危隘——"一束光下，满身血污的梁有才自乱石中攀上，踉跄挣扎。

梁有才　（接唱）讨公道，遭残害，鬼门关上兜一圈，几番死去又活来！

为救妻早已将生死度外，

讨公理哪管他阴森贼宅。

纵然是，鞭下夺命抛深涧，

死不了，这血肉之躯、半残之身，照样撞你门洞开！

娘子啊——

只怪我贪图功名多挂碍，

害你蒙受无妄灾。

只怪我错把贼人当挚友，

害你虎口难归来。

有才欠你一世情，

唯愿以命赎回来。

待我再闯那阴阳界——

（抱伤欲走）

[突然传来翠仙呼唤："有才！夫君……"。

梁有才　（倏地立住，颤颤四顾）娘子？

[伴唱：莫非是，与妻相会望乡台？

[呼声渐近。

梁有才　翠仙！娘子……（奋力寻找）

[翠仙奔上，二人陡然收步，直直望着。

［伴唱：似梦亦非梦，
劫后苦相逢。
眼前影儿动，
隔泪望迷蒙。
生生死死回头看，
悲欣交集化泣声！

梁有才 娘子……

云翠仙 夫君……

梁有才 真的是你？

云翠仙 你还活着呀！（欲扑，梁有才伤痛跌倒，忙跪扶）有才！

梁有才 （唱）怕是梦，

云翠仙 （唱）不敢醒，

梁有才 （唱）不敢醒，

云翠仙 （唱）怕是梦。

梁有才 （唱）手儿抖抖不敢碰，

云翠仙 （唱）生怕碰得梦儿空。

梁有才 （唱）经不起再失结发妻，

云翠仙 （唱）受不了我郎一去寻无踪。

二　人 （唱）当谢神灵（姐妹）暗护佑，
助咱再续未了情！

云翠仙 他们……怎把你打成这样？

梁有才 我是咎由自取！哦，你是如何逃出虎口？

云翠仙 多亏有位姐妹附体于我，其他姐妹变作……（急收）

梁有才 你的姐妹附体于你，其他姐妹变……（惊跌）

云翠仙 夫君！

梁有才 （急躲）你、你莫非……

云翠仙 夫君……夫君呐！
（唱）为妻本是一狐仙，

梁有才 啊？

云翠仙 （唱）千年修道在深山。

泉边曾见你读书，

危难偏遇你救援。

从此萌生一心愿，

与君相伴共百年。

孰料你，困顿受辱寻短见，

情急中，我废道业、绝仙缘，吐丹换得郎生还。

本以为，天赐珠胎尽圆满，

谁知平地起狂澜。

奈何你，功名心重遮双眼，

酗酒典妻断情缘。

若无姐妹出手救，

哪有这阎罗殿外人平安？

倘若旧情你不念——

翠仙来此，只求一真一善，如若从此不再……

（接唱）这名来利往、伤透了心的尘世间呐又有何所恋？

梁有才 我的贤妻呀！

（唱）一番痛述如掌脸，

全不知，贤妻为我死去活来几经难。

狐族更有真情意，

人心迷乱颠倒颠。

一腔愧悔化作泪，

洗不尽，我明里光鲜暗里肮脏的名利心，枉活在人世间！

伤痛不及心头痛，

梁有才还有何颜面对妻儿、面对苍天？

（扑向悬崖）

云翠仙 夫君！

梁有才 （回望）娘……子！（晕厥）

云翠仙 夫君——（急咬手指，击掌）姐妹们，快来呀！

[烟雾中，众狐仙一路欢笑奔来。

小　霞　翠仙姐，俺已帮你出了恶气，那对狗男女……

云翠仙　可公子他……伤情危重，昏迷不醒了呀！

小　霞　怎么，你还要救他？

狐仙甲　这算什么？不好玩，一点儿都不好玩！

狐仙乙　这种无义小人，死一个少一个！

众狐仙　不管！不救！

云翠仙　姐妹们，我求你们了！他，只是一念之差误中圈套，他已悔过、知错了呀！小霞，人非圣贤，孰能无过？（见不理）姐妹们！（扑通跪倒）我知道，知道你们疼我、爱我、护着我，可我……已触犯仙规，已为人妻、为人母，只有他才是我终身依托呀！你们看，他是为我才冒死一拼，才落得遍体鳞伤，我又怎能不救他、不恋他、不跟定他呢？可眼下，我就是以命换命也救不了他，他……是我孩子的爹呀！（伏地恸哭）

[众狐仙感动，无言地围拢梁有才，挥泪作法。

[伴唱：啊……

情到极处金石开，
姐妹和泪作法来。
长袖抚去斑斑垢，
唯愿人间少尘埃。

梁有才　（衣冠如新，渐醒）娘子……

云翠仙　（喜泪盈盈）夫君！

梁有才　她们是……

云翠仙　我的姐妹，你的救命恩人！

梁有才　多谢众位大姐！（欲跪）

小　霞　免了。今后，若再敢怠慢翠仙姐……

梁有才　不敢了，不会了！

[众笑。

小　霞　翠仙姐，俺们……又该回山中去了。

云翠仙　姐妹们……

众狐仙　珍重！（泣别）

［伴唱：一声珍重泪泫潸，
依依惜别情无边。
莫叹真善曾遗失，
劫波渡尽月又圆。
想必蒲公落笔时，
唏嘘过后亦欣然！

［伴唱中，翠仙与梁有才向众狐仙施礼目送，和泪相依。

［蒲松龄巨幅画像徐徐而落……

（剧终）

（该剧与张士信合作）

· 五音戏 ·

紫 凤

时 间： 古代。

地 点： 阳间、阴司。

人 物： 紫 凤——乡村少女。
牟复生——落魄书生。
土 地——一方社神。
判 官——冥府主官。
东 梅——紫凤的孤嫂。
黑白无常、大小官、执事、香草、众鬼卒、众香客。

祭 社

[昏暗中，隐约可见匾额高悬，上书：威灵赫奕

[一声喊："五谷秋登，奉土祭社！"

[磬声震荡，法器齐鸣，渐显土地庙中兀立的三座神像。

[醮坛执事率众香客擎旗幡、捧供品上，依礼奉献。

[伴唱：秋登祭社敬神明，
顶礼膜拜土地公。

执 事 （唱）命途多舛莫怨怼，

众香客　（唱）息心敛性祈安宁。

［“哈哈哈……”牟复生持酒葫芦半醺上。

牟复生　好一个息心敛性！殊不知，我心匪石不可转也，我心匪席不可卷也！

执　事　何人滋扰法坛？

牟复生　落魄人儿牟复生也。

执　事　轰了出去！

牟复生　诶——

（唱）擅闯法坛大不敬，
动粗亦辱神仙名。
何不容我三声问，
释疑解惑燃慧灯？

执　事　休得啰唆！

牟复生　敢问道长，此神果真灵通三界？

执　事　升天达地，出幽入冥！

牟复生　如此，众生自当大愿大应？

执　事　至信至诚，至诚则灵！

牟复生　着哇！众位乡邻终朝供奉可算至信？晚生我逢考必拜可谓至诚？怎不见赐你福贵、保他安宁、佑我桂榜题名？

执　事　这……

牟复生　这有楹联一副，奉于社神。（抖开）“莫笑我老朽无能，少磕头试试；哪怕你多财善贾，不上供瞧瞧”，哈哈哈……

执　事　你……竟敢亵渎神灵！

众香客　打出去！

［众香客一拥而上，隐去。

［一通怪响，光影诡谲，烟雾中土地与大小官抽身现形。

大　官　哇呀呀，气煞我也！

小　官　有气别捂着，逮来治煞他！

大　官　走！

土　地　哪去？咋连个热屁都夹不住呢？

大小官　你不恼？

土　地　老夫膺承简命福尔下民，宅心仁厚哦。

大小官　嘁！

土　地　不服？嗨嗨！

（唱）虽说小小土地佬，
神仙堆里占个尾巴梢。
可庙门不大掌祸福，
谁敢轻慢另眼瞧？
稳坐神台享供奉，
天王老子也管不着。
这大好日子被人搅——

（吐气）噗！

大小官　哦！

（唱）吹口气，便教那呆子尝拳脚！

土　地　（唱）寿杖指处——

大小官　（唱）爷为大，

土　地　（唱）言出法随——

大小官　（唱）俺不爹毛！

土　地　学乖咧？去，把那值钱的都给我敛伙来。

大小官　是！（又止）嘿嘿，还分分吧？

土　地　怕你咬手。

小　官　（嘟哝）放屁带着火筒子——你可掉不了啥。

土　地　你说啥？

大　官　哦，他说……你像活菩萨。

土　地　就冲这话，待会儿的供品归你俩。

大　官　又给俺画烧饼，呼隆完了谁还来呀？

土　地　紫凤东梅姑嫂俩。

小　官　紫凤？她更不拿你当棵葱咧！

土　地　敢！她还能蹦出这一亩三分地儿去？（空手一抓）变！

大小官　蛐蛐？

土　地　勾，也得把她勾了来！（隐去）

［蟋蟀鸣叫。

［启光。一串笑声传来，紫凤雀跃上。

紫　凤　（唱）一声虫鸣撩心动，

惹得无意习女红。

撇下绣针奔户外——

呀！

（接唱）蓦见这，草微黄、枫渐红、野菊香，秋色浓，

哎呀呀恍若误闯画图中。

听，风送牧笛应美景，

看，花间促织作和声。

谁说虫儿不晓事，

分明是乖巧可人的小精灵。

莫笑小女玩心重，

只为孤嫂操劳苦，愿你逗她露笑容！

（捉虫）

［“妹妹——”东梅寻上，香草携篮随上。

东　梅　疯丫头，你还想嫁人不？

紫　凤　嘻嘻，嫂子不另嫁，俺就守在家。

东　梅　胡说。当初订好娃娃亲，大了，就得收心嫁与牟家。

紫　凤　呀！它蹦到庙里去了。

东　梅　正好随我进香。

［东梅带香草奉篮跪拜，紫凤自顾捉虫。

东　梅　还不快来磕头。

紫　凤　哎呀嫂子，它……钻到土地爷腚里去咧！（拔了寿杖乱捅）

东　梅　啊？快下来，你这不知深浅的小祖宗啊！（慌乱地）土地爷、土地爷呀！

（唱）惶惶仆倒咚咚拜，
万望恕罪莫降灾。
凤妹年少贪玩耍，
毕竟青涩一女孩。
东梅愿代妹补过，
倾囊倒箧再奉来。
起身忙把小妹拽——

紫　凤　不嘛，俺要给你捉蛐蛐！（奋力一推，神像轰然倒地）

东　梅　啊！

（跌坐，唱）塌天大祸横飞来！

香　草　夫人……

紫　凤　不就个泥胎嘛，竖着唬人，倒了活该！

东　梅　你……还不快走！（拉下）

[一声怪响，大小官大笑现形。

土　地　哈哈个屁！还不把爷扶起来？（归位现形）

大　官　嘿嘿，让那丫头捅了屁眼儿掀倒腚——

小　官　舒坦吧？

土　地　滚！好你个紫凤，我……

[忽有阴风吹来。

土　地　上差驾临，小心伺候。（跪伏）

[黑白无常持勾命牌、铁索上。

黑无常　锁链拎手中，

白无常　勾命牌儿擎。

黑无常　今奉判爷令，

白无常　前来索魂灵！

土　地　小神恭迎上差。

黑无常　免！

土　地　不知有何吩咐？

白无常　嘻嘻，勾魂。

土 地 勾谁?

黑无常 哎呀我俩不识字——

白无常 拿去看仔细!

土 地 (接牌)她?

大小官 怎么是东……

土 地 东西虽少，孝敬上差，时辰一到，谨遵安排!(光聚)

[土地舞牌作法，东梅二字遂变紫凤，阴笑。

[收光。

勾 魂

[几声乌啼。

[伴唱:夕阳坠，风渐紧，
庭花黯然无精神。
绕树三匝乌悲啼，
一如惶惑女儿心。

[一束光渐亮，显出郁郁寡欢的紫凤。

紫 凤 (唱)夕阳坠，风渐紧，
门前徘徊意沉沉。
只为捉虫撼神像，
归来痛见嫂失魂!

[另一束光亮，显出惶惶卧榻的东梅。

东 梅 (唱)夕阳坠，风渐紧，
窗影如魅愈惊心。
敬香反招神仙怒，
直怕霎时祸临门!

紫 凤 (唱)夕阳坠，

东 梅 (唱)风渐紧，

二 人 (唱)怜惜爱嫂(小妹)暗伤(揪)心。

紫 凤 (唱)倘若泥胎能降罪，

二　人　（唱）但求殃及我一人！

[光聚于紫凤。

紫　凤　（唱）看不懂，为什么造个泥像须恭顺，

日日香火奉为神？

想不通，为什么搭座小庙便上供，

人人敬畏先屈尊？

若是闹玩倒也罢，

怎么就拿着棒槌当了真？

[伴唱：世间多少荒唐事，

颠倒天下懵懂人。

紫　凤　（唱）不明白，敬它何用？

不清楚，怕它作甚？

本是手中一团泥，

为何由它捉弄人？

最可恨，泥胎一歪惊爱嫂，

害她恹恹病缠身。

卧床躺不住，

下地站不稳。

两眼瞅窗外，

总怕鬼敲门。

这般样儿如何好？

生生疼碎妹的心！

[“小妹！”一束光引东梅抱病上。

紫　凤　嫂子，你怎么……

东　梅　天黑露冷，快进屋吧。

[灯亮，陡显高悬的囍字。

紫　凤　这……怎就弄成了花堂？

东　梅　妹妹呀！

（唱）人无百岁命，

花无百日红。

好事须趁早，

莫待变故生。

为嫂情知病难愈——

你的婚姻大事——

（接唱）再不能一再延宕撂半空！

紫　凤　嫂子，这哪是谈婚论嫁的时候？

东　梅　再等就来不及了！我已差香草赶往牟家，务请牟公子前来，连夜拜堂成亲，带你远走高飞！

紫　凤　什么，走？

东　梅　只要你离开此地，终生有靠，为嫂……死也心安了！

紫　凤　嫂子！（相拥而泣）

［“快走哇！”香草拽衣衫不整、面带伤痕的牟复生上。

牟复生　嗨，拉拉扯扯成何体统！（拂袖欲走）

香　草　哎！你可是牟家地里一独苗？

牟复生　咳！半间书屋今犹在，唯叹檐下影只单。

香　草　正好做上门女婿！（推入）

［紫凤回眸，牟复生惊艳。

［伴唱：猛然间，心头一颤，

好一似，一汪深潭起波澜！

牟复生　你，就是紫凤？

紫　凤　你是……牟复生？

牟复生　果真花容月貌。

紫　凤　倒有几分文气。

牟复生　堪比凌波仙子！

紫　凤　还算清秀书生。

牟复生　慧眼，慧眼呐！休看我沦落至此，毕竟诗书传家久，耕读继世长，待赴鹿鸣宴，布衣换红蟒！

香　草　哟哟，都这模样了，还酸呢？

东　梅　香草，快为新人更衣！

牟复生　慢！本公子岂是草率行事、委身屈就之辈？

（唱）虽说是，运交华盖人讥讽，

浅滩难困一蛟龙。

虽说是，诗画换酒无形状，

来日终将策马行。

文章未到登云日，

捆绑夫妻难应承。

早年定亲虽不悔，

亦难从，强拉入赘混余生！

紫　凤　你，不肯入赘？

牟复生　好男儿志在千里。

紫　凤　不怕错失良缘？

牟复生　高中之日，便是迎娶之时！

紫　凤　那，就不问问本姑娘可肯嫁你？

牟复生　这……

紫　凤　（唱）紫凤虽无惊人貌，

却非路边星星草。

小女也识几个字，

最烦人前假清高。

慢说嫂病无心嫁，

若嫁亦须你折腰。

一味狂浪不收敛——

牟复生　那又怎样？

紫　凤　四条腿蛤蟆有的是！

（唱）偏不嫁，你这脚下无根、一吹上天的烂鸡毛！

东　梅　哎呀，事不宜迟，别耍小性子了。香草，按住拜堂！

［突然阴风袭来，紫凤昏昏欲倒。

香　草　凤姐！

东　梅　快、快请郎中！

[香草疾下，东梅忙扶紫凤入内，牟复生跟下。

[一团烟雾腾起，土地遁地而出。

土　地　嘿嘿！（数板）

人老奸，马老滑，
兔子老了不好拿。
甭看我眉毛胡子白，
根根藏着小刀花。
任它天道地狱道，
里边的道道一把抓。
黑白无常就是个屁，
耍他个棒槌瞪眼瞎。
哪个敢跟我挖挲，
管教你，到死都不知咋哭妈！

[黑白无常乘风上。

黑无常　耶，你先到了？

土　地　赶来迎送上差。

白无常　嘻嘻，乖！

土　地　时辰已到，勾魂吧？

二无常　走着！（施法，紫凤魂灵飘然而出，随之远去）

[登时，房内哭声一片，牟复生哀哀上。

土　地　嘿！差点儿漏了这小子。

牟复生　一世姻缘未成就，相逢偏在永诀时！

土　地　行咧，做了小鬼再酸吧你。（寿杖一舞）追！

[牟复生一头栽倒，一道白光离身飞去。

土　地　嗨嗨，都消停了吧？

[收光。

冥　辩

[风声如哨。

[内唱:“身如飞絮任飘荡——”一束光下，黑白无常引紫凤上。

紫　凤　（接唱）只觉得，眼前混沌、耳畔风响，浑不知去往何方。
回望来路遮黑幛，
周边阴森暗无光。
掐一把，不疼不痒，
喊一嗓，无声无响。
莫非是梦里挣扎，
惊见这黑白无常?
天呐，怎不见你往日模样?
地耶，咋就像坠不到底的深渊翻不过的墙?

[内唱:“疾风扑面鬓发扬——”另一束光下，牟复生飘然上。

牟复生　（接唱）好一似，撩袍拢袖观苍茫。
拨云但见雾叠嶂，
犹胜北国雪雱雱。
赞一句，曼妙盛景，
抒一怀，婉约绝唱。
恨，手中无笔，
叹，辜负华章。
索性仰天放声吟——
嗯?（又释然）呵呵!
（接唱）敢情是醉里梦里游八荒!

黑无常　咦，咋又跟来一个?

白无常　嘻嘻，冤鬼不多这一个，捎着!

紫　凤　（唱）噩梦缠身陷罗网，
奔突无计愈张皇。

牟复生　（唱）谁还梦里拦云路?

杯中乾坤任我翔。

紫　凤　（唱）捣天顿地奋力挣，

牟复生　（唱）何不一梦到天光？

紫　凤　是你？你怎么闯我梦里？

牟复生　明明是你搅我梦乡。

紫　凤　是你乱闯。

牟复生　是你搅扰。

紫　凤　是你！是你！就是你！

牟复生　好好，将我赶出梦来，岂不相安无事？

紫　凤　这……哼！

黑无常　都还糊涂着呢。

白无常　嘻嘻，都不糊涂，岂不生出若干麻烦？

黑无常　糊涂好？

白无常　糊涂才好。

黑无常　有理。哎！到家了。

［陡显阴森肃杀的冥府。

二　人　啊！这是哪里？

二无常　阴曹地府！

紫　凤　（惊叫）好端端，怎就下了阴曹？

牟复生　这这……我哪知道？

紫　凤　（哭）俺想回家……

二无常　只怕来得去不得！

［登时光闪如电，怪声如雷。

牟复生　救命啊！（吓晕，紫凤随之仆倒）

［一声高呼："判爷驾到！"

［内唱："掌阴司察阳界抚辖千载——"众鬼卒拥判官上。

判　官　（接唱）辨善恶，判生死，威廉公正断黑白，还众生三世安排。

叹只叹，六道不明争利害，

名缰利锁挣不开。

一侯累累孽债满，
无常勾来苦难捱。
幸有良家多积善，
不教遗珠落尘埃。
喝令鬼卒堂案摆——

众鬼卒　啊！
判　官　（唱）速招新魂近前来！
二无常　判爷，她俩昏过去了。
判　官　什么，两个？
二无常　一男一女。
判　官　啊？鬼卒们！
众鬼卒　有！
判　官　将黑白无常拉去油烹！
二无常　判爷饶命！
判　官　本爷令尔勾请善人，你等却枉夺他人性命，该当何罪？
二无常　不不，那呆子是自己跑来的呀！
判　官　哦？一并唤醒！
　　　　［鬼卒作法，二人苏醒。
紫　凤　啊？鬼！
众鬼卒　（大笑）你不也是鬼么？
紫　凤　胡说，俺是人！
牟复生　晚生……也是人呐！
众鬼卒　（更笑，唱）来此阴曹便是鬼，
二　人　（唱）霎时惊得魂魄飞。
众鬼卒　（唱）若要投胎须赎罪，
二　人　（唱）何罪之有命相摧？
判　官　（唱）封神做鬼待俺定——
紫　凤　凭什么？你……你一个埋在地里的臭老头儿，凭啥断俺生死？
二无常　大胆！竟敢冲撞判爷。

牟复生　判爷？

（唱）恳乞青天解困危！

紫　凤　呸！什么青天？若是青天，就不会平白吓俺，勾来这地府阴曹。若是青天，就不会瞎了眼判咱，惊得人命断魂消。若是青天，就不会明一套、暗一套黑白颠倒，分明是欺天瞒地空顶一个假名号！

牟复生　切莫胡言乱语！

判　官　哈哈哈……好一个伶牙俐齿的小东梅！

紫　凤　谁？

牟复生　哎呀错了！东梅尚在家中，此乃紫凤、牟复生啊！

判　官　扎扎扎，哇呀呀呀……（一把揪住黑白无常）

黑无常　判爷，定是……定是土地老儿擅改令牌！

判　官　当真？

白无常　俺俩纵有天胆，也没改的能耐呀！

牟复生　哈！这下好了。判爷，既然阴差阳错，就当放俺再生。况且，晚生系心一处，苦研八股，只求来日功成，耽误不得，耽误不得呀！哦，还有！此次误闯贵府，有幸谒见大人，还望日后加持护佑，助我……

判　官　忒也啰唆了，拉下去候审！

[二鬼卒应声架起。

牟复生　判爷，耽误不得呀！（被拖下）

判　官　紫凤，你大限未到，准你还阳。

紫　凤　我可回家了？那牟复生……

判　官　少时遣回。

紫　凤　土地神呢？他偷改令牌加害小女，如何处置？俺嫂子被你画上勾命牌，可能从此抹去？

判　官　诶，错案已纠，还待怎样？东梅尘缘已绝，自当归位。

紫　凤　这么说，不拿土地问罪？

判　官　一时疏忽，不必纠缠。

紫　凤　还要勾俺嫂子命？

判　官　只为封神。

紫　凤　不要！俺不要她当什么神、归什么位，只要她做俺嫂子，天天陪俺！

判　官　那就不由你了。

紫　凤　你不肯应允？

判　官　天意难违。

紫　凤　那，我就替俺嫂子，死在这里！

判　官　什么？难道你就不怕……

紫　凤　我怎会不怕，怎能不怕？

（唱）我，怎不怕，
怎不怕花样少女落鬼刹？
我，怎不怕，
怎不怕从此亲人隔天涯？
怎不怕，二八芳龄绝人世，
辜负青春好年华？
怎不怕，撇得爱嫂更孤零，
想我哭我不见我，守家持家家不成家？
俺也盼，立马还阳去团聚，
姑嫂亲如姊妹花。
俺也盼，女儿情怀无他虑，
让嫂帮俺成个家。
却奈何，你铁石心肠不松口，
小女子百般无奈唯咬牙，为嫂子任你索命任你剐！

判　官　你你……当真要以命换命？

紫　凤　只要俺嫂子能活！

判　官　可这生死簿上……

[紫凤一把夺过，扯碎。

判　官　你……

紫　凤　判官！你身为地府掌印，却作恶的不惩、行善的不救，你你你……就是个善恶不分、黑白不辨的老鬼头！

判　官　（怒）啊！

紫　凤　（唱）冲天一怒骂判官，

半是恨，半是怨，半是恼哇，半是冤，

混搭搭积我心头如浪翻！

多少年，世人敬神屡祈愿，

却换来厄运连连苦纠缠。

多少年，万民赞你悬明镜，

却换来善恶不辨颠倒颠。

难怪土地敢作乱，

姑息焉能不养奸？

多少年，老嫂比母养我大，

恩深似海命勾连。

多少年，姑嫂为伴胜姐妹，

须臾难分情相牵。

帛迭千缕扯不断，

硬生撕开为哪般？

整天价，太平歌儿普天唱，

怎不顾，黎民百姓苦不堪？

越说越恼冲上去——

（扯其胡须）你这做鬼也多余的昏官！

（接唱）倘若事事任你断，人世间哪还有湛湛皇土朗朗天！

判　官　惭愧了哇！

（唱）紫凤含恨一通骂，

教俺面赤活羞煞。

从来自诩秉公正，

孰料纵恶善良压。

若不顺遂众生意——

这煌煌阴司啊！

（接唱）又何颜，判生断死论赏罚？

［“冤枉啊！”牟复生推开鬼卒冲上。

牟复生 判爷，我真真耽误不得呀！

判　官 黑白无常！

二无常 在！

判　官 严饬土地：东梅善积阴德，准其在世修行，不得袭扰！

二无常 是！

判　官 缴他神杖，着其戴罪履职，为她二人还魂造册，不得违抗！

牟复生 谢判爷！

紫　凤 嫂子——（扑地恸哭）

［光渐收。

换　魂

［一束光渐亮，东梅鬓发苍苍，痴痴枯坐。

［香草捧碗走近。

香　草 夫人，吃点东西吧。

［东梅不动。

香　草 哪怕喝口汤呢。

［东梅依旧不动。

香　草 你这样不吃不喝，哪能撑得住啊！

［东梅还是不动。

香　草 夫人！俺怕，怕你憋出好歹，怕你像凤姐那样……

东　梅 小妹？（一把拨开香草）你在哪儿？你在哪儿呀，我的好妹妹！

（唱）一夜白头哭小妹，

悲泪未干又纷飞。

再不闻甜甜笑声脆，

再不见翩翩影儿归。

倚门巴望声声唤，

千呼万唤终不回。

痛到极处更生恨——

是他，一定是他造孽！

香 草 谁？

东 梅 （唱）再去求，那天杀的土地收淫威！

［隐去。一束光亮，土地一脸愁苦把酒独饮。

土 地 咳！

（唱）世人都说神仙好，

谁又知，俺心里憋屈百爪挠？

千年趴窝守破庙，

烟熏火燎没盼头，瞪眼干瞅白了毛。

往上爬，无依靠，

捞油水，也了了。

屁大的便宜没多少，

两耳已然骂声高。

恼了背后使点坏，

又怕判爷抖开包。

这夹板日子何时了——

［大小官上。

大 官 耶，又喝上咧？

土 地 就这点儿嗜好还眼热吗？

小 官 这算个屁呀，银子都当啷到眼皮上咧。

土 地 啥？

大小官 （唱）赶紧收摊蹲小庙，抓钱就在这一遭！

土 地 抓把鸡屎啊？

大小官 你瞧！

土 地 耶嗨，还真一头攮到牛粪里——拱了滩大的呀！（隐去）

［景显土地庙，香草扶东梅上。

东 梅 （唱）咬碎牙根和泪咽，

纵有怨恨不诉冤。
屈身再将社神跪，
泣血但求妹生还！

土地爷！俺家小妹少不更事，冒犯神威，还望念我四时常供，饶她一回。若能放她还阳，我……我愿舍尽家财，为你再塑金身！

[“哈哈！”土地与大小官訇然现形，二人惊骇。

土　地　此话当真？

东　梅　民女……不敢妄言。

大小官　若有反悔？

东　梅　天打雷劈！

[一声炸雷，俱惊。

土　地　小老绝无贪念，只是……（低声）此事非同小可，还须上下打点。

东　梅　俺这就变卖家产！（疾下）

大　官　爷，真要捞回紫凤？

土　地　捞回来谁送银子？

大小官　噢——高！

[骤然阴风呼啸。

土　地　不好！来者不善，趴下！

[黑白无常怒上，一脚踢翻土地。

黑无常　小小毛神，胆敢逆天！

土　地　这这……从何说起？

白无常　嘻嘻，装蒜！（摔牌）

土　地　不不……

黑无常　休得狡赖！听令：东梅善积阴德，准其在世修行，不得袭扰！

土　地　是是！

白无常　收缴神杖，着你戴罪履职，为紫凤、牟复生还魂造册，不得违抗！

土　地　啥，还魂？

［“土地老贼！”紫凤冲上。

紫　凤　（唱）一见老贼心肺炸，
恨不得，千刀万剐除恶煞。
夺杖在手……

［“不可造次！”牟复生奔上。

牟复生　（唱）还阳事大莫生权，
断断不可招惹他。

紫　凤　（唱）此恨不消只管打，

牟复生　（唱）痛快一时两命搭！

紫　凤　你……

黑无常　我看该打。

白无常　打两下也没啥。

牟复生　打不得呀！讨回性命，方能不误前程。

紫　凤　除了前程，你心里可还有其他？
（唱）可知道，老贼慈颜全是假，
聚敛成性殃百家？
可知道，是谁无端勾我命？
又谁平白将你搭？
留此祸害不惩治，
不知明朝害谁家。
今日定要讨公道——

牟复生　可你我的魂儿，都还攥在他的手里！

紫　凤　（唱）惩恶贼，再死一回又怕啥？
（痛打）

大小官　上差，请饶过土地爷吧！

黑无常　（收杖）好了，打也打了，骂也骂了——

白无常　让他长点儿记性，也就罢了。（同下）

土　地　哎哟……

紫　凤　还不滚起来还魂！

土　地　你……（忽变笑脸）好说、好说。

牟复生　还有我呢！

土　地　你也不是块好料，一会儿骂一会儿舔，当是哄孩子呢！

牟复生　晚生多有冒犯，还望……

土　地　请神钵！

［磬声一震，大小官拱手捧钵。

土　地　听着！我喊谁谁应，晚了，休怪老夫不肯还魂。

牟复生　（冲紫凤）仔细听了。

土　地　紫凤——

紫　凤　听着呢！

土　地　（扣钵）进来吧你！（又取一钵）牟复生——

牟复生　在！

土　地　（又一扣）跑不了你这拔橛的！

［二人僵住，土地作法换钵。

大　官　爷，这一倒腾……

小　官　若被判爷知道……

土　地　哼！他上有条条，我下有道道，保他瞎子逮家雀——根毛抓不着！（举钵，光闪如电）

［光聚。二人渐醒，换魂反串。

"牟复生"　（唱）几道光闪入双眸，

"紫　凤"　（唱）如梦方醒忆从头。

"牟复生"　（唱）又见霞飞当空舞，

"紫　凤"　（唱）又揽霜天踏清秋。

"牟复生"　（唱）闻声觑看枝头鸟，

"紫　凤"　（唱）唤我重上云梢头。

"牟复生"　（唱）提裙移步……呀！竟出丑，

"紫　凤"　（唱）撩袍正冠……啊？登时羞。

二　人　（唱）偷眼看他（她）可曾变——

天呐！

（接唱）他（她）似我，我似她（他），怎就乱作一锅粥？

（大哭）

［切光。

自 赎

［内唱："惊天一变魂易主——"一束光下，"紫凤"失魂上。

"紫 凤" （接唱）猛然间，乾坤倒转人面殊，万念俱灰徒长哭！

想当初，十年寒窗攻八股，

到头来，几番赶考几回输。

屡试不第仍笃信，

终有华章惊帝都。

万不料，未等成就坠冥府，

三魂惊得七窍出。

死里逃生才有望，

却又遇，笑面虎，调包换魂忒歹毒，

直害得我非我呀吾非吾！

［伴唱：悲，滔滔泪如三叠瀑，

恨，道不尽一腔怨愤非人苦！

"紫 凤" （唱）男不男女不女形同怪物，

攘攘人世难立足，还求什么功名读什么书！

［"凤姐回来了！"灯亮，东梅冲出。

东 梅 小妹！你总算回来了！（扑去）

"紫 凤" （推开）你你……怎可逾礼越禁、不守妇德？

东 梅 咱们是姑嫂俩呀！

"紫 凤" 荒唐！我乃堂堂牟……（顿足）吒脸见人了哇！

东 梅 妹妹！妹妹怕是受了惊吓。香草，快与我扶她进家。

"紫 凤" 家？恐怕……真该回家了！（隐去）

［一束光下，"牟复生"溜上。

"牟复生" 牟公子？牟复生！你这呆子，非要逼着俺丢人嘛！

（唱）我本闺中娇娇女，
生性好动贪顽皮。
那日无意惹土地，
他居然，暗中将俺死处逼。
冲天一怒冥堂辩，
终将忌日改归期。
不料想，未等还阳又被耍，
那老贼，假借还魂施诡计，硬生生给俺换身皮！
[伴唱：欲哭欲骂全无用，
羞煞恼煞恨不止！
“牟复生”（唱）怒上来，再闯神庙去理论，
一回头，不见呆子人踪迹。
若不同往魂咋换？
总不能，似这般，孤魂野鬼无所依！
[隐去。一束光引“紫凤”拖白绫愣怔怔上。
“紫　凤” 回家，该回家了……（绊倒，不由悲呼）妖孽作祟，天妒英才呀！
（唱）似人非人任作弄，
生不如死何须生。
空留躯壳有何用，
怎堪忍，七尺男儿变女容？
罢罢罢，天不怜才由它去，
管什么，城狐社鼠弄权柄，俊才绮文一旁扔！
再不想，江山黎庶谁为重，
再不叹，舍我其谁怜苍生。
再不恨，一腔抱负无人识，
再不忧，社稷飘摇一旦倾。
天道不彰人道乱，
何必苟活夹缝中？

复生曾死求复活，
复生再死不求生。
仰天一叹今去也，
隔世再看人妖争！

[内喊："牟复生！" 灯亮，"牟复生" 追上。

"牟复生" 该死的呆子，要我找得好苦！

"紫 凤" 既然该死，何苦寻我？

"牟复生" 你……（见白绫）真的想死？

"紫 凤" 不死，也活不成。

"牟复生" 不争，又怎么活？

"紫 凤" 争？呵呵，与谁去争？与考官？自古文章无凭据，唯有朱衣暗点头，你得认。和神仙争？从来仙家恋香火，终了送人一捧灰，你得服，懂吗？

"牟复生" 不懂，也幸亏不懂！

"紫 凤" 哦？

"牟复生" 我若懂这堆烂道理，就得跟你一样——去死。

"紫 凤" 你还活得了吗？你一天真无邪的倩倩女子，一夜之间变作这样，哪有你立锥之地？

"牟复生" 所以才来找你，与我一同讨还公道，换回本真！

"紫 凤" 莫非你有天大神通，镇得住土地？

"牟复生" 这……

"紫 凤" 呵呵，死吧，死了便了。

"牟复生" 明白了，你是该死。你若不死，怎对得住生你养你的爹娘？怎对得住你那满屋圣贤之书？怎对得住与你同在普天之下的父老乡亲？（扯起白绫抛去）你就死吧！

（唱）你去死，莫念爹娘寄厚望，
你去死，莫恋先贤传慧光。
你去死，莫悲父老世代苦，
你去死，莫叹那读书无用、做官无望，何不塞进狗肚肠？

你去死，天下人方知文人无指望，
绣花枕头一包糠。
你去死，不信文脉从此断，
再无男儿敢担当。
你去死，无须秃子充和尚，
免得蒙人生妄想。
你去死，权作慈悲怜百姓，
也好为民省点粮。
你若不死留世上，
充其量，要么废物不堪用，要么显贵成祸殃，横竖烂泥扶不上墙！

（愤而欲走）

“紫　凤” 等等！

“牟复生” 怎么，又不想死了？

“紫　凤” 我……（撇掉白绫）

“牟复生” 那好，随我找老贼算账！

“紫　凤” 就凭你我？

“牟复生” 鸡蛋碰石头，碰不过也要泚它一身黄！

“紫　凤” 那，岂不是白白送命？

“牟复生” 也对，去找判官告状！

“紫　凤” 去哪儿找？怎么去？除非……再死一回。

[二人同时抓起白绫。

“牟复生” 我去！

“紫　凤” 不，书生亦有一腔血，愿洒天边作彩虹！（欲走）

“牟复生” 牟公子！

“紫　凤” 今生话别离，来世再相逢！

“牟复生” 不！我不死，你也别死，咱……还没拜堂呢。

“紫　凤” 那……

“牟复生” 请不到判官，咱就逼出他来！

“紫　凤” 逼?

“牟复生” 扒、庙!

[切光。

还　魂

[锣声，光渐启。众鬼卒抬轿拥判官上。

判　官 （唱）闷坐小轿颤悠悠，

众鬼卒 （唱）判爷出巡有来头。

判　官 （唱）闻听土地又作乱，

众鬼卒 （唱）老小子，人送骂名鬼见愁。

判　官 （唱）心头强按七分火，

众鬼卒 （唱）更有三分暗藏忧。

判　官 （唱）孰真孰假难论定，

鬼卒们 （唱）判爷哎，无风不起小浪头。

判　官 （唱）倘若所闻皆虚妄，

众鬼卒 （唱）好将盛名彪千秋。

判　官 （唱）一旦传言成铁证，

众鬼卒 （唱）甭含糊，大卸八块再过油!

[“报——”黑白无常上。

黑无常 判爷，在下现已查明。

判　官 怎样?

白无常 嘻嘻嘻……

判　官 看来，纯属无稽之谈。

白无常 不不，那紫凤、牟复生虽已还阳，却被土地换魂，此刻正要扒庙雪恨呢。

判　官 啊?随我一同前往!（隐去）

[一束光亮，土地得意地跷腿斜卧神台。

土　地 （唱）有福不在早或晚，

赔赚全看咋弄权。

虽说树小荫凉小，
照样混个肚儿圆。
自恨当初胆不大，
捧着金碗受熬煎。
幸亏香客多傻蛋——

[大小官上。

大小官 爷，东梅咋又来了？

土　地 我说是吧？

（唱）收拾刺头更来钱！

[东梅带一路抹泪的香草上。

东　梅 让你好生服侍，怎就把人丢了？好了，随我进香祷告吧！

[“紫凤”与“牟复生”持钉耙、铁锤上。

“紫　凤” 土地佬！

东　梅 小妹……

“牟复生” 让开，扒！

“紫　凤” 我来！

土　地 我看谁敢？

[“紫凤”壮壮胆一耙抡去。

东　梅 小妹你疯了呀？

“紫　凤” 快送走你嫂！

[“牟复生”与香草扶东梅疾下，“紫凤”抡耙横扫。

土　地 找死！（遥推一掌，将其击倒）

“紫　凤” 死不了，就跟你没完！（欲起）

土　地 （又击一掌，“紫凤”跌扑）你当还有上差坐镇？

“紫　凤” 你……

土　地 （再击一掌，“紫凤”痛叫）好听。今天，假妮儿就给爷唱个堂会吧？

“紫　凤” 老贼！我与你拼了！（抓起钉耙狂抡，砖石崩落）

大小官 这小子疯了！

土　地　我让你疯！（双掌猛击，“紫凤”倒地）与我好好伺候！

大小官　是！（作法）

［“紫凤”连连翻滚，昏死。

大　官　呀！没气咧。

土　地　念书的若有气，这日子能过吗？拖出去！

［“住手！”“牟复生”上。

“牟复生”　公子！

（唱）蓦见公子眼前横，

撕心裂肺哭复生。

老贼屡屡夺人命，

不销此恨天不容。

拼死也要扒鬼庙——

（被击跌跪，接唱）

一腔血宁唤世人醒，迎来天地永清明！

（栽倒）

土　地　掘个坑埋了。

［“且慢！”鬼卒翻出，黑白无常伴判官上。

土　地　啊？小神不知判爷驾到，未曾……

判　官　未曾毁尸灭迹？

土　地　不不！我……

判　官　滚开！（施法）醒来，换魂！

［电闪雷鸣，二人醒来复原。

［东梅扑上。

东　梅　小妹！

紫　凤　嫂子？

东　梅　快谢判爷恩典！（欲跪）

紫　凤　（扯住）凭啥跪他？

牟复生　这是救命恩人呐！

紫　凤　命是爹娘给，人是嫂子养，若非他纵恶，怎会死两场？

判　官　本府给你赔礼了！

紫　凤　我看，如何发落老贼！

土　地　判爷！在下虽有过错，可年年岁岁窝在穷乡，就算无功也有苦劳。再说，她俩目无神祇，动辄扒庙，亦有不赦之罪吧？

紫　凤　血口喷人！

二无常　并非全无道理。

众鬼卒　是啊。

判　官　退下！

［黑白无常与鬼卒喏喏下。

判　官　（不无踌躇）此事前有因、后有果，这因果么……嗨，权且不提，可否容俺重责土地，以儆效尤？

紫　凤　就此拉倒？

判　官　未必不好。

牟复生　我看有失公道！

判　官　哦？

牟复生　百姓敬神，本为祈福，而他！却雁过拔毛敛财无度，谁若直言，非伤既辱。更有甚者，假你之名偷梁换柱，致人非命凶残如虎，虽有训诫仍使毒谋，视我等性命如儿戏，置判爷律令于不顾，如此一而再、再而三横行无阻，若非你一味袒护，他怎敢这般放肆、激得人怨天怒？

紫　凤　说得好！

（唱）判爷素来享盛名，
　　却为何，总难把准定盘星？
　　冥府何不开粥铺，
　　黑与白，饭勺一搅撇不清。
　　殊不知，神守天道天下定，
　　人守人道万事兴。
　　假如神仙先作乱，
　　世间能不乱了营？

依我看，敬神莫如盯着神，
天理昭昭人心明！

判　官　呀！
（唱）句句如剑刺心胸，
字字莫不刀见红。
纷纷乱象按不住，
追根却在冥府中。
通身冷汗浇俺醒——
来呀！
［众鬼卒应声上。

判　官　（唱）伏身同谢罪，再把孽竖惩！

众　人　谢判爷！
［光聚，众隐去。

牟复生　紫凤！

紫　凤　公子……
［伴唱：劫后余生终相拥，
执手无语喜泪盈。
莫叹人间多悲苦，
荡尽阴霾看碧空！
［光渐收。

（剧终）

（该剧与张士信合作）

· 戏曲系列剧 ·

草民老冤蛋

时　间：现代。

地　点：北方农村，老冤蛋家。

人　物：老冤蛋、冤蛋妻、疤瘌妻、二妮（与疤瘌妻同一演员扮演）。

一、老冤蛋收礼

［伴唱：地瓜长个儿土里藏，
谷子绣穗儿头难扬。
待到绿豆炸开角，
漫坡戳起红高粱！

［启光。老冤蛋抱礼品一溜儿小跑上。

老冤蛋　（四顾无人）嗨嗨，差点又办了窝囊事儿！
（唱）半辈子窝囊被人欺，
恨得我，肚子里长牙……再咽下去。
憋气不敢出口气，
逢年节，俺还得低眉顺眼去送礼，活得不如一只鸡。
没想到，今遭撞个出门喜，

半路上，耳朵眼儿里叽里咕噜灌满好消息。
都说近日搞选举，
推谁免谁由自己。
人手一票任俺填——

村官儿这顶乌纱帽哇，哈！（接唱）

头一回，结结实实攥到了咱手里！

（进门）老婆子！炒菜，上酒哇！

[冤蛋妻扎挲着面手跑上。

冤蛋妻 咋呼啥，咋跟踩着尾巴似的？

老冤蛋 （一举礼品）喏！

冤蛋妻 呀，咋又提溜回来咧？村长不收？

老冤蛋 他能不收？

冤蛋妻 那你……

老冤蛋 不送咧，不伺候咧，不填那个黑窟窿咧！

冤蛋妻 啥？你……就不怕惹着村长吗？

老冤蛋 屁！他疤瘌头要没了那顶乌纱帽，算啥？一头烂疤瘌，猪都不啃，狗都不……

冤蛋妻 （忙捂其嘴）老冤蛋！你疯咧？不想过咧，啊？

老冤蛋 他这就下台咧。

冤蛋妻 下台？谁说？

老冤蛋 嗨呀，全村都传遍咧！

冤蛋妻 他贪污吃私的事儿有人告咧？

老冤蛋 吭。

冤蛋妻 他欺男霸女的事儿犯咧？

老冤蛋 也吭。

冤蛋妻 那你不是满嘴跑舌头嘛。去去，该磕头磕头，该作揖作揖，给那个万人恨的送了去！

老冤蛋 还送？凭啥？

冤蛋妻 凭你是个老冤蛋呗！

（唱）听见风，就是雨，
望风扑影瞎叽叽。
一旦口风传出去，
疤瘌头准治你个嘴啃泥。
倘若不怕倒也罢，
见了他，你脑袋缩进肚腔里。
死活没个男人样，
也只能，忍气吞声破财免灾受委屈。
（伤心抹泪）

老冤蛋 哎哎哎，都抹成三花脸子咧！
（唱）擦把脸，沉住气，
莫忧莫烦听仔细。
咱村立马搞海选——

冤蛋妻 海选？就像电视里说的？

老冤蛋 对！小能人从城里回来了，要跟疤瘌头叫阵打擂呢。

冤蛋妻 是嘛！

老冤蛋 听到这个信儿啊——
（接唱）疤瘌头低头耷拉翅儿，活像一只斗败的鸡！

冤蛋妻 真的？

老冤蛋 你就等着给他使劲画叉吧！
［冤蛋妻突然捂脸哭了。

老冤蛋 耶，耶，咋又咧咧开咧？

冤蛋妻 总算盼到这一天咧，俺高兴、高兴啊！

老冤蛋 嘿嘿，这酒该喝不？

冤蛋妻 该喝！（欲下）

老冤蛋 慢，就喝这个！（解恨似的从礼品盒里拿酒）人家小能人可不像我这土里扒的，那是要本事有本事，要人品有人品，就那脑瓜儿吧，科学着呢！

冤蛋妻 有人味儿比啥都好。咱干？

老冤蛋 干!

(唱)一杯酒哇落肚肠,

冤蛋妻 (唱)愁眉绽放笑脸扬。

老冤蛋 (唱)挺直了腰杆儿活个样,

冤蛋妻 (唱)半辈子晦气一扫光。

老冤蛋 (唱)二杯酒哇落肚肠,

冤蛋妻 (唱)往日苦水变琼浆。

老冤蛋 (唱)咱肩膀不比别人矮,

冤蛋妻 (唱)选个能人奔小康。

老冤蛋 (唱)三杯酒哇落肚肠,

冤蛋妻 (唱)越品越觉满口香。

老冤蛋 (唱)我大醉三天谁敢问?

冤蛋妻 (唱)难得见你逞刚强!

老冤蛋 (醉意地)哼,他疤瘌头再敢迈进这个门,我……砸断他的腿!

[疤瘌妻提礼品上。

疤瘌妻 哟,想砸断谁的腿呀?

老冤蛋 (腿一软)咹?

冤蛋妻 (拽起)老冤蛋,黄瓜还得支支架子咧。(乜斜疤瘌妻一眼)哼!(下)

疤瘌妻 (讪讪地)嘿嘿,冤蛋兄弟……

老冤蛋 (端起架势)有啥事儿嘛,村长夫人?

疤瘌妻 诶,叫嫂子。

老冤蛋 没事儿,俺睡觉去咧。(欲走)

疤瘌妻 (扯住)哎哎,说没事儿嘛有点事儿,说有事儿嘛……

老冤蛋 说。

疤瘌妻 哦,你哥吧,老觉着对不住你,可这几天呢,光闹病。这不,先打发我来赔个不是。(欲放礼品)

老冤蛋 别往桌上放!俺头皮薄,没那个福分。

疤瘌妻 这你就见外咧!

（唱）你哥儿俩呀——
庄乡扯着远房亲，
打断骨头连着筋。
虽说是，勺子难免碰锅沿儿，
可终归，里手赶车没外人。
俺兄弟为人厚道重情分，
你哥他至今不忘你的恩。
现如今，别看兴这又兴那，
风一阵来雨一阵。
俺兄弟明理看得透，
风雨难动那大树的根。
等闹腾完了呀——
（接唱）你哥管保还在位——

老冤蛋　（惊）啊？

疤瘌妻　坐呀，兄弟。
（唱）过后自然分远近，有怨咱报怨呐有恩俺报恩！

老冤蛋　（呆若木鸡）哦，哦哦。

疤瘌妻　就凭一个小能人能翻起浪头来？哼！这东西我放到桌上咧？

老冤蛋　哦，不不……

疤瘌妻　啧啧，看俺兄弟这头虚汗，留着补补身子吧。（扭下）
［冤蛋妻上。

冤蛋妻　老冤蛋？老冤蛋！

老冤蛋　（一哆嗦）咹？

冤蛋妻　咋又跟霜打的似的咧？

老冤蛋　（指礼品）你……你看，也不是堆炸弹嘛！

冤蛋妻　我这就给她扔出去！

老冤蛋　哎哎，你就别狗不咬下棍儿戳咧！

冤蛋妻　你呀！
（唱）刚才还挺着个肚子充好汉，

一转眼，扽不长长砸不圆。
没等上阵就下软蛋，
塌架的骡子你牵不出栏！

老冤蛋 咱……咱能拿着鸡蛋往石头上撞嘛！
（唱）疤瘌头有职又有权，
捏一把，够咱哼唧大半天。
倘若是，打不着狍子惹腚臊——
那，咱可就家雀掉到面缸里——等扑棱出来也白了毛咧！
（接唱）倒不如，不哼不哈、不招不惹求个平安！

冤蛋妻 你还想投他票？

老冤蛋 投……能吗？

冤蛋妻 对，就选小能人！

老冤蛋 可不投……疤瘌头再上去呢？

冤蛋妻 （一怔）那你说咋办？

老冤蛋 这……

冤蛋妻 嗨耶，你转悠啥？

老冤蛋 哎！有咧。

冤蛋妻 有啥咧？

老冤蛋 咱把自己锁到屋里，躲过这几天去。

冤蛋妻 啥？

老冤蛋 这也是秃子头上一根毛——吮法（发）的法（发）咧！

冤蛋妻 你……

老冤蛋 老婆耶！要是疤瘌头稳住腚，还不把咱摁到紫泥里去？

冤蛋妻 那，咱不动烟火咧？

老冤蛋 啃凉干粮、喝凉水儿。

冤蛋妻 拉尿呢？

老冤蛋 嗨呀，这霎儿就别嫌乎咧！

冤蛋妻 跟了你，算倒了八辈子血霉咧！

老冤蛋 将就着点儿吧！（出门上锁）咳，我他娘的还算个人嘛！呀，

咋又来咧？（忙爬窗进屋）

[疤瘌妻神气活现地上。

疤瘌妻 （唱）走东家，串西家，

连哄带吓一把拿。

老头子坐镇我出马，

摆弄得，土不起呀风不刮。

到底还是那老姜辣，

一出招儿，钉子入木甭想拔！

咦？锁门咧，还能是……找小能人去？量他不敢。跑咧？他无亲无故也没处去呀。（恍然）噢——我要拿不下你来，就白当这村长夫人咧！（故意高声）家里没人，走呗。（佯装离去，猫腰踅回）

[二人隔窗巴望，瞅个正着。

老冤蛋 哎哎哎……俺娘哎！（滚跌）

冤蛋妻 老头子，没事儿吧？

疤瘌妻 没事儿，快爬出来吧。

老冤蛋 哎哎。（抖索爬出，开锁）

[疤瘌妻欲进，冤蛋妻挺身挡住。

冤蛋妻 兔子急了，可是会咬人！

疤瘌妻 呵呵，弟妹，我是为好来的。今晚上，你哥想请庄乡们吃顿饭，看俺兄弟赏光不？

老冤蛋 哦……

疤瘌妻 去不去由你，你哥可等着咧。

老冤蛋 （无奈地）去，去。

疤瘌妻 俺兄弟真是明白人，我备菜去咧！（得意扭下）

[冤蛋妻掉头进屋，挽包袱复上。

老冤蛋 去哪儿？

冤蛋妻 不过了，回娘家！（欲走）

老冤蛋 （忙拖住）哎，老婆子！老婆子……

[冤蛋妻撇了包袱，放声大哭。

老冤蛋 怨我，怨俺吪本事还不行嘛！

冤蛋妻 狗！狗都不如！你就差冲人家摇尾巴咧！

老冤蛋 （劈手给自己一掌）嘿！

冤蛋妻 （唱）你浑身没根脊梁骨，

戳不住、立不住，活像一盆烂面糊。

任人捏巴任人捣，

大气不敢出。

疤瘌头跐鼻子上脸欺负咱，

你不打自倒先认输。

他骑着脖子敢拉屎，

你只会自打耳光背地儿哭。

好容易熬到搞选举，

刚冒芽，又抻着脖子让人锄。

跟了你，横竖没个出头日，

倒不如，俺走俺的路，你享你的福！

（抹泪欲走）

老冤蛋 （扑跪抱住）老婆子！

（唱）我是条狗，我是头猪，

我活得窝囊猪狗不如。

拖累你，陪我受气吃尽苦，

八辈子也换不回你的颜面和幸福。

看在咱多年夫妻情分上，

莫动真气离家走，最亲还是咱这屋！

冤蛋妻 那，你可得像个人啊！

老冤蛋 （呼地爬起）对，我老冤蛋也不是软柿子！这一回，我……

（唱）我——

我不想再吃气，

我不能再受辱。

我也是堂堂男儿大丈夫，

我跟他疤瘌头当面锣、对面鼓，真刀实枪亮亮真功夫！

冤蛋妻 真的？

老冤蛋 真的！

冤蛋妻 不草鸡？

老冤蛋 不草鸡！

冤蛋妻 这才像俺的好男人咧！

（唱）总算是，塌天有了擎天柱，

老冤蛋 （唱）腰杆儿一挺气也粗。

冤蛋妻 （唱）眼珠子溜圆赛猛虎，

老冤蛋 （唱）教他一见浑身酥。

冤蛋妻 （唱）借着海选长志气，

老冤蛋 （唱）往日的老冤蛋，已非想当初！

冤蛋妻 不去吃他饭了吧？

老冤蛋 照吃。

冤蛋妻 嗯？

老冤蛋 货好不在秤上，本事儿不在饭上啊。

冤蛋妻 你呀，烂泥万辈子糊不了墙！（抓起包袱欲走）

老冤蛋 哎哎！我有我的办法呀。

冤蛋妻 装孙子的办法！

老冤蛋 你听我说嘛！

（唱）老婆子，先别恼，

你冤蛋脑瓜儿一转有高招。

海选都投票，

画叉鬼知道？

咱说投了他，

真事儿不解包。

就算他长着仨脑袋，

到时候，澡塘子尿尿他查不着！

冤蛋妻 （扑哧笑了）你这是啥糟烂法儿呀！

老冤蛋 好不？

冤蛋妻 凑合。

老冤蛋 妙不？

冤蛋妻 还行。

老冤蛋 那，我赴宴去咧。（欲走）

冤蛋妻 哎，这包东西呢？

老冤蛋 （一拃腰）留下，吃！吃这个舅子的！

[二人大笑。

[收光。

楔　子

[一通咳嗽，一束光下显出疤瘌头家窗内剪影。

疤瘌妻 （呼地坐起）抽、抽！你抱着烟使得哪门子劲啊？

[疤瘌头画外音："咳！这帮家伙，怕是吃孙喝孙不谢孙呐。"

疤瘌妻 那快想个办法呀，还能这么认了？

[疤瘌头画外音："认？我那饭就那么好吃？"

[另一束光亮，显出老冤蛋家窗内剪影。

冤蛋妻 哎！你吃了人家的，不会嘴短吧？

老冤蛋 他疤瘌头吃咱这些年，嘴短过吗？

冤蛋妻 也是。

老冤蛋 放心，他不下来就没天理咧！

[疤瘌头画外音："哼，连老冤蛋都想尥蹶子，我玩不死你！"

[光暗。

二、老冤蛋当选

[伴唱：面瓜籽儿，冒个芽儿，
压住蔓子弯弯着爬。
开花坐个什么果？

反正结不出大倭瓜！

[启光。老冤蛋家院内。

[冤蛋妻喜出望外地提肉上。

冤蛋妻 （唱）有福之人不用忙，

好事儿掉到了炕头上。

谁说俺冤蛋不中用，

一投票，一翅子飞到高枝儿上，亮晃晃大名他登头榜。

喜得俺，不年不节割刀肉，

解解馋，吃它个满嘴溜溜光！

（进家）

[老冤蛋一脸愁苦，歪歪斜斜提酒上。

老冤蛋 咳！放屁砸了脚后跟——邪门儿不？

（唱）胡闹、蹊跷、忒荒唐，

秫秸秆子充房梁。

老冤蛋哪是这块料，

尿憋子打酒算哪一桩？

全村顶数俺窝囊，

受气包，咋成了香饽饽呀面干粮？

一盆子糊涂一罐子酱，

搅得俺脑瓜儿浑了汤。

六神无主两腿晃——

[冤蛋妻端菜上。

冤蛋妻 哟，村长来咧。

老冤蛋 咹？（忙回头）

冤蛋妻 瞅谁呀？疤瘌头下台咧，你是正神咧！

老冤蛋 我？让瞎子摸摸，豆芽菜也不是棵树啊！

（唱）你老头儿好比那武大郎，上了天也还是三寸钉啊两拃长！

冤蛋妻 电线杆子高，它可当不上村长呢。

老冤蛋 嗨耶，我能比过小能人了吗？人家走过南闯过北，张口闭口蹦新词儿，咋就……哎，要不我撤了名字换他？

冤蛋妻　你说换就换咧？这是按票数码到他前头的。你若折腾，就不怕疤瘌头再一把抢回去？

老冤蛋　这……这不难为他猴儿哥嘛！（举瓶欲饮）

冤蛋妻　（夺下）你这打酒的，先咕噜上半瓶子了嘛，咱不庆贺庆贺咧？

老冤蛋　还庆贺？我哭都拿不着音儿咧！

冤蛋妻　快别装样儿咧。

（唱）偷着乐吧暗地儿喜，
张果老修成了神仙倒骑驴。
出门真人不露相，
也免得，扬风奓毛教人胡叽叽。
进家来，房门一关咧嘴笑，
哪怕你，一溜跟头翻到云彩里。
愿唱你就使劲……哦，小声唱，
想喝酒，就灌个小辫儿朝天醉如泥！

（斟酒）来，为俺冤蛋高升，干！

老冤蛋　我咽不下去呀。

冤蛋妻　刚才还灌上半瓶子呢。

老冤蛋　那是急的、愁的、吓的呀！

冤蛋妻　你怕啥？

老冤蛋　疤瘌头一转仨心眼儿都干不好，我……我也就一顿仨馍馍呗。

冤蛋妻　你还真不想干呐？

老冤蛋　我干……还不带出一窝子冤蛋来嘛。

冤蛋妻　带出一窝冤蛋来，也比养一个王八蛋强！

老冤蛋　反正我干不了。

冤蛋妻　你寻思那当官儿的还都中用吗？

老冤蛋　那……挑肥的拣瘦的，咋单挑我这屁肉的呢？

冤蛋妻　没肉才给你补块肉呢。你瞅瞅，咱村谁家高屋大墙的最牛气？

老冤蛋　疤瘌头哇。

冤蛋妻　谁家吃香的喝辣的不掏一个子儿啊？

老冤蛋　疤瘌头哇。

冤蛋妻　谁家说一不二愿欺负谁就欺负谁呀？

老冤蛋　疤瘌头哇。

冤蛋妻　他老辈子传的吗？

老冤蛋　不是。

冤蛋妻　他下力气挣的吗？

老冤蛋　也不是。

冤蛋妻　还是！他靠的就是那个橡皮疙瘩。如今揣到你怀咧，你就舍得掏出来撇了、扔了，不要咧？

老冤蛋　这……

冤蛋妻　疤瘌头那口气，咱还没出呢！

老冤蛋　可也是呢。

冤蛋妻　也该直直那腰、挺挺那肚儿咧。这酒，该喝不？

老冤蛋　还……还喝吗？

［疤瘌妻拎一只王八上。

疤瘌妻　喝！

老冤蛋　（腿一软）咹？

疤瘌妻　炖上吧。

冤蛋妻　（一把拽起老冤蛋）看见王八，用不着打软腿儿。（斜疤瘌妻一眼）俺当官儿，可不稀罕人家东西呢。（下）

疤瘌妻　嘿嘿，冤蛋兄……哦，村长兄弟！

老冤蛋　别，有事儿说事儿。

疤瘌妻　好！本来吧想早过来道个喜，可你哥呢生怕外人嚼舌头、扒豁子。这不，先打发我来给你贺贺。咱干？

老冤蛋　谁家的酒啊就干？

疤瘌妻　你的不就是咱的嘛，来！（吱溜一口，唱）

先干为敬一口闷，

酒入肚肠话掏心。

人人都在这世上混，
少不了，相互帮衬一家亲。

老冤蛋 可不，早亲得少皮没毛咧。

疤瘌妻 那才是真亲咧！知道不？（又吱溜一口，唱）

从来虎倒威风在，
百兽照样惧三分。
今朝兄弟撞大运，
没枉费，你哥你嫂一片心。

老冤蛋 你……啥意思？

疤瘌妻 （唱）收了庄稼该有数哇，

要知道，下雨靠的是哪片云。

老冤蛋 怎么？还……还能是……

疤瘌妻 对！你哥办的。他当不上，也不能便宜了外人！

老冤蛋 （惊呆）啊？

疤瘌妻 坐呀，村长兄弟。他小能人觉着有两刷子呀，进城扑棱了几年，咋样？一个浪头就拍回来咧。想回村蹦跶？哼，再蹦也是癞蛤蟆使劲——干鼓肚！

老冤蛋 可……我又不是那亲的、近的、本事大的，咋就偏偏……

疤瘌妻 不懂了吧？亲的爱误事儿，近的爱闹事儿，本事大的爱生事儿，你哥稀罕的就是你这光会叫唤不咬人的。

［老冤蛋跌坐。

疤瘌妻 老百姓知道个黄瓜茄子？花俩钱儿还不都听咱的？再说咧，咱上头有人，小能人本事再大也只能给你垫垫椅子腿，你知情知意也就行咧。

老冤蛋 哦不，我……

疤瘌妻 别怕。当官儿不比喝黏粥，哧溜一碗、哧溜一碗。可话又说回来咧，干不了不是有你哥嘛。有他给你撑腰，你哥儿俩照样吃香的喝辣的，想弄谁咱就……哟，又冒虚汗咧，赶紧炖上补补吧，啊？（扭下）

[冤蛋妻上。

冤蛋妻 老冤蛋!

老冤蛋 (一哆嗦)咹?

冤蛋妻 咹啥咹?你是村长咧!

老冤蛋 还村长,屁嘛!他是想拿我当狗腿子呀!

冤蛋妻 啥?

老冤蛋 这才是一头攮到猪圈里——越拱越没个人样咧!

(唱)疤瘌头到死是只麻苍蝇,
四处里下蛆不消停。
他花钱拉票挨门送,
保我当选挂虚名。
他让俺,人前蹦,
背后由他牵线绳。
这村长,驴粪蛋子外面光,
那个王八蛋,没拿你冤蛋当棵葱!

冤蛋妻 什么,他还想摆弄你?

老冤蛋 好事儿还有秃妮儿的嘛!

冤蛋妻 你想听他的?

老冤蛋 听……能吗?

冤蛋妻 对,坚决不听!

老冤蛋 不听……他再想法儿治我呢?

冤蛋妻 你当了村长他敢咋着?那印又不是萝卜刻的!

老冤蛋 可是他花钱买的呀!

冤蛋妻 这……你说咋办?

老冤蛋 嗨哟,俺那亲娘哎!

冤蛋妻 又转悠又转悠。

老冤蛋 哎!有咧。

冤蛋妻 有啥咧?

老冤蛋 我跟他豁上,鸡蛋碰石头,碰不过也泚它一身黄子!

冤蛋妻 对！

老冤蛋 惹不起，咱躲得起。

冤蛋妻 啥？

老冤蛋 我不干咧，闪他个跟头！

冤蛋妻 这就是你那本事吗？

老冤蛋 你还指望我上天嘛。拿笔、拿纸，咱辞职吧！

冤蛋妻 连个热屁都夹不住，又出溜咧。（抹泪下）

老冤蛋 这辈子，就他娘的这号命咧！（抱头）

［疤瘌妻洋洋得意上。

疤瘌妻 （唱）公鸡头儿，母鸡头儿，

不着这头儿着那头儿。

别看下台丢官印，

老头子，炕头上神出鬼没巧运筹。

瞅准了冤蛋是冤蛋，

铜锣一敲……嘻嘻！看耍猴。

小丫头当家不主事儿，

主事儿的，玩死这个小丫头儿！

［冤蛋妻拿纸笔上。

疤瘌妻 俺兄弟在家么？

老冤蛋 咹？她咋王八咬人不撒口儿呢？

冤蛋妻 我这就撵出她去！

老冤蛋 你别过那嘴瘾了，行吧？

疤瘌妻 呵呵，俺兄弟还真是个村长材料。

冤蛋妻 俺可不想当了呢。（冲老冤蛋）写！

疤瘌妻 “退选声明”？哈哈哈……还真让你哥猜着咧。不过，怕你抖擞不下来了吧。

老冤蛋 啊？

疤瘌妻 你哥费劲巴力撮上你去，还容你下来吗？再说，你驳了全村人的面子，日后……你就掂量着过吧！

老冤蛋 你……（忽又低声下气地）给指条道儿吧。

冤蛋妻 （急）老冤蛋！你想孙煞嘛！

疤瘌妻 这叫识时务，对吧兄弟？你哥呢，想招你单独啦啦，村里的事儿也该打打谱咧。

老冤蛋 哦哦。

疤瘌妻 那我就沏上茶等你咧。（笑下）

冤蛋妻 （抖抖地）你，出去。

老冤蛋 上哪儿？

冤蛋妻 滚出去！再也别进这个家！（推）

老冤蛋 老婆子，你也想逼煞我嘛！

冤蛋妻 哭！你还有脸哭？

（唱）谁不知，男儿膝下有黄金？

谁不知，只敬天地跪双亲？

可是你，半辈子夹着尾巴穷发恨，

浑身哪点儿像男人？

疤瘌头秋后的蚂蚱蹦不动，

蹬蹬腿，你吓个半死昏几昏。

虽说他拴个扣子将你套，

可终归，他已下台交了印，你咋还认孙？

既然永无出头日，

也只能，你做你的狗、俺做俺的人！

（挥泪进屋，反手关门）

老冤蛋 老婆子，老婆子！

（唱）谁又想做狗？谁不愿做人？

俺也盼，出口恶气面子挣几分。

满以为，今遭治治那个王八蛋，

谁料想，还是翻不出他手心。

让你憋屈我难还账——

老婆子！

（接唱）容冤蛋等个好时辰，讨回咱脸面报你的恩！

冤蛋妻 你就算是个瘫巴，也该蹦起来咧！

老冤蛋 （腾地跃起）对，我老冤蛋也是个站着尿尿的！我……疤瘌头！（一下竖起凳子）你给我竖起耳朵来听着！甭看我不动弹，哼！老鼠给猫攒着——我早晚找算你！（一脚踹倒）你想拿我当狗，我先拿你当驴！（骗腿骑上，唱）

往日你施威，今朝我在上，
管教你，四蹄着地钻裤裆。
别以为冤蛋好欺负，
从今后，让你见我就溜墙根儿，浑身哆嗦腿筛糠！

[冤蛋妻呼地拉开门。

冤蛋妻 这话当真？

老冤蛋 吐口唾沫砸个坑！

冤蛋妻 老冤蛋！（扳过脸猛亲一口，唱）

千金难买长骨气，

老冤蛋 （唱）出水才看两腿泥。

冤蛋妻 （唱）一戳四直的男子汉，

老冤蛋 （唱）震他个屁眼儿直窜稀。

冤蛋妻 （唱）借着参选平怨气，

老冤蛋 （唱）老冤蛋再也不草鸡！

冤蛋妻 不去拉呱咧？

老冤蛋 照去！

冤蛋妻 你……我就知道，你牙咬得嘣嘣的，憋出来就是个软蛋！（欲回屋）

老冤蛋 哎哎，今回我软死他！

（唱）高招全凭脑瓜儿转，
听罢保你笑开颜。
疤瘌头花钱拉选票，
破坏选举准玩儿完。

借着拉呱掏实底儿——

奶奶的，等我攥到有把的烧饼，哼！（接唱）

掀他个头拱地呀腚朝天！

冤蛋妻 告倒他？

老冤蛋 解恨吧？

冤蛋妻 可你这村长……

老冤蛋 抹了轻省。办挺了他，咱咋活咋舒坦。

冤蛋妻 也是，让小能人稳稳当当地上去。

老冤蛋 嗯，我拉呱儿去咧。（欲走）

冤蛋妻 哎，这只王八呢？

老冤蛋 炖上！咱也享享那干部待遇！

[二人大笑。

[收光。

楔　子

[一束光渐亮，显出疤瘌头家窗内晃动的剪影。

疤瘌妻 嗨呀，大半夜的不困觉，你转悠啥？

[疤瘌头画外音："如今的老冤蛋，可不像早先的老冤蛋喽。"

疤瘌妻 咋了？你不连哄带吓唬地说透了么？

[疤瘌头画外音："说透了才麻烦呀。"

疤瘌妻 他敢咋着？

[另一束光亮，显出老冤蛋家窗内剪影。

老冤蛋 我明天就告他去！

冤蛋妻 你还真去呀？

老冤蛋 啧，刚鼓起劲来就给我撤气儿。

冤蛋妻 我是怕你自己抽裆。

老冤蛋 睡觉！

[疤瘌头画外音："我睡不着哇！"

疤瘌妻 不会出啥事儿吧？

[疤瘌头画外音:“玩了一辈子鹰，还能让鹰啄了眼?”
[光暗。

三、老冤蛋告状

[伴唱:韭菜苗，软塌塌，
　　割了一茬儿拱一茬儿。
　　早晚秋后窜根杆儿，
　　韭花不大也是花!
[启光。老冤蛋喜滋滋上。

老冤蛋 哈哈，一铆劲儿，咱也一锥子捅到天上——大小也戳了它个窟窿!
(唱)都说俺冤蛋像个老面瓜，
　　面不面的，照样噎它个仰八叉。
　　别看俺，蔫不拉唧溜墙根儿，
　　憋足了劲，一家伙掀倒那横行霸道的死疤瘌。
　　可笑他，绿豆小眼儿看错了秤，
　　教我逮住了小尾巴。
　　海选拿俺当猴耍，
　　下台还想扑拉翅儿，撮上我去当摆搭。
　　掏出他实底儿告一状——
嗨嗨，疤瘌头哇!
(接唱)管教你大把票子打水漂儿，趴蛋也在这一霎儿!
(进屋)老婆子，老婆子哎!
[冤蛋妻上。

冤蛋妻 捡着元宝了嘛，这么您?

老冤蛋 快上酒吧。

冤蛋妻 还上醋来。村长当了个屁时辰，又哆嗦下来咧。

老冤蛋 哆嗦下来就对咧，咱占着茅坑不误了人家小能人么?再说咧，疤瘌头买的官儿能干吗?今回，他是劁猪的动刀子——完(剜)

蛋咧!

冤蛋妻 怎么?公安把他逮走咧?

老冤蛋 呒。

冤蛋妻 党把他开咧?

老冤蛋 也呒。

冤蛋妻 去去,一边儿凉快去!(欲走)

老冤蛋 哎哎,上面下来调查组了,来查那个王八蛋咧!

冤蛋妻 真的?

老冤蛋 小车都拱到村头儿上咧。

冤蛋妻 就你那封信捅的?

老冤蛋 (神气地)那是。

冤蛋妻 上面真能降住他?

老冤蛋 就那架势吧,能和他闹着玩儿么?人家小能人说咧,政府是为咱百姓撑腰的,他疤瘌头就是条死咸鱼——翻不了身咧!

冤蛋妻 你……掐我一把!

老冤蛋 (吓一跳)掐你?

[冤蛋妻拽过老冤蛋的手啃了一口。

老冤蛋 哎唷!

冤蛋妻 真的,是真的呀!(欣喜得落泪)

老冤蛋 嘿嘿,疤瘌头准吓得尿到裤里咧。这酒,该喝不?

冤蛋妻 该喝!(拿瓶)哟,见底儿咧。

老冤蛋 我打去!(下)

冤蛋妻 哎,捎串爆仗来呀!

(唱)崩一崩,压不住的心头喜,

出一出,多年攒的窝囊气。

俺冤蛋也做了一件光棍事儿,

头一回,争脸争气不草鸡。

疤瘌头总算有今日,

自找得光腚滚蒺藜。

扳倒他，从此舒心过日子，

再不用，忍着屈、憋着气，瞅他眉眼高与低！

[突然，老冤蛋神色慌乱地身挂鞭炮提酒奔上，一个跟头跌入，半晌说不出话。

冤蛋妻 （惊）咋了你？

老冤蛋 （嘴一撇）老婆子，快再瞅我一眼吧！

冤蛋妻 瞅……出啥事儿了？

老冤蛋 上面来人了呀！

冤蛋妻 那不是查疤瘌头的嘛，你哆嗦啥？

老冤蛋 知道是谁领着来的吗？

冤蛋妻 谁？

老冤蛋 县民政局的二当家，疤瘌头他老婆的干姊妹——二妮儿！

冤蛋妻 啊？

老冤蛋 干姐夫小姨子还不穿一条裤嘛，我这才是光着腚串门子——没事儿找事儿咧！

冤蛋妻 她……还能吃了你？

老冤蛋 吃不了也得把我弄进去，弄不进去也饶不了我呀！

冤蛋妻 这可咋办？

老冤蛋 俺那个天喽！

冤蛋妻 你不转悠行吧？

老冤蛋 （猛灌几口酒）还是小能人说得对，怕鬼才招鬼上门。老实人，也有急眼的时候！（啪的一摔酒瓶，摸起刀欲走）

冤蛋妻 （大惊，抱住）不！不能啊老头子！

老冤蛋 （挣扎着）你撒手！我……我要杀鸡吃肉！等吃饱了，咱就见不着了哇！

冤蛋妻 冤蛋！咱斗不过人家，要不……再用你那法儿，把咱自己锁到屋里？

老冤蛋 那不睛等着人家抠老窝嘛！

冤蛋妻 那……

老冤蛋　走！

冤蛋妻　走？

老冤蛋　远走高飞，让她来抓把鸡屎！

冤蛋妻　（一下哭了）那……这家呢？地呢？咱那猪呢？鸡呢……

老冤蛋　嗨耶，先顾喽人吧！（拽了欲走）

冤蛋妻　不！你一个人走吧。俺给你守着家，种着地，等你回来！

老冤蛋　老婆子，你冤蛋欠你的呀！（挥泪欲走）

冤蛋妻　等等！临走，咱再喝杯酒吧。

（唱）含泪斟满一杯酒，

老冤蛋　（唱）多少话儿哽在喉。

冤蛋妻　（唱）半辈子不敢说句话，

老冤蛋　（唱）说句话惹的祸临头。

冤蛋妻　（唱）我留，你走，

老冤蛋　（唱）我走，你留。

冤蛋妻　（唱）从此家破人离散，

老冤蛋　（唱）一去再无热炕头。

二　人　（唱）从此家破人离散呐，

一去再无热炕头！

老冤蛋　老婆子！（欲抱）

冤蛋妻　（反手急推）赶紧走吧！

老冤蛋　（悲愤地）疤瘌头！只要留我一口气，我饶不了你！等熬过这一霎儿，我扒房子卖地也要告倒你这一窝！（拔腿欲走）

［二妮儿上。

二妮儿　冤蛋哥，你想告哪一窝呀？

老冤蛋　咹？二……二……（腿软）

二妮儿　（欲扶）冤蛋哥！

冤蛋妻　（推开二妮儿）他喝多咧。

二妮儿　没事吧？

冤蛋妻　有事儿，他正想赶集去呢。（示意）

老冤蛋 哦对，赶集！（欲溜）

二妮儿 待会儿，我用车捎着你吧。

老冤蛋 啊？（欲瘫）

冤蛋妻 （啪的一掌）死活都是挨一刀，就算是纸糊的，你也得支棱起来！

老冤蛋 （硬撑着）哎，哎哎。二……二妹妹，你坐。

二妮儿 今天啊，我是专为俺干姐夫的事儿……

冤蛋妻 知道，一拃不如四指近，你和你干姐姐还真像一个模子里抠的！

二妮儿 呵呵呵……还有说随你的呢！

（唱）俗话说，一方水土一方人，
同乡邻村格外亲。

老冤蛋 （嘟哝着）还亲过疤瘌头了嘛。

二妮儿 （唱）是亲自然三分向，
可终归，肉是肉来筋是筋，遇事理上分。
干姐夫几届村长他连任，
私下的非议有耳闻。
顺应民意搞海选，
不承想，新村官状告贿选不做当家人。
受益人举报理不顺，
为什么，你不怕拔萝卜带泥伤了根？

老冤蛋 哦……

二妮儿 这里面一定另有文章吧？

冤蛋妻 （终忍不住）二妮儿！

老冤蛋 领导，是领导！

冤蛋妻 领导也是穿开裆裤长大的！

老冤蛋 老婆子……

冤蛋妻 还有天理吧？你甭吓唬俺冤蛋。实话说吧，告状是我让他干的！

老冤蛋 老婆子！（忙又挤出笑脸）嘿嘿，二……领导！

（唱）你别见怪，

她柴火脑袋庄稼腚，满嘴胡来。

冤蛋妻 （唱）谁家胡来谁有数，

二妮儿 （唱）心里话尽管道出来。

老冤蛋 （唱）你大人不计小人过，

二妮儿 （唱）跟妹妹见外大不该。

冤蛋妻 （唱）上当就听那画眉叫，

老冤蛋 （唱）千万别拿俺老婆当咸菜。

嘿嘿，你渴了吧？哦，倒水，倒糖水！（跑下）

二妮儿 嫂子，作为分管领导，我今天带人过来，就是想……

冤蛋妻 （突兀地）车呢？

二妮儿 车？

冤蛋妻 我跟你走！

二妮儿 呵呵，你想多咧。

冤蛋妻 我又不是三岁孩子！

二妮儿 嫂子……

[老冤蛋端水上。

老冤蛋 喝水！嘿嘿，我兑得不凉不热的。（递）

二妮儿 那，我就不见外了。（饮，面有难色）

老冤蛋 甜吧？

二妮儿 哦……还行。

老冤蛋 那就多喝两碗，白糖有的是。

二妮儿 不不，够咧。

冤蛋妻 （又气又急）老冤蛋！鸡临死还蹬蹬腿咧，你……

二妮儿 嫂子，俺冤蛋哥今回还真像条汉子，不仅告状，还一再举荐小能人……（手机响）喂，哦姐姐，我在冤蛋哥家呢……知道，那就让俺姐夫好生配合……不，他们不会留下，我也不去，你们就……（一阵腹痛）自己吃吧。（忙挂机）茅房在哪儿？

老冤蛋　哦，猪圈那边，我领你去。（被冤蛋妻一把扯住）

［二妮儿冲下。

冤蛋妻　你去？去啊！

老冤蛋　嘿嘿。

冤蛋妻　还嘿嘿！没听见那电话追着腚地打吗？你寻思一碗破糖水就……哎，你在哪儿挖的白糖？

老冤蛋　里屋，窗台上，那个瓶子里呀。

冤蛋妻　嗨呀，那是给猪吃的泻药哇！

老冤蛋　啥？

冤蛋妻　你放了多少？

老冤蛋　溜尖儿溜尖儿的两勺子。

冤蛋妻　天呐！咱那猪三天不拉屎，一勺下去就哗哗的。好嘛，这下她可透脱咧。

老冤蛋　哈哈哈……好，真好！（解气地）再让你张狂，再让你治人！（蹦上椅子手舞足蹈，唱）

好！哈哈，咋就这么巧？

妙！嘿嘿，歪打正着。

老天爷睁眼善恶有报，

无心下药哇，又多亏了那两勺儿。

冤蛋妻　下药？

老冤蛋　（唱）治人的今遭挨了治，

好生地给她刮刮膘儿！

冤蛋妻　你还恣得蹦，赶紧跑吧！

老冤蛋　嗯？

冤蛋妻　你罪名大发咧，这是给领导下药儿哇！

老冤蛋　啊？

冤蛋妻　这不是老太太跳绳——找办（绊）嘛，不想拿你也得拿你咧！

老冤蛋　我……我……（一个跟头翻倒）

冤蛋妻　嗨耶，你瘫到家里不更完嘛，快跑吧！

[老冤蛋爬起便跑，险些撞上走来的二妮儿。

二妮儿 这么急，上哪儿呀？

老冤蛋 上……上集呢。

二妮儿 不说捎着你嘛，你那腿儿还能跑过汽车轮子？

老冤蛋 啊不！我……我我……没寻思那是泻药哇！

二妮儿 哦？哈哈哈……好啊你，闹了半天还是你下的药哇。

冤蛋妻 二妮儿！政府也不是你家开的！

（唱）打兔子的烀了脸，

玩老鹰的啄了眼。

倘若是，老实人一退再退没了路，

豁出去，也不定哪个先翻船！

二妮儿 怎么，拿你妹妹当老虎了？

冤蛋妻 哼！

二妮儿 冤蛋哥。

冤蛋妻 疤瘌头才是你哥！

二妮儿 （痛心地）咳！

（唱）进门连碰顶门栓，

一阵阵，尴尬心痛好难堪。

常说官以民为本，

却为何，村民见了恨又怕，这算什么官？

冤蛋哥，嫂子，我给你们赔礼了！

老冤蛋 （惊诧地）赔……赔礼？

二妮儿 我干姐夫把村里搞得怨声载道，让你们受了不少委屈。我来调查，又让你们担惊受怕，我……有愧呀！

老冤蛋 （冲冤蛋妻）你……掐我一把！（又猛地抓其手狠咬一口）

冤蛋妻 哎唷！

老冤蛋 真的？！（呆住）

二妮儿 二妮儿和她干姐夫可不是一路人呐！

老冤蛋 （激动）二妮儿！疤瘌头他不是个鸟儿啊！他贪污吃私、欺男霸女，还……

[冤蛋妻忙捂其嘴。

老冤蛋 （挣开）还想拿我当狗使啊！

二妮儿 （震惊）哦？

冤蛋妻 老冤蛋！你鸡脑子嘛记吃不记打？有些当官儿的，就会说话叭叭的、尿尿哗哗的，你能当真吗？这是给你下套儿哇！

老冤蛋 啊？嘿！（懊恼地扇自己一掌）

二妮儿 冤蛋哥！

（唱）狠狠一巴掌，

疼在你脸上，痛在我心上。

这一掌，打出了你的冤和恨，

这一掌，打得我无地自容热泪淌，羞愧塞满腔。

失信于民我失职，

对不住亲如爹娘的众老乡。

二妮儿掏心撂句话——

我干姐夫贿选的事儿若不查个底儿掉——

（接唱）我给大伙儿磕响头，挨家挨户磕满庄！

（欲下）

冤蛋妻 二妮儿，他……可是你干姐夫啊！

二妮儿 大伙儿更是我的衣食父母哇！

老冤蛋 二妮儿——（扑上去欲抱，陡停，转身）老婆子！

冤蛋妻 冤蛋！（抱头恸哭）

老冤蛋 （唱）盼了多少年呐——

冤蛋妻 （唱）等了多少载，

头一遭——

老冤蛋 （唱）才敢把腰直起来。

冤蛋妻 （唱）吃了多少气呀——

老冤蛋 （唱）忍了多少屈，

到如今——

二　人　（唱）满眼喜泪挂满腮。
老冤蛋　（唱）胸口的石头终掀走，
冤蛋妻　（唱）憋屈的话儿迸出来。
老冤蛋　（唱）俺冤蛋再也不想当奴才，
二　人　（唱）才有这，状告贿选等着那公道来！
二妮儿　我来晚了，来晚了！
老冤蛋　二妮儿！（欲跪）
二妮儿　（忙扶住）冤蛋哥！从今往后，咱只跪父母不跪天，好吗？
老冤蛋　嗯！
二妮儿　上有中央支持，下有百姓拥护，咱自己的事儿也该自己作主了！
老冤蛋　那……再选举，就能谁给俺百姓办事选谁咧？
二妮儿　对！
老冤蛋　他疤瘌头再也甭想胡搅和咧？
二妮儿　没错！
老冤蛋　（一撸袖子）哈！今回……
冤蛋妻　今回就别转悠咧。
老冤蛋　日后！日后新村官上任，我老冤蛋也能挺起肚儿来，在疤瘌头脸前转两圈儿咧！
［众笑。
冤蛋妻　哦，二妮儿，公归公私归私，你不去看看你干姐姐？
二妮儿　哪算什么干姐姐？我跟她庄乡，两家相邻，这就姐姐妹妹叫开了呗。
老冤蛋　是嘛，可让那臭娘们儿一吹，恁就像一个娘肚子里生的咧。
冤蛋妻　（一拍老冤蛋）还不赶紧摆酒、放爆仗！
老冤蛋　好嘞！
二妮儿　哎，你不说赶集去吗？
老冤蛋　嘿嘿，赶啥集呀，我是想兔子蹬腿儿——窜喽。
二妮儿　（笑，突然捂肚）哦，我……我去一下。（奔下）
老冤蛋　哎，带手纸了吗？（掏纸欲追，忽觉不妥）嘿嘿，你的吧。

冤蛋妻 （戳其脑门）你呀，可真是个老冤蛋！（同笑）

[伴唱：地瓜长个儿土里藏，
谷子秀穗儿头难扬。
等到绿豆炸开角，
漫坡戳起红高粱！

[光渐收。

（剧终）

（该剧中之三《老冤蛋告状》与臧宝荣合作）

· 现代吕剧 ·

大河开凌

时　间：1927—1976 年。

地　点：山东广饶县城、刘集村。

人　物：迷　糊　大号刘存厚，刘仁德家的长工。

新　雨——中共山东省委特派员，刘仁德之女。

刘仁德——地主，新雨之父。

侯三炮——县侦缉队长，后为警察局长。

迷糊娘——迷糊的母亲，新雨的奶妈。

刘国才——地下党村支部书记，公开身份村长。

金馆长　小四眼　大壮　觅汉头　亚轩　杜司令　货郎

灾民　黑狗子　党员　村民　地主　觅汉　战士　特务

序

[漫天乌云，陡然一道闪，春雷炸响。

[一声喊："开凌喽——"顿显排山倒海般冰凌涌动的大河。

[伴唱：轰隆一声春雷响，

万里冰河炸脱缰。

流凌千叠逐浪去，

呼喇喇，长龙摆尾入大洋。

百年沧桑回头望，

怎不教人泪两行？

[坡上，渐显一佝偻身影，久久伫望……

[内喊："迷糊大叔——"暮年的迷糊一怔，提篮蹒跚走来。

[眼前显出一墓碑，上刻：革命烈士刘新雨之墓。

[小四眼引金馆长上。

小四眼 哎呀，总算见到真神咧！你就是刘存厚——迷糊大叔吧？

[迷糊抬眼一瞥，木然地走向墓碑。

小四眼 哎，俺跟你说话呢。（瞅瞅）好嘛，连迷糊带聋！

金馆长 存厚大叔……（被一下扒个趔趄）

小四眼 哎！知道她是谁不？省博物馆的金馆长，能让你扒拉着玩儿么？

金馆长 大叔，俺这次来，是想跟你打听个事儿……

小四眼 一本书，一本中国最早的、中文版的《共产党宣言》！

迷　糊 （一激灵）大胡子？

金馆长 对对，马大胡子！你……知道它的下落？

小四眼 知道，肯定知道！听说刘新雨同志牺牲前见过你，那本书，她一定……一定会……

迷　糊 滚。

小四眼 什么？

迷　糊 （猛一嗓子）滚！

小四眼　呀，这老头儿疯咧！（拉金馆长跑去）

［一曲鲁北民歌如从天际飘来：

三月的桃花二月的柳，

俏妹子扬脸儿哥呀么哥低头。

若问俺心里想的啥？

只怕是说出来哥更愁，哥更愁……

［歌声中，当年的新雨飘然而来，飘忽而去。

迷　糊　（一晃，跌跪）五十年了……新雨，俺那妹子呀！

［伴唱：一声悲呼心撕裂，

满把老泪浑似血。

陈年旧疤乍揭破，

谁又知，如烟往事不堪说？

［光渐收。

一

［闪回，字幕：一九二七年。

［昏暗中，一群衣衫褴褛的灾民扶老携幼走来，远去……

［青年迷糊持鞭赶车颠脚上。

迷　糊　（唱）鸡没叫，天未亮，

摸黑套车蹭出庄。

东家说，躲开穷鬼粜陈米，

免得教人直骂娘。

有钱人咋不长点人肠子，

灾荒年呐！财主收谷腾粮仓，谁怜百姓饿断肠？

活该俺遇上这世道——

［呼啦窜出一群灾民："大哥，给口饭吃吧！"

迷　糊　（唱）冷不丁惊得收紧了裆！

哎各……各位，恁瞅瞅，这肚皮瘪着、肋条支着，

兜里统共俩窝头，俺也是裤不上袄不上的扛活儿的呀！

[一灾民喊:“一车粮食呐，抢了吧！”应声暴起。

迷　糊　啊？窝头，谁抢着算谁的！（甩手一扔，唱）

急慌慌，抢鞭抖缰冲下风——

[惶惶奔突。

迷　糊　（唱）一车粮，险被抢，左突右闯穿人墙，直吓得通身大汗透衣裳！

（回望灾民已远）俺的个娘哎！

（接唱）穷哥们儿呀，迷糊并非耍混账，

俺也是，喝凉水、睡凉炕，糠菜团子填肚肠。

吃了上顿没下顿，

熬死熬活熬时光。

何况打小不担事儿，

短了粮食俺遭殃。

逃过了一劫进城去——

[景显广饶街头。突然枪响，人喊:“全城戒严，捉拿共党！”

迷　糊　咋这么寸呢！

（唱）枪子儿它不长眼呐，赶紧撅腚藏！

（一头扎进胡同）

[内唱:“枪声骤起风云变——”新雨携包机警上。

新　雨　（接唱）未等返乡遇戒严。

看来敌人有防范，

怀揣文件怎闯关？

佯装路人逛街店——

迷　糊　（探头）新雨？

[“站住！”侯三炮带黑狗子冲上，迷糊忙缩回。

新　雨　长官。

（唱）枪指民女为哪般？

侯三炮　搜查禁书，捉拿共党！

新　雨　这，与我何干？

侯三炮　你这包里……

新　雨　（打开）香粉、胭脂、湘妃扇。

侯三炮　哦，富家小姐，怪不得这么水灵灵的招人疼呢。（欲捏）

新　雨　请放尊重点儿！

侯三炮　哟，还摸不得？搜！

［一黑狗子上前欲搜。

新　雨　（一掌打去）女孩儿身子，你也敢碰？

侯三炮　哈哈哈……我侯三炮算是开了眼啦。

（唱）小姐的脾气未免大，

敢抽警察个满脸花。

老子奉命抓共党——

慢说是女孩儿，就是泰山奶奶——

（唱）照样搜身里外查！

迷　糊　别动她！（举鞭冲出，却又被枪口吓住）

侯三炮　嘿！还真有往锅里蹦的，那就拖过来一勺烩了！

一黑狗子　队长，这小子吓尿咧！（惹得一通大笑）

侯三炮　就这熊样，还他娘的英雄救美？滚！

迷　糊　（哭唧唧地）小姐，咱……回家吧。

侯三炮　什么，你家小姐？她叫什么？

迷　糊　刘新雨。

侯三炮　她爹呢？

迷　糊　刘仁德。

侯三炮　家住哪里？

迷　糊　刘集。

侯三炮　进城干吗？

迷　糊　卖卖……卖粮！

新　雨　顺便再添几件衣裳。迷糊哥，咱走。

侯三炮　等等！就你们俩……还兄妹？

迷　糊　哦不，俺跟她……她是吃……俺娘是奶妈子呀！

侯三炮　什么乱七八糟的，该搜照搜！

迷　糊　（忙护住）不不，不能啊长官！小姐还是黄花闺女，可不敢……（猛觉后腰塞一东西，登时呆若木鸡）

［黑狗子强行搜查新雨，无果。

侯三炮　净他妈耽误工夫！（一脚踹倒迷糊，下）

新　雨　迷糊哥……

迷　糊　（哆嗦着摸出腰后的书）就……就为这大胡子开枪抓人呐？

新　雨　哥，先给你买条裤换换吧？

迷　糊　（腿一夹）嘿嘿，一霎儿就干咧。

［新雨大笑，收光。

二

［一阵哄笑，灯下显出兴奋围坐的男女党员。

刘国才　迷糊一泡尿，哄走了侯三炮。这尿，尿得好哇！不然，咱上哪认识马大胡子去？

大　壮　国才哥，这外国老头儿是干啥的？他咋知道咱这边的事儿呢？

党员甲　还用问？一准儿是庄稼地里的好把式。

党员乙　你咋知道？

党员甲　要不，能给咱没钱阶级写书？

刘国才　呵呵，咱娘家来明白人了，听特派员的。

新　雨　好！这位大胡子叫马格斯，德国人。这本《共产党宣言》呢，是他和安格尔斯写的，是咱们党的指路明灯。怎么干？就听它的！

大　壮　就这小本本？

新　雨　对，这是王尽美同志豁着命，从党的一大带回山东的。

党员甲　哦，这书可够金贵的。

新　雨　有了它，苏联的布尔什维克——也就是共产党，才推翻了沙皇，建立了苏维埃，成了穷人的天下。

党员乙　穷人也能坐天下？

新　雨　能，一定能！“无产者在这个革命中失去的只是锁链，他们获得的将是整个世界。”也就说，受苦人要拧成一股绳，跟地主老财斗，跟反动政府斗，最终实现共产主义！

党员甲 啥叫共产主义？

刘国才 共产主义就是谁也不欺负谁，要啥有啥。当然，也不是三亩地一头牛、老婆孩子热炕头的光景，那日子好的呀……你就使劲想吧！

大 壮 哈！到那时候，我先扒它一碗肴驴肉，再啃上一锅大馒头！

党员甲 瞧这出息，还保你娶个俊媳妇呢。（众笑）

新 雨 总之，干革命就为求解放、争自由，让百姓过上好日子。有了它，咱就再不用瞎子摸象了。因此省委指示：当前，蒋介石叛变革命，党的工作重心转移农村。《宣言》，就是一粒种子，要首先在咱刘集——扎下根！

刘国才 太好了！从哪儿下手？

新 雨 发动群众，串联四乡，掐谷吃坡！

众党员 吃坡？

新 雨 对！

（唱）眼下家家炊断粮，
求告无门苦难当。
地主囤粮沽高价，
不肯施舍一口汤。
此时正当新谷熟——

刘国才 对呀！

（唱）何不掐穗度饥荒？

众党员 掐谁的？

新 雨 掐俺爹的！

众党员 啊？（隐去）

［“迷糊！你死到哪儿去咧？”一束光下显出刘仁德。

［迷糊跑上。

迷 糊 （劈头挨了一棍）老爷！

刘仁德　说！谁动我那龙珠花瓶了？

迷　糊　花瓶？哦，是小姐拿起来看了眼。

刘仁德　啥，还拿起来？那是宋代钧窑的，能顶这半个宅子呢！

迷　糊　是是，老爷的宝贝动不得。

刘仁德　你，手里攥得什么？

迷　糊　就……一把木梳。

刘仁德　就你这几根毛还木梳？嘁！（夺了一撇）她人呢？

迷　糊　谁？哦，小姐又去夜校了吧？

刘仁德　这个死妮子，咋跟夜校摽上了呢！

（唱）好端端省城她不待，
一翅子扎回来胡闹锅台。
抠我钱财办夜校，
领一帮穷鬼矣焉哉。
泥腿子，死牛蹄子不分瓣儿，
你再能，能教他脑袋上拱出蘑菇来？
去，把她给我拖回来！

迷　糊　这……

刘仁德　还等我拿筐抬你嘛！（下）

迷　糊　（忙猫腰找木梳，摸起瞅瞅）咳！

（唱）瞅一眼木梳又发呆，
心口窝，咋像塞了一块棉花胎？
自打那日遇小姐，
一声哥，脑袋瓜儿噌的窜出斜杈来。
白天犯魔怔，
夜里炕下栽。
睁眼闭眼影子晃，
搓磨得，七荤八素撕不开。
可又一想，虽说同吃一娘奶，
总归贵贱一刀裁。

人家是金枝玉叶花一朵，

咱算啥？竖上梯子也够不来。

穷汉子甭想那没影的事儿，

该去干啥还干啥，心里话只能心里埋！

（无精打采地）小姐，天不早咧，回家歇着吧，你要再不回去，老爷可就……咦，这满村咋碰不上个活的呢？（忽听响动，忙爬坡望去）呀！咋都拱到地里来咧？

[村民们掐谷折穗，如潮水涌来。

众村民 （唱）天黑黑，月昏黄，

悄没声地抢新粮。

女村民 （唱）手儿颤，汗直淌，

头回吃坡心发慌。

男村民 （唱）为求活命豁出去，

参起胆子往家扛。

刘国才 （唱）地是咱们种，

汗是咱们淌。

种粮的饿急眼，

抢了也应当！

众村民 对！

（唱）地是咱们种，

汗是咱们淌，

种粮的饿急眼，

抢了也应当！

（渐远）

迷　糊 天呐，都吃了豹子胆咧！

（唱）黑压压漫坡人影晃，

齐刷刷谷穗全掐光。

满眼只剩庄稼杆儿，

俺的个娘，报与东家快护粮！

[迷糊娘提篮上，被一头撞倒。

迷糊娘　哎哟！

迷　糊　娘？你咋来咧？

迷糊娘　往哪儿拱啊？咱家也揭不开锅咧，快！帮娘去掐两筐子。

迷　糊　娘！咱是啥人家？就算饿煞，能干这偷鸡摸狗的事儿嘛！

[“迷糊哥！”新雨上。

迷　糊　哎呀小姐，你家那地里招贼咧！

新　雨　咋呼啥？还不赶紧帮咱娘掐穗子。

迷　糊　啥？你……

迷糊娘　吃坡，就是新雨的主意。

迷　糊　你疯咧？咋还偷到自家地里？平日吃饭，掉个米粒儿恁爹都疼得哆嗦，这……这不是要他的老命嘛！（欲走，被扯住）

新　雨　娘，你先去，我随后就到。

[迷糊娘下。

迷　糊　娘……（欲追）

新　雨　迷糊哥！看着咱娘挨饿，你能忍心不管？瞅着乡亲们要饭，你就一点儿也不心疼？

迷　糊　那也不能造反呐！

新　雨　不造反，大伙儿就得穷死饿死！

迷　糊　这是命，认了吧。

新　雨　那你命里，就该被人欺负？就该当牛做马？就该娶不上媳妇养不活一个妈？

迷　糊　这……

新　雨　迷糊哥！

（唱）可记得，眼前曾是盐碱滩，

遍地芦苇少人烟？

可想过，是谁年年开荒地，

累弯了身子造良田？

一把汗水一粒籽，

收了粮，为啥穷人活命难？
地主从来不下地，
凭什么，大囤流、小囤满，腈吃坐穿肚儿圆？
这样的世道不砸烂，
穷人何日把身翻？
唯有大伙儿抱成团，
方有那，普天百姓扬眉吐气的那一天！

迷　糊　俺那大小姐耶！说这话要杀头的，你上得哪门子邪、中了谁的魔咧？

新　雨　这人，你也见过。

迷　糊　谁？

新　雨　马大胡子。

迷　糊　又是他？

［切光。

三

［“哎哟俺那谷子哟！”，一束光下显出呼天抢地的众地主。

地主甲　（念）泥腿子，忒大胆，

地主乙　（念）呼隆一夜翻了天。

地主丙　（念）倘若任由穷鬼闹，

地主丁　（念）家业再大也玩儿完。

众地主　（念）乱哄哄残局当立断，
急赖赖登门拜高参。
仁德兄，快拿个主意吧！

［一通咳嗽，显出仄歪在圈椅里让迷糊捶背的刘仁德。

刘仁德　怎么，恁地里的谷子也都薅光咧？

众地主　根毛旳剩啊！

刘仁德　（又一通咳嗽）抓，抓那个挑头儿的！

众地主　挑头儿的，据说姓马。

迷　糊　马大胡子？

刘仁厚　你认识？

迷　糊　不不，外边……早传遍咧。

刘仁德　好你个马大胡子，你害得我吐血，我要让你喷血！

（唱）查查查！长毛的一概别落下，

络腮胡子挨个追到家。

众地主　（唱）查查查！姓马的统统筛三遍，

钻进地缝也抠出他！

刘仁德　（唱）一旦坐实报县衙——

众地主　对对，报官严办！

刘仁德　可舍不得孩子套不住狼哦。

（唱）花银子还须各位拿。

众地主　啊？（隐去）

迷　糊　（窃笑）天底下长毛的多咧，去抓山羊猴子呗！

（唱）想笑……哈哈，不敢笑，

不笑……嘿嘿，又难熬。

偷看财主嗷嗷叫，

心里恣得直蹦高。

多年攒的窝囊气，

哧溜一下拱了泡。

从没有过的舒坦劲儿呀，

麻酥酥、痒滋滋，痒滋滋地心头挠，你说蹊跷不蹊跷？

往日东家凶似虎，

怎就一夜变病猫？

土里刨食儿的庄户孙，

一家伙，咋都成了水中蛟？

看起来，马大胡子有一套，

不露脸，煽乎得天地倒了个儿，有钱人吓得炸了毛。

哼个小曲就地倒——

[新雨上。

新　雨　迷糊哥，碰上啥好事儿咧？

迷　糊　嘿，好事儿还有秃妮儿的嘛。

新　雨　我看也是。

（唱）报信儿的竟敢马后炮，棍棒伺候定不饶！

迷　糊　（惊）咋，老爷知道咧？

新　雨　知道了，你能这么舒坦？

迷　糊　哎哟，魂儿都让你吓跑咧！

新　雨　你恣咧，那俺呢？

迷　糊　你咋咧？

新　雨　谷子没了，可高粱玉米还戳在那儿，再不收就烂到地里咧。

迷　糊　赶紧雇人请觅汉呀。

新　雨　俺爹那个老财迷死压工钱，觅汉们恼了，正想抄家伙闹呢！

迷　糊　那咋办？

[新雨耳语。

迷　糊　啥，当家贼？

新　雨　嘘！节气不等人呐，我跟他念叨了半宿，油盐不进！

迷　糊　反正，俺旡那个胆儿。

新　雨　谁叫你是俺哥呢？

（唱）当哥的你先别缩脖儿，

妹作难，你不疼我谁疼我？

看觅汉，舍家撇业来扛活儿，

俺那个爹，算计工钱抠出血。

好说歹说不顶用，

急得俺，吃不下、睡不着，心头好似刀子割。

哥哥打小心眼儿好，

见不得妹妹受搓磨。

今回你若不帮我——

迷　糊　你想咋？

新　雨　（唱）俺豁上，带着觅汉去闹俺爹！

迷　糊　那你爹还不挺过去？

新　雨　那就听我的。

迷　糊　这不难为你哥嘛！让老爷瞅上，还不活劈了我？

新　雨　你这哥，白当了！（欲走）

迷　糊　哎哎！俺不吭说不去嘛，还不是你说啥是啥？

新　雨　嘻嘻！（跑下）

［一阵喧嚷，众觅汉持火把涌入，迷糊指指花瓶，溜下。

［刘仁德慌慌上。

刘仁德　哎！谁让恁进来的？明火执仗，夜闯民宅……

觅汉头　老东家，但凡有条活路，俺也不来麻烦你。弟兄们天南地北地跑来，还得养家糊口，你手指缝里多少漏点儿……

刘仁德　我那钱也不是大风刮来的。你看，这家里外头、人吃马嚼……

众觅汉　少废话！加不加工钱？

刘仁德　工钱？嗨嗨，小秃妮子找婆家——不好说喽。

觅汉头　你……就忍心看俺喝西北风？

刘仁德　再减一成，愿干就干，不干滚蛋！

觅汉头　算你狠！那就甭客气咧，弟兄们，砸！（呼地抄起花瓶）

刘仁德　哎哎！县大牢……可给恁留着门儿咧！

觅汉头　你！（欲摔）

［“别别……别摔！”迷糊一个跟头扑来。

迷　糊　老爷！加吧加吧，再不加……再不加就……（呼地抱起茶壶）

刘仁德　你想干啥？

［迷糊眼一闭，砰的摔于地上。

刘仁德　（惊跌）好好，加……两成？

众觅汉　不行！

刘仁德　五成、五成行了吧？

觅汉头　（放了花瓶，冲迷糊）有种！弟兄们，干活儿去！（下）

迷　糊　（惊魂甫定）老爷……

刘仁德　你这个吃里扒外的东西！（挥杖打去）

迷　糊　老爷！俺要不摔，你那龙珠花瓶就玩了呀！

［刘仁德一撇拐棍，仰面干号，隐去。

迷　糊　（惊怔半晌，唱）懵了，傻了，昏了头，

好一似，云里雾里梦中游。

抓一把碎片真扎手，

顿觉得，脊梁沟里冷飕飕。

闹不清，迷糊咋像吃错药，

觅汉们闹事也出头？

搞不懂，小姐为啥家中反，

愣教老爷的威风丢？

从来穷人怕惹事，

谁敢想，倒逼财主先低头？

自打请来大胡子，

怎么就觅汉敢闹事，乡亲敢偷秋，东家干号没了咒，

胆小的迷糊也随大流？

我想也想不透，

捋也不见头。

一锅黏粥没个豆——

（突然一拍脑门）明白咧！马大胡子哪是凡人？分明是救苦救难的活菩萨呀！

（接唱）赶紧跪地磕响头！

马大胡子呀，俺迷糊敬过财神拜过灶王，跪过土地求过城隍，年年烧香，全没指望，可这回……俺信了你、服了你咧！大胡子在上，请受俺一拜！

［新雨上。

新　雨　迷糊哥，干啥呢？

迷　糊　拜大胡子呀，求他显灵，保这一方百姓！（叩拜）

新　雨　拜大胡子？哈哈哈……

迷　糊　笑啥？不是大胡子，谁能改了人心？他那书，就是真经啊！

新　雨　也对，听大胡子的没错，穷人要翻身，只能自己救自己。

迷　糊　救……咋救？

新　雨　就像吃坡、闹工钱那样，不反抗就没有活路。

迷　糊　这也是他说的？怪不得这么灵呢。抽空，也给俺念段儿经文听听？

新　雨　哟嗬！俺哥开窍儿了呀？

迷　糊　嘿嘿，半迷糊。

［新雨大笑不已，迷糊瞅着，不由心动。

新　雨　哥，瞅啥呢？

［迷糊慌乱欲走，忽又踅回，掏出木梳一塞。

迷　糊　桃木的，俺削的！（拔腿跑去）

［新雨看看木梳，蓦然回首……

［那首民歌悠然响起：

三月的桃花二月的柳，
俏妹子扬脸儿哥呀么哥低头。
若问俺心里想的啥？
只怕是说出来哥更愁，哥更愁……

［光渐收。

四

［一束光渐亮，迷糊娘心事重重地缝补衣裳。

迷糊娘　（唱）一夜秋风敲窗棂，
坐卧不宁到天明。
迷糊他忽然变成闷葫芦，
生生将娘心掏空。
摸摸头，不烧不烫人未病，
端上饭，不吃不喝眼圈红。
莫不是，惹了东家又被骂？

难不成，孩子大了想成家，娶不上媳妇叹孤零？
左思右想猜不透，
真是个急煞人的小祖宗！

迷　糊　（一步窜出）娘，咋不叫我一声呢？（抓起衣服就穿）

迷糊娘　哎针、针！

［新雨推门而入。

新　雨　哥，带着针就跑啊？

迷糊娘　新雨，你来得正好，快问问他，上啥邪呢？

新　雨　（笑笑）娘，天凉了，俺给你买了条围巾，出门戴上。

迷糊娘　瞧俺闺女，就是比小子会疼人。

新　雨　听见了吗哥？俺才是娘的小棉袄呢！娘，你歇着，我给他缭两针。

迷糊娘　俺这是哪辈子修的福哦！

新　雨　（拿针）躲啥？又不扎你肉。哥，你也老大不小了，该有人疼了。娘，给俺哥说个媳妇吧。

迷　糊　俺走咧！（猛一起身）哎唷！

新　雨　扎哪儿了？快给我看看，别动！

迷糊娘　（瞅瞅二人，忙扯过迷糊）迷糊，成家的事儿可不敢想三想四。改天，娘给你说个门当户对的。

迷　糊　娘！说啥呢？

［刘国才突然闯入。

刘国才　新雨！侯三炮带人进村，直奔你家去了！

新　雨　不好！那本书……

刘国才　我去拿！

新　雨　不，你去更扎眼。

迷　糊　我，我去！

新　雨　哥，这可是要命的大事儿啊。

迷　糊　俺懂！

新　雨　那好。国才，你先去稳住他们。

[刘国才应声下。

新　雨　哥，赶紧翻墙进去，带回藏好！

迷　糊　哎！（欲走）书在哪儿？

新　雨　我箱子底下，书中还有一张纸——

迷　糊　纸？

新　雨　写着名字。

迷　糊　哦哦！（又欲走）

新　雨　哥，人在书在呀！

迷　糊　人在书在！（撒腿跑去）

[暗转。内喊："侯队长到！"景显刘仁德家，侯三炮带黑狗子上。

刘仁德　侯队长，刘某未曾远迎，失敬失敬！

侯三炮　诶，若非接你密报，我还真不知马大胡子藏在哪儿呢。

刘仁德　查到了？好，总算出了这口恶气！

[一声锣响，刘国才提锣奔上。

刘国才　哎呀刘老爷子，长官大驾光临，咋不递个话呢？

侯三炮　你是……

刘国才　村长刘国才。请到村公所一坐？

刘仁德　队长还公务在身。

刘国才　那也得吃饭呀！

（唱）虽说穷乡无佳肴，
未忘劳军头一条。
长官屈尊来一趟，
怎敢怠慢不动勺？
撮一顿，枣木杠子肴驴肉，
保你一香仨跟头，吃了这回想下遭。
来来来，待我引路前街绕——

侯三炮　免了。

刘国才　赏个面子嘛。

侯三炮 若误了我的好事儿——

（唱）当心你脑袋开了瓢！

刘国才 那我……（瞄瞄后院）回去候着？（退下）

刘仁德 侯队长，夜长梦多，抓人吧。

侯三炮 抓谁？那马大胡子并非传说中的某个人，而是共党手中的一本书！

刘仁德 书？

侯三炮 这书，可非同一般呐！

（唱）这本书，漂洋过海传中土，

共党借它反政府。

城里闹罢工，

乡下抗税租。

搅得天下全乱套，

上峰严令连根除！

那日城中抓要犯，

巧的是……

刘仁德 逮住了？

侯三炮 （唱）恰与令爱碰脸儿熟。

今又闻报到府上，

岂不是，天赐良缘当惜福？

刘仁德 你……啥意思？

侯三炮 这叫歪打正着，马大胡子变月老！（挥手）

[一黑狗子捧上银圆。

刘仁德 这是……

侯三炮 原物奉还，权作聘礼。

刘仁德 不，使不得、使不得呀！再说……再说小女……

侯三炮 我对令爱心仪日久了耶。

刘仁德 侯队长，俺请你来是抓马大胡子的呀！

侯三炮 怎么，瞧不上我？那就是窝藏共匪！

刘仁德 这……从何说起？

侯三炮 那本书，是共党要人从济南带回，而你闺女——恰好由省城返乡，你说巧是不巧？还有！自打她窜回刘集，马大胡子便风传乡里，乱子一出连一出，难道说这都与她无关？

刘仁德 （惊）误会，肯定是误会！再说，小女她……怎会拿亲爹开刀呢？

侯三炮 那你地里的谷子咋没的？共党革得就是你的命！

［刘仁德又是一惊。

侯三炮 你看我是绳捆索绑带她走，还是劝她弃暗投明，花轿迎娶？

［新雨上。

新　雨 侯队长！本姑娘怕是你带不走，也抬不动吧？

侯三炮 嘿嘿嘿……抓起来。

新　雨 慢！无凭无据为何抓人？倒是队长大人，三番两次、假公济私、袭扰民女，就不怕上司拿你是问？

侯三炮 来人！把这大院，给我翻它个底朝天！

［黑狗子应声搜查。

刘仁德 （慌乱地）新雨……

新　雨 爹，你坐。

［黑狗子相继跑上："报告！东厢房没有。""报告！西厢房没有。""报……"

侯三炮 报什么报？报丧呢！（忽换笑脸）呵呵，多有冒犯。新雨小姐，后会有期哦。（悻悻下，黑狗子捧银圆跟下）

［迷糊抹着汗提棍走出。

迷　糊 老爷，没事儿吧？

刘仁德 迷糊！你拖根棍子干啥？我这就花钱招灾了，还嫌没闹出人命来？

［迷糊冲新雨挤挤眼，下。

新　雨 爹……

刘仁德 别叫我爹！我咋养了你这么个白眼儿狼呢？

新　雨　别生气嘛爹。

刘仁德　我哪敢生气？指不定哪天就革我命了！

新　雨　没人要你的命。

刘仁德　那侯三炮说的，不是望风扑影吧？咱地里的谷子……

新　雨　爹，俺跟你商量过放粮，可你……眼下赶上大饥荒，饿死那么多人，咱能守着粮食不管？再说，你从小就教我仁者爱人……

刘仁德　你少拿这话堵我！

新　雨　俺也是帮你行善嘛。

刘仁德　噢，你行善，我作恶？我能把家产带到棺材里去？

新　雨　俺知道爹是为俺好。

刘仁德　亏你还知道！这些年，我宠你惯你供你念书，图啥？我省吃俭用置房子置地，又图啥？不就盼你长大成人，招个女婿继承家业么？可你……咋就入了共产党呢？

新　雨　你别听那姓侯的……

刘仁德　听你的更完！

（唱）入这党，有啥好？
领着穷鬼瞎胡搅。
胳膊肘子往外拐，
就不怕，这诺大家业打水漂？
再者说，沾上共匪是杀头罪，
一旦出事儿天塌了，你教我生不如死怎么熬？
可知道，广饶城中开杀戒，
人头高悬尸骨抛？
可知道，多少人成刀下鬼，
血溅黄土一命销？
你怎就不知深浅？
你咋就鬼迷心窍？
今日算爹求你了——

新　雨　爹……

刘仁德 新雨呀！爹知道你从小任性，可也不能作死啊，赶紧交出那本书退党吧！

（唱）为刘家，保全你这独根苗！

（跪）

新 雨 爹！

（唱）这一跪，跪得儿心碎，

这一跪，跪得泪纷纷。

新雨情知未尽孝，

更懂得，爹爹忧心儿安危。

养育之恩未曾报，

怎忍再惹你伤悲？

爹爹呀——

儿知你，早年断弦未再续，

只为孩儿少生悲。

儿知你，自幼宠我捧作宝，

从不将儿心意违。

如今女儿已长大，

当信我，明事理，辨是非，经得风雨听得雷，

何不放手让我飞？

刘仁德 飞？那就立马招赘，送你远走高飞！

新 雨 不，我哪也不去！

刘仁德 这由不得你！

新 雨 爹！我已经有人了。

刘仁德 谁？在哪儿？

新 雨 他……在我心里！

[枪响，火光中亚轩挥旗冲上。

亚 轩 工友们！蒋介石开枪杀人了，抄家伙，冲啊！

[机枪扫来，一片血光，隐去。

新 雨 亚轩！（挥泪跑去）

刘仁德 天呐！

［一声炸雷，迷糊惊怔怔上，光聚。

迷　糊 这雷，惊煞人咧！

［光渐收。

五

［锣声陡起，内喊："敌人来了！"

刘国才 （提锣冲上）乡亲们，快往北洼跑！

［村民们扶老携幼转移，迷糊扶娘奔上。

刘仁德 国才，咋没见俺闺女？

刘国才 她还有事儿。

刘仁德 我问她人呢！

刘国才 去找清河支队了。

刘仁德 啥，跟他们动枪？这不是找死嘛！

刘国才 快，拖他走！

［迷糊拽刘仁德疾下，刘国才嘘口气，忽见敌兵逼近，忙藏身一旁。

［侯三炮带人搜上。

侯三炮 他娘的，连个人毛也没有，都死绝了？

［突然哃的一锣，吓趴一地，刘国才笑呵呵提锣走出。

刘国才 我在这候着呢。

侯三炮 你他妈找死！（欲打）

［内喊："杜司令到！"杜司令上。

侯三炮 司令，这位是自己人。

杜司令 嗯，人都到哪里去了？

刘国才 共党，都让共党裹跑咧。

杜司令 追！

刘国才 追不得呀！侯队长……

侯三炮 现在是局长。

刘国才 升了官就更得保命咧，你看！

（唱）四周一片芦苇滩，

分不清，多少伏兵藏里边。

黑洞洞枪口齐瞄准，

叭勾一声就上西天。

咱在明处他在暗，

这拨人，还不够八路搂枪崩着玩。

依我看，不如绕道回城转——

杜司令 嗯？

侯三炮 司令，这脑袋可不比韭菜呀！

（唱）割了这茬儿就没处安！

杜司令 混蛋！

侯三炮 不不！我是说赔本儿的买卖做不得，可也不能便宜了他们。小小广饶，鸡犬不宁，共党越闹越凶，这都是马大胡子的妖书……

杜司令 来呀，把共党的老窝和马大胡子的妖书化为灰烬！

侯三炮 烧！

刘国才 啊？不能烧哇！

［暗转。芦苇中有人惊呼："快看，村里着火了！"

迷　糊 这帮天杀的！（欲走）

迷糊娘 迷糊，去哪儿？

迷　糊 那书，还藏在炕洞里呢！

迷糊娘 去不得，一去就没命了呀！

迷　糊 娘，人在书在呀！（挣开跑去）

迷糊娘 迷糊！水火无情，裹上头哇！（扯了围巾追下）

［内唱："一把大火漫天烧——"迷糊疯了似地奔上。

迷　糊 （唱）眼睁睁，风烟过处土半焦。

遥望家宅心撕裂，

情急哪管性命抛。

那本书，新雨为它冒生死，

穷人靠它敢直腰。
那本书，新雨叮嘱保管好，
岂能化作纸灰飘？
顾不得，遍地乱苇拦去路，
芦叶扑面利如刀。
顾不得，脚下丛生荆条绊，
几步一跌紧摔跤。
一路狂奔气力尽，
心一横，直扑火海走一遭！

［忽然窜出一敌兵，枪指迷糊。

［“别开枪、别开枪！”刘国才跑上。

刘国才 迷糊？

［迷糊忙指火场，比画大胡子。

刘国才 哦！自己人。（示意迷糊快走）

敌　兵 站住！（挺枪刺去）

刘国才 （顺手夺枪，刺倒敌兵）走！

［迷糊一头钻入火海。

［几个敌兵冲上，刘国才挺枪格斗，不幸连中数刀。

迷　糊 （抱书滚出）国才！

［迷糊娘踉跄追上，见敌兵举枪。

迷糊娘 迷糊！（急挡，中枪）

迷　糊 （痛呼）娘——

［陡然枪声四起，新雨带战士呐喊冲上，拼杀追下。

迷　糊 娘，你咋还替儿挡枪子呢！（大哭）

［新雨提枪奔上。

新　雨 国才！

迷　糊 （泣声地）咱娘没了，咱娘没了呀！

新　雨 （爆发般的）娘——

［伴唱：撕心裂肺一声喊，

肝肠断呐泪如泉。

千呼万唤娘不应，

只留这，无边哀痛血斑斑！

[战士们肃穆走来，致哀。

迷 糊 （抖抖捧出《宣言》）妹子，这书……还在！

新 雨 哥……

迷 糊 哥知道，你是党的人，俺瞎字不识、任啥不懂，可俺知道它是穷人的书，比命还金贵！俺也想跟着你，给国才、给咱娘——报仇！

[切光。

六

[一簇火苗明明灭灭……

[伴唱：娘走了，家没了，

一如这，纸灰翻飞随风飘。

娘走了，家没了，

恍若那，青烟袅袅半空消。

[渐显披孝长跪的迷糊。

迷 糊 娘！你吃了一辈子苦、遭了一辈子罪，咋就这么走了呢？往后，你迷糊就是没娘的孩子了呀！（恸哭，一抹泪）娘，别嫌你儿胆小，我……（呼的抄起铡刀）一定给你老报仇！

[拨浪鼓一响，闪出货郎。

货 郎 你，就是迷糊？

迷 糊 你是……

货 郎 地下交通员。请转告新雨，她已被特务盯上，必须马上转移！

迷 糊 啊？她还在……（急止）

货 郎 情况紧急，快去！（掉头疾下）

迷 糊 真是祸不单行啊！新雨？妹子！妹子——（直奔芦苇滩）

新 雨 （上）哥，你怎么来了？

迷　糊　特务盯上你了！

新　雨　听谁说的？

迷　糊　货郎……不，交通员！

新　雨　交通员？他怎会与你接头……哥，你上当了，快走！

[货郎带特务们冲上。

货　郎　哈哈，侯局长真没说错，你小子是够迷糊的。

迷　糊　俺跟恁拼了！（搏斗，被一枪托击头仆倒）

新　雨　哥！

货　郎　带走！（押新雨下）

迷　糊　（挣扎醒来）妹子？妹子！（痛打自己）啊——我该死，我该死呀！

[刘仁德持手杖冲上。

刘仁德　你这喂不熟的东西，还我闺女！还我闺女……（痛打）

[“住手！”大壮奔上。

大　壮　他也是为了救你闺女！

刘仁德　不救还进不了狼窝呢！哦，大壮，俺闺女是你组织的人，可不能见死不救哇！

大　壮　我正要找支队营救，可……一时半会儿不知他们在哪儿呀！

刘仁德　那咋办？

迷　糊　我去！一命抵一命，换回新雨！

大　壮　回来！你想再搭一个进去？

刘仁德　那……花钱，拿钱赎人？

大　壮　也好，先用这法拖住他们，我去找清河支队！（跑去）

刘仁德　迷糊！跟我带上银票揣上地契……哦，还有那龙珠花瓶，去找那个姓侯的！（二人搀扶着踉跄奔走）

[景显伪警局。

刘仁德　侯局长，侯局长！

[“哈哈哈……”侯三炮得意地上。

侯三炮　刘老爷子，你可真吐血了。早知今日，何必当初呢？

（唱）你我本该一家人，
侯某可做保护神。
偏是你，好心当成驴肝肺，
到头来，砸锅卖铁求上门。
有心不管又不落忍——

刘仁德 侯局长！
（唱）还望你大人不计小人过，高抬贵手多开恩！

侯三炮 好说，好说。

刘仁德 多谢局长大人！

侯三炮 不过，上峰有令，今夜处决。
[刘仁德欲倒。

迷　糊 老爷！

侯三炮 活路嘛，倒还有一条。

迷　糊 你能不这么大喘气嘛！

侯三炮 嘿！一不尿裤就想奓毛？

刘仁德 哎呀，听侯局长说！

侯三炮 劝你闺女，立马交出那本书和共党名单！（隐去）
[铁索一响，显出阴森牢房。
[内喝："走！"伤痕累累的新雨被推扑倒地，渐醒。

新　雨 （唱）一弯冷月照寒窗，
几缕清晖送秋凉。
身随黄叶将飞去，
此心依旧恋家邦。
自幼海口生，
大河伴我长。
虽是女儿身，
不肯守闺房。
见惯人间不平事，
常忧家国存与亡。

迷茫中，求学幸遇共产党，
恰如那，久旱逢雨、禾苗抽穗见太阳。
虽说是，桃李年华花季短，
笃信身后百花香。
虽说是，万木萧瑟冬日近，
却终归，大河开凌春水长。
一部奇书惊世界，
唤起民众千千万，我心坦荡荡，纵死又何妨？

[远处，忽然显出亚轩。

亚　轩　新雨！

新　雨　亚轩？

亚　轩　还记得我们在大明湖畔说过的话么？

新　雨　记得！“有朝一日，中国的未来将被我们改造一新……”

亚　轩　“到那时，人民当家作主，生活幸福美满，我们的民族将自立于世界民族面前……”

新　雨　“也许，我活不到那天，可那个伟大的日子一定会到来，就在很近的将来！”

亚　轩　来吧，为了新中国！（隐去）

新　雨　亚轩，等着我！
（唱）临别举头望明月，
道一声，珍重了我的亲人，再见了我可爱的故乡！

[“妹子！”迷糊冲上。

新　雨　哥？

迷　糊　（扑通跪倒）是哥害了你，哥该死、该死呀！（伏地号啕）

新　雨　哥，这哪能怪你？

[“新雨！”刘仁德跌扑上。

新　雨　爹！

刘仁德　我苦命的闺女呀！
（唱）猛见儿，遍体鳞伤，

不由人，痛断肝肠。
那日苦劝你不听，
终成了，待宰羔羊。

迷　糊　老爷，快拿个主意吧！

刘仁德　（唱）绝处逢生尚有望——

新　雨　你是说……

刘仁德　侯三炮他……他让你交出……

新　雨　爹！

刘仁德　迷糊，你也说句话嘛！

迷　糊　不交是个死，可交了……新雨能答应么？
（唱）俺心里一乱也没主张！

刘仁德　你还不如不说！新雨，交出那本书和名单，还能换条命啊！

新　雨　爹，我若交了，那我还是你闺女吗？我还能认你这个爹吗？

刘仁德　不交，咱就人财两空了呀！

新　雨　（跪）爹！作为女儿，新雨不孝，等下辈子……俺还给你当闺女！

刘仁德　（绝望）新雨，你这是图的啥嘛！

新　雨　就俩字——信仰！

刘仁德　老天爷呀！快救救俺那傻闺女吧！（又哭又笑，疯癫而去）

新　雨　爹！

迷　糊　老爷他疼疯了呀！

新　雨　哥！求你替我照顾好俺爹，我欠他老人家太多了！

迷　糊　（使劲点头）嗯！妹子，信仰是啥？

新　雨　就是对你拜过的菩萨，要信、要敬、要照他说的做，拿命护着他！

迷　糊　那俺陪你一齐死！

新　雨　不！

迷　糊　娘没了，妹子也毁我手里，俺还活着干啥？

新　雨　哥，有菩萨在，再难也要活下去。妹走了，可那经文还得念下去呀！

迷　糊　可你……

新　雨　妹知道，哥心里一直有我。

迷　糊　不不，哥是下人！

新　雨　可在菩萨眼里，众生平等。

迷　糊　平等？

新　雨　对，你是我永远的哥。

迷　糊　妹子……

新　雨　这是哥送我的梳子，帮妹梳梳头吧。

迷　糊　妹子！

（唱）小小木梳捧在手，
生离死别话哽喉。
串串泪打秀发上，
妹子呀，梳不尽心中断肠愁！

新　雨　（唱）临别梳妆哥帮手，
小妹已无往日羞。
今生有缘做兄妹，
哥呀哥，来世还让你梳头。

迷　糊　（唱）哥不配，不配让妹再记挂，

新　雨　（唱）妹情愿，情愿与哥再聚首。

迷　糊　（唱）一句话捅出心头血，

新　雨　（唱）唤起往日情悠悠。

哥，你看我——好看么？

迷　糊　好……好看！

[一声喊："带刘新雨！"

迷　糊　妹子——（猛地抱住呜咽）

新　雨　哥，咬着牙，好好活！（慨然走去）

[幕后传来新雨高呼："万国劳动者团结起来！中国共产党万岁！"枪响。

迷　糊　（猛一趔趄）妹子！（吐血栽倒）

［伴唱：一口鲜血喷出喉，
肝胆俱裂泪迸流。
妹子恍若音容在，
却已远去不回头！

迷　糊　（唱）哥想死，可死不得，
你的话，字字刻在俺心头。
哥得活，可活得苦哇，
这份债，俺背负到死也难丢。
死不能，活不成，哥该咋办？

［伴唱：猛然间，"信仰"二字撞心头！

迷　糊　（唱）那俩字，道出口，
妹子为它不低头。
那俩字，挑得透，
拨亮灯盏照心头。
那俩字，解得好，
再难也得死命守。
那俩字，赛霹雳，
炸开冰河浪奔流。
迷糊今日才开窍，
方知你，为啥舍命敢断头。
哥好悔，悔不该没早跟你走正路，
哥好恨，恨不能倒转日子活从头。
你用死换来哥明白，
穷人想出头，就得联起手，不再认命不再受，挺起胸、
昂起头，不再给人当马牛，只有跟着大胡子走！

妹子，哥是个没用的人，可哥——会天天拿命守着你！

［鲁北民歌再次响起：

三月的桃花二月的柳，

俏妹子扬脸儿哥呀么哥低头。
若问俺心里想的啥？
只怕是说出来哥更愁，哥更愁……
［伴唱中，遍地桃花依次盛开……
［光渐收，闪回毕。

七

［字幕：一九七六年。
［一束光下，小四眼懒洋洋蹲坐门前，金馆长提马灯、红缨枪上。

金馆长 小四眼，你不去登记造册，骑着门框干啥？

小四眼 馆长，咱忙来忙去，快成收破烂儿的咧！

金馆长 说啥呢？这是革命文物！
（唱）莫小看，这马灯水壶红缨枪，
哪一件，又不是历经战火响当当？
多少故事藏背后，
无数英雄殁大荒。
舍它哪有共和国？
轻慢历史忒荒唐。
倘若先烈英魂在，
岂不教，壮士洒血再神伤？

小四眼 这我知道，可《宣言》呢？《宣言》才是咱此行的重中之重！

金馆长 咳，听说迷糊大叔躺了三天，谁也不见。

小四眼 那就是个榆木疙瘩！

金馆长 他，也许另有隐衷吧？（隐去）
［伴唱：卧床三日瞅房梁，
水米未沾人半僵。
只道魂追新雨去，
却怎的，抖抖索索又还阳？

[景显河畔墓碑，暮年的迷糊抱一布包颤颤走来。

迷　糊　妹子，哥遇上难事儿咧，帮哥拿个主意吧！（打开布包）你看，这书俺保管得好好的，不缺页，也没蜷角，原封原样，一守就是五十年呐！这才听说，人家上边在找这本书，找上门了，来收它了，可俺这心里……咋也舍不得呀！

（唱）几十年，风风雨雨它是俺念想，
几十年，日日夜夜它陪俺唠家常。
几十年，人在书在未曾忘，
几十年，书在你在哥不慌。
这书扯着俺的命，
离开它，怎不教哥恓惶惶？

[一束光下显出新雨。

迷　糊　哥！

（唱）妹知道，俺哥从未将我忘，
献书惹得你痛伤。
几十年守护妹最懂，
你是妹心中的英雄敢担当！

迷　糊　（唱）不敢当——

新　雨　（唱）莫谦让，

迷　糊　（唱）担不得——

新　雨　（唱）当景仰。

迷　糊　（唱）迷糊不过一草民，

新　雨　（唱）草民成就大文章。

迷　糊　（唱）文章不关百姓的事，

新　雨　（唱）百姓才是亲爹娘！

迷　糊　妹子，这书……

新　雨　把书交了，妹妹在，俺还在这陪着你！

迷　糊　那，哥听你的！（一抬头，新雨隐去）妹子？妹子……

[金馆长带小四眼上。

金馆长　大叔，你咋了？

迷　糊　哦，没、没啥。（回身捧起《宣言》）

小四眼　（抓过）《共产党宣言》？是它，就是它！哦？还有张名单。

金馆长　名单？

迷　糊　（夺回）小心着点儿！为了它，咱死了一摞摞的人呐！

金馆长　大叔，这不仅是一本书、一件文物，更是你老一生的守望啊！

小四眼　馆长，总算了了总理的心事啦！

迷　糊　谁？

金馆长　周恩来总理。他老人家……在这特殊时期，重病在身，还一直找它，想再次见到它呀！

迷　糊　这么说……它遇上贵人了？新雨，这书遇上贵人了呀！

［一声炸雷，内喊："开凌喽——"顿显排山倒海般滔滔大河。

［伴唱：轰隆一声春雷响，
　　　万里冰河炸脱缰。
　　　流凌千叠逐浪去，
　　　呼喇喇，长龙摆尾入大洋，入大洋！

［伴唱中，迷糊颤巍巍走向高处，久久伫望……

［光渐收。

（剧终）

（该剧与陈鹏合作）

·现代柳琴戏·

沂蒙情

时　间： 抗日战争时期。

地　点： 沂蒙山区。

人　物： 山　杏——满堂的媳妇。

秋　月——满堂的嫂子。

婆　母——山杏与秋月的婆婆。

赵连长——八路军某部连长。

满　堂——山杏的丈夫，婆母的二儿子。

石　头——秋月的儿子。

众姐妹　众汉子　乡亲们　推车人　送亲队伍　满囤

八路军战士

一

[沉沉大山，一片昏暗。

[一曲柔美却充满悲情的沂蒙小调悠然飘来：

人人那个都说哎，沂蒙山好，

沂蒙那个山上哎，好风光……

[一支唢呐随之响起，悲怆而低回。

[远处，几个披孝的身影踏着山石迎风走来，渐显哀痛刚毅的婆母一家。树下，婆母凛然立住。

婆　母　老二，跪下，给你爹磕个头！

[满堂扑通跪倒，叩头。

婆　母　你爹他怎么死的？

满　堂　支前，杀鬼子！

婆　母　他像咱沂蒙山的爷们儿不？

满　堂　爹是好样的！

婆　母　那，你是你爹的种不？

满　堂　我绝不给俺爹丢人！

婆　母　好！那就学你哥，扛枪打鬼子！（一把扯掉满堂头上的孝布）来，娘给你披红戴花，送你当八路！

[秋月捧出红绸，婆母抖抖地为满堂披戴。

满　堂　娘！（砰的磕个响头，跃起呐喊）不愿作孬种的，当兵杀鬼子呀——

[一群精壮汉子应声跃出。

众汉子　当兵，杀鬼子！

满　堂　（唱）磕一个响头，震倒一座山，

众汉子　（唱）嗨嗨——

满　堂　（唱）吼上它一嗓子，撕开一方天。

众汉子　（唱）嗨嗨——

满　堂　（唱）撇下那热炕头报名上前线，

咱沂蒙山走出来的都是好儿男！

众汉子 （唱）磕一个响头，震倒一座山，

吼上它一嗓子，撕开一方天。

脑袋别在裤腰上啊，

杀尽那东洋鬼子保咱的好家园！

[众姐妹与乡亲们涌上，与亲人依依惜别。

[赵连长大步上。

婆　母 赵连长，满堂就交给你了！

赵连长 大娘，老大、老二都走了，那你……

秋　月 家里有我。二弟，你就放心去吧。

婆　母 （颤颤抚摸满堂）孩子，别惦记娘，娘这把老骨头……说啥也要撑到你哥儿俩回来！

满　堂 娘……

婆　母 你走了，娘还按早先定的日子给……给你把媳妇娶回来！

[满堂含泪拜别，远去。

秋　月 二弟！成亲那天，你可千万回来呀！

[“满堂——”山杏喊着从远处直奔山顶，望着山外的背影潸然泪下，光聚。

山　杏 满堂……

[一曲沂蒙民歌幽幽传来：

哥哥你当兵出山沟，

莫忘了停脚回回头。

回头看一眼岭上的树，

树下的小妹泪花流。

啊……啊……

等你等到胜利后，

俺迎哥哥到村头，俺迎哥哥到村头……

[光渐收。

二

[光渐启，山路上。

[粗犷的喊山号子："哎嗨——哎嗨依儿哟——"一架独轮花车推着头顶红盖头的山杏上，送亲队伍随上。

推车人 （唱）放开那嗓门儿哟——

众汉子 （唱）甩开膀，

推车人 （唱）翻山那个越岭哟——

众汉子 （唱）送新娘。

推车人 （唱）新娘子可别不吭气儿呀，

众汉子 （唱）闷坏了众兄弟，谁来闹洞房？

山　杏 （羞，唱）木轮花车吱扭响，

压不过，这喊山号子绕山梁。

风撩盖头暗端量，

哎呀呀，红裤红袄红嫁妆，山杏俺今日作新娘！

众汉子 （唱）一路颠——

山　杏 （唱）颠得俺心头小鹿撞，

众汉子 （唱）一路晃——

山　杏 （唱）晃得俺心儿飞左庄。

只说嫁了个好后生，

猜呀猜——

众汉子 （唱）哎哟喂，猜不出究竟啥模样？

山　杏 （唱）有心找人去打问，

怎奈怕羞口难张。

那日闻听他入伍，

紧追慢赶没撵上。

遥望山外人影远，

黑压压一群后脊梁，分不清哪是……

众汉子 （忸怩接唱）哪是俺的郎？

山　杏　去！

众汉子　哈哈哈……

山　杏　（唱）说他今日往回赶，

好一个懂俺疼俺的左满堂！

（终忍不住）哎，哎！

推车人　叫我？

山　杏　你……就是左庄的？

推车人　是啊。

山　杏　那你见过那个……那个谁吗？

推车人　那个谁是谁呀？

山　杏　哎呀不跟你说了！

推车人　哈哈！

（唱）新娘子，别着忙，

众汉子　（唱）翻过了山头就拜堂。

推车人　（唱）今日洞房炕头坐，

众汉子　（唱）误不了，来年变作孩他娘！

山　杏　（更羞，唱）一路上——

强压着不再问，

硬憋着不开腔。

怀揣着女儿梦，

纠结着寸寸肠。

酸酸甜甜心头搅，

进了门，与俺那没见面的拜花堂！

[内喊："新媳妇来喽！"喜乐大作，顿显喜客盈门的婆母家。

司　仪　一拜天地！二拜高堂！夫妻对拜……

[新郎装扮的秋月怀抱公鸡与山杏依礼三拜。突然鸡啼，山杏惊撩盖头，怔住。

婆　母　闺女，老二本该赶回来，可队伍……又上前线了呀。

秋　月　这也是老辈儿里兴下的礼数，先把亲事办喽。（冲司仪）喊呐！

司　仪　步入洞房——

［暗转。洞房内，秋月不安地瞅瞅闷坐炕头的山杏。

秋　月　妹……妹妹。

山　杏　嗯？

秋　月　进了门，咱就是一家人了，哈？

山　杏　嗯。

秋　月　一家人，也就不说两家话了，对不？

山　杏　嗯。

秋　月　日子呢是早先定的，婚事也铺排得好好的，可天杀的鬼子不让咱安生啊！

［山杏欲哭。

秋　月　哎别……妹妹，这是户好人家，嫂子过来这么多年，有数，屈不着你。

山　杏　（嘤嘤地）俺知道。

秋　月　那就好。咱这里吧虽说偏远，可常来八路。一说杀鬼子，男人们都争着上前线呢。

山　杏　哦。

秋　月　这不，你大哥也当兵两年多了，到这……连个口信儿也没有。

山　杏　是吗？

秋　月　（忙转笑脸）不过，等赶走鬼子，他哥儿俩就一块儿回来了。

山　杏　回来……就不走了吧？

秋　月　再走，咱把他捆到碌碡上！

［山杏扑哧笑了。

秋　月　那，我就替俺兄弟……给你揭了盖头？

［山杏点头。

秋　月　（如释重负，掀去盖头）呀，瞧俺妹妹俊得呀！

山　杏　（羞）嫂子……

秋　月　（唱）好一朵山花初绽开，

好一汪清泉淙淙来。

谁说山野花不俏？
谁道溪流无娇态？
山里女子少打扮，
掩不住，这窈窕身子桃花腮。
老二有福娶了你，
堪称绝配比着来。
他也是百里挑一的好小伙，
你二人呀，天作之合掰也掰不开！

山　杏　可……可他……

秋　月　别急，队伍来回拉锯，说不定哪天就一头扎进来。

山　杏　真的？

秋　月　今晚上可回不来哦。

山　杏　（愈羞）嫂子！

秋　月　呵呵，不说了，村里还有支前任务，我去去就回。哦，先让它陪你作个伴儿吧。（递公鸡，下）

山　杏　（瞅瞅公鸡，顿感孤独，唱）呆头公鸡不声响，
佯作乖巧偎身旁。
适才拜堂你乱叫，
无人时，怎不陪我话家常？
你看这——
新房空荡荡，
孤灯影成双。
床头红幔帐，
炕下无新郎。
空留一屋男人味呀，
怎不教人凄惶惶？
看一眼，青石屋，
摸一把，泥土墙。
看遍他住过的房角落，

摸遍他，扶过的门、趴过的窗、坐过的凳、卧过的床，
这锄这筐这桶这缸，哪里又没他汗水香？
（走近床头轻抚，饮泣）
[婆母端脸盆上，收步叹息，放盆欲走。

山　杏　（猛抬头）娘？

婆　母　（不禁泪眼婆娑）杏，娘委屈你了，委屈你了呀！

山　杏　不，俺不屈，俺知道……知道娘亲俺、娘疼俺、娘拿俺当自家闺女，俺……不怨他！
（唱）俺不怨，不怨他未能与俺拜天地，
俺不怨，不怨他撇得山杏守空房。
俺等他，等他前方打胜仗，
盼他立功早还乡。
哪怕十年八年容颜老，
山杏俺还穿这身红嫁妆，作他的新娘！

婆　母　杏！

山　杏　娘！（扑入怀中）
[唢呐声深情地响起。
[光渐收。

三

[一串笑声传来，启光。众姐妹踏月上。
[伴唱：月儿弯弯映山庄，
沂水粼粼泛银光。
借得明月作灯盏，
拆罢了棉衣改军装。

众姐妹　（唱）月儿弯弯映山庄，
欢声阵阵绕山梁。
一捧棉絮寄心愿，
穿在哥身上，暖在妹心房。

[山杏欣喜跑上。

山　杏　（唱）月儿弯弯映山庄，

山乡处处人繁忙。

一片银针闪，

一川歌飞扬。

手中线儿翩翩舞，

扯着前方，连着后方，情深意长！

众姐妹　（唱）针儿密——

山　杏　（唱）缝不尽千层挂念万重想，

众姐妹　（唱）线儿长——

山　杏　（唱）扯不完魂牵梦绕情一腔。

多少话儿藏针下，

穿上它，你可知家中有人在等郎？

（冷不防被人抢走手中衣）

姐妹甲　哇！这里边还绣着红心呢。

姐妹乙　嫂子，刚过门，就急着传定情物啊？

[山杏欲夺。

姐妹甲　说，是想俺满堂哥了吧？

姐妹乙　不想……那是假的！

众姐妹　哈哈哈……

山　杏　你们……就不偷着想么？

[众姐妹登时哑然。

[婆母慌慌上。

婆　母　杏！

山　杏　娘？这么晚了，你怎么……

婆　母　今下晌，你嫂子一说区长找她，我这心里就咯噔一声……

山　杏　还没回来？

婆　母　都下半夜了，该不会……出啥事儿吧？

[众人心头一紧，隐去。

[唢呐声幽幽咽咽地响起。

[一束光下，秋月神情呆滞地踉跄走来。

[沉重的画外音：“秋月，在这次反扫荡中，左满囤同志为了掩护部队转移，带领三排战士打退了敌人多次进攻，可……子弹打光了……”

[一声爆炸，远处骤显硝烟弥漫的战场，满身血污的满囤跃出：“同志们，跟狗日的鬼子拼了！”众战士挺枪搏杀。枪响，壮士飞血。

秋　月　（撕心裂肺地）他爹——

[景象顿逝。

秋　月　（唱）一声痛呼泪飞迸，
似见青山血溅红。
乍闻噩耗人惊愣，
醒来时，无人野岭放悲声！
他爹……（接唱）
一本薄薄烈士证，
沉沉如山眼前横。
两页粗粗油印纸，
生生断我骨肉情。

[伴唱：人都说沂蒙女人肩头硬，
可谁又知，这眼中的泪、腹中的痛、胸中的苦哇心头的疼？

秋　月　（唱）抬头猛见自家院，
不由得一声悲呼……
（急收，接唱）
且住声。
老人经不起，
石头难担承。
苦我一个人，

死也不放声。
撕裂心头暗滴血,
也只有,掩悲痛、瞒真情,但求阖家暂安宁!

[内喊:“嫂子——”山杏疾疾寻上。

[秋月忙拭泪。

山　杏　嫂子!你怎么才回来?你没事儿吧?区长找你说啥了,啊?

秋　月　哦,他说……天冷了,该给八路送棉衣了。

山　杏　就这?

秋　月　嗯。

山　杏　没别的?

秋　月　没。

山　杏　可吓死我了,我还以为……咱娘都急坏了!

[秋月欲走。

山　杏　嫂子!

[秋月倏地立住。

山　杏　俺……满囤哥有信儿么?他挺好吧?

秋　月　好,挺好。

山　杏　那满堂呢?满堂好么?

秋　月　都好。

山　杏　真的?嘻嘻!他……长什么样?

秋　月　谁?

山　杏　还有谁呀?

秋　月　哦,老二么……浓眉大眼,高鼻梁、厚嘴唇……嗨,反正跟石头差不多的脸盘儿。

山　杏　谁?

秋　月　你侄子呀。

[山杏撒腿跑去。

[秋月掩口饮泣,隐去。

[一束光下,山杏飞奔下山,一步闯入秋月房内,见石头熟睡,

遂踮脚凑近，掌灯细看。

[伴唱：一张小脸浅浅笑，

甜梦侄儿灯下瞧。

盈盈泪花噙不住，

心上的人儿可知晓？

山　杏　（唱）浓浓眉，轻轻挑，

直直鼻梁挺且高。

厚厚嘴唇两头翘，

凤眼微合将人撩。

敛声屏气看不够，

直教人，心儿颤、脸儿烧，身儿轻若云中飘。

我看见了，

看见了！

果真是心中那模样，

不愧为堂堂男儿没得挑。

莫非是前世因缘今未了，

这辈子，俺命好，嫁你等你本该就有这一遭？

[“山杏！”身后忽然显出一身戎装的满堂。

山　杏　（蓦回首）满堂？你……回来了？

满　堂　嗯。

山　杏　你回来了呀！（扑去）

[伴唱：天天想，夜夜盼，

蓦然相逢云水间。

满　堂　（唱）山阻隔——

山　杏　（唱）水相连，

满　堂　（唱）水若断——

山　杏　（唱）心也牵。

满　堂　（唱）烟雨迷蒙遮望眼，

山　杏　（唱）相看无语泪不干。

满 堂 （唱）转战南北离家远，

山 杏 （唱）梦中也把魂儿拴。

满 堂 （唱）苦了山杏不落忍，

山 杏 （唱）今生有你苦也甜！

满 堂 杏！（欲吻）

山 杏 （阻住）还走不走？

满 堂 不走了，天天在家守着你！

山 杏 再走，就把你捆到碌碡上，嘻嘻！（跳开，被捉，闭了眼静候亲吻）

［屋外扑通一声，满堂倏尔隐去，山杏惊醒。

山 杏 满堂！满……（惊见秋月跌于院门前）嫂子？

秋 月 别喊！

山 杏 你怎么了？你这是怎么了呀？

秋 月 我……走累了。

山 杏 不，不对，你心里有事儿，你有事儿瞒着我！出啥事儿了，啊？快告诉我，你不能……不能一个人憋在心里呀！俺知道轻重，知道什么话能说，什么话必须烂到肚子里。（不由悚然一惊）嫂子，是不是……是不是俺满囤哥……

秋 月 （压抑却难以控制地）妹妹……

［山杏惊呆。

秋 月 杏！这是塌天的事儿，说不得，千万千万说不得呀！咱公爹刚走，满囤又……咱娘她撑不住啊！

山 杏 嫂子——（悲痛欲扑，猛见婆母抖抖地立于近旁，急收）娘……

［二人抹泪，惊怔怔望着婆母。

婆 母 （颤巍巍地）来，都过来，过来陪娘坐坐。（欲走，身子一晃）

二 人 （忙架住）娘！

婆 母 瞧，今晚上的月亮多好，连树上的柿子……都看得真真的。

山 杏 娘！

婆 母 （抖抖坐下）杏，自打你进了门，这个家……就咱娘儿仨拖着石头，一天一天地守着。这会儿，娘好想……好想跟你妯娌俩说说话念叨念叨。

秋　月　娘，你说。

婆　母　月啊，你比杏大两岁，是个明理的孩子，知道咱左家门的秉性。男人是啥？是天。女人呢？是地。倘若……倘若有朝一日天塌了，那……那就得由地接着呀！人活一世，草木一秋，怎么都是一辈子，可最最要紧的就是看咱活得值不值了！

二　人　娘，俺知道，俺知道！

婆　母　孩子，托生个人不容易，托生成女人就更……娘什么都经着了，什么都明白，可就是没……没想到你这年纪轻轻的咋也摊上了呢！

二　人　（爆发般地）娘！

婆　母　我苦命的孩子！（三人抱头恸哭）

［一声唢呐直入云霄，久久回荡。

［陡然几声枪响，身负重伤的赵连长一头栽进来。

赵连长　大……大娘！（晕倒）

秋　月　赵连长？

［枪声更近。

婆　母　快，上后山！

［切光。

四

［山风呼啸。

［一束光渐亮，显出焦灼不安的婆母。

婆　母　（唱）一夜山风敲窗棂，
声如乱鼓捶不停。
眼见同志伤势重，
怎不教人揪心疼？

［光暗。另一束光亮，显出忧心如焚的秋月。

秋　月　（唱）一天寒气霜露冷，
　　轮番守护到天明。
　　热汤暖得伤员醒，
　　虚弱身子怎支撑？

［光暗。又一束光亮，显出心情沉重的山杏。

山　杏　（唱）一瓢稀粥照人影，
　　清汤寡水少油星。
　　亲人失血待调养，
　　偏又断粮缸空空！

［两束光同时亮，显出婆母、秋月。

婆　母　（唱）断粮，

秋　月　（唱）缸空！

山　杏　（唱）九死，

三　人　（唱）一生！

婆　母　（唱）救人要紧岂能等？

秋　月　（唱）苦于无计难支应。

山　杏　（唱）恨不得剜心割肉换他命——

三　人　（猛丁想起）那只鸡？

婆　母　不……

［伴唱：陡然一念撞心胸！

婆　母　杀不得，杀不得呀！

秋　月　娘，人家八路连命都豁出去了，难道……难道让伤员跟咱一起吃糠咽菜么？

婆　母　这……

秋　月　咱家也只有这只鸡能救命了呀！

婆　母　可这只鸡……这只鸡自打拜堂那天，就成了杏的念想了呀！

［山杏一震，婆母与秋月隐去。

山　杏　（讷讷地）杀鸡？杀鸡……（跌撞撞冲回房内，倏地驻足）

［伴唱：泪眼模糊望鸡笼，

心头打翻五味瓶。
酸甜苦辣道不尽，
懵懂公鸡怎知情？

山　杏　（唱）手颤颤，开鸡笼，
轻轻抱出小精灵。
柔柔羽毛腮边蹭，
不由人，泪打花翎上，牙咬血滴红！
谁道你，无灵性？
山杏的心事你最懂。
谁说你，鸡脑子？
人间的苦乐你肚里明。
自打拜堂识山杏，
你陪俺，石屋长夜话孤零。
每天炕头听报晓，
你陪俺，送走了秋日迎来了冬。
房内有你不清冷，
怀中有你心不空。
见你如同见到他呀，
一声啼，俨如俺昼思夜想杀敌报国的大英雄！

［伴唱：手抚红冠撕心痛，
临别哽咽话几声。

山　杏　（唱）你可知，八路拼死为百姓，
浴血疆场不贪生？
你可知，眼下伤员命垂危，
搭救不及将牺牲？
家中别无救生物，
也只有……也只有啊——
（一把抄起刀，接唱）
碎了我的心，舍了你的命，换来咱抗日战士再重生！

[公鸡咕咕一叫，山杏刀落。

山　杏　（泣声地）俺不想杀你，也不忍心杀你，可……为了救八路、打鬼子，俺又怎能……怎能不杀你呢？对不起、对不起！俺知道，知道这一世俺怠慢了你、亏欠了你、害苦了你、对不住你，可俺……不会忘了你，也不会让你的血……洒在地上的！（一抖红盖头罩住鸡笼，忍痛一刀下去）

[唢呐声兀地响起，如泣如诉。

[山杏扶笼痛哭。

[收光。

五

[雁鸣啾啾，启光。已近痊愈的赵连长拄棍登高远眺。

赵连长　（唱）鸿雁归来春风暖，

但只见，满坡新绿、百花吐艳、飞流三叠、

层林尽染，好一派锦绣河山！

好景色撩起我情思无限，

禁不住心潮滚滚逐浪翻。

实难忘，一冬挣扎生死线，

实难忘，亲人搭救恩如山。

一勺勺鸡汤和泪咽，

一层层棉衣御风寒。

一服服草药亲手喂，

一回回履险将我瞒。

嫂子为我心揉碎，

大娘为我白发添。

她们舍命我活命，

她们遭罪我生还。

天大的恩情难回报——

若不赶走鬼子，还百姓一个好日子——（接唱）

无颜再回沂蒙山！

（啪地折断木棍）

[山杏携篮上。

山　杏　（吃惊地）赵连长，你这是……

赵连长　哦，试试手脚，看小鬼子的脖梗有这棍子硬吧。（二人笑）

山　杏　给，还是先试试鞋吧。

赵连长　嗯，正合适。穿上它日行千里，说不定连夜就能撵上部队。

山　杏　怎么，你要走？

赵连长　马上。（欲进山洞）

山　杏　哎！赵连长……

赵连长　有事儿？

山　杏　俺……俺想托你捎句话。

赵连长　捎给满堂？

山　杏　嗯，就说俺……俺娘想他了！

赵连长　呵呵，记住了！（下）

[突然，秋月气喘吁吁奔来。

秋　月　鬼子……鬼子搜山了！

山　杏　啊？快进山洞！

秋　月　慢，鬼子就是冲这边来的呀！

山　杏　那……

秋　月　我去引开敌人，你带赵连长随后转移！

山　杏　不！你在这，我去！

秋　月　老实待着！

山　杏　（急）嫂子！

秋　月　你还年轻，还没见过满堂呢。

山　杏　可你……还有孩子呢！

秋　月　我的傻妹妹呀！

（唱）鬼子搜山步步近，

休再相争耗时辰。

你与二弟未见面，
怎能生生两离分？
你哥已去我少牵挂，
只托你，为左家保住石头这条根。
咱姐俩有缘来世见——

山　杏　不！
（唱）老的老、小的小，还靠嫂子撑家门！
山杏初嫁未圆房，
无牵无挂孤一人。
若是满堂回来问，
你就说俺在天上等着他，心儿连着心！

秋　月　你糊涂哇！人这辈子什么最金贵？命！什么最该看重？情！没了命，你情在哪里？没了情我要命何用？眼下，嫂子才无牵无挂，而你……还是一朵没开的小山花呢！（欲走）

山　杏　（扯住）嫂子！你的命也不是你自己的！（一把推倒，冲向高处）

秋　月　妹妹！

[忽然，山下传来鬼子兵叽哩哇啦的声音，山杏忙摆手示意，唱起山歌走去。

山　杏　（唱）哎——
柿子花开浅浅黄，
小妹妹折花会情郎。

[鬼子兵淫邪的喊声："啊哈哈哈……花姑娘子！"

秋　月　妹妹……（隐去）

山　杏　（接唱）山上树多哥不见，
迎风寻来花更香。
花香十里哥跟上，
莫嫌山路弯又长。
这边鸟飞花枝颤，
那是小妹在等郎。

[鬼子兵越发放肆的浪笑声。

[山杏在山间且引且退，一回身，陡见深涧。

[伴唱：再一步，飞瀑深渊，

退一步，禽兽刀尖。

一时慌乱难进退，

忽有话语震耳边！

[婆母的画外音："人生一世，草木一秋，怎么都是一辈子，可最最要紧的就是看咱活得值不值了！"

[山杏立时镇定下来，坦然地整衣捋发，蓦见水中倒影，不禁深情地仰望山水。

山　杏　哦！这山，这水，这满山的野花，多美呀！

（唱）看一眼，我的沂蒙，

禁不住怦然心动。

唤一声，我的沂蒙，

又教人怎不动容？

沂蒙是我家，

俺在沂蒙生。

沂蒙有我的爱，

俺恋沂蒙情。

少小时，望着山上的树长大，

姑娘时，映着山上的花儿红。

一弯长河送岁月，

农家有女初长成。

两岸唢呐震天响，

俺山杏，乘花车、嫁英雄，羞答答披上了蒙头红！

[一声唢呐由远及近，越来越热烈火爆，随之远处显出一支迎亲队伍……渐隐。

[伴唱：花一样的憧憬，花一样的梦，

花一样的梦境逐清风。

山　杏　（唱）掐一朵小花鬓边戴，

掬一捧清波洗面容。

再见了，我的家乡父老，

再见了，我的至爱亲朋。

唤一声，我的郎，

愿你天边轻轻应。

虽说你我未见面，

却不枉夫妻一场在今生。

下辈子俺还嫁给你，

再续咱恩恩爱爱未了情。

为妻走后莫流泪，

山杏此去并不远，就在这漫山遍野的花丛中！

[鬼子兵的狞笑声突然逼近。

[山杏欲纵身跃下悬崖，猛有一声喊："别跳！"秋月持手榴弹奔上。

山　杏　（惊回首）嫂子？

秋　月　妹妹，你替嫂子好好活着，等你的满堂回来！

山　杏　不！嫂子……

秋　月　（猛转身）天杀的鬼子，都去死吧！（拉弦扑向鬼子）

[轰隆一声巨响，秋月与鬼子同归于尽。

山　杏　（急扑过去）嫂子！嫂子——

[一声唢呐直入云霄，万道霞光訇然于硝烟中投射下来。

[沂蒙小调如泣如诉：

人人那个都说哎，沂蒙山好，

沂蒙那个山上哎，好风光……

[光渐收。

六

[一团团炉火燃起，参差错落，映红半天。

[不远处，八路军队伍赳赳而来，逶迤而去。

[炉火旁，众姐妹与乡亲们边烙煎饼边兴奋议论。

姐妹甲　要打仗了。

姐妹乙　要打仗了！

众　要打大仗了呀！

姐妹甲　（唱）你看那，一队队八路眼前过，

众　（唱）脚步匆匆疾如梭。

姐妹乙　（唱）势如猛虎下山去，

众　（唱）吓得鬼子直喊爷！

姐妹甲　（唱）再看这，一簇簇炉火赛烽火，

众　（唱）滚烫的鏊子摆满坡。

姐妹乙　（唱）一张张煎饼壮军威，

众　（唱）管教那小日本屁滚尿流回老窝！（隐去）

[一束光引虚弱却又激动不已的婆母拄棍上。

婆　母　他爹，满囤，我的好秋月，你们都看见了么？听见了么？

（唱）一排排战士穿村过，

一支支人马下山坡。

一阵阵欢声遍村落，

一张张笑脸含泪说。

盼来了，盼来了讨还血债这一刻，

迎来了，迎来了八路兴兵渡沂河！

你再看——

乡亲们支前多踊跃，

刮缸底，筹军粮，不为自家留半颗。

推碾子磨面烙煎饼，

蜷断腿，累折腰，苦撑几夜眼不合。

　　你爷儿仨九泉之下当含笑，
　　咱沂蒙人，对得住祖宗对得住你，掏尽了心血为报国。
　　今日撮土作香火——
你爷儿仨若在天有知的话——（接唱）
　　显显灵，助咱大军奏凯歌！
［内喊：“奶奶！”石头跑上。

石　头　奶奶奶奶，俺饿了。
婆　母　奶奶给你烤着菜团子呢。
石　头　俺不吃菜团子嘛。咦？煎饼！
婆　母　煎饼是军粮！
石　头　俺吃煎饼，俺要吃军粮！（抓起欲吃）
婆　母　你！（劈手夺下）
［石头委屈大哭。
［山杏上。

山　杏　娘，他还是个孩子，再说……再说他……（欲拿起煎饼给石头）
婆　母　杏！他不懂事儿，你也糊涂么？自家孩子再金贵，能有咱八路的命值钱？你看看，就这点儿粮食，那么多的同志，人家……人家是勒着腰带提着脑袋跟鬼子拼命啊，咱咋就不能省下一口是一口呢？
［山杏心酸掉泪。

石　头　婶儿，你别哭，俺不吃煎饼了。
山　杏　我这就回娘家借粮去！
婆　母　借了来，也得先充军粮。
石　头　婶儿！等打完仗……打完仗俺就能吃煎饼了么？
山　杏　（一把抱住）石头！到时候，婶儿一定……一定给你顿顿烙煎饼！
［伴唱：孩子懂事却天真，
　　　　惹得大人泪纷纷。
　　　　谁家儿孙不是宝，

哪个指头不连心？

[光暗，复明。满堂带一队八路军战士上。

满　堂　原地休息，待命出发！

众战士　是！

[石头拽提瓦罐的婆母上。

石　头　二叔？

满　堂　石头！

石　头　二叔！（跳入怀中）

婆　母　（水罐啪的落地）老二！

满　堂　娘！

婆　母　你回来了，你总算回来了呀！

满　堂　娘，你老人家好吧？俺嫂子呢？她也……

[婆母哽咽摆手。

满　堂　怎么？

石　头　二叔！（大哭）

满　堂　（蓦地发现石头臂上的孝布，痛彻地）嫂子——

婆　母　（忽地想起）石头，认识你二婶儿家吧？

石　头　嗯。

婆　母　快，快去喊她回来！

[光暗，众隐去。

[内唱："小石头一句话喜从天降——"一束光引山杏拉石头奔上。

山　杏　（接唱）恨不得，生翅膀，一步飞跃三道冈，立时见到俺的郎，

你这个想死人的左满堂！

石　头　婶儿，俺……跑不动了！

山　杏　快走！

（唱）不争气的眼泪唰唰淌，

不作主的双腿踉跄跄。

这一回，不想怨你也怨你，

早不来，晚不到，怎么就偏偏赶上俺借粮？
急慌慌，抄近路，
匆忙忙，攀山梁。
你在家中等等俺，
山杏即刻到左庄。

石　头　（一屁股坐地）婶儿，你先走。

山　杏　我背你。

石　头　不！去晚了，俺二叔……就又走了呀！

山　杏　那你……小心点儿！（转身跑去）

［石头远远地紧追慢赶。

山　杏　（唱）顾不得，头上崮岭高千丈，
满山乱石如群羊。
顾不得，脚下深渊不见底，
窸窣碎石坠入塘。
情急哪管野藤绊，
任它枝杈将我伤。
一路狂奔气力尽——

（扑倒）

［骤然，山下传来集合号声。

山　杏　（一下撑起身子）不，不！（急急爬向崖头）满堂！我回来了，我回来了呀！

［伴唱：眼巴巴，又见一群后脊梁！

山　杏　满堂！（捣地恸哭）

［唢呐声撕心地响起。

［石头力不能支地跑上。

石　头　（急喊）二叔！你等等啊，俺婶儿她回来了呀，二叔！（放声大哭）

［那首沂蒙民歌凄然地响起：

哥哥你当兵出山沟，
莫忘了停脚回回头。

回头看一眼岭上的树，
树下的小妹泪花流……

[歌声中，山杏拉起石头含泪眺望。

[光渐收。

七

[激烈的枪炮声，启光。

[歌声继续：啊……啊……

等你等到胜利后，
俺迎哥哥到村头，俺迎哥哥到村头……

[战火纷飞的山路上，山杏与众姐妹抬担架、扛弹药奋勇向前。

[满堂带部队冲上。

[一枚炮弹呼啸而来……

满　堂　卧倒！（飞身扑倒山杏）

[爆炸声中，乱石横飞。

满　堂　大嫂，伤着没有？

山　杏　没，多亏你了。

满　堂　枪子不长眼，小心点儿。（起身奔下）

[赵连长带队路过。

赵连长　嫂子，你们碰面了？

山　杏　谁？

赵连长　嗨！那就是满堂啊。

山　杏　啊？满堂！满堂——

赵连长　喊也听不见了。他说打完这一仗，马上回家看你！（带队疾下）

山　杏　（激动地跳上高处）姐妹们，为了打垮小日本，上啊！

[伴唱：有一口饭，当军粮，
有一块布，做军装。
有一座桥架在人肩上，
有一个儿子，就要送他上战场……

［歌声反复。众姐妹冒着炮火冲去，乡亲们推车涌上，浩荡挺进。

［冲锋号嘹亮地响起。“冲啊——”众战士呐喊冲锋。

［訇然一声惊天巨响，光暗。

［沉寂中一束光渐亮，山头上摇摇站起衣衫褴褛的赵连长。

赵连长　（舞动战旗）胜利了！我们胜利喽——

［战旗挥舞，欢声雷动，灯大亮。

［山杏与众姐妹在人群中欢呼雀跃。

姐妹甲　（拉出山杏）嫂子，你咋还不回家？

山　杏　回家？

众姐妹　快去等俺满堂哥吧，哈哈哈……

［光急聚于山杏，众隐去。

山　杏　（唱）一句话，撩心怀，

霎时红透两片腮。

心底渴盼藏不住，

悄悄跑回自家来。

脱去了，旧棉袄，

翻出了，嫁衣来。

一番梳妆人变样，

水灵灵的山杏俺等他来。

满堂啊——

休怪俺不随大伙去迎你，

俺只想，红红的盖头重新戴，由你再挑开！

（蒙头端坐）

［少顷，石头哀哀地捧着满堂的遗物上，赵连长搀着婆母与众战士、众姐妹、众乡亲沉痛跟上。

婆　母　（悲泣地）杏，满堂……满堂他回来了，接他……回家吧！

［山杏惊起，盖头滑落。

［悲怆凄美的沂蒙民歌幽咽传来：

哥哥你当兵出山沟，
莫忘了停脚回回头。
回头看一眼岭上的树，
树下的小妹泪花流。
啊……啊……
等你等到胜利后，
俺迎哥哥到村头，俺迎哥哥到村头……

[歌声中，山杏踉跄出门，盯着遗物一步步地走近。

石　头　（痛呼）二叔——（怦然跪倒）

[山杏颤抖着捧起遗物，猛贴胸口，泪如雨下。

[婆母顿时苍老得步履蹒跚。

赵连长　（突兀地）娘！

[婆母周身一震。

赵连长　俺进了棺材也忘不了，俺这条命是你和嫂子给的，你——就是俺的亲娘！（直直跪倒）

众战士　娘！（齐跪）

[婆母不禁涕泪交流，与赵连长相拥而泣。

[唢呐声激越地响起。

[山杏牵起石头走向山顶，众姐妹尾随而去……

[沂蒙小调再次凄婉的响起：

人人那个都说哎，沂蒙山好，
沂蒙那个山上哎，好风光……

[歌声中，山杏与众姐妹雕塑般屹立于山巅。

[光渐收。

（剧终）

·现代吕剧·

烈烈渤海红

时　间： 1945年春夏。

地　点： 渤海老区，龙鼓村。

人　物： 芦　花——识字班的姑娘，后为猛子之妻。
猛　子——光棍，后为芦花丈夫。
文　韬——乡绅龙庆祥之子，芦花的初恋情人。
芦花娘、老村长、龙庆祥、文韬娘、石连长、狗蛋
更夫、护士、众汉子、众姐妹、众村民、众战士。

序

[一束光投向一望无际猩红如火的渤海红……

[伴唱：喊一声老渤海哟泪流满面，
望一眼渤海红呀滋味百般。
疾风狂浪摧弱草，
扑不灭，这铺天盖地烈烈焰！

[鼓声骤响，一束光下显出奋力击鼓的老村长。

老村长　乡亲们！小鬼子杀人放火不教咱安生，咋办？当八路，杀鬼子呀！

（唱）龙鼓一响震八方，
铁血男儿打东洋。
是龙是虫看今日，
莫教祖宗脸无光。
龙鼓村，自古至今无孬种——

[众汉子呐喊跃出。

众汉子　（唱）一声吼，上阵自有好儿郎！
站起一座山，
躺下一道梁。
脑袋掉了碗大个疤，
我不扛枪谁扛枪？
鼓声便是军令状——

[“慢！”龙庆祥带众村民涌上。

龙庆祥　（唱）一个个，不知深浅太鲁莽！

老村长　你……

龙庆祥　村长啊！鬼子当杀，可那是队伍上的事儿，交钱纳粮不也是抗日？咱祖上自古远避战火，踩鼓为生，后生们若有闪失，岂不断根绝后？

众村民　是啊，哪能往枪子上撞呀！

龙庆祥　你膝下无子，却忽悠别人孩子拼命，于心何忍？

老村长　这……

龙庆祥　这是钻头不顾腚，都给我回家！

老村长　龙庆祥，你这个熊包搅屎棍呐！（一捶砸在鼓上）

[切光。

二

[启光，渤海滩涂。

[内唱：“夕阳西下天将晚——”芦花跑上。

芦　花　（接唱）巧梳妆，暗打扮，踮脚出门奔海边，禁不住心儿颤颤又甜甜！
一路上，红柳绿苇遮望眼，
却分明，看不见的绳儿将人拴。
自打他，战乱弃学回故里，
惹得俺，心心念念总挂牵。
哪知他，进城学得胆贼大，
人前人后说娶俺。
那日冷丁亲一口，
哎呀呀，半边腮热辣辣的好几天。
今朝约他来见面，
但愿他，做一个有情有义、有胆有识的好儿男！

（忽被抱住，惊呼）

文　韬　别怕，是我。

芦　花　你……真坏！

文　韬　真坏你还稀罕我？

芦　花　去！亏你还是念书的。

文　韬　我若大字不识，你能往怀里钻么？

芦　花　哎呀，你咋这么没羞没臊！（捶打）

文　韬　呵呵！

（唱）打是亲，骂是爱，
就愿看，你羞羞的模样红红的腮。
十里八乡花一朵，
谁不眼热我来摘？
三生有幸恋上你，
一日不见苦难捱。
趁着没人讨实底儿，
等哪天，一乘花轿迎亲来？

芦　花　着急了？

文　韬　嗯。

芦　花　想娶媳妇？

文　韬　是啊！

芦　花　那就带头参军！

文　韬　（一怔）就为这事儿找我？

芦　花　好好的动员会愣让你爹搅了，村长急得直蹦高，不找你找谁？

文　韬　嗨耶，俺爹是俺爹，我是我。

芦　花　你答应了？

文　韬　这……俺娘还等着抱孙子呢。

芦　花　龙文韬，一会儿你爹，一会儿你娘，到底听谁的？

文　韬　当然是……听你的呗。

芦　花　嘟囔啥？俺没听见。

文　韬　听、你、的！

芦　花　嘻嘻，那就第一个报名，俺立马嫁给你！

文　韬　当真？

芦　花　你不草鸡，俺就喊出去！

文　韬　（咬咬牙）好！

芦　花　这才像个男人！（叭地吻一口）

［光聚。文韬隐去。

芦　花　识字班的姐妹们，扭起来呀！

［鼓乐齐鸣，众姐妹扭秧歌上，芦花接绸领舞。

众姐妹　（唱）八路军来独立营，

谁参军来谁光荣。

骑着马儿披着红，

光荣光荣真光荣，真光荣，真光荣……

［喝彩声起，众村民围近。

芦　花　乡亲们！好铁要打钉，好男要当兵，谁是真英雄，上台来报名！（见无人响应）哎，咋都哑巴了？那我说一句：谁第一个报名，俺就嫁给谁！

［人群轰地炸了："说话算数不？"

芦　花　一口唾沫砸个坑！

猛　子　（蹭地窜起）俺报名！

芦　花　你？

猛　子　俺是头一份儿，咋样？哈哈哈……

芦　花　这……文韬？龙文韬！你死到哪儿去了？

猛　子　怕是吃奶去了吧。（众大笑）

芦　花　不！俺……俺是说好了的呀！

猛　子　怎么，你想反悔？

芦　花　不，不是……

猛　子　说出去的话泼出去的水，你收不回了。打今日起，你就是俺媳妇！（一把搂住）

芦　花　不不……

猛　子　咋说咋办，咱今晚就成亲！（呼地抱起）

［一声唢呐，景转洞房。芦花头顶盖头蜷坐炕头，忽听隔壁哄闹："猛子哥，好菜都让猪拱了耶。""哈哈，这是俺当兵赚的，干！"

芦　花　（一把扯下盖头，唱）一声声如针扎心房，
　　一串串悲泪湿衣裳。
　　一阵阵懊悔塞胸口，
　　一步步错做了他人新娘。
　　傻了耶！怎么就人前乱喊，
　　糊涂涂拜了花堂？
　　昏了呀！怎么就嫁了莽汉，
　　懵懂懂闹出荒唐？
　　恨只恨，那该死的撒下弥天谎，
　　害得俺，进退无路痛断肠。
　　这洞房之夜可咋办——

［伴唱：不甘心，不情愿，却又惶惶无主张！

［忽传来粗犷的笑声，芦花忙躲炕后，猛子半醉上。

猛　子　（唱）几碗喜酒落肚肠，
　　　　　　猛子今夜做新郎。
　　　　　　当兵捡来个俊媳妇，
　　　　　　再不用，光棍独守四面墙。
　　　　　　那芦花，往日只能偷着瞅，
　　　　　　而今陪俺入洞房。
　　　　　　掐一把大腿不是梦，
　　　　　　不知哪辈子烧高香。
　　　　　　推门醉眼看媳妇——
　　　　耶，人呢？嗨嗨！
　　　　（唱）屁大个地方你往哪儿藏？
芦　花　你，别过来！
猛　子　诶，成家不就为好生亲亲嘛。（扯住欲吻）
　　　　[“猛子！你给我出来！”文韬提酒晃上。
猛　子　嘿！眼看就生米煮成熟饭了，还来闹腾。
芦　花　别，别去！
猛　子　俺还怕他不成？（出门）你来干吗？
文　韬　把芦花还给我。
猛　子　凭啥？
文　韬　她是我的女人！
猛　子　哈哈，就你这熊样，也配？
文　韬　你除了傻大黑粗，还有啥？
猛　子　俺敢杀鬼子，你呢？也就个孬种窝囊废！
文　韬　你……
猛　子　滚！
　　　　[文韬大喊一声扑去，被放倒，再扑，又被撂倒。
芦　花　（冲出）住手！
文　韬　芦花！这不怨我，俺爹……他死活不让我出来呀！
芦　花　那你这咋来了？

文　韬　离了你我活不了哇，跟我走！（被甩开）你……真要嫁给他？

芦　花　（声泪俱下）俺乐意！算我瞎了眼，你——就不是个男人！（拽了猛子进屋）

文　韬　芦花，芦花呀！（扑倒）

［光暗。更夫击梆走过："防火、防盗、防鬼子——"光复明。

猛　子　（瞅瞅芦花）都下半夜了。一早，队伍就开拔了呀。

芦　花　那俺……去收拾东西。

猛　子　不用！咱……上炕歇着吧？

芦　花　（躲闪）不！

猛　子　成了家就是两口子，两口子就得……

芦　花　别逼我！

猛　子　俺这一走，还不知能不能回来，再磨蹭……再磨蹭天就亮了！

芦　花　你坐下行么？

猛　子　没工夫了，没工夫了！我……这辈子做一回男人，死也值了！（猛扑过去）

［光暗。一声长叹，一束光下显出忧心忡忡的老村长。

老村长　（唱）一宿烟袋未离手，

两脚沉沉到村头。

心如乱麻紧撕扯，

不知当喜或当忧。

叹芦花，阴差阳错嫁猛子，

却带起，一群汉子扎堆走，再无哪个往回抽。

齐刷刷，二十七个小伙当兵去，

又心疼，那闺女，一肚子委屈泪暗流。

事到如今能咋办？

只巴望，猛子争口气，芦花也认头。

［"老村长！"石连长上。

老村长　石连长，到时辰了？（一磕烟袋）击——鼓！

［鼓声响起，狗蛋擎"龙鼓排"大旗上，众姐妹与村民依依不

舍送别亲人。

老村长 给后生们披红戴花！

[猛子郁郁上。

石连长 哎，猛子，你媳妇呢？

猛　子 她……也许……

老村长 咳，走吧。石连长，这群孩子就交给你了。

石连长 都是好样儿的。出发！

[“等一等！”芦花奔上，猛子惊喜。

芦　花 （瞥眼众人，为其戴花）你，别给俺丢人！

猛　子 哎！（转身归队，远去）

[忽然人群中闪出文韬，芦花回眸，不禁含泪……

[光聚。

[一曲鲁北民歌幽幽传来：

粉嘟嘟的那个小花迎风摆，
咸水里生芽拱呀么拱出来。
妹子心苦道呀道不得呀，
天底下只有哥哥你明白，你明白……

[光渐收。

二

[“别烦我！”哗啦一声，杯盘落地，灯亮。

文韬娘 小祖宗！你……你想逼煞为娘么？

（唱）一天天，不吃不喝炕头挺，
一遍遍，又哭又闹紧折腾。
好说歹说劝不住，
搅得全家不安生。
你想咋样说句话，
难道说，闹出人命才消停？

文　韬 闹出人命，也是俺爹逼的！

[“屁话！”龙庆祥怒上。

龙成祥 你爹让你抡疯撒野了？

文　韬 你自己有数！

（唱）人家当兵你瞎搅，

你儿婚事打水飘。

亏你自觉脸面大，

砸锅你倒蛮有招。

这一激，逼得芦花嫁猛子，

没脱了，该咋参军咋参军，到手的媳妇掉了包。

俺咋摊上你这么个爹呀，

硬生生捅了儿一刀！

龙成祥 你……

文韬娘 他爹！

龙成祥 你这不识好歹的东西！

（唱）咱龙家，三代单传一棵苗，

经不起，掐枝断梢连根刨。

送你读书为深造，

谁知你，脑瓜一热闹学潮。

拖回家来承祖业，

未娶亲、未生子，人一撮弄又上飙。

若非一心为你好，

我何苦，屈着心，豁出老脸去瞎叨叨？

文　韬 哼，你也知这事儿干得不体面！

文韬娘 就算你爹不拦你，你不也没那胆儿么？

文　韬 娘！媳妇都跑了呀！

龙成祥 跑了另找，非得一根绳上吊死？

文　韬 我谁都不娶，就要芦花！

龙成祥 （一掌打去）那是人家的女人了！

[光暗。一束光引手捧荷包的芦花踽踽上。

芦　花　（唱）原本是，花样少女，
每日里，满心欢喜。
猛然间，骤来风雨，
［伴唱：花谢了，叶落了，空留残枝！

芦　花　（唱）这荷包，本想送给意中人，
可如今，身儿嫁猛子，心却无所依。
恋着的，不愿想，
恼着的，还惦记。
一只荷包千针绣，
扎得都是心头肉，连不起的是分离。
这小小荷包该送谁——
［伴唱：一遍遍，攥在手心问自己，唯有泪暗滴！
［芦花娘上。

芦花娘　花，娘知道你憋屈，可谁让你……说也说了、嫁也嫁了，认命吧，啊？

芦　花　娘！（痛哭）

芦花娘　人这辈子，哪有那么多舒心事儿啊？晃晃也就过去了。

芦　花　可俺……过不去呀！

芦花娘　娘懂，娘懂！（疼惜地抚摸着）女人呐，一辈子图啥？不就盼找个男人，在家疼媳妇、在外像爷们儿么？猛子再不济也是去打鬼子，哪怕只是冲你，那也是心里有你呀。再说，你爹咋死的？人家是豁着命替咱报仇哇！
（唱）娘知你打小心气高，
多年心中恋文韬。
娘知道，猛子并非你所爱，
强扭硬捏也难熬。
可终归，花落谁家已有主，
两头撕扯怎得了？
猛子前方去搏命，

又怎能，伤他心、扯他腿，教人笑话另眼瞧？

芦　花　这俺知道，可……

［“芦花姐！”一小姐妹奔上。

小姐妹　猛子哥他……他负伤了！

芦　花　啊？

芦花娘　还愣着干啥？快去！

［暗转，后方医院。护士穿梭忙碌，有村妇打听探视，猛子撞见，不禁心头怅然。

猛　子　（唱）离家半月上战场，

火线拼杀身负伤。

眼见他人亲眷来，

不由得，心头郁郁滋味长。

虽说是，俺将芦花奉作宝，

却奈何，抢来的媳妇隔堵墙。

悔不该，那晚动粗伤了她，

受此冷落也该当。

倘若日后再相见，

俺情愿，磕头赔礼做补偿！

［芦花跑上。

芦　花　猛子！

猛　子　（愣住）芦花？

芦　花　伤哪儿了？快，给我看看！

［猛子扑通跪倒。

芦　花　你……这是干啥？

猛　子　俺是个粗人，那天俺不该对你……

芦　花　都啥时候了还说这个！

猛　子　可俺心里过不去呀！是俺犯浑，是俺撒野，是……

芦　花　你还有完没完？（一推，忙又扑去）疼么？伤着骨头没，啊？

猛　子　俺……没给你丢人。

芦　花　什么？

猛　子　哦，就这样，俺还挑了仨鬼子呢。

芦　花　是嘛？那也得顾惜自己呀！

猛　子　你……不恨俺了？

芦　花　恨！恨你……让人揪着个心。

猛　子　真的？（欲抱又止，扯了绷带欲走）

芦　花　哪儿去？

猛　子　回部队，杀鬼子！

芦　花　你伤还没好呢！

[“猛子哥！”狗蛋上。

狗　蛋　带俺一起走！

猛　子　小屁孩，你又没睡过女人，着啥急？好生养伤！（又欲走）

芦　花　等等！（捧出荷包）

猛　子　（激动，接过荷包猛亲一口）等我回来！（奔下）

[护士追上。

护　士　哎，还没换药呢！

芦　花　他，走远了……

[光聚，护士、狗蛋隐去。

芦　花　（唱）遥望着，虎虎生风后背影，
不由人，心头揪紧泪飘零。
适才短短几句话，
字字如锤撞心胸。
此前从未正眼看，
这一刻，方知谁是真英雄。
看似浑无理，
粗野却坦诚。
虽说无形状，
遇事敢担承。
他为俺，敢舍命，

他待俺，最真情。

看不出，这一戳四直的铁汉子，

竟有那，柔柔的心、热热的肠，柔心热肠暖化了冰。

芦花不觉心头动，

一时间，俺怎就……怎就恋上了这个愣头青？

[光渐收。

三

[一串清脆的笑声，启光。房台树下，众姐妹错落围坐，赶制军衣。

[伴唱：月上东天小村静，

粗布衣衫细细缝。

家中有个兵哥哥，

一针一线总关情。

众姐妹 （唱）月上柳梢枝条动，

心随针儿逐轻风。

扯得思绪千万缕，

牵挂缠着扣儿钉。

[芦花拿军衣上。

芦　花 （唱）月上当空云似梦，

心中影儿半朦胧。

每逢想起耳根热，

唯有针儿最知情。

众姐妹 （唱）手上军衣连千里，

芦　花 （唱）不传书信也相通。

众姐妹 （唱）一根线儿两头拽，

芦　花 （唱）拽拽生欢喜，再拽也心疼！

众姐妹 哟，芦花姐，心疼谁了呀？

姐妹乙 唉！要是有人为俺豁出命去，俺也会心疼哦。（众笑）

芦　花　你们……净瞎说!

姐妹甲　嘴上不认账，心里美死了吧?（嬉闹）

[老村长兴冲冲上。

老村长　芦花! 瞧，这是啥?

姐妹甲　哇，立功喜报!

老村长　前脚送来喜报，后脚立功的就回来了。

芦　花　谁?

众姐妹　能有谁? 快回家吧!

[光聚，众隐去。

芦　花　（唱）猛不丁心头小鹿撞，

手出汗，脸发烫，心儿慌慌。

原本是，朝思暮想，

这一刻，忽而紧张。

只怪他，回来招呼也不打，

哎呀呀，来不及换身好衣裳。

拔腿直奔家中去——

[伴唱：隔好远，蓦见小屋亮灯光!

[芦花奔下。

[一束光亮，猛子激动地环视屋内。

猛　子　（唱）还是这间屋，

还是那盘炕;

还是这盏灯，

还是那口缸;

还是这土坯房子熏黑的檩，

还是那贴旧的喜字挂在墙。

摸摸看看都没动，

却多了，满屋女人味，枕边女人香。

回想那日还像梦，

眼前却有家模样。

这样的日子俺头回过——

[芦花一步闯入。

[伴唱：乍一见，满腹话儿无从讲，唯有盈盈泪两行！

芦　花　你……回来了。

猛　子　嗯。

芦　花　瘦了。

猛　子　更结实。

芦　花　也黑了。

猛　子　打小就这样。

芦　花　回，咋不说一声？

猛　子　走得急，啥也没顾上。

芦　花　俺，也没顾得洗把脸。

猛　子　咋都俊，俺喜欢！

芦　花　真的？

猛　子　嗯嗯。

[芦花一头扎进怀里。

猛　子　（张张手，僵住）俺……没给你丢人。

芦　花　看你，喜报俺都见了。

猛　子　（唱）身子一贴心狂跳，
　　　　　　两手挓挲没抓挠。

芦　花　（唱）头回依他宽肩膀，
　　　　　　心里扑通眼含娇。

猛　子　（唱）真想搂住亲一口，

芦　花　（唱）怎又缩手又缩脚？

猛　子　（唱）浑身冒火不敢动——

芦　花　你呀！
　　　　（唱）咋像老鼠见了猫？

猛　子　芦……芦花。

芦　花　叫我啥？

猛　子　哦，媳……媳妇？

芦　花　哎！嘻嘻，还没吃饭吧你？

猛　子　不吃了。

芦　花　到家还能饿着？俺给你攒着鸡蛋呢。（缩袖欲忙，忽想起）哎，不说要打仗么，咋就回来了？

猛　子　哦……

芦　花　首长准的？

猛　子　俺……溜回来的。

芦　花　啥，逃兵？

猛　子　不不……

芦　花　你咋还干出这种事儿！

猛　子　不是，我……

芦　花　立马回去！不然，我就叫人捆回你去！

猛　子　嗨呀，俺不是逃兵！

芦　花　那是啥？

猛　子　俺回来，就为看你一眼、亲你一口，亲完就走！

芦　花　就为这？

猛　子　这回是围县城、打狙击，俺龙鼓排的弟兄们——都是敢死队！

芦　花　什么，敢死？（身子一晃，含泪仰脸）亲吧，你想咋亲就咋亲，想亲几口亲几口！

［猛子猛冲过去，却又轻轻捧了脸，吻了便走。

芦　花　猛子！俺想真心做一回……你的女人！

猛　子　（一震）媳妇——（紧紧抱住）

［那首鲁北民歌如从天际飘来：

粉嘟嘟的那个小花迎风摆，

咸水里生芽拱呀么拱出来。

妹子心苦道呀道不得呀，

天底下只有哥哥你明白，你明白……

［伴唱中，芦花泪眼望着猛子，牵手走去……

[突然传来集合号声，猛子一愣，顿足跑去。

芦　花　（追喊）俺等你回来！

[收光。

四

[启光，村头。众村民热火朝天地推磨烙饼，踊跃献粮。

众村民　（唱）家家碾子转，
户户石磨响；
一片炉火旺，
漫坡歌飞扬。
烙饼蒸馍不歇手，
刮净了缸底做军粮。

芦　花　（唱）省出一把面，

众姐妹　（唱）多擀饼一张。

芦　花　（唱）抠出一粒米，

众姐妹　（唱）也要送前方。

老村长　（唱）为保亲人打胜仗，

众村民　（唱）没二话，饿青了肠子咱自己扛！

[“龙老爷子献粮喽！”龙庆祥带人推车上。

村民甲　哇，满满一车呀！

龙庆祥　都是上乘小米，籽大粒满。

村民乙　这回可真出血了。

龙庆祥　国家有难，匹夫有责，俺家的粮囤可也见底儿喽。

村民甲　只要文韬不当兵，砸锅卖铁啥都行。（众哄笑）

[芦花娘身子一软，猝然倒地。

芦　花　娘！

众村民　大娘！（围上）

[石连长上。

石连长　大娘这是……

老村长 怕是连累带饿，撑不住了。

芦　花 （掏出菜团）娘，你先垫垫！

石连长 怎么，你们……就吃这个？

老村长 断了顿，这黄须菜就是救命草哇。

石连长 断顿？那这粮食……（一震）乡亲们，你们这是拿命换命呀！咋就不给自己留一口呢？

芦花娘 （虚弱地）队伍上更难呐。听说，光新兵教导团就过来好几千口子。那么多的同志，哪能饿着肚子打鬼子？

石连长 可你们……

芦花娘 庄户人命硬，菜团子也能养活人。

石连长 大娘！

（唱）手捧菜团锥心痛，

声哽语咽话不能。

百姓舍命为哪个？

纵是草木也动容。

看一看，张张蜡黄的菜色脸，

望一望，成垛的粮食堆几层。

人心都是肉长的，

无百姓，哪里来的子弟兵？

含泪抓起一张饼——

大娘，你吃，你吃呀！

芦花娘 这是军粮啊。

石连长 可也是你跟大伙儿从牙缝里挤出来的，你老若是不吃——

（唱）这份情，俺进了棺材也还不清！

（砰然一跪）

芦花娘 孩子，这可使不得！

[忽然芦花欲呕。

芦花娘 花，你咋啦？

芦　花 没事儿。

芦花娘 没事儿会吐？

[芦花含羞耳语。

芦花娘 啥？有喜了呀！

[骤然枪响，人喊：“鬼子来了！”。

石连长 马上转移！

芦 花 石连长！怕是来不及了，这么多的粮食……（一把扯下头巾）我去引开敌人！

众 人 芦花——

[光聚，众隐去。

芦 花 （唱）枪声迫近心如焚，

十万火急冲出村。

手摇头巾荒滩奔，

哪顾得，坡高沟低草深深。

那军粮，颗颗关乎亲人命，

岂容贼寇掠半分？

更何况，押粮同志仅几个，

怎能抵住虎狼群？

情急之下放声喊——

哎——（接唱）

拼一死，急引鬼子远离村！

（蓦见文韬蜷缩草丛）你？怎么在这？

文 韬 我……我去赶集，刚到这，枪响了耶！

芦 花 趴着别动！

文 韬 你去哪儿？

芦 花 我让鬼子滚远点儿！

文 韬 回来！你不要命了？

芦 花 松手！

文 韬 那边，就是跑反的地窝子，只要钻进去……（被一脚踢开）

[芦花娘追上。

芦　花　娘?

芦花娘　你跟文韬走!

芦　花　哎呀娘，你来干啥?

芦花娘　你还怀着孩子呢!（欲走）

芦　花　娘!（抱住）

芦花娘　花!为赶走小日本儿，不就搭条命嘛!

芦　花　那也轮不到你!文韬，你是死人嘛，搭把手!

[突然传来鬼子叫声，芦花撇开欲冲。

芦花娘　（扯住）你可别犯糊涂哇!

（唱）一大一小两条命，
两头掂掂知重轻。
今后日子还长远，
须等猛子回家中。

芦　花　（唱）娘踮小脚跑不动，
岂能娘死儿贪生?
哪怕算儿尽忠孝，
也当舍生报恩情。

芦花娘　（唱）娘这老命不算啥，

芦　花　（唱）生死别跟女儿争。

芦花娘　（唱）莫伤胎气快放手，

芦　花　（唱）咬咬牙，狠心推娘乱苇中!

（猛一推，转身跑去）

芦花娘　芦花!

[光暗。内唱:“风卷飞沙遮乱云——”一束光引芦花举头巾冲上。

芦　花　（接唱）漫滩蒲苇伏地倒，唯我猎猎一头巾!
笑鬼子，穷追不舍步步紧，
却不知，身后军粮已出村。
为防敌人掉头去，

引贼绕行红柳林。
一路上，任由乱苇荆条绊，
黄沙裹足两腿沉。
一路上，哪管横枝利如刃，
扑面斜杈留血痕。
几番跌扑气力尽——

[伴唱：猛抬头，天海莽苍苍，无处可容身！

[芦花四顾，鬼子恣肆地狂笑逼近。

[猛然，芦花娘的声音回荡耳畔：“花！为赶走小日本儿，不就搭条命嘛！”

芦　花　（瞬间镇定）娘，猛子，你们都好好活着，等下辈子——俺……俺娘儿俩再跟你们团聚！

（唱）捋一捋吹乱的鬓边发，
整一整勾破的红头巾。
拂一拂未出世的腹中娃，
拽一拽俺娘缝的花衣襟。
看一眼，生我养我的老渤海，
唤一声，亲亲热热的故乡人。
这是俺的家，
连着俺的根。
祖辈活在这，
俺是渤海人。
农家小女也有梦，
那梦儿，悠悠载俺二十春。
桃李年华无遗憾，
俺遇上了，遇上了疼俺爱俺的那个人。
俺走了，戴一朵海边小小花，
俺走了，留下这滚烫烫的一颗心。
芦花此去并不远——

[芦花娘画外音："花，你还怀着孩子呢！"

芦　花　（陡然止步）孩子？

[伴唱：一句话，生生撕碎当娘的心！

芦　花　（唱）儿呀儿，你本是上苍送来的小精灵，
是为娘的盼头家中的根。
原指望，你来日像爹当英雄，
孰料想，未落地，身先亡，怎不教娘疼碎心？
来不及，看一眼这世界，
却要随娘去献身。
来不及，唤一声你的爹，
却要腹中别亲人。
儿呀儿，你还不知为啥死，
可死得值呀，为了咱杀敌报国的八路军！
这辈子，娘欠你，
下一世，娘与你还做一家人。
唤声宝贝你别怕，
俺娘俩，一起枕着这片海，一同望着那片云！
孩子，跟娘走！（回身扑向大海）

[突然芦花娘冲上，猛将芦花推下堤坝。

芦花娘　（霍地拔出手榴弹）老头子，你留下的这个铁疙瘩——派上用场了！（拉弦扑向鬼子，随之一声巨响）

[无字歌起，文韬跌撞冲上。

文　韬　大娘！大娘啊……（擂地号啕）

芦　花　（爬上堤坝，痛呼）娘——

[伴唱：喊一声老渤海哟泪流满面，
望一眼渤海红呀滋味百般。
疾风狂浪摧弱草，
扑不灭，这铺天盖地烈烈焰！

[光渐收。

五

[涛声阵阵。远处，更夫敲梆走过。

[一束光渐亮，文韬枯坐海堤，久久不动。

[伴唱：潮涨潮落声去远，
满目苍凉泪不干。
无边海岔纵横处，
却是朝夕卷狂澜。

文　韬　（唱）望海滩，枯坐三日未闭眼，
一任清泪挂腮边。
潮来身不动，
潮去心潮翻。
那日惊雷震胆裂，
一幕幕，撼人的情景浮眼前。
为什么，母女二人争相死，
凛凛豪气胜儿男？
为什么，每临关头我先怕，
回回贪生总不前？
当初尚能闹学潮，
枪声一起却不堪。
都说弱女让须眉，
这一比，我丢不丢人、羞不羞惭，岂不枉活人世间？
难怪芦花爱猛子，
我不配，不配与她结姻缘！
（猛听远处龙鼓咚咚）支前了？擂鼓支前了！（拔腿欲走）

[身后忽然传来龙庆祥夫妇的哭喊：“文韬！快回来，不能去呀！为了龙家，你就听爹娘一回吧！”

文　韬　爹！娘——（扑地遥拜，遂在激越的鼓声中起身奔去）

[暗转。激烈的枪炮声隐隐传来。

[一束光下，芦花与老村长并立鼓前。

芦　花　听！浦滨战役打响了，景政委和杨司令就要带大部队拿下蒲台城，咱龙鼓排和独立营的战士就在前边！

老村长　鬼子想突围，后生们急需弹药，急需救护。有种的，跟我上啊！

[“算我一个！”文韬奔上。

老村长　你？

文　韬　芦花她娘都跟鬼子拼了，我好歹是个男人，念书能念到狗肚子去嘛！

老村长　好，有种！

[伴唱：枪声起，炮声响，
渤海儿女上战场。
只要还剩一口气，
军民同心打豺狼！
最后一碗米，送去做军粮，
最后一尺布，送去做军装；
最后一件老棉袄，盖在担架上，
最后一个亲骨肉，送去上战场……

[伴唱中，众乡亲冒着炮火抬担架、扛弹药奋勇向前。

[忽有炮弹袭来，芦花猛将文韬扑倒，遂又扛起弹药冲去。

[枪声大作，继而死一般沉寂，暗转。阵地上，残破的战旗下，龙鼓排壮士都已倒在血泊中。

猛　子　（挣扎爬起）大柱！奎子……狗蛋！（呼地抱起枪）小日本儿，我操你八辈儿祖宗！（疯了似的呐喊扫射，突然子弹打光，回手抄起大刀）来吧！砍一个够本，砍俩赚一个！（欲冲）

[“弹药来了！”文韬抱弹药上。

猛　子　来得好！（一回头）是你？

文　韬　我……我干啥？

猛　子　扶好旗，俺跟鬼子拼了！（压弹射击，不幸连中数枪，轰然倒地）

文　韬　猛子哥！（扑去）你醒醒，你醒醒啊！

猛　子　（睁了眼笑笑）行，这回还像个爷们儿。

文　韬　猛子哥……

猛　子　哭啥？刚夸你一句，就弄这熊样。有本事给我顶住，等大部队……来包饺子。

文　韬　嗯！

猛　子　会使枪不？拿……拿过来。（吃力地拉栓顶火）就这样。

文　韬　哎！（欲起，被扯住）

猛　子　兄弟，还恨我不？

文　韬　哥！说啥呢你！

猛　子　我的好兄弟！

（唱）我……我很穷，

为争媳妇才当兵。

当兵方知为报国，

报国杀敌未贪生。

可就是，娶了芦花欠下债，

你哥到死也还不清！

文　韬　不！

（唱）我，实实在在是孬种，

愧对芦花一片情。

你，顶天立地大丈夫，

非她莫属的真英雄。

文韬这才活明白，

俺发誓，今日与你共死生！

猛　子　不！你得活，活着回去。（支撑着掏出荷包）她……是个好女人，日后好生待她，若哪点儿对不住她，我做鬼……也饶不了你！（手一松，溘然长逝）

文　韬　猛子哥——（枪声陡起，霍地抄枪挺立）小鬼子，只要你爷爷在，就休想活着上来！（连连射击，突然一排子弹打来，倒地，挣扎又起）

[冲锋号骤响，杀声震天，文韬含笑仆倒。

[訇然一声巨响，万籁俱寂，旋即旌旗漫卷，欢呼声暴起：“胜利喽！”

[光渐收。

六

[远处，锣鼓喧天。一束光下，芦花忐忑地拿起嫁衣，欲换又止。

芦　花　（唱）锣鼓声声响天外，
家家喜迎亲人来。
心底渴盼藏不住，
却想起，那俩字，心头惴惴好难捱。
猛子啊，敢死并非当真死，
别忘了，俺娘儿俩苦苦等你回家来。
咱娘天上保佑你，
芦花迎你在房台。
你看俺，洗净了炮火熏黑的脸，
显出这娇娇女儿态。
你看俺，换上了可心的红嫁衣，
衬出这窈窕好身材。
一番打扮全为你呀，
俺等你，披红挂花进门来！

[众姐妹牵手跑上。

姐妹甲　芦花姐，还没收拾完呐？

姐妹乙　队伍都打远处过来了。

芦　花　他们回来了？我……随后就到！

[光暗，景转村头。

[锣鼓声中，众姐妹欢天喜地扭秧歌上。

众姐妹　（唱）八路军来独立营，
谁参军来谁光荣。

骑着马儿披着红，
光荣光荣真光荣，真光荣，真光荣……

[龙庆祥疾疾摆手上。

龙庆祥 停下！快停下！

[众诧异望去，老村长含悲走来。

老村长 乡亲们，咱们的二十七位壮士……回来了！

[众姐妹一惊，惶惶迎去。

[弹痕累累的“龙鼓排”大旗下，石连长带众战士捧烈士遗物肃穆走来……

[众姐妹砰然跪倒。

老村长 孩子们呐，把你们的亲人……接回家吧！

[众姐妹接过遗物，伏地呜咽。

老村长 （悲怆地）狗蛋还是个孩子呀，他——还没成家呢！

[一小姐妹含泪起身，抖抖接了狗蛋遗物。

小姐妹 狗蛋哥！

[芦花冲上，陡然惊住，一步步走向猛子遗物，颤颤接过。

芦　花 （爆发般的）猛子——（忽然，翻找什么）

[文韬身缠绷带踉跄上。

文　韬 荷包在这儿！俺哥说，你是个好女人，要我好生待你，若哪点儿对不住你，他……做鬼也饶不了我！

芦　花 （涕泪交流）这是他的孩子，俺得给他养大，你——是俺永远的哥！（捧着遗物，走向战旗）

[鼓声沉沉响起，众姐妹怀抱遗物，随之走去。

[远处，遍是接天连地猩红如血的渤海红……

[那首鲁北民歌如泣如诉，回荡天地之间：

粉嘟嘟的那个小花迎风摆，
咸水里生芽拱呀么拱出来。
妹子心苦道呀道不得呀，
天底下只有哥哥你明白，你明白……

文　韬　（跌跪）嫂子！

众战士　嫂子——（齐跪）

［伴唱：喊一声老渤海哟泪流满面，
望一眼渤海红呀滋味百般。
疾风狂浪摧弱草，
扑不灭，这铺天盖地烈烈焰！

［凝重的画外音：据史料记载：老渤海曾是我党最早的抗日根据地，是华东战场可靠的战略大后方。这里的人民以全部收入的 70% 滋养了共和国的创立。仅 1944 年 1 月，就有 500 名大嫂送郎参军，200 名大娘送儿上战场，其中高渡排二十七名壮士全部壮烈牺牲，留下一群寡妇继续支前……

［光渐收。

（剧终）

·现代吕剧·

冬枣红了

时　间：二十世纪八十年代。

地　点：鲁北，枣树村。

人　物：成保顺——原城关镇镇长，现为枣园乡乡长。

翠　翠——成保顺的初恋情人，老书记的干女儿。

小　雪——乡中心小学校长，成保顺的妻子。

老书记——村支书，成保顺的舅舅。

旺　子——枣树村村主任。

老　常——乡政府文书。

二　蛋——村民。

女人们、男人们、孩子们、乡干部、县干部、民警。

一

[一曲笛声传来，深情而又幽婉……

[伴唱：太阳上山又下山，
月亮圆过又半弯。
扯着日子天天走，
枣儿甜嘴心头酸，心头酸……

[一束光渐亮，翠翠站在老枣树下久久眺望……

[忽然传来女人们的嬉闹声，翠翠转身离去。

[光渐启。女人们嘻嘻哈哈上。

女人甲 哎哎，咱这锅地瓜还缺道菜呀。

女人们 啥菜？

女人甲 俩秃子碰头——二蛋呗！

女人们 对，少了二蛋不热闹！（喊）二蛋哎——

[二蛋应声上。

二　蛋 怎么？男人们不在家，想我了？

女人们 熊样吧你！

二　蛋 哈哈！

（唱）填饱了肚皮耶——

女人们 （唱）刷完了锅，

二　蛋 （唱）穷日子穷打发呀——

女人们 （唱）咱也穷乐呵。

二　蛋 （唱）扎堆树下扯闲话，

女人们 （唱）二蛋你赶紧小广播！

二　蛋 想听啥？

女人们 新鲜的呗。

二　蛋 有哇，咱村那个大辫子呀……

女人们 翠翠？她咋啦？

二　蛋 一早起来就照镜子、紧捯饬。

女人们 然后呢？

二 蛋 然后就插了门儿，换衣裳呗。

女人们 呀！你见啦？

二 蛋 嘿嘿，打死你我也不说！（欲跑，被七手八脚摁住）

[突然喇叭响："喂！咋呼半天咋还不动弹？我再说一遍，甭管干活的吃饭的、奶孩子扯淡的，都立马到村头欢迎领导！"

二 蛋 喊，咱老百姓进城咋没人欢迎？闪他个蛋的！

女人们 对，不尿他！（欲下）

[旺子上。

旺 子 哎哎，哪儿去？

女人们 当你的光杆司令吧！（笑下）

[小雪带一队孩子抱鼓拿旗跟头趔趄跑上。

小 雪 村长……

旺 子 嗨呀，赶紧救驾吧！哟，来了！预备——

["停！"老常上。

老 常 （扯过旺子）成乡长刚到任，你就弄些球球蛋蛋来充丸子？

旺 子 咳！那帮臭娘们儿，拉不能拉拽不能拽……

老 常 行行，卖豆腐的喝黏粥——就渣吧！

[内唱："领命回乡，怀揣军令状——"成保顺上。

[旺子一挥手，孩子们敲起破鼓直着嗓喊。

孩子们 欢迎欢迎，热烈欢迎……

成保顺 （哭笑不得地）旺子哥，你弄这阵势打狼呢？（接唱）

一进庄，破鼓响，抹鼻子孩子列两旁，咋咋呼呼叮叮咣咣好不荒唐！

旺 子 不是为了给你长脸嘛。

成保顺 哥，想啥呢？

（唱）咱哥儿俩，从小光腚滚土炕，

掏心话儿成箩筐。

而今你我没变样，

怎就心隔一堵墙？
倘若回村装大狗，
就不怕，教人戳我后脊梁？

小　雪　领导不都愿前呼后拥么？官再大点儿，还警车开道呢。

成保顺　小雪，你咋也弄这个？亏你是校长！

小　雪　你以为是欢迎你？俺是来挣钱。

成保顺　挣钱？

小　雪　村长出价二百，多少能给孩子们添点儿教具吧？哦，老师的工资可仨月没发了。

成保顺　回头我就找县里。

旺　子　（掏出白条）校长，锅里大小没个豆，先欠着，等……

小　雪　向右转，跑步走！（带队下）

旺　子　（瞅瞅远去的小雪）哎保顺，弟妹见了你咋不热乎呢？（被老常捅了下）哦，镇长……

成保顺　现在是乡长。

旺　子　那也算衣锦还乡。甭看大伙儿不露脸，可都抻着脖子等你呐。

成保顺　哦？

旺　子　你手指缝里掉粒米，那就是金豆子呀。

成保顺　呵呵，我还想让大伙儿抱金砖呢！

（唱）千滴汗水一捧粮，
囤里有米心不慌。
只要脑瓜儿未生锈，
钥匙一捅该灵光。
好日子，如今攥在你手上——

旺　子　我？

成保顺　只要砍掉这片枣树头……

旺　子　啥，砍树？

成保顺　砍掉树头，嫁接冬枣！

（唱）保你当年票子响，家家都有小银行！

旺　子　可这枣树……年年结得就是零花钱呐！

成保顺　零打碎敲就支起你眼皮来了？

旺　子　嘿，我这人吧一向听招呼，可……别看我顶着个破村长，大小事儿呢还得请示老书记——你舅！

成保顺　他？

［翠翠奔上。

翠　翠　哥，你回来了！

成保顺　翠翠？

翠　翠　俺……俺爹在家等你呢。（光聚）

［笛声悠悠……

［光渐收。

二

［一束光下，老书记叼着烟袋沉闷不语，众村民围蹲一旁，眼巴巴瞅着。

男人甲　（实在忍不住）老书记，你好歹发句话嘛。

女人甲　是啊，他说风就来雨，还让不让人活了？

二　蛋　俺还指望那几棵树娶媳妇呢！

女人乙　真要砍，我……我就喝药！

男人乙　娘的，大不了拼了！

女人乙　（哭）俺那个天哟……

［老书记啪的一拍桌子，登时鸦雀无声。

［旺子匆匆上，众村民呼啦围去。

男人们　村长，你千万别装熊啊！

女人们　你一抽脖儿，咱就全喝西北风了！

旺　子　去去！老书记，这一回可来者不善呐！

（唱）成乡长亲自上阵杀回庄，

　　进村先耍一通枪。

　　惊得我张口瞪眼合不上，

没办法，孩子哭了抱给他娘。
我若抗，摆明是村长顶乡长，
你来挡，不过舅舅管外甥，卤水豆腐正相当。
只要你老不松口，
他泥塑的神仙干瞪眼，照样一对空铃铛！

众村民 你得给俺作主哇！

老书记 （霍地站起）外甥狗！祸害百姓祸害到家里来，砍树？他敢！

[众村民起哄叫好。

[成保顺、老常提礼品上。

成保顺 嗬，好热闹啊。

[众村民当即噤声溜走。

老 常 办好事儿也瞎戳叽、胡捣蛋，纯粹是伙刁民！

成保顺 （喝止）老常！

旺 子 哎，你爹也摸锄把子，就不怕他听见揍出你屎来？

老 常 你……

[旺子大笑，见老书记阴着脸，忙收口。

成保顺 舅，你老人家……

老书记 别！这次来，你是拉开架子办公事，那就警察打他爹——公事公办！

成保顺 舅……

老书记 翠翠，给乡长上茶！

[翠翠捧茶上，瞟瞟成保顺，欲言又止。

老书记 乡长有啥指示？说。

成保顺 （无奈地笑笑）好，那我就直说了！

（唱）多少年，咱村穷得叮当响，
却不知，守着馍馍饿断肠。
多少年，骡马当作毛驴卖，
却不知，枣树可做大文章。
穷富两笔账，

一算便亮堂。
小枣比冬枣，
价位怎相当？
丢开芝麻摸西瓜，
舅啊舅，何须愁脱贫致富奔小康？

老书记 哈哈哈……
（唱）年年都翻新花样，
回回烧饼画满墙。
吹得鸡毛满天飞，
风一住，只落得鸡粪一堆臭四方，乡亲们怎能不骂娘？
折腾来，折腾去，就剩这点活命树，
怎忍心，断人生路毁一方？
纵然不念百姓苦，
一刀砍，谁养你吃皇粮的大小干部一大帮？

成保顺 舅，你有怨有气我理解，可你……连我也信不过么？我在农大做过实验，敢保证当年嫁接当年收益！

旺　子 呵呵，哄死人不偿命吧？那年，拔了麦子种韭菜也说抱个金娃娃，到了呢？死孩子一个，全烂到地里了。

老　常 你哪儿来这些怪话？

成保顺 （不无沉重地）有怪话，总比护短好哇。

老书记 （不由抬眼看他）那你实实在在透个底，若是要个数呢，随你编随你造，可要动真的……

成保顺 你外甥的脾气，随舅舅。

老书记 那好，拿刀来！

翠　翠 干爹？

老书记 拿来！

［翠翠惴惴递上菜刀。

老书记 当真要砍？

成保顺 不敢妄语。

老书记　非砍不成?

成保顺　绝非戏言。

老书记　那就先砍我人头!（一刀剁于桌上）

[切光。

三

[夜，老常带几个乡干部提手锯摸上。

老　常　（唱）夜色昏黑不见亮，
脚步轻放摸进庄。
叹服乡长新套路，
暗中下手莫张扬。

[成保顺闪出。

成保顺　认准我舅的树，下手要快，确保成活。

老　常　（递锯）有农艺师在，小菜一碟。不过，你舅的脾气……

成保顺　出了事儿我兜着。

[老常等分头下，旋即响起锯声。

成保顺　（唱）听锯声望枣林月色朦胧，
好景色，遮不住我心头阵阵锥刺疼。
进村来乡情薄亲情冷硬，
热心肠，换来个一盆凉水一桶冰。
怪不得乡邻生抱怨，
大不该，一回回伤农轻民生。
失信于民代价重，
立信首当正官风。
可叹我，为民却要逆民意，
今夜晚，成保顺竟干这鼠窃狗偷下作营生。
为打赢全乡翻身仗，
顾不得，谁是舅舅谁外甥。
开山一斧莫手软，

锯完了枣树我再赔情！

[翠翠上。

翠　翠　哥！你咋能这样对你舅、对俺爹？

成保顺　我……他领头顶着，我推不动啊。

翠　翠　把人撤走。

成保顺　翠翠……

翠　翠　撤走！我怕你伤了老人，你也什么都干不成！

（唱）手心手背都是肉，
正反两面连骨头。
哪怕一处留伤口，
也教翠翠疼心头。
可记得，那年弃婴待咽气，
是俺爹，抱养翠翠累白头？
可记得，哥失双亲生路断，
是你舅，左手你、右手我，走过一春又一秋？
这天大恩情尚未报，
又怎能，刀刃反插他心头？

成保顺　（唱）一番话，扯起往事再回首，
舅的恩，保顺何曾脑后丢？
无以回报常欠疚，
唯将那谆谆话儿刻心头。
吃着农家饭，
莫忘民间愁。
若为百姓官，
当为天下忧。
这话还在耳边震，
怎不责任压肩头？
此番回乡还心债，
奈何与舅话不投。

船至江心停不得，
妹当助哥一篙头！

翠　翠　这……

成保顺　眼瞅着咱们村、咱们乡一年年受穷，一年年的不变样子，我能不心痛、能不心急火燎么？

翠　翠　（稍顿）哥……你锯吧。可我不知道，是乡亲们熬来了好运，还是你活该背运。

成保顺　那就看这头一锯吧！

翠　翠　等等！我来。

成保顺　不，你别掺和。

翠　翠　他老人家性子倔，惹恼了你招架不住。

成保顺　那你就更别掺和！

翠　翠　我是他宝贝闺女，不会跟我翻脸。

成保顺　那……

翠　翠　（接锯）哥，你犯错误了？

成保顺　错误？没有啊。

翠　翠　那咋就……镇长成了乡长？

成保顺　（笑笑）组织安排吧。

翠　翠　哦，那就好。

成保顺　他……待你好么？

翠　翠　谁？干爹？自打你……他就越发疼俺了。

成保顺　不，我是说……

翠　翠　他死了。

成保顺　（惊）死了？

翠　翠　死在城里包了个二奶……不过，还算有良心，不缺我吃、不缺我花。

成保顺　什么，你就这样过？

翠　翠　（突然大声地）那你想让我怎么过？

成保顺　（半晌）对不起！

[翠翠一下笑了，死命锯树。

[成保顺一把抓住锯，翠翠撇了锯放声大哭。

成保顺 翠翠……

翠　翠 （一抹泪）俺不怨你，是俺……没那命！

[老常上。

老　常 乡长……哦，我……没事儿。

[突然有人嘿嘿一乐。

老　常 谁？滚出来！

[二蛋从藏身处跳起，跑下。

成保顺 坏了！

[光暗。内唱："半夜里一声报心肺气炸——"老书记披衣持手电筒上。

老书记 啊？你这个小祖宗啊！（接唱）

果真是，树无头、枝无杈，满眼只剩嫩芽芽，硬生生要了我命、败了我家！

（一时气火攻心，踉跄倒地）

["不好了，出人命啦！"二蛋喊着与众村民持械涌上。

旺　子 老书记！老书记……

老书记 （长出一口气醒来）旺子啊！

（唱）不敢想小畜生竟如恶煞，

暗地里砍我个稀里哗啦。

不敢想，骨肉亲抵不过他一句疯话，

一夜间，毁掉我苦苦拼下的一个家。

这混账，不仁不孝当唾骂，

家门不幸生歪瓜。

不肖外甥当教训，

祸乱本乡岂容他。

一口恶气难咽下——

旺　子 你别急，千万别急！

老书记 为保大伙儿一口饭，也不能容他胡作非为！

（接唱）将他押来受责罚！

众村民 这……

旺　子 老书记！

（唱）莫动怒，且忍下，

硬碰硬只怕拧麻花。

虽说是外甥舅扯筋连肉，

却奈何，他是官，咱是民，看似一家分两家。

一旦动粗麻烦大，

招来是非更抓瞎。

架秧尚须少出杈，

当摘瓜时再摘瓜。

老书记 你少给我和稀泥！谁去？

二　蛋 我！不愿下软蛋的，走！

［有人响应，欲下。

［成保顺、老常上。

成保顺 舅，外甥给你赔礼了。

老书记 来得好，抄家伙！

老　常 哎！干什么干什么？

二　蛋 先打这个狗腿子！

［有人动手，老常狼狈跑下。

成保顺 住手！

（唱）一人做事一人当，

不躲不闪我来扛。

俺舅有气情可原，

二蛋你，起什么哄、架什么秧？伤人的后果你可敢当？

城里人笑咱没素质，

咱却自抹一身脏。

痞子习气若不改，

农民的颜面全丢光！

老书记 呸！

（唱）人前装样大话讲，

背后欺心欺上苍。

农家粮食养你大，

苦逼乡亲为哪桩？

成保顺 （唱）乡情亲情未敢忘，

只图尽责富一方。

舅舅不该出面挡，

误了发家好时光。

老书记 （唱）休得吹牛自标榜，

不听巧嘴耍花腔。

成保顺 （唱）恳请舅舅能见谅，

带头砍树莫彷徨。

老支书 （唱）我无外甥你没舅，

今日咱针尖对麦芒！

来呀，把这无情无义的东西打出村去！

旺　子 别……

老书记 （一把扯倒旺子）动手！

［“哪个敢动？”老常带民警上。

成保顺 老常，看不出你还有这一套。

老　常 乡长，对这些不识好歹的……

成保顺 （勃然变色）住口！你……你们！吃着农民的，穿着农民的，掉回头来就这样对待像你爹、你娘那样的衣食父母？滚！

［老常灰溜溜地摆手欲下。

老书记 慢！等我唱完《辕门斩子》，再带我走！（抄棍便打）

［“干爹！”翠翠上。

翠　翠 那树，是我锯的。

老书记 你？为啥？

翠　翠　我信俺哥，信他这个人！

二　蛋　可谁信你呀？你俩黑灯瞎火地钻树林子……（被旺子狠踢一脚）哎唷！

老书记　（瞅瞅保顺，看看翠翠）你呀你呀，你这闺女……咳！（下）

旺　子　哎！你若不管那我……（一拍腿）完了！真完了……砍吧！

众村民　啊？不能啊村长！

旺　子　有本事你顶！我他娘的……（呼地抄起镐头）我掘了这些树，掘死它省心！

成保顺　旺子哥！（死死抱住）

［有人哇地哭了，旺子抱头蹲下。

成保顺　（不由含泪）乡亲们！我知道，知道东来一阵风、西来一阵雨把大伙儿都折腾怕了，都经不起了。可咱不能再靠儿把干枣过日子了，咱有出路，那就是砍掉树头发展冬枣！相信我，我成保顺也是爹生的娘养的，也有一副人肠子，我——不是画烧饼的！

二　蛋　红口白牙，谁信？

成保顺　老常！

老　常　在。

成保顺　签我的名盖我的章，代我挨家开欠条。

老　常　什么？

成保顺　若秋后结不出冬枣，我砸锅卖铁来还账！（转身走去）

［身后，猛地爆起一片掌声。

［不远处，翠翠抹泪目送成保顺远去……

［伴唱：太阳上山又下山，
　　　　月亮圆过又半弯。
　　　　扯着日子天天走，
　　　　枣儿甜嘴心头酸，心头酸……

［光渐收。

四

［一束光引翠翠上。

翠　翠　（唱）春去秋来天转凉，
翠翠夜夜睡不香。
起风落雨常惊梦，
枣园无时不牵肠。
半年来，看着嫩芽天天长，
天天瞅到枣花黄。
半年来，眼见新枝天天壮，
天天盼到枣能尝。
一块石头终落地，
两行热泪挂脸庞。
没来由，翠翠好想哭一场，
好想给树上炷香。
谢谢你，从此让俺含笑睡，
谢谢你，没枉费俺哥一番苦心肠！

［女人们提篮悄悄上。

女人们　嗨！想谁呢，翠翠？

翠　翠　（忙拭泪）你们……还不快摘冬枣！

女人们　好，摘冬枣喽！
（唱）寒露过罢近霜降，
满园冬枣映霞光。
谁把仙果凡间送，
甜透人心醉枣乡？

［二蛋提篮跳出。

二　蛋　（唱）枣熟了莫忘咱乡长，

女人们　耶？
（唱）傻小子也知亲他娘！

哈哈哈……

[旺子蹙眉上。

旺　子　笑、笑！这就让你们哭都拿不准音儿！

女人们　咋啦村长？

旺　子　（唱）家家冬枣一筐筐，

户户垛满顶房梁。

晒又不能晒，

保鲜无冷藏。

又如一堆烂韭菜，

血本无回透心凉！

女人们　赶紧卖呀！

旺　子　你能！这么娇气的东西，不等卖完早沤成酱了！

女人们　啊？

女人乙　（坐地号啕）俺那天……

旺　子　回家号去！

[翠翠忙劝走众人。

[成保顺心事重重地走来，拍拍旺子。

成保顺　着急上火也不是办法。

旺　子　恐怕……只有集资建冷库了。

成保顺　集资？不，不行！

旺　子　（急）还能眼瞅着冬枣一天天烂？

成保顺　（唱）百姓苦啊百姓难，

怎可再抠百姓钱？

作官不愁百姓事，

百姓何必养官员？

城里人，通水通电建冷库，

又谁掏过一分钱？

难道农民生来贱，

再集资，情何忍呐心何甘？

旺　子　可是……

成保顺　我想办法，我想办法……

[光暗。

[一束光渐亮，小雪着睡衣郁郁枯坐。

小　雪　（唱）又是一天夜幕降，

又是独自守空房。

一把旧椅伴我坐，

灯下闲听风敲窗。

多年来习惯了不存他想，

忙教务，呕心沥血揉碎肠。

多年来习惯了无人依傍，

没指望，不指望，寂寞日子也平常。

懒得理，他做事出格不思改，

自以为是擅主张。

懒得管，他往日旧情不曾忘，

早出晚归恋枣乡。

夫妻俩彼此心冷情意淡，

一如那，瑟瑟秋风阵阵凉。

[成保顺提衣袋上。

成保顺　老婆，瞧！新款风衣，喜欢么？这可是掏了我半月工资啊。来，试试。

小　雪　（歪了头看他）太阳打哪边出来了？

成保顺　东边。

小　雪　我看咋像西边呢。（欲走）

成保顺　哎，小雪……

小　雪　我困了。（径自上床）

成保顺　好好，睡觉！（说着欲搂）

[小雪推开，背身躺倒。

成保顺　嗨呀，亲亲嘛。（拱进被窝）

小　雪　（先是拒绝，后禁不住缩进被里。少顷，撩被坐起）别难为自己了。有啥事儿？说吧。

成保顺　哦……

小　雪　别说是想我。

成保顺　（苦笑着叹口气）老师的工资拨下来了。

小　雪　什么，你咋不早说？（捧过脸亲了一口）太好了！我代表中心小学……不，全乡的老师谢谢你！

成保顺　不过……

小　雪　不过什么？

成保顺　冬枣丰收了。

小　雪　知道。

成保顺　家家堆得跟小山一样。

小　雪　你……啥意思？

成保顺　如果放到春节，绝对卖出天价，可……就因水分大、糖分高，它放不住也没地儿放啊！

小　雪　所以，就打这工资的主意？

成保顺　我必须马上建冷库，必须呀！老婆，我实在没处抓钱了。

小　雪　成保顺！你也太过分了！

（唱）可知道，多少老师等吃饭，
无钱断炊有多难？
可明白，欠款拖得人心散，
教师队伍已可怜？
你怎能阎王不嫌小鬼瘦，
只打自己铁算盘？
老师衣食无保障，
学校将乱套，学生怎得安？
你口口声声办好事，
怎不想，教育扶贫、百年树人大如天？

成保顺　我何尝不知？何尝不想？

（唱）我深知，教师苦啊教育难，
才这般，好话说尽腿跑断，辛辛苦苦讨回钱。
怎奈冬枣天天烂，
容不得，我不紧不慢、按部就班筹措钱。
小雪呀——
好日子，百姓盼了多少载？
绝不能再次伤农再心寒。
求求你，缓发工资帮帮我，
助保顺渡过眼下这一关！

小　雪　你，主意已定？

成保顺　只是暂缓。

小　雪　你执意扣发？

成保顺　我别无办法。

小　雪　那，你后果自负！（抓起风衣抛出门去）

[切光。

五

[手机响，画外音：“喂。”“成保顺，你好大的胆子！”“县长，我……”“听着，教师工资一分也不许动！别忘了，你是怎么从城关镇调回枣园乡的！”挂断，忙音嘟嘟。

[一束光下，成保顺步履沉重地走近枣林。

成保顺　（唱）风穿霜林疏星淡，
云遮残月影只单。
无边夜色心头罩，
好教人，胸中块垒难消散，沉甸甸如同灌铅！
连日来——
不忍听乡亲们长吁短叹，
不忍见旺子哥泪挂腮边。
不堪想，富民之举毁于一旦，

不堪认，功败垂成无力回天。
原指望，建冷库悄悄挪用工资款，
孰料想，小雪翻脸捅上天，我落得里外受夹、滋味百般！
来此前在城关力开局面，
招商中保耕地为民陈言。
不几日，一纸公文另调遣，
似玩笑，非玩笑，我兜了一圈回枣园。
抛却烦恼寄夙愿，
凭借优势寻开端。
半年成果终得见，
偏又面临保鲜难。
无钱求钱求不到，
惹来快牛挨三鞭。
平地横拦一道坎，
莫非我，此一番，也如那老令公困死在无兵无援的两狼山？

［老书记提酒上。

老书记 顺子。

成保顺 哦，舅。

老书记 来，我给你庆庆功。

成保顺 （诧异地）庆功？

老书记 瞅我干啥？坐。

成保顺 （苦笑）这才叫坐蜡呢！

老书记 诶，你看这满眼的冬枣，多喜人呐！打心里偷着乐吧？

成保顺 舅……

老书记 喝酒！这头一杯嘛——

（唱）祝贺你冲老舅首开一刀，
大义灭亲，稳住了阵脚手段高。
三板斧砍出这满园冬枣，

老姜辣抵不过你这小蒜苗。

成保顺 哎呀舅……

老书记 喝了再说。

成保顺 （唱）今春上，一盘死棋强支炮，
当头将，也是我无奈之举动险招。
得罪了舅舅多担待，
又何必，回头杀我个马卧槽？

老书记 哈哈哈……回得好！这第二杯呀——
（唱）祝贺你，言出必行见成效，
高接换头，立下了赫赫功劳。
呼啦啦赢来了八方称道，
冬枣成山，这煌煌业绩胜同僚。

成保顺 舅，我怎么觉得……

老书记 慢慢品，越品越有味道。

成保顺 （唱）实话说，我何德何能敢倨傲，
若无咱上下同心哪有今朝？
外甥尽心干实事，
怕只怕，辜负了家乡父老恩比天高。

老书记 难得你还有这份心。来！我这第三杯——
（唱）祝贺你，冬枣树成就了乌纱帽，
管什么家乡父老恩比天高。
一堆堆冬枣垛成升官道，
你尽可一步三摇登云霄。

成保顺 舅！你……你把我看成什么人了？
（唱）心目中，你老是我终生靠，
一句句细叮咛未忘分毫。
看眼下，冬枣丰收难存放，
急得我满嘴血泡心内焦，你怎就敲敲打打还不饶？

老书记 我还委屈你不成！只管抱窝不管下蛋，你这是造福还是作孽？

（唱）上任三把火，下马三泡尿，
百姓的疾苦脑后抛。
政绩到手你高就，
撇下这筐筐冬枣怎开销？
只怕你，今遭来得走不了，
全村人吃喝拉撒你全包！

成保顺 我……

老书记 作贱百姓，你就不怕遭报应？（愤然下）

[成保顺憋屈地抓起酒瓶欲饮，又砰地摔于地上。

[伴唱：太阳上山又下山，
月亮圆过又半弯。
扯着日子天天走，
枣儿甜嘴心头酸，心头酸……

[光渐收。

六

[一束光下，成保顺握笛横吹，幽幽如诉。

[翠翠自林中上。

翠　翠 哥，你很难，很难是么？

[成保顺犹豫点头。

翠　翠 哥……

（唱）头一回听哥笛声怨，
头一回见哥点头难。
翠翠自恨弱女子，
无力帮哥扛一肩。

成保顺 （唱）妹懂我，皇天厚土养我大，
有负百姓苦不堪。
妹懂我，有心干事事难干，
最怕做了无用的官。

翠　翠　（唱）妹知你，千般滋味肚里咽，

不肯泪洒他人前。

妹知你，万缕愁绪扯不断，

我愿与哥共分担！

（撸下手镯）

成保顺　不，这不能收！

［突然一道光柱射来："在这！"二蛋领众村民推车挑担运冬枣上。

二　蛋　姓成的！老百姓都活不了了，你还偷鸡摸狗。

翠　翠　（一掌打去）你混蛋！

二　蛋　你……

成保顺　找我什么事？

二　蛋　这冬枣，卖给你了！

众村民　对！退白条，赔钱！

翠　翠　你们……谁再靠前，我……我就……（抄起棍子）

女人甲　翠翠，俺找乡长要钱，碍你哪根筋了？

［"这是谁在放闲屁？"老书记虎着脸上。

男人甲　老书记，别的俺不管，可这白条盖着乡长的印呐！

女人乙　俺一家老小，可不能吃冬枣、穿冬枣吧？

众村民　叫他赔，赔偿损失！

老书记　都把白条给我。

二　蛋　行，让老书记要！（敛起白条，递）

［老书记啪的打着火机点燃白条。

众村民　哎呀钱！俺那钱呐！

老书记　闭嘴！旺子，滚出来吧。

［旺子缩着头从人后走出。

老书记　你能耐不小哇。我问你，这树上结冬枣了么？

旺　子　结……结了。

老书记　比小枣甜吧？

旺　子　甜。

老书记　也比小枣值钱吧?

旺　子　嗯。

老书记　知道就行! 咱庄户人说话可以不着调，做人可得凭良心呐。他成保顺再不是东西，吐出的唾沫也砸了个坑吧? 卖不动、存不住，大伙儿急我也急，可这能怪谁? 人家没说帮你卖，卖不了怨咱自己熊包没本事，那就看它烂! (欲走)

成保顺　舅……

老书记　我不是冲你! (下)

男人乙　(哭叽叽地) 那，这可咋办呐?

旺　子　回家一起哭! (欲带村民下)

成保顺　等等! 咱马上建冷库!

旺　子　啥，钱呢?

成保顺　不该问的别问!

["成乡长——" 老常蹬车急上。

老　常　你……你捅马蜂窝了! 县长拍了桌子，说明天一早找你谈话!

翠　翠　哥……

旺　子　要不……再等等?

成保顺　等多久? 还让大伙儿等多久才有个盼头? 大不了我这纱帽扔了。旺子，连夜开工!

老　常　啊? 那就闹大了呀!

成保顺　(一把揪住老常) 老常! 我求你件事儿，你必须答应!

老　常　哦哦。

成保顺　你去说……就说压根儿没找见我，我已飞往北京、上海……哦，还有新加坡去推销冬枣，等我打开市场拿回订单，我主动请求处分!

老　常　乡长!

众　(含泪) 成乡长!

[一声飞机的轰鸣穿云而过。

[光渐收。

七

[内喊:“成乡长回来喽!”登时锣鼓喧天，灯大亮。

[老枣树下，全村老少翘首巴望，成保顺风尘仆仆上。

众村民 成乡长!

旺　子 再不回来，就想死你了!

成保顺 舅，这回不仅当年的冬枣销售一空，还签了长期协议呢!

老书记 好你个混小子!

[众村民鼓掌叫好。

成保顺 (唱)海内外初建销售网，

冬枣之乡天下无双美名扬。

好戏不过才开场，

从此后，放开胆、甩开膀、认准路、大步闯，

好日子越过越久长!

[“嗨——”二蛋头扎花巾跳出。

二　蛋 (尖起嗓子学女人，唱)成乡长就是成乡长，

女人们 (唱)一炮打响回枣乡。

二　蛋 (唱)请来财神送元宝，

女人甲 (唱)二蛋的媳妇哎——

女人们 咋啦?

女人甲 (接唱)也一个一个地装满筐!

[众畅笑。

旺　子 走，给保顺兄弟接风去!

[忽传来刹车声，老常垂着头引两个县干部上。

老　常 成乡长，县里派出调查组，来……

旺　子 来干吗?带人?

二　蛋 谁?谁要带人?我他娘的……(一把揪住老常)

成保顺 不许胡来!乡亲们，去按订单发货吧。(欲走)

老书记　顺子！（竭力平静地）大不了家来，跟舅种冬枣，啊？

旺　子　我这村长给你留着，俺都跟你干！

成保顺　（含泪）谢谢！谢谢乡亲们！（欲走）

［小雪疯了似地跑上。

小　雪　（泣声地）我不知道……不知道会搞成这样，对不起！（扑入怀中）

成保顺　不，你告得对，你不告就不配做校长！小雪，请代我向全乡的老师道歉。

小　雪　不……

［“哥！”翠翠抱兜奔上，一把把往成保顺怀里放钱。

成保顺　这……

翠　翠　哥，够么？

成保顺　你哪来的钱？

翠　翠　我……离婚了！（掩面跑去）

［笛声响起……

［成保顺伫望良久，转身走去，县干部跟下。

众　（追呼）成乡长！俺等你回来——

［伴唱：太阳下山又上山，
　　　月亮圆过又半弯。
　　　扯着日子天天走，
　　　枣儿甜嘴心头酸，心头酸……

［光渐收。

（剧终）

（该剧与李振西合作）

·现代花灯剧·

天　堂

时　间：二十世纪九十年代初。

地　点：云南山区。

人　物：老　陈——乡文化站站长，绰号陈四眼。

银　花——寡妇，傩戏传人之后。

乡　长——乡政府一把手。

钱明海——回乡小老板，人称钱串子。

小　凤——老陈的女儿，乡政府临干。

瞎　婆——孤寡老人。

石　头——瞎婆的小孙子。

二癞子　老爹　新郎　女干部　马童　众村民　孩子们

序

[一束光投向高悬的傩戏面具，昏暗中隐约可见一幢不起眼的土基房，唯文化站木牌格外醒目。

[古朴苍劲的傩戏打击乐陡起。

[“马童，带马！”一束光引马童翻上，老陈戴面具扮关羽上。

老　陈　（唱傩戏）跨赤兔挥偃月气冲霄汉，
荡群雄扫狼烟忠义齐天。
兴汉室翦逆贼抱定宏愿，
三兄弟肝胆照结拜桃园……

[喝彩声，光微启。众村民或攀于房顶或围于沟崖鼓掌叫好。

[人群中，钱明海探身找人。

[银花上，看看老陈，欲喊又止。

钱明海　银花！（兴奋挤去）我回来了！

银　花　（冷冷地）知道。

钱明海　知道怎不找我？这些年，我一直……

银　花　我来找老陈。

钱明海　（醋意地）陈四眼真够邪的，打年轻就为这破玩意儿挨斗，还……

银　花　这破玩意儿，是我爹教的！

钱明海　哦……抱歉。

[银花扭头便走。

钱明海　哎！（掏出玉镯）老坑缅玉，喜欢么？（拉手欲戴）

[银花抽手，玉镯跌碎。

钱明海　你……好，那就看他疯，看他能疯几天！（悻悻下）

[银花回身招手，见老陈不理，索性过去一把摘下他面具。

老　陈　哎呀，正演出呢！

银　花　还演？文化站就要卖了！

老　陈　（惊）什么，卖文化站？

银　花　钱明海一回来就瞄这块地，乡长又正穷得发疯……

老　陈　不，这不可能！

银　花　（一撇面具）你爱信不信！（下）

［老陈手中刀当啷落地。

二癞子　（跳起大骂）钱串子！你真他妈不是东西，买走文化站，我……我上哪儿蹭闺女去？

村民甲　蹭你的墙去！陈老师，咱农科班还能办么？

村民乙　往后，到哪儿读书看报？

村民丙　那……电影呢？对歌呢？傩戏呢？

村民丁　娘的，还是老三样吧——吃饭、困觉、打老婆！

二癞子　没老婆打谁？赌钱去吧。

老　爹　咳！就这点舒心的地方……

［小凤抱新衣跑上。

小　凤　爹，好看么？钱叔买的。

老　陈　谁？

小　凤　钱明海呀。

老　陈　你……（夺了甩于地上）

小　凤　爹！

老　陈　钱才是你爹！（光聚）

［伴唱：苦守半间土基房，
　　熬得花开叶又黄。
　　几回泪往肚里咽，
　　大山深处有天堂……

［伴唱中，一束光引瞎婆手捻佛珠随石头蹒跚走来……

［远处，梵音袅袅。

［光渐收。

一

[一束光引心烦意乱的乡长上。

乡　长　钱钱钱，这该死的钱呐！

（唱）穷！穷怕了，

直穷得，家底不值一根毛。

穷！穷怕了，

直穷得，讨债的挤破门、规划打水漂。

工资总拖欠，

药费自家掏。

车子转不动，

开支打白条。

穷得卵子叮当响，

有心兴农没抓挠。

正愁钱，姓钱的居然送钱到，

反教人，忽而喜、忽而忧，两头撕扯更煎熬。

心神不定前街绕——

（猛见文化站）咳！（接唱）

又怕和尚跑，又怕丢了庙，心如那织锦梭子来回抛！

[钱明海堆笑上。

钱明海　乡长。

乡　长　又是你，西瓜皮擦腚——没完了？

钱明海　不是等你拍板嘛。

乡　长　钱明海，你这叫洗脸盆里扎猛子——不知深浅，买我的文化站盖庙，亏你想得出！

钱明海　别瞪眼嘛乡长。

（唱）我本是，本乡本土本地人，

赚了钱，岂能忘记众乡邻？

回乡投资了夙愿，

一心报答百姓恩。

现如今，宗教旅游正红火，

庙门一开迎财神。

此举还望多帮衬——

（掏钱欲递）

乡　长　少来！拿你的钱，我不得蜕上三层皮？

钱明海　诶——

（接唱）劳你费神表寸心！

[乡长抓起欲扔。

钱明海　哎哎！你不要，乡里总缺钱吧？这屁大点地方，三十万呐！

[乡长不无心动。

钱明海　再说，文化站也就腊月三十捡兔子——有它过年，没它也过年。

乡　长　屁话！那叫阵地，阵地懂么？

钱明海　哈哈哈……就陈四眼守的这座破庙么？

乡　长　那也轮不到你拆庙！

钱明海　好好，不说了。不过乡长，当官总得弄点政绩吧？过了这村可就没这店喽。

[老陈“噌”地由屋内窜出。

老　陈　钱明海！

钱明海　哟，陈老师。

老　陈　钱大老板。

钱明海　呵呵，也就刚能买这两间破房子。

老　陈　房子破，可里面兴许是宝贝。

钱明海　所以，才借此发展文化旅游。

老　陈　哈，文化！

钱明海　对，给乡长赚钱的文化！

乡　长　你俩……斗鸡呢！

钱明海　陈老师是怕丢了老窝，拴不住银花吧？

老　陈　你……

[钱明海大笑，扬长下。

老　陈　乡长，你千万别听他的呀！

（唱）钱串子，弯弯心眼花花肠，

驴粪蛋子外面光。

扯个幌子充文化，

惹得乡亲直骂娘。

乡长啊——

莫小看，吹吹打打、写写画画说与唱，

却教人，心头豁亮有念想。

文化站并非虚摆设，

休看作，可有可无的小盲肠！

乡　长　（不耐烦地）说完了？说完了该干啥干啥去！

老　陈　哎，要的就是你这话。（欲下）

乡　长　哪儿去？

老　陈　忙活我那摊子事呗。

乡　长　回来！今晚随队下乡，拔苗种烟。

老　陈　拔苗？哎耶，乡长，我这还拉不开栓呢！

（唱）文化站，麻雀虽小五脏全，

杂七杂八堆成山。

又赶上，县里催着搞会演——

枪都攮着腚了，可……（接唱）

银花至今不出山。

乡　长　银花，银花，还金花呢！

（唱）当务之急须抓钱，

哪有心思扯闲篇？

各项工作都重要——

可终归一手硬、一手软吧？（接唱）

你那套，大不了就是闹着玩。

老　陈　你……

乡　长　你玩得起，我玩不起呀！

老　陈　刚才，你还满口阵地阵地……

乡　长　那得看冲谁！咱关着门说，你那文化站能搞出什么名堂？

（唱）倘若唱戏能来钱，

我陪你，天天从早唱到晚，唱它个十年二十年！

老　陈　那你的意思？

乡　长　我的意思还用你操心？下你的乡！

［一声闷雷。

［切光。

二

［一束光下，显出忧心如焚的老陈。

老　陈　（唱）闷雷一声山风骤，

满坡乱树扯心头。

乡长冷冷几句话，

教人急呀令人忧！

［光暗。另一束光下显出银花。

银　花　（唱）看他急，为他愁，

老陈生就犟骨头。

乡长面前去理论，

只怕火上更浇油！

［光暗。一束光下显出老陈。

老　陈　（唱）文化站，连着千年文脉源与流，

有我半生苦追求。

文化站，勾着百姓心头肉，

有我悲欢数十秋。

［另一束光亮，显出银花。

银　花　（唱）文化站有他苦与痛，

苦过痛过未回头。

文化站牵着他的梦，
几回梦破情难丢。

老　陈　（唱）不能等，不能等乡长“卖”字说出口，
却无计，无计劝他念头收。

银　花　（唱）知他心焦无处诉，
却奈何，无缘无分难分忧。
有心宽慰上门去——

老　陈　对呀！请出银花，捧回大奖，或许……或许有救！（疾走）

[猛然门前相遇。

[伴唱：一时间，话哽喉，如烟往事又重勾！

[闪回。喜乐由远及近。

[伴唱：喇叭响，锣鼓喧，
众人扒门看稀罕。
今日老牛吃嫩草，
问声糖瓜甜不甜？

[“甜！”新郎傻笑着拽出当年头顶红盖头的银花。

[内喊：“一拜天地！二拜高堂！夫妻……”

[“银花！”青年老陈一步闯入，拉了欲走。

新　郎　你敢抢我媳妇？（一拳击倒老陈）

老　陈　银花，你……你不能……

银　花　你能另娶，我为什么不能？

老　陈　我……我是封资修、黑五类呀！

银　花　怕连累我？那你来抢救傩戏，干嘛说喜欢我？

老　陈　那，你也不能作践自己！

新　郎　打倒牛鬼蛇神！

[众村民蜂拥而上。

银　花　（呼地抄起长凳）放他走！

[众惊。

[一声雷，景回现实。

老　陈　银花，我……

［银花回身便走。

老　陈　我是来搬救兵的！

银　花　我救不了你。

老　陈　你能演貂蝉呐！

银　花　女人，不唱傩戏。（又欲走）

老　陈　可你是傩戏传人之后，帮帮我。

银　花　凭什么帮？因为你死了老婆，我离了婚？

老　陈　这……

［银花转身进屋，反手关门。

老　陈　银花！

［一声炸雷，风雨骤来。

银　花　（良久）你，走吧。

老　陈　除非你答应我。

银　花　那你就待着！

老　陈　银花，咱打了盆说盆、打了碗说碗成吧？你不出山，戏就演不成，演不成就拿不来奖，拿不来奖文化站就难说保得住啊！

银　花　这关我什么事？

老　陈　傩戏是你祖上的宝贝，文化站也是咱大伙的呀！

（唱）会演迫近没几天，
非你莫属扮貂蝉。
成败事关文化站，
还望助我渡难关。
今晚冒雨求檐下，
怎忍心，冷脸堵我门外边？

银　花　那要问你！知道那年，我是怎么活过来的么？

（唱）那一天，你过门迎亲经房后，
我咬烂被角泪双流。
数日床头卧，

呆呆房顶瞅。
不吃也不睡，
不洗不梳头。
只盼阎罗收我去，
可牛头马面不来勾。
活过来的银花主意定，
嫁一个，不亲不爱、无怨无恨的糟老头，心死情也休！

老　陈　银花……

银　花　我不想再见你！

老　陈　我知你有气，可这回……我真的求你了。文化站遇上麻烦，你不也着急给我送信儿么？趁乡长还没松口，帮帮我行么？

银　花　那我当初求你，你又怎么待我？

[老陈张张嘴无言以对，默然良久，失望欲走。

银　花　（猛地拉开门）回来！

[老陈立住。

银　花　不为文化站，你就不来找我，是么？

老　陈　你……答应了？

银　花　你心里只有文化站。

老　陈　是。哦不！我……

银　花　我就是文化站！（猛扑上去，抱紧呜咽）

老　陈　（慌乱地）不，银……银花……

银　花　（回手拉其进屋）赶紧脱了。

老　陈　什么？

银　花　给你烤烤！

老　陈　哦哦。（迟疑地脱去上衣，接了花衣披上）

[小凤披雨衣奔上。

小　凤　（一愣）爹，你这是……

老　陈　哦不，我……我没想脱呀！

小　凤　（笑得一下蹲在地上）哈哈哈……爹，你溜号溜得真有水平！

银花婶，我该改口了吧？

老　陈　去！

小　凤　嘻嘻！（作个鬼脸，欲跑）

［乡长撑伞上，被一头撞个趔趄。

乡　长　哎唷！毛手毛脚，还想不想转正？

小　凤　想，当然想。

乡　长　见到你爹了？

小　凤　没……

［乡长推开小凤，进门。

老　陈　（尴尬地）嘿，乡……乡长。

乡　长　好，还真让老钱说着了。下乡抽腿，来这倒精神了。

老　陈　乡长，我是来……

乡　长　（光火地）还有脸说！

银　花　乡长……

乡　长　本来我还左右为难，这好，你那文化站——别办了！（下）

老　陈　乡长！

［切光。

三

［雷声，雨声。

［启光。山林中，乡长恼怒地擎伞疾上。

乡　长　胡闹！简直是胡闹！

（唱）我，天天急得猴跳墙，

他，竟闹出荒唐事一桩。

乱上添乱搅成酱，

怎不教人火上房？

［老陈冒雨追上。

老　陈　（唱）平白一通迎头棒，

情急更胜被冤枉。

乡长一语霹雳炸，

惊得人，前胸淌汗后心凉！

乡　长　（唱）一路走，火冒三丈，

老　陈　（唱）一路追，脚步踉跄。

二　人　（唱）风狂雨骤黑山岗，

［伴唱：人人有道难过的梁！

［“乡长——”女干部披雨衣奔上。

女干部　乡长！牛……牛头寨修路民工……

乡　长　民工咋啦？

女干部　为拖欠工资，闹起来了！

乡　长　啊？

女干部　（哭）乡长，好多农户……也拿着白条告你，法院下传票了！

乡　长　哭什么哭？大不了卖了我顶账！还不快去牛头寨？

［女干部抹泪跑下。

［乡长顿足欲走，老陈赶来。

老　陈　乡长！（脚下一滑，扑倒）

乡　长　你……伤着没有？（欲扶）

老　陈　（扯住）乡长！我和银花……真没死猫烂狗的事啊！

乡　长　误会，误会行了吧？

老　陈　那就别拿文化站出气了，啊？

乡　长　你还有完没完？（甩手欲走）

老　陈　乡长！（爬起）咱山里穷，百姓苦，可越苦越不能憋着、闷着，越要长见识啊。憋着，就会出事。闷着，就不干正事。不长见识，就会再出一茬文盲、科盲、法盲啊乡长！

乡　长　（叹口气）老陈，你的心情我理解，也知道你做了很多工作，很不容易，可上面不给钱，我有什么办法？你想想，这上上下下、里里外外四处窟窿，我拿什么堵？钱串子那三十万，是救命钱呐！

老　陈　没钱就卖文化站？那三十万花完了呢？你再卖乡政府？

乡　长　老陈！

老　陈　你这是逼着哑巴说话！

（唱）为什么穷？

为什么穷！

失火只顾床下拱，

当家人糊涂，怎不乱了营？

愚昧才落后，

落后更受穷。

治穷不治本，

越治越贫穷。

卖了文化保饭碗，

纯粹是，割了脑袋填肚皮，一味瞎折腾！

乡　长　你……（摔伞）陈四眼！我告诉你，文化站我是卖定了，卖了也死不了人！

老　陈　有我老陈在，赌你卖不掉！

乡　长　卖不掉文化站，乡长这顶帽子我给狗戴上！（欲走）

老　陈　你……（摇摇欲倒）

乡　长　老陈！（忙抱住）

老　陈　我……我去告你！

[乡长一下撇开老陈，径自下。

[老陈佝偻在地，无助地在雨中哭泣。

[小凤、银花提马灯疾上。

小　凤　爹！你……怎和乡长干上了？

银　花　（抱起）老陈！他爱卖不卖，咱不管了、不干了！

老　陈　可我……舍不下呀！

[轰然一声钟响，梵乐悠悠传来，在天地间回荡……

[收光。

四

[一束光引乡长上。

乡　长　（恼火地）搞文化的，就是爱添乱！

（唱）陈四眼，犟牛性子一根筋，

缠上你，越挣越紧难脱身。

平日里，文弱书生任摆弄，

拧上来，脖子一梗忒气人。

本以为，告状只是过嘴瘾，

不承想，他拿着棒槌当了真（针）。

一家伙捅到天上去，

县领导，劈头盖脸骂了我个汗淋淋。

满肚子邪火无处泄——

（转念一想）咳！（接唱）

治邪驴，还须我顺毛一捋慢慢抻。

[启光。老陈哼唱着雕画面具。

乡　长　手艺不错嘛。

老　陈　哟，乡长。

乡　长　（指指墙上）这，都是演出用的？

老　陈　是，关羽的、周仓的、刘备的、张飞的……

乡　长　等再演出我也看看，过把戏瘾。

老　陈　太好了！乡长……我连盒烟也没有。

乡　长　想拍马屁？呵呵！老陈，我这人吧，也是性情中人……

老　陈　乡长，我呢爱认死理，你可别……

乡　长　握手言和！（拉手）文化站的事，咱到此为止吧？

老　陈　行！只要保住文化站，你咋说就咋办！

乡　长　保住？谁说保住？

老　陈　嘿嘿，这不有县里的公函嘛。

乡　长　哈哈哈……等你接到，早是老黄历喽。

老　陈　黄历？

乡　长　你呢，可以在乡里打个零杂。闺女的转正问题嘛，我会认真考虑，啊？（欲走）

老　陈　等等！你……你是说……

乡　长　没听懂？

老　陈　不！这公函上说，文化站不能……

乡　长　这是圣旨？你也太书生气了，告个状天就塌了？文化站照卖不误！（下）

［老陈一震，光聚。

老　陈　（唱）一声“卖”字雷击顶，
霎时如同心掏空。
泪眼迷蒙周遭看，
手攥公函百感生！
我不懂，我不懂，
何以公函变黄历，转眼不值一棵葱？
原以为，理直自有说理处，
却原来，百无一用是书生。
叹，我好似痴人妄说梦，
悲，我活像秀才遇上兵。
欲哭却无泪，
欲诉道不明。
罢罢罢，退后一步天地阔，
闺女好转正，老陈一身轻，文化站呐文化站，
管他买去填粪坑！

（颤颤摘下站牌）就这么……摘了？拆了？不，不能，不能啊！

（唱）我怎能，半生夙愿忘干净？
又怎能，将一方百姓脑后扔？
书生当做书生事，
碰破头，文化站还是心中的一盏灯！

[另一束光亮，瞎婆捻着佛珠由石头引着走来，远去……
[远处，密云中出一道霞光。
[光渐收。

五

[内喊："看戏喽！"启光。孩子们雀跃着搬小凳上。

孩子们 （唱）天一黑，抢小凳，
占个位，一窝蜂。
瞪圆小眼看傩戏，
大人过瘾孩子疯。

男孩们 （唱）我舞刀，演花脸，

女孩们 （唱）我扮美女爱英雄。

孩子们 （唱）扯开喉咙可劲唱，
唱出山里满天星！

[老陈背锣鼓、抱戏装上。

老　陈 咦，你们家大人呢？

[村民三三两两上。

老　陈 来来，坐！

众村民 （拽起孩子）走，回家！

众孩子 不，我要看，我要看嘛！

老　陈 哎，今天咋都不看戏了？

村民甲 （难为情地）嘿，看戏又不当饭吃。

村民乙 是啊，看戏发钱么？

二癞子 瞧人家钱老板，一掏就是嘎嘎响的！

村民丙 （踢其一脚）鸡蛋没嘴也没憋死！

村民丁 陈老师，卖了也好，省心！

二癞子 你就别光顾赌气，耽误大伙了，是吧？

老　爹 咳！就这点舒心的地方……

[众村民拖孩子下，孩子的哭声渐远。

[老陈怔怔瞅着，一屁股跌坐鼓上，眼泪滚落下来。

[伴唱：苦守半间土基房，

熬得花开叶又黄。

几回泪往肚里咽，

大山深处有天堂……

[银花冲上。

银 花　老陈！

老 陈　你……你也走吧。

银 花　哥！

[老陈愕然抬头。

银 花　（唱）含泪轻轻唤声哥，

妹知哥呀苦水多。

哥把苦水倒一半，

妹陪阿哥当酒喝。

苦酒入怀周身热，

冲天一吼青山和。

今晚伴哥唱一曲，

唱得山舞水扬波！

老 陈　（激动）银花！

银 花　（悲声叫板）关——将——军——（将戏装一抖披穿在身）

老 陈　（一怔）貂——蝉——（舞袍披挂）

[石头搀瞎婆上。

瞎 婆　开戏了。快，扶我到前边去。

银 花　大妈？

瞎 婆　唱吧，别误了大伙看戏。

石 头　奶奶，没别人，就我们俩。

瞎 婆　胡说！

银 花　石头没说错，就你祖孙两个！

瞎 婆　什么？那姓钱的，可真是作孽呀！

老　陈　大妈……

瞎　婆　陈老师！

（唱）你大妈眼瞎心透亮，

分得清奸贼与忠良。

姓钱的勾着三花脸，

你就是红脸的关云长。

想当初，祖孙俩不知戏是啥模样，

我熬时辰他放羊。

是你翻山到门上，

锣鼓一响开了场。

平生头回听人唱，

喜得我，心花放、热泪淌，半死的人啊又还阳。

这辈子，不枉人世来一趟，

明白了，戏里戏外理相仿。

孩子啊——

如今你好人遭算计，

大妈我，心里急，帮不上，自恨无用泪汪汪！

老　陈　大妈，你老……就看戏吧！

瞎　婆　就为我瞎老太婆唱戏？不不……

银　花　（和泪叫板）将军——

（唱傩戏）霹雳炸，天将倾，

心儿颤，胆儿惊。

幸得将军护小女，

不忘拳拳一片情。

老　陈　（接唱傩戏）一声浩叹山欲崩，

挥泪辜负儿女情。

拍马冲破敌兵阵，

杀条血路你逃生。

银　花　关将军！

老　陈　貂——蝉……

银　花　（唱）身如落红逐水去，

老　陈　（唱）满目萧瑟悲秋风！

（仰天长啸）还我真——情——

［光渐收。

六

［“哈哈哈……”一束光引醉眼惺忪的钱明海上。

钱明海　（唱）陈四眼，疯得好，

疯完掉进我的包。

莫怪老子不厚道，

一石两鸟顺手捞。

财路莫挡道，

银花回头瞧。

一拆一建起小庙，

谁不服我手段高？

酒宴上，乡长捧杯赔笑脸，

不见了，往日威风虎变猫。

大印一盖乾坤定，

神仙拿它也没了招！

（进门，蓦见暗处有人）谁？

［灯亮。

钱明海　银花？你……有事？

银　花　（冷然地）从打中学，你就一直追我。

钱明海　（愣怔怔地）是。

银　花　一直想追到我。

钱明海　是。

银　花　一直想把我追到手里。

钱明海　银花……

银　花　回答我！

钱明海　是！

银　花　今晚，我自己来了。

钱明海　银花！（欲抱又止）你……为什么？为老陈？

银　花　买走文化站，就是要他命！

钱明海　这与你无关。

银　花　只要退了合同……随你！（欲解衣）

钱明海　等等！你等等……我要的是你的心！

银　花　去！找乡长，退合同！

钱明海　（咬牙切齿地）老陈真他妈有福！我以为，断了他后路你就跟我走，我……真傻！老实说，我钱明海见的女人多了，可没有一个……没有一个想为我做点什么！（捧起酒坛狂饮）走，走吧！

［银花转身走进内室。钱明海惊愕半晌，颓然跌坐，光暗。

［内唱："跌撞撞磕绊绊步重身颤——"一束光引老陈抱礼品上。

老　陈　（接唱）山路上，走来我一腔忧愤、满腹委屈的陈四眼，

好不可笑、好不可悲、好不可怜！

世人都道蜀道难，

难不过，我违心送礼如登天。

世人都说求人难，

难不过，我曲意下拜叩门环。

乡长心似铁，

挥笔合同签。

告状谁理会？

废纸作公函。

乡邻翻脸生抱怨，

双双冷眼看四眼。

世态炎凉尝一遍，

更痛感，文以载道重如山。

万般无奈一条路，
弯下腰，豁出脸，但求能留我文化一线天。
陈某人何曾落到这田地？
干文化，竟然要脑袋塞进裆里边。
恨不得，猛抽自己几巴掌，
血水泪水口中含。
怀抱礼品千斤重，
一步步，捱到这高屋大墙铁门前！

（犹豫，敲门，进屋）钱……钱老板。

[启光。

钱明海 哟，稀客呀，平日请都请不来。

老　陈 我……我是来……

钱明海 来说文化站的事？

老　陈 对对！这……这点……（扬扬礼品）

钱明海 文化站是你家的？

老　陈 不，不是。

钱明海 那关你屁事？还提东西来，啧啧，这年头谁还拿文化当盘菜呀？

[老陈埋着头一把把抹汗。

钱明海 听说，你告状告成了？

[老陈抬眼看看，又低了头。

钱明海 呵呵，那管事的是我哥儿们，上次劳模会，就是他给我披红戴花。

[老陈一下抬起头，惊讶地看着。

钱明海 如今，像你这样的人不多了。虽说我大字不识一筐，可我非常崇拜文化人，看你对文化站这么尽心，还真被感动了。

老　陈 （燃起一丝希望）你……你能答应？

钱明海 答应？就冲你抱的礼品？陈老师，你、你们！正眼瞧过我么？我打小饥一顿饱一顿像狗一样活着，捡破烂、扛大包、下煤窑、开饭店我什么没干过？这会儿有钱了，买走文化站了，你看见我了，求到我了，哈！晚了！

[老陈隐忍着，憋得浑身颤抖。

钱明海　陈四眼，想知道我买文化站干什么吗？盖庙！盖了庙，我要看着你们天天下跪、天天磕头……（突然大喊）天天磕头！

老　陈　你……（举起礼品摔于地上，狂怒地踩着）

钱明海　好，好极了！就冲你这份骨气，我钱某——或许不买了。

老　陈　（怀疑地）当真？

钱明海　当然有条件。

老　陈　说！

钱明海　付我八万元损失费，我立马退合同。

老　陈　这……

钱明海　拿不出来吧？那我再让一步。（啪啪啪摆一溜碗）连喝八碗白酒，我一笔勾销！

老　陈　我……我不会……

[钱明海快意地大笑。

[“钱串子！”银花冲出。

老　陈　（惊）银花？你怎么……

银　花　倒酒！

钱明海　你？

银　花　我！（抱坛倒酒）

老　陈　银花！（夺）

银　花　闪开！（痛心地）我可以不是人，可你——不能不做人！

（唱）你本是，文化人呐男子汉，

一戳一站一座山。

你也曾，蒙冤受辱不自贱，

令我仰慕生喜欢。

眼下里，你怎能未等人推身先倒，

低三下四跪门前？

似这般，任人捉弄任人耍，

你呀你，颜面哪里放？头往哪里钻？

（捧酒欲饮）

[老陈推开银花，抢碗连饮，再端，却直挺挺摔倒在地。

银　花　老陈！（扑上去连连捶打）你！你！你！你不想活了呀？（恸哭）

[伴唱：苦守半间土基房，

熬得花开叶又黄。

几回泪往肚里咽，

大山深处有天堂……

[伴唱中，钱明海抄起碗灌进肚里。碗，当啷落地。

[切光。

七

[老陈家。一束光渐亮，老陈委顿地垂首蜷坐，形同木雕。

[小凤走进光圈。

小　凤　爹，吃点东西吧。

[老陈纹丝不动。

小　凤　爹，要不你睡会儿？

[老陈充耳不闻。

小　凤　（含泪）爹，都几天了，你不吃不睡就这么坐着，要坐到什么时候？

[老陈一声不吭。

小　凤　（摇着）爹，爹，爹！

[老陈依旧不语。

小　凤　（一把搂住，大哭）爹呀！你心里憋屈，就哭两声吧，啊爹？

[老陈的脸抽搐着，泪水慢慢滴落下来。

小　凤　（开导地）爹，人硬硬不过命去，乡长定的事咱能改得了吗？再说，那钱都填了窟窿，合同也签了，改不了了！

[老陈的泪越发流个不停，抽泣着周身乱颤。

小　凤　（慌了）爹！你就别想文化站了，啊？

（唱）你为它耗尽了半生血汗，
　　大山里，何处不留你欢歌笑颜？
　　从此撒手不再管，
　　丢了文化站，又没丢饭碗，留职乡里更舒坦。
　　愿干，不过跑跑腿，
　　不愿干，领份工资混着玩。
　　就凭那，墙上锦旗一面面，
　　歇下来，实实地于情坦然、于理也安然！

［老陈止了泪，又变得木讷呆滞。

小　凤　爹，别人能活，你就不能活么？

［老陈低头不语。

小　凤　爹！卖就是卖了，钱串子要的损失费你又没钱给。

老　陈　钱？（突然瞪起眼）

［灯骤亮。

小　凤　（吓住）爹？

老　陈　钱！（一骨碌爬起）钱……钱……

小　凤　（惶惶地）爹！爹……

［老陈拨开小凤，中魔似地满屋乱翻。东抓一把，西摸几张，一趟趟堆到桌上，又趴着数，数着数着，不禁颓丧地哭起来。

小　凤　爹！你就别动这心思了，就这，也是你养老的钱呐！总不能为了文化站，闹到砸锅卖铁、卖房子卖地的份儿上吧？

［老陈呼地扬起头，直愣愣地去瞅房顶。

小　凤　（更惊）爹？不能啊，你不能再打这房子的主意！

［老陈一把推开她，扬着脸满屋转着……

小　凤　爹！（硬硬按到凳上）这是祖业、是家产，是你和银花婶今后的家呀！

老　陈　（讷讷地）这地势好，好做生意，有人肯出高价……

小　凤　（扑通跪倒）爹！不能卖呀，卖了你连个窝都没了！再说……再说你这是和乡长顶着干呐，就算你不怕，那我呢？乡里就一

个转正指标，乡长是打算给我的，要是……爹，我就得回家种一辈子地，一辈子呀！（号啕大哭）

［老陈一头栽倒。

小　凤　爹——（忙为其捋胸）

［老陈好久才透出一口气，呼呼喘着。

［银花提饭上，惊得哗啦落地。

银　花　咋了？出啥事了？

小　凤　他要卖房！

老　陈　凤啊，咱山里人……离不了哇！

小　凤　为这破文化站，你连女儿都不要了吗？

老　陈　（流着泪）孩子，爹……对不住你！

小　凤　你——不是我爹！（跳起，没命地跑下）

老　陈　凤！

银　花　老陈！

老　陈　我……（敲敲胸）

（唱）我心口痛，

［伴唱：痛不能忍！

老　陈　（唱）我心口痛啊，

［伴唱：痛不欲生！

老　陈　（唱）女儿……女儿翻脸不认爹，

房子……房子转卖更户名。

都只为，文化站死死连着我的命，

落了个，父女反目、居无定所、人财两空！

银花呀——

我无用，我无能，

我笨蛋，我狗熊。

陈四眼没有金刚钻，

干巴骨头靠硬撑。

我家不成家已注定，

你呀你，另做打算莫再等，别再找一事无成的穷书生！

银　花　哥！

（唱）你有情，你有种，

你不是绣花枕头是真英雄。

银花今生跟定你，

你跳火坑我跳火坑。

女儿走了还有我，

房子卖了咱住草棚。

我家就是你的家，

一口锅灶伴一生。

酸甜苦辣分着吃，

一勺一碗，盛的都是咱的情！

老　陈　银花……

银　花　哥！（紧紧相拥）

[远处磬鼓齐鸣，梵音缭绕，瞎婆合十祈祷着从远处走过……

[光渐收。

八

[推土机的轰鸣声。启光。文化站前，众村民远远围观。

钱明海　（惬意地歪坐一旁）来呀，给我推平！

[“不许拆！”老陈虚弱却坚定地上。

[推土机声骤停。

钱明海　行，你真够倔的。

老　陈　兔子急了，也会咬人。

钱明海　你领了尚方宝剑？

老　陈　没有。

钱明海　带来一标人马？

老　陈　也没有。

钱明海　那就别废话了！

老 陈 慢！（掏钱）八万，一分不少！

钱明海 （瞅瞅钱，看看老陈）哈哈哈……老子那是逗你玩呢。

老 陈 什么？你……

钱明海 让开！

老 陈 除非，从我身上压过去！

钱明海 想玩命？

老 陈 没打算囫囵着回去。

钱明海 你……这房我买下了。

老 陈 文化站是几万乡亲们的，谁也无权拆！

钱明海 是嘛，那你就碰碰那铁家伙！

老 陈 钱明海！

（唱）别以为，老陈只是筋骨皮，
量你不敢铲作泥。
文化站，顶天立地戳在这，
推倒它，先问乡亲们依不依？
我去房顶等着你——

（攀上房顶）来吧！（接唱）
试试你我谁胆虚！

钱明海 我就不信你不要命了，给我推！

[银花突然出现在老陈身旁。

钱明海 银花？

[“姓钱的！”小凤拖棍奔上。

小 凤 再敢推，我和你拼了！

钱明海 凤，你也跟着你爹犯糊涂？

[“钱明海！”石头扶瞎婆上。

瞎 婆 真糊涂的，怕是你吧？

（唱）可知道，文化站连着大伙心，
可知道，文化站让人成了明白人。
可知道，乡亲们忍来忍去不再忍，

可知道，犯了众怒你难脱身！

老　爹　是啊，山里就这点舒心的地方了！

钱明海　嘿！还都成精了？给我拖走！

［傩戏打击乐陡起，众村民戴面具呐喊冲上。

老　陈　（激动地一拉架式）好哇！（高唱傩戏）

跨赤兔挥偃月——

众村民　（唱）气冲霄汉，

老　陈　（唱）荡群雄扫狼烟——

众村民　（唱）忠义齐天！

钱明海　（胆虚）姓陈的，你厉害，我钱明海算服你了！（灰溜溜下）

［众村民欢呼，簇拥老陈走下房顶。突然，老陈喷出一口血。

众　（惊）血？

小　凤　爹！

［乡长上。

乡　长　老陈！

老　陈　（强撑着）乡长，这房子……实在该修修了！

乡　长　修，马上修！咳，你呀你呀！

［伴唱：苦守半间土基房，

熬得花开叶又黄。

几回泪往肚里咽，

大山深处有天堂……

［伴唱中，老陈软软靠在银花肩上，光聚。

老　陈　快看！（手指处，文化站上空映出一轮晖光）

［钟声震荡，梵音袅袅……

［光渐收。

（剧终）

（该剧与陈晓静合作）

·现代吕剧·

鼓　韵

时　间： 现代。

地　点： 某市，建筑工地。

人　物： 梁昆仑——北方建业集团铁龙公司总经理。

叶　青——老首长的女儿，《创业》杂志社记者。

金玉堂——叶青的男友，北方建业集团金马公司总经理，后为集团公司某处处长。

老首长——北方建业集团负责人。

钟大海——梁昆仑的战友，铁龙公司副书记。

苏长伟——铁龙公司职工。

袁师傅——梁昆仓的同乡，铁龙公司炊事员。

马玲玲——女，铁龙公司职工，后为苏长伟妻子。

木墩儿——铁龙公司职工。

安　子——原金马公司职工，后并入铁龙公司。

安子娘——安子之母。

方石头——原金马公司职工，后并入铁龙公司。

当年的梁昆仑　学生时的叶青、金玉堂

养鱼人、纪检干部、众职工

1

[昏暗中，板鼓声骤起。

[一束光渐亮，梁昆仑埋头击鼓。

[另一束光亮，袁师傅走进光圈。

袁师傅 仑子，又有心事了？

[梁昆仑点点头。

袁师傅 离开机关另打天下，不易呀。

梁昆仑 是，要人没人，要钱没钱。

袁师傅 真难的，怕不止这些。

梁昆仑 可我，就想试试！

袁师傅 认准了，那就闯吧。好在咱海岛上出来的人，都是经过风浪的。

[海涛声，渐强，渐隐。

[袁师傅叹口气，欲走。

梁昆仑 袁叔……

袁师傅 还是叫袁师傅吧。（离去）

[忽然，身后响起不阴不阳的掌声。

[又一束光亮，显出金玉堂。

金玉堂 梁技术员……哦，该称梁总了。梁总果真有股子冲劲儿，未等上场，急急风就敲得满世界响了。

梁昆仑 业余爱好，见笑了。不过，敲得再响也是个打鼓的，金总才是挑梁唱戏的。

金玉堂 那，你可得好生伺候喽。

梁昆仑 行，我就傍傍你这个角儿！

金玉堂 哈哈哈……（隐去）

[梁昆仑挥槌击鼓。

[伴唱：是骡子是马遛一遛，

是汉子做事你就别回头。

一路上，哪怕有九十九道坎儿呀，

腿别软呐眉别皱，有泪也只往那肚里流！

[光渐收。

2

[远处有汽车颠簸驶近，车灯摇摇晃晃扫来。

[升光。朦胧中，有人蒙头裹脸歪在荒坡上。

苏长伟 （呼地爬起）坏！木墩儿，快，把那帮小子给我扽回来！

木墩儿 哎呀闹啥？呀，梁总！（爬起欲跑）那，女的叫不？

苏长伟 废话，一个不剩！

木墩儿 哎！（欲跑又止）那，行李、行李呢？

苏长伟 滚滚，等你跑到，鸡都叫了！（摸手机拨打）该死！都聋了么？

[刹车声。苏长伟忙压低嗓门躲下，木墩儿跟下。

[梁昆仑大步上。

梁昆仑 嗯？长伟，苏长伟！

[“到！”苏长伟跑上。

梁昆仑 人呢？

苏长伟 人？嘿，这天吧死热，蚊子呢又死咬。哎，你摸摸这身疙瘩。

梁昆仑 我问的是你的人、你的兵！

苏长伟 我怕明天都没了精神，就让他们……到办事处去睡了。

梁昆仑 你咋不让他们回家睡去？家里不热，没蚊子！你就这么给我带队伍，啊？

（唱）公司初创，

好一似，扁舟一叶应对滔天浪。

稍有不慎，

顷刻间摧帆折桨。

商战中，怎容得军中无法纪？

争市场，岂可将诚信撂一旁？

企业树形象，

点滴看现场。

进驻工地事虽小，
却关乎这开山一炮响不响。
若这般，令不行、禁不止，兵不兵来将不将，
倒不如，咱牌子一摘、摊子一撤放了羊，天天在家睡软床！

苏长伟 梁总，我错了！

梁昆仑 罚款一千，明早张榜公布！

［众职工携行李上。

马玲玲 不，要罚罚我们！

众职工 对，罚我们！

苏长伟 对什么对？瞎起哄。

［梁昆仑将包一丢，席地而卧。

［众怔住。

苏长伟 （手一挥）睡！

［众合衣而卧。

［突然一声尖叫，马玲玲惊恐跃起，扑在苏长伟身上。

苏长伟 咋啦，啊？

马玲玲 老鼠，一只大老鼠！

木墩儿 （出个怪样）嗯，这老鼠不小。

［众大笑，马玲玲追打木墩儿。

木墩儿 （忽一指）哎！车，又来车了。

［刹车声，钟大海上。

梁昆仑 老战友，你咋来了？

钟大海 （故作沮丧）咳，别提了！

梁昆仑 怎么？

钟大海 调到你手下干副书记了呗。（大笑）

梁昆仑 真的？哈，太棒了！（一把抱起）

钟大海 哎哎。（指指身后）

梁昆仑 老首长？

［老首长健步上。

众职工　老首长！

梁昆仑　这么晚了，你……

老首长　我来看看你呀。（见行李）嗯，像个干事的样儿。从打在部队带兵，我就喜欢你这股子犟劲！

（唱）你是一只虎，

久困樊笼雄心阻。

你是一猛虎，

远离山林雄风无。

早该放虎归山去，

任由你，长啸一声震峡谷，豪气冲天出。

今朝为虎添双翼，

待来日，看你称雄展宏图！

梁昆仑　（一拍腿）知我者，老首长也！

老首长　别翘尾巴。日后要是老虎屁股摸不得，照样，该收性子收性子，该关笼子关笼子。大海，这事儿就交给你了。

［众面面相觑。

老首长　听见没有？

钟大海　哦，是！

［一摩托飞驰而来，刹住。

［叶青提头盔上。

叶　青　（不情愿地）《创业》杂志社记者叶青，奉命赶到。

梁昆仑　叶子？

叶　青　梁总，在众人面前，有句话不知当讲不当讲。

梁昆仑　说。

叶　青　眼下，贵公司兵微将寡、立足未稳，就先忙着找人抬轿子吹喇叭，这……

老首长　这是我的意思。

叶　青　爸！

老首长 你就该为创业者摇旗呐喊。

叶　青 对不起，我恐怕……（看看梁昆仑）只能是例行公事。

[“嗒嗒”两声板鼓。

[收光。

3

[“仑子哥！”一束光引中学时的叶青跑上。

[另一束光亮，显出当年一身戎装的梁昆仑。

当年的梁昆仑 叶子。

中学时的叶青 你们锣鼓队啥时候表演？别忘了告诉我。

当年的梁昆仑 忘不了。

中学时的叶青 我可喜欢看你打鼓了，特帅，特有男人味儿！

当年的梁昆仑 哦，我该走了。

中学时的叶青 哎！（递信）

[梁昆仑欲拆，被按住。

当年的梁昆仑 写的什么？

[叶青神秘地招招手，待其凑近，“叭”地吻一口笑着跑去。

[梁昆仑愣了愣，神情复杂地蹲坐地上。

[光渐收。

4

[手机响，一束光引梁昆仑上。

梁昆仑 （急切地）喂，大海么？竞标会进展如何？喂，喂！

[升光。近旁，叶青持机听着，一声不吭。

梁昆仑 怎么搞的？说话呀你！（一抬头）是……是你？

叶　青 （挂机）不错，是我。

梁昆仑 （忙岔开）哦，文章不必写，你随时可以走。

叶　青 我若不走呢？

梁昆仑 也随便。（欲走）

叶　青　梁昆仑!

[梁昆仑收步。

叶　青　有件事，我一直想当面请教。

梁昆仑　说吧。

叶　青　当初我写给你的信，为什么石沉大海?

梁昆仑　都已经过去了。

叶　青　可我，至今想不明白?

梁昆仑　（稍顿）对不起。

叶　青　对不起?

梁昆仑　那时我是军人，而你，还是中学生。

叶　青　那后来呢?

梁昆仑　后来我……祝福你们。

叶　青　谢谢了!（拧身下）

[梁昆仑望着背影，久久不动。

[手机响，一声、两声、三声……

梁昆仑　（定定神）喂，哦，说吧。（猛一激灵）什么，新情况? 这样说不行么? 好好，我等你。哎大海，告诉长伟，这次竞标干系重大，务必咬住不放，全力拿下!

[袁师傅端饭上。

袁师傅　仑子，插个空，吃点儿东西吧。

[梁昆仑摇摇头。

袁师傅　咳，不吃不睡，人不是铁打的呀。（放碗，下）

[梁昆仑仰望夜空，心事重重。

梁昆仑　（唱）一弯新月穿云海，
时隐时现影徘徊。
恰似商战紧要处，
变幻莫测费疑猜。
前不久，一杆大旗树起来，
猎猎迎风摆。

每日里，厉兵秣马待征战，
列阵点将台。
万事俱备欠东风，
却难料，那竞标场上群雄逐鹿谁夺头牌？
这一仗，或是成，或是败，
事关公司兴与衰。
此时刻，忽闻前方生变故，
怎不教人忐忑不安揪心怀？

[一声急刹车，钟大海匆匆上。

梁昆仑 大海，出什么事了？

钟大海 （欲言又止）咳！

梁昆仑 说呀！

钟大海 这个项目，咱……还是急流勇退吧。

梁昆仑 什么，退？

钟大海 有时全身而退，未必不是明智之举。

梁昆仑 你搞什么名堂？刚才还志在必得，这会儿咋又全身而退？

钟大海 仑子，搞企业也得懂点儿政治呀！

梁昆仑 少绕弯子！说，究竟为什么？

钟大海 这次竞标，主要对手是谁，知道不？

梁昆仑 金马老总金玉堂呗。

钟大海 还是，人家朝中有人！

梁昆仑 （一怔）你是说……不，不可能。

钟大海 嗨呀，你也太书生气了！

（唱）眼下并非是清平世界，
遇事少论那该不该。
天不由人多无奈，
我的老战友，你再将脑门儿拍一拍。
人家是未来的翁和婿，
别忘了，扯扯耳朵就动了腮！

梁昆仑　那……也得讲究个“游戏规则”吧？

［突然爆出一串笑，金玉堂上。

金玉堂　规则是死的，人是活的嘛。梁总！

（唱）看似怪，不足怪，

世上的事儿，未必都按套路来。

有时正门入，

有时旁门开。

有时顺着走，

有时拧着来。

好在咱背靠一棵树，

对外同打一张牌。

今晚登门来求助，

望梁总，帮兄弟上得台来下得台。

梁昆仑　你的意思是……

金玉堂　请梁总退出擂台，赏口饭吃。

梁昆仑　哦？有句话听说过吗？

金玉堂　什么？

梁昆仑　会争的孩子有奶吃。

金玉堂　这……终归有个大局嘛，你铁龙还不足三十号人，可金马呢？三百多人等米下锅，一旦……

梁昆仑　金总，我只能说——很抱歉。

金玉堂　那我也实话实说，这的确是老首长的意思。

［梁昆仑怔住。

金玉堂　你总不至于刚上来就驳他面子吧？（喊）哎，小青！

［叶青上。

叶　青　（不冷不热地）你来干什么？

金玉堂　哦，我来转达老爷子的指示，顺便么……咱什么时候去登记？

叶　青　再说。

金玉堂　（看看表）去半岛咖啡厅？

叶　青　我还有事儿。（欲走）

金玉堂　亲爱的，你不想预祝我竞标成功么？走吧。（拥下）

［梁昆仑抓起碗摔在地上。

钟大海　仑子！

梁昆仑　大海，你说的急流勇退，就是老首长的意思？

钟大海　老首长也是好意，他想借此让金马扭亏为赢，也希望咱们稳步发展。

梁昆仑　稳，就意味着被淘汰出局！

钟大海　仑子，还是从长计议吧。

梁昆仑　不，寸土必争！

［鼓声铿锵。

［切光。

5

［内声：“现在我宣布：经考察论证，并根据竞标标底，本工程由北方建业集团铁龙公司中标！”

［掌声，欢呼声。

［升光。梁昆仑、钟大海闷坐不语。

钟大海　（良久）想什么了？

梁昆仑　你呢？

钟大海　（不无忧虑地）老首长该来电话了。

梁昆仑　别庸人自扰。铁龙发展了，他会不高兴？

钟大海　但前提是，你得听招呼。

梁昆仑　难道，这比企业命运还重要？

钟大海　中国特色呀！哎，你想的什么？

梁昆仑　项目拿到了，可蜀中无大将啊。

［手机响。钟大海看了眼，犹豫着。

梁昆仑　怎么，真猜着了？

［钟大海点头，梁昆仑伸手欲接。

钟大海　别，还是我当面解释吧。

梁昆仑　你这人，累不累呀？

钟大海　（苦笑）惹了事儿，总得给你擦腚吧。（下）

［马玲玲快步上。

马玲玲　梁总，可以毛遂自荐吗？

梁昆仑　自荐？

马玲玲　这个项目经理，非我莫属！

梁昆仑　哦？一只老鼠都能吓得……

［马玲玲“啪”地将一塑料袋拍了过去。

梁昆仑　这是什么？

马玲玲　老鼠！

［梁昆仑一惊，塑料袋落地，马玲玲大笑不已。

梁昆仑　（欣赏地）好你个玲玲，敢立军令状么？

马玲玲　敢！

梁昆仑　那好，去把长伟叫来。哎，别忘了你的老鼠。

马玲玲　嘻嘻！（跑下）

［叶青出现在一角，苏长伟抹着汗上。

苏长伟　梁总。

梁昆仑　给你个任务，在干好这边的基础上，全力帮助马玲玲如期完成新项目。

苏长伟　她？

梁昆仑　哪点儿比你差？

苏长伟　嘿嘿。

梁昆仑　哎，你俩的事儿咋样了？

苏长伟　还没捅破窗户纸呢。

梁昆仑　那就捅啊。我可告诉你，这也得限期拿下，新项目的封顶之日，就是你小子新婚之时！

苏长伟　这么快？

梁昆仑　省得憋得你瞎嗷嗷。

苏长伟　　嘿嘿，听你的。（冷丁一嗓子）“妹妹你大胆地往前走哇……”（下）

　　［梁昆仑欲走，蓦见叶青，不由停步。

叶　青　　你手下这员大将，倒蛮像个汉子。

梁昆仑　　是。

叶　青　　爱也敢爱，追也敢追。

　　［梁昆仑一时无言。

叶　青　　当然，梁总为别人出主意，还是拿得起、放得下的。

梁昆仑　　叶子……

叶　青　　嗯？（期待地望着）

梁昆仑　　哦，再见。（欲下）

　　［“走，找你领导去！”养鱼人拽着满身泥水的木墩儿上。

梁昆仑　　咋回事儿？

养鱼人　　这小子，偷我鱼！

梁昆仑　　为什么？

木墩儿　　我……我想中标了，庆祝庆祝。

养鱼人　　你庆祝？俺那鱼完咧！

梁昆仑　　你那鱼，值多少钱？

养鱼人　　那一湾，咋也值个三千五千的。

　　［梁昆仑掏钱拍过去。

养鱼人　　（一愣）全买咧？那……嘿嘿，逮吧，随便逮！（点钱下）

梁昆仑　　苏长伟，集合！

木墩儿　　（紧张地）梁、梁总……

　　［苏长伟与众职工跑上。

梁昆仑　　脱衣裳，下水摸鱼！

　　［众怔住。

梁昆仑　　愣着干啥？脱！（欲脱）哦，你暂且回避。

　　［叶青笑笑，下。

众　　　　嗷——（撒欢脱衣）

梁昆仑　　（一拉架式）嗒叭、仓！

众 （随之圆场）仓仓仓仓……

[突然闪光灯一亮。

众 哎呀！（忙遮羞）

[叶青举相机上，抓拍。

梁昆仑 笨蛋，快跳哇！

[众一下醒过神来，纷纷跃入水中。

[叶青放声大笑。

[收光。

6

[内喊："哎，大厦封顶喽——" 鞭炮齐鸣。

[灯亮。众职工涌上，扯红绸贴喜字，载歌载舞。

木墩儿 （唱）大厦封顶哎——

众职工 （唱）鞭炮鸣，

木墩儿 （唱）娶媳妇嫁新娘啊——

众职工 （唱）一片欢腾。

木墩儿 （唱）喜上加喜——

众职工 （唱）同欢庆啊，

木墩儿 （唱）疯它一把，

众职工 （唱）疯它一把，

木墩儿 （唱）闹它一通，

众职工 （唱）闹它一通，

木墩儿 （唱）疯一把、闹一通，哎——

合 （唱）满天满地满是笑声！

[叶青扶新娘打扮的马玲玲上，梁昆仑随上。

梁昆仑 哎，新郎倌呢？

木墩儿 呀，忘咧！苏经理铆到楼顶上都十来天了，还……

梁昆仑 还不给我拖下来！

木墩儿 哎哎。（欲下）

［苏长伟灰头土脸、疲惫不堪地上。

苏长伟 梁总，我……下来了

［四周顿时鸦雀无声，梁昆仑心疼地走近苏长伟。

梁昆仑 看你这嘴血泡……

苏长伟 （咧嘴笑笑）没事儿。

梁昆仑 先喘喘？

苏长伟 不用。

梁昆仑 给新郎更衣！

［乐起。众围上，为苏长伟梳理更衣。

梁昆仑 同志们，今天是喜庆的日子。在这个日子里，大厦提前封顶了，为这座大厦付出心血的苏长伟、马玲玲也将结为百年之好。我宣布，婚礼开始！

［众欢呼。

梁昆仑 一拜天地！二拜高堂！哦，只能冲远处拜了。夫妻对拜，步入洞房！

［钟大海匆匆上，将梁昆仑扯至一旁。

钟大海 金马公司到底垮了。

梁昆仑 我知道。

钟大海 上边，让咱兼并金马。

梁昆仑 （惊）什么？

钟大海 还让咱安置他们全部职工，承担他们三千多万元的债务！

梁昆仑 啊？理由呢？

钟大海 说咱不听指挥，不顾大局，导致金马难以为继，这个包袱咱背也得背，不背也得背！

梁昆仑 （急）我的钟书记，你那嘴呢？

钟大海 该说的都说了，可……

木墩儿 金马完了，关咱屁事儿？

马玲玲 咱们公司刚刚站稳，这不往死里整人吗？

众职工 梁总，不能答应啊！

［梁昆仑拔腿欲走。

钟大海　哎，哪儿去？

梁昆仑　这会把咱们拖垮的！（仍欲走）

钟大海　仑子，这是组织决定！

［梁昆仑倏地立住。

［忽然起了大风，天色骤暗。

钟大海　哎，大伙儿在看着你呢。

梁昆仑　（努力控制着情绪）苏长伟。

苏长伟　到！

梁昆仑　喜宴——开始！

苏长伟　梁总……

梁昆仑　今天是好日子，一定让大伙儿吃好喝好玩好，不然，我拿你试问！

苏长伟　（含泪点头）哎！（欲下）

梁昆仑　等等！为了下一代，你给我戒酒。

苏长伟　梁总！

［袁师傅摆摆手，推众人下。

［叶青突然冲出，随之摩托声远去。

钟大海　仑子……

梁昆仑　让我自己待会儿。

［钟大海叹息，下。

［风声愈紧。

梁昆仑　（唱）风乍起尘飞扬黑云如浪，
霎时间天地昏黄。
适才红日当头照，
一转眼变了模样。
天道如此不足怪，
人道这般，怎不心伤？能不心伤？
那一句，放虎归山话未落，

冷不防，无形绳索困兽王。
投标遇禁令，
兼并遭捆绑。
公司才兴旺，
兜头又一棒。

[伴唱：荒唐，无理，
无理，荒唐！

梁昆仑 （唱）我一向敬重的老首长啊，
你为何这样？你怎能这样？
好端端铁龙前景欲断送，
直教人诉难诉、讲难讲、违难违、
抗难抗，辩也无用，顶也无方！
硬生生破烂摊子甩肩上——

[伴唱：也只有，也只有咬牙往前闯，重打锣鼓另开张！

[苏长伟提酒踉跄上，木墩儿追上。

木墩儿 经理，别喝了，别喝了经理！

苏长伟 滚一边儿去！

木墩儿 经理，求求你，求求你了……

[苏长伟毫不理会，欲饮。

梁昆仑 苏长伟！

苏长伟 别劝我，谁劝……我跟谁急！

梁昆仑 （"啪"地打掉酒瓶）谁让你喝的？

苏长伟 我！我让我喝的，我想喝，我不喝就憋得慌，我憋得慌！

梁昆仑 把他扶回去。

[木墩儿欲扶，被推个趔趄。

苏长伟 （委屈地）凭什么？他们凭什么？咱干得好好的，招谁惹谁了呀，啊？

梁昆仑 长伟，今天是你大喜的日子，说高兴的。

苏长伟 是，我是想高兴，我本来多高兴啊。咱铁龙有了今天，我才有了今天呐，我能不高兴么？可他们……他们凭什么……

梁昆仑 （制止地）长伟！

苏长伟 他们凭什么拿捏你、别扭你、难为你、找你麻烦？

梁昆仑 别说了！

苏长伟 不！

梁昆仑 再说我处分你！

［苏长伟惊愣半晌，呜咽出声。

［梁昆仑上前，将其抱住。

苏长伟 梁总！

［板鼓声起，声声如碎。

［伴唱：是骡子是马遛一遛，
是汉子做事你就别回头。
一路上，哪怕有九十九道坎儿呀，
腿别软呐眉别皱，有泪也只往那肚里流！

［马玲玲、袁师傅、钟大海相继上，无不盈盈含泪。

［风大作，尘沙漫天。

［光渐收。

7

［风声依旧。

［有摩托驶来，刹住。

［升光。叶青风尘仆仆上，推门而入。

叶 青 爸，爸……（无意瞥见满桌的方便面，不由鼻子一酸）爸！你怎么……老这样呢？

（唱）一盒盒方便面或开或封，
分明是老人无靠倍孤零。
他起早贪黑忙工作，
进门来，屋也冷清，灶也冷清。
女儿不孝常在外，

花甲人怎禁得如此清苦、这般心境？
适才一路还赌气，
此刻却内疚又心疼。
绾绾衣袖下厨去，
做顿饭菜摆桌上，愿爸添笑声。

（下）

[老首长上。

老首长 （唱）出门去，虎虎生风，
进家来，周身酸疼。
一旦落座不想动，
不服老不行。
有心合眼歇片刻，
扛不住，这肚子乱叫肠子拧。
解饥还须方便面，
省时省力蛮现成。

（欲泡方便面）

[叶青端酒菜上。

叶　青 爸，你怎么又……

老首长 哈！女儿一到，上上犒劳了。（见其含泪）咋啦？哦，我这是偶尔为之，免得血压上去。来来，一起抄家伙。

叶　青 （斟酒举杯）爸，祝你身体健康！

老首长 好！

叶　青 （又举杯）爸，祝你工作顺利！

老首长 好！

叶　青 （再举杯）爸，祝你……少犯错误。

老首长 嗯？

叶　青 爸，我想知道，你为什么让铁龙并金马？

老首长 今天不谈工作。

叶　青 不。

老首长 这与你记者无关。

叶 青 可与你有关。爸，如今是市场经济，你咋能乱点鸳鸯谱呢？

（唱）你不该，不该强行拉郎配，

死拉硬拽愣作媒。

你不该，不该随意捏一对儿。

不管那张三李四谁与谁。

虽说铁龙势头好——

可毕竟是年轻的小公司嘛！（接唱）

怎抵那，三千万的窟窿三百人的嘴，天大的包袱叫它背？

老首长 人靠逼，马靠骑，他仑子要是这么不顶打，垮就垮。我就不信他是个绣花枕头。再说了，他惹下神来就得安。

叶 青 爸，你不会是为了你未来的女婿吧？

老首长 （一拍桌子）我宁肯背这黑锅，也要让那三百多人吃上饭！

叶 青 爸……

老首长 我还正想找你呢。（拿起杂志）你这篇文章，咋能赞美他梁昆仑无组织无纪律，擅自竞标呢？

叶 青 他是对的。

老首长 那谁是错的，啊？哼，我烦的就是他这股子犟劲！

[金玉堂提礼品上。

金玉堂 叶伯伯。哎，你也回来了？咋没说一声，我好接你呀。

叶 青 谢谢，不用。（随手拿本书，翻看）

老首长 玉堂，这么晚过来有事儿么？

金玉堂 哦没，也没多少事。

老首长 有话就说。

金玉堂 哎，叶伯伯，我……是不是可以……不随金马并过去？

老首长 怕当败军之将？

金玉堂 我倒无所谓，我是怕你老和小青没面子。

叶 青 好，堂而皇之的理由。

老首长 玉堂，心思要用到正地方。

（唱）年轻人莫怕摔跟头，
哪里跌倒哪里爬，方知那天外有天楼外楼。
今去铁龙做副手，
正是你学习的好时候。
若练就十八般武艺好身手——

叶　青　若是练不出来呢？

老首长　那就……

叶　青　（唱）那就云儿悠悠水自流。

老首长　要不要我送你过去？

金玉堂　不不，我自己去。那……我走？

老首长　哎，把东西提回去。

金玉堂　这……

老首长　这有行贿之嫌，等你们登了记，随你送。叶子，送送玉堂。

叶　青　（合了书站起）再见。

金玉堂　（失望地）再见。（下）

老首长　叶子，你金伯伯可又催你俩的亲事了，你到底……

叶　青　爸，吃饭！

［收光。

8

［一束光中学时的叶青背书包哼唱着上。

［同为中学时的金玉堂突然跳出来。

中学时的叶青　呀！

中学时的金玉堂　别怕，是我。

中学时的叶青　金玉堂，你在这儿干什么？

中学时的金玉堂　这段路黑，我给你当保镖。

［叶青一笑，欲走。

中学时的金玉堂　叶青！

中学时的叶青　嗯？

中学时的金玉堂 那天，我爸和你爸……说咱们俩来。

中学时的叶青 说什么了？

中学时的金玉堂 说……

中学时的叶青 不说拉倒。（又欲走）

中学时的金玉堂 哎哎，说咱俩是天生的一对儿。

［叶青一愣，转身跑去。

［收光。

9

［内喊："小青，小青！"

［追光下，大雪纷飞。叶青背包上，金玉堂追上。

金玉堂 小青，今天都小年了，咱那事儿该办了吧？

叶　青 没见我忙着么？

金玉堂 这就怪了，你不是不想写嘛，怎么又写起来没完了？

叶　青 那是要我写，现在是我要写，懂不？（欲走又止）哎，看望困难职工，你怎么不去？

金玉堂 我……

叶　青 没勇气面对你那些半年没发工资的老职工了？哼！（下）

［灯暗。

［一束光引安子娘顶风冒雪上

安子娘 （唱）漫天风雪阵阵紧，
全不管路上白发人。
眼见得，年关将近，
却还是，跑断了双腿借钱无门。
我儿病重大半载，
无医无药无办法，怎不教娘疼碎心？
都说天无绝人路，
俺怎就，只见这，天黑黑、云沉沉，风飒飒呀雪纷纷？
人无指望不指望，

也只能，回家去，陪孩子唠唠叨叨过小年，给他分分心！

[灯暗。

[深重的咳嗽声。一束光渐亮，安子病卧床头，咳嗽不已。

安　子　（唱）一阵醒，一阵困，
阵阵咳嗽撕裂心。
卧床半年病愈重，
直熬得，油将干呀灯将尽。
公司垮了谁过问？
生路断了靠何人？
屋漏偏逢连阴雨，
一场大病袭我身，生生成了个活死人。
无力尽孝已造孽，
怎忍见，白发老人伺候我，苦煞累煞俺娘亲？
生不如死莫如死，
一根麻绳了残生！

（挣扎爬起）

[升光。安子娘上。

安子娘　呀，你咋起来了孩子？（见绳，惊）安子，你想干啥？你想干啥呀你！（夺绳）

安　子　娘！我不能再拖累你了，你就成全儿子这点儿孝心吧！（跪）

安子娘　你！（劈头一掌）儿子……

安　子　娘！

安子娘　孩子！（抱头痛哭）

[梁昆仑、钟大海、叶青满身披雪，提年货上。

梁昆仑　大娘，安子。

安子娘　你、你们是……

叶　子　哦，这是安子现在公司的梁总，这是钟书记。

钟大海　我们来看望你们。

安　子　（激动）来看望我们？（欲倒）

安子娘 安子！

[众人忙扶其上床。

安　子 （哽咽地）梁总，钟书记！

梁昆仑 对不起，我们来晚了！

安子娘 不！恁这是来救俺一条命啊！（欲跪）

梁昆仑 大娘！

（唱）使不得，担不得，

你老一跪谁敢接？

若论当跪该是我，

我也是你的儿呀，有苦有难、有怨有火尽管说！

安子娘 孩子们呐！

[伴唱：几句话，心头热，

身儿颤颤泪成河，啥话也无须说！

[方石头带人上。

方石头 大娘，说是新公司的头儿来了，哪位是？

梁昆仑 我，我是梁昆仑。你是……

方石头 方石头。请问，俺大伙儿的难处你管不管？

梁昆仓 当然管。

钟大海 工资、年货，一会儿就发给大家。

众职工 太好了，这下可有指望了！

梁昆仑 从现在起，咱就是一家人了。家底儿嘛，大伙儿有数，可不管多么难，只要咱拧成一股绳，就没有过不去的坎儿，我拜托大家了！（鞠躬）

方石头 梁总，有话尽管吩咐，俺早盼着这一天了！

众职工 是啊，早盼这一天了！

梁昆仑 今天，趁灶王爷上天让他捎句话，一年之后，就是咱铁龙翻身之时！

[众职工鼓掌叫好。

方石头 （唱）嗨——

灶王爷呀你听真，

众职工 （唱）哎嗨你听真，

方石头 （唱）一年之后龙翻身，

众职工 （唱）龙呀么龙翻身。

方石头 （唱）倘若捎话错半句，

众职工 （唱）倘若错半句呀，

方石头 （唱）从此俺不认这尊神，

众职工 对！

（唱）闪它个老龟孙！

哈哈哈……

安子娘 瞧这伙年轻人，一高兴差点儿把屋给我震塌喽！

梁昆仑 大娘，今天，俺就在你家包饺子过小年，乱上一通，行不？

安子娘 行，行啊！

梁昆仑 吃完饺子，我就送安子兄弟去医院。

安子娘 哎！

梁昆仑 （一撸袖子）同志们，择菜的择菜，和面的和面——

众 过小年喽！

[鼓声欢快。

[光渐收。

10

[机械轰鸣声

[一束光引钟大海持玫瑰花上。

钟大海 （喊）哎，看见叶记者了吗？

[脚手架上有人问："谁？"

钟大海 叶青叶记者！

[脚手架上答："在下面。"

[升光。叶青由地坑中爬上。

叶　青 钟书记，你找我？

钟大海　对，给。

叶　青　这是……

钟大海　今天情人节，这是梁总送你的礼物。

叶　青　（意外地）他送的？

钟大海　他还说，祝你节日愉快！

叶　青　是嘛！（忽觉失态）哦，谢谢钟书记！

钟大海　要谢，就谢梁总。（下）

叶　青　（且喜且忧地）咳！

（唱）小小一支玫瑰花，
惹得心头乱如麻。
片片叶瓣未曾语，
却似轻吐蕊中话。
莫非他，终是有缘缘未断，
旧情悄悄萌新芽？
莫非他，今日重拾往日景，
有意借此作应答？
期盼多年无回话，
回话时，花将开在别人家。
骂一句，你真傻，
怨一声，你早干啥？
这时候才掏心里话，
可这时候，又想见他又怕见他。

[马玲玲与女职工们各持一株玫瑰，追逐嬉闹上。

马玲玲　哎，叶青姐，你这玫瑰也是梁总送的吧？

叶　青　（一怔）也是？

马玲玲　啊，梁总送我们一人一支，也就是说——

女职工　我们拥有同一个情人！哈哈哈……

[叶青顿时不无失落。

马玲玲　叶青姐？

叶　青　哦，我……我在想，你们梁总还是蛮有人情味儿的。

马玲玲　那是，我就喜欢梁总这一点。

女　甲　我也喜欢梁总！

女　乙　俺也喜欢梁总！

[女职工争说喜欢。

马玲玲　哎哎哎，别光嘴上抹蜜，咱也得表示表示吧？

女　甲　送他巧克力！

女　乙　葡萄酒！

马玲玲　（一摆手）叶青姐，你说。

叶　青　最好的礼物么，就是好好工作。

女　甲　工作？

马玲玲　对呀。姑娘们，咱们就好好工作——

女职工　献给梁总！

叶　青　（唱）小小一朵——

女职工　（唱）一朵玫瑰花，

马玲玲　（唱）温暖陶醉了——

女职工　（唱）陶醉了姑娘家。

叶　青　（唱）无须多说半句话，

马玲玲　（唱）人人心底飞彩霞。

合　（唱）小小一朵玫瑰花，

温暖陶醉了姑娘家。

无须多说半句话，

人人心底飞彩霞！

[金玉堂捧一大束玫瑰上。

金玉堂　小青！

女　甲　哇！九十九朵玫瑰。

女　乙　羡慕死我了！

金玉堂　情人节快乐！

马玲玲　叶青姐，我们都嫉妒了。

叶 青 嫉妒就拿去。（将花一下掷向女职工）

［女职工哄抢跑下。

叶 青 谢谢你的花。（欲下）

金玉堂 哎，咱俩那事儿……

叶 青 （迟疑了一下）随你吧。（下）

［金玉堂兴奋地抬脚去踢石子，不慎一跤跌倒。

［切光。

11

［流动的车声人声。

［一束光渐亮，军人装束的梁昆仑手捧鲜花，翘首以待。

［升光。大学时的金玉堂跑上，见梁昆仑，收步，走近。

大学时的金玉堂 （热情地）嗨！这花儿真美，等人？

［梁昆仑看看他，点点头。

大学时的金玉堂 等叶青吧？

当年的梁昆仑 （又看他一眼）对。

大学时的金玉堂 她不会来了。

当年的梁昆仑 你怎么知道？

大学时的金玉堂 我是她同学。

当年的梁昆仑 不可能，刚才电话……

大学时的金玉堂 就是刚才，接完电话，又说不想见你了。

当年的梁昆仑 为什么？

大学时的金玉堂 她有男朋友了，大学同学，而且很棒。

［梁昆仑愣住，转身欲走。

大学时的金玉堂 哎，你这束花儿我还是可以转交的。

当年的梁昆仑 你就说……我祝福他们！（递花，下）

［叶青找上。

大学时的金玉堂 咳，走了。

大学时的叶青 走了？

大学时的金玉堂 他让我转告你一句话。

大学时的叶青 什么话？

大学时的金玉堂 他更欣赏的，是贤妻良母型的。哦，这是他最后一次送你的花儿。

[叶青接了花，忽又撇在地上，哭着跑去。

[金玉堂得意地一脚踢飞石子。

[切光。

12

[小车鸣笛，驶近，刹住。

[升光。金玉堂满面春风上，众职工迎面上。

职工甲 金副总。

金玉堂 哎。

职工乙 金副总。

金玉堂 啊。

职工丙 金副总。

[金玉堂斜眼瞅瞅，没吱声。

[众职工攀上脚手架。

金玉堂 （玩味地）金副总，副总？哼！

（唱）谁说，落地凤凰不如鸡？

待到开屏见高低。

谁说，龙困浅池遭虾戏？

一朝腾跃谁能敌？

能屈能伸大丈夫，

出水才看两腿泥。

人生得意两件事，

不几日，且看我洞房花烛夜，金榜题名时！

[职工甲由脚手架上跃下。

职工甲 金副总，出事儿了！

金玉堂　出什么事儿？

职工甲　那几根立柱，发现气泡儿。

金玉堂　就这？

职工甲　就这。

金玉堂　大惊小怪。那点事儿，我请甲方和监理方看过，结论是并无大碍。

［梁昆仑出现在脚手架上。

梁昆仑　若容忍“并无大碍”，就是自我毁灭！

金玉堂　那你说咋办？

梁昆仑　打掉重来！

金玉堂　损失呢？工期呢？谁来承担责任？

梁昆仑　我，还有你。

金玉堂　很遗憾，我没这雅量。（欲走又止）哦，给你透个信息，本人马上调总部当处长，而且分管贵公司。（扬长下）

梁昆仑　（沉默片刻）苏长伟！

［苏长伟跑上。

苏长伟　到！

梁昆仑　那几根立柱，立即返工！

苏长伟　是！

梁昆仑　延误的工期……

苏长伟　我玩儿命也给你抢回来！

梁昆仑　好！（二人下）

［冲击钻震耳欲聋地响起，渐弱。

［钟大海持手机上。

钟大海　哦，来了来了，你们在……

［纪检干部甲、乙上。

钟大海　（忙扣机迎上）哎呀呀，什么风把二位纪检大员给吹来了？

干部甲　无事不登三宝殿嘛。

钟大海　哦？

干部甲 有人检举，梁昆仑在竞标中涉嫌欺诈行贿。

钟大海 胡说八道！这纯粹是……

干部乙 诶，不要感情用事嘛。

钟大海 那也不能任人造谣中伤、栽赃陷害呀！

干部乙 大海同志，要相信组织。

钟大海 那，组织意见……

干部甲 停职，接受审查。

钟大海 （震惊地）什么？你们……就不怕让一个有作为的企业家寒心么？

干部乙 钟书记，请通知梁昆仑，立即到办公室谈话。（二人下）

[钟大海抄起一钢管砸向脚手架，金属的撞击声久久震荡。

[一旁，叶青闪出，若有所思。

[灯暗。

[有人悠然自得地唱："天上掉下个林妹妹……"

[一束光渐亮，金玉堂投入地且唱且舞。

[叶青走进光圈，冷眼旁观。

[金玉堂蓦地瞥见，收住。

金玉堂 （尴尬地）哦，你来了？

叶　青 继续。这么多年，我还没见过你这么精彩的表演呢。

金玉堂 嘿嘿，一时高兴。

叶　青 升官儿了，是吧？

金玉堂 你也听说了？

叶　青 我还听说，梁昆仑被停职审查了。

金玉堂 是嘛。

叶　青 意料之中？

金玉堂 不。

叶　青 不想知道为什么？

金玉堂 为什么？

叶　青 有人检举了他。

金玉堂　谁？

叶　青　你说呢？

金玉堂　哦……

叶　青　我知道。

金玉堂　你知道？

叶　青　那是实名举报。

金玉堂　你能看到？

叶　青　我是记者嘛。

金玉堂　（顿时慌了）小青，我、我没想……可是，他……

[叶青仰天大笑。

金玉堂　青，我没别的办法，他也太咄咄逼人了。

叶　青　（收住笑，泪却流下来）谢谢，谢谢你的坦诚！（转身欲走）

金玉堂　哎！咱们还……

叶　青　不是一家人，还是不进一家门吧。（又欲走）

金玉堂　等等！我……错在哪儿了？

叶　青　是我错了，我看错了一个人！（下）

金玉堂　（愣怔半晌，突然爆发般地）去吧！去找你的仑子哥吧！

[切光。

13

[板鼓声起，悲怆而沉重。

[一束光渐亮，梁昆仑奋力击鼓。

梁昆仑　（唱）急急风直敲得淋漓酣畅——

[突然，鼓槌脱手声骤歇。

[升光。

梁昆仑　（接唱）陡然间铿锵板鼓无声响，顿教人心潮逐浪倒海翻江！

叹人生如击鼓人鼓一样，

正忘情猛收煞好不惆怅。

想当初，不甘碌碌无建树，

毅然请缨搏一场。
自那时，一路闯关到今日，
小到大，弱到强，公司步步创辉煌。
纵然兼并陷困境，
铁龙人，东山再起又重光。
正该乘势策马上，
不料想，腾越之际下绊马腿上勒缰。
无妄之灾从天降，
莫须有竟成了罪名一桩！

[伴唱：压不住，心头激荡，
抚不平，满腹愤懑、满腹忧伤！

梁昆仑 （唱）梁昆仑，天大委屈可咽下，
怕只怕，荒唐闹剧不收场，
铁龙为之元气伤，
我胸中抱负尽付汪洋！

[叶青奔上，收步。

叶　青 仑子！

梁昆仑 （一震，猛转身）叶子！

叶　青 仑子哥！（扑过去抱紧）

梁昆仑 （忘情地）叶子！（忽想到什么，欲推）

叶　青 别，别离开我！

梁昆仑 不……

叶　青 仑子哥！
（唱）休说不，慢开腔，
莫教叶子再心伤。
当初哥去情缘断，
苦痛和泪心底藏。
多少年，音容笑貌未曾忘，
常忆初恋好时光。

多少年，听任命运来摆布，
违心交友愁绪长。
回头想来才知道，
仑子哥呀——
除却你，我宁做一个终生不嫁的老姑娘！

梁昆仑 不，你和他……

叶 青 别提他！他是……害你的小人！

梁昆仑 哦！可我……我还是不能……

叶 青 为什么？

梁昆仑 也许，我不该有家。我这人，死犟，干什么都不会轻易停下。所以，这辈子注定要磕磕碰碰大起大落，我不能给你……带来幸福。

叶 青 我不在乎。

梁昆仑 可我在乎。

叶 青 （流着泪）那我等，等你一辈子！

梁昆仑 叶子！

叶 青 仑子哥……

［二人一步步走近，猛地抱在一起。

［众职工神色黯然，簇拥着手提行李的苏长伟上。

梁昆仑 （不安地）长伟，你……

苏长伟 （强抑痛苦）梁总，我是来……向你告别的！

梁昆仑 告别？长伟，咋回事儿？

苏长伟 处里，来了调令。（递）

［梁昆仑急看，调令飘然落地。

苏长伟 我不想走，我舍不得铁龙，我离不开你……梁总！

梁昆仓 是我不好，是我连累了你。

苏长伟 不！

袁师傅 是金玉堂，是金玉堂成心拆咱的大梁啊！

［梁昆仑猛一咳嗽，揪住胸口勾下腰去。

[众惊呼。

梁昆仑 （喘息着，重又挺起身子）长伟，去吧，只要我活着，我就让你重返铁龙！

苏长伟 梁总！保重！（挥泪而别）

[伴唱：是骡子是马遛一遛，
是汉子做事你就别回头。
一路上，哪怕有九十九道坎儿呀，
腿别软呐眉别皱，有泪也只往那肚里流！

[光渐收。

14

[一根火柴擦亮，点了烟。少顷，一声叹息。

[一束光渐亮，钟大海凝神苦思，起身踱步。

[升光。

钟大海 （唱）听惯了，上吹下捧，
看惯了，前倨后恭。
说惯了，违心话语，
装惯了，唯命是从。
堂堂七尺男子汉，
习惯了，顺风扯旗、随波逐流、与世无争。
谁不想光明磊落，
谁又愿曲意逢迎？
谁不想直言不讳，
谁又愿忍气吞声？
可是这上下左右、人情世事，
哪容得，红脸汉子率真坦诚？
本打算，跑腿磨嘴帮仓子，
不料想，和稀泥，抹墙缝，
费尽了心思也抹不平。

老战友屡屡遭厄运，
直教人，阵阵憋气揪心疼。
我不讲，谁还讲？
我不吭声谁吭声？
犹豫再三主意定，
宁招灾，招灾也要说一通！

（欲下）

[老首长上，相遇，钟大海掉头不理。

老首长　嗬，还真是跟什么人学什么样，几天不见，脾气见长。

[钟大海仍不理。

老首长　既然填好了炸药，那就放一炮嘛。

钟大海　（霍地站起）老首长，仑子是你的兵，你的老兵，他是啥样人你难道不摸底、不清楚？他怎么不好？有什么错？就算他错，就算他错行吧，你至于用这种方式来对待他吗？

老首长　说完了？

钟大海　没完！他不就是有个性、个性强嘛，可正是这种个性才成就了一番事业，创立了一个企业！你可以不给他论功，不给他行赏，可这也不能构成他的罪过吧？你怎能听信一个没安好心的家伙的诬告？你，也太让人伤心了！（抹泪）

老首长　（沉了一下）还有吗？好，去把仑子叫来。

[叶青上。

叶　青　他病了。

老首长　哦？（叹口气）有些问题在没搞清之前，就得宁可信其有不可信其无。查查没事儿，很好嘛，这恰恰是对党负责、对同志负责。

叶　青　爸，我本想和你争论一番，可听了这话，再也不想争了。

老首长　为什么？

叶　青　咱们，就不是一个时代的人。（转身走去）

[老首长似有触动。

［梁昆仑拖着稍显虚弱的身子上，钟大海迎去。

梁昆仑　老首长。

老首长　仑子，你的身体……

梁昆仑　还行。

老首长　这就好。现在有块硬骨头，你想不想啃？

梁昆仑　在哪儿？

老首长　本市的航空大厦将是我省的最高建筑，我看，这事儿非你莫属。

梁昆仑　行，不过……

老首长　我决定再次放虎归山，并且立即调回苏长伟。

梁昆仑　谢谢老首长！

［一旁，钟大海摇头叹息。

老首长　仑子，再有几天我就到点了，退下来之前，我想跟你说句话：改改这脾气，不然，推完磨还挨磨棍。（下）

［“梁总！”马玲玲跑上

马玲玲　袁师傅他……查出病来了。

梁昆仑　什么病？

［马玲玲“哇”地声哭了。

［梁昆仑一惊，撒腿跑去。

［灯暗。

［追光下，袁师傅提简单行囊踽踽上。

袁师傅　（唱）半生家当拎手中，

只身别铁龙。

回望工地满眼泪，

欲悲又吞声。

多年来陪仑子离乡背井，

无力帮衬却关情。

他喜我高兴，

他忧我心疼。

两起两落仑子病，

也只能，夜夜守护到天明。
不承想，他病见轻我又病，
一病就定死生。
既成拖累无它用，
不如悄悄回渔村，莫教仑子多担惊。

[梁昆仑、钟大海、马玲玲奔上。

梁昆仑　袁叔！你……咋能这样走呢？

袁师傅　大伙儿都忙忙的，就别……

梁昆仑　怪我没照顾好你，我……走，我背你去医院！

袁师傅　仑子，那些正事儿就够你累的，别再为我分神了。

梁昆仑　不，这就是天大的正事儿！你为铁龙出过力、流过汗，是有功之臣。袁叔，咱走！（回身躬下腰去）

袁师傅　仑子！（含泪伏其背上）

[鼓声深情地击打着。

[收光。

15

[内声："哎，慢点儿慢点儿，靠右，靠右！"

[灯亮。苏长伟指挥着推来几面大鼓。竣工的建筑群上，有人在悬挂条幅。

[梁昆仑焕然一新上。

梁昆仑　长伟，准备好了吗？

苏长伟　放心，误不了领导剪彩。

梁昆仑　（看表）怎么没见钟书记，他呢？

苏长伟　可说呢，都这时候了，咋还不来？

梁昆仑　你忙吧，我等等。

[苏长伟带人下。

[钟大海提行李上。

梁昆仑　大海，你这是……

钟大海 仑子，再见吧。

梁昆仑 开什么玩笑？今天，不会是愚人节吧？

钟大海 不，不是。从感情上讲，我离不开你，可、可是……

梁昆仑 你真的要走？

钟大海 我知道你是条汉子，再难你都会走下去。可我不行，我经不起折腾，我招架不住了。仑子，好自为之吧！（勉强笑笑，撤身走去）

［梁昆仑五味杂陈，呆呆地立着，周围的光暗了下来。

［梁昆仑抬腿走向大鼓，握槌，重重地擂起。

［叶青推着轮椅上的袁师傅步入光圈。

袁师傅 仑子，又有心事了？

［梁昆仑点点头。

袁师傅 路还长着呢，真难的怕不只这些。

梁昆仑 可我，还想试试！

袁师傅 认准了，那就闯吧。好在咱海岛上出来的人，都是经过风浪的。

［海涛声，渐强，渐隐。

［袁师傅叹口气，示意叶青欲走。

梁昆仑 袁叔！

袁师傅 （摆摆手）还是叫我袁师傅吧。（离去）

［梁昆仑挥槌击鼓，一下下灯光亮起。

［几面大鼓随之擂响，鼓声激越。

［伴唱：是骡子是马遛一遛，

是汉子做事你就别回头。

一路上，哪怕有九十九道坎儿呀，

腿别软呐眉别皱，有泪也只往那肚里流！

［光渐收。

（剧终）

剧作家王新生其人其作

何玉人

新生是个极具个性且爱戏如命的剧作家，他说："我不为戏剧而生，却会为戏剧而死。"正如他笔下《天堂》中不惜以死抗争捍卫文化站的陈四眼，又似他创作的《大明悲歌》中为挽江山于即倒而甘背千古骂名的袁崇焕，颇具几分当代文人少见的殉道精神。

他创作颇丰，广涉京剧、吕剧、粤剧、汉剧、雷剧、扽腔、柳子戏、柳琴戏、五音戏、花灯戏、渔鼓戏、花朝戏等剧种，其《红雪》《诗娘》《大明悲歌》《沂蒙情》《云翠仙》《换魂记》《岭南圣母》《天堂》《草民老冤蛋》等，不仅以犀利的笔触、深刻的内涵、高扬的人文精神和独到的风格样式令山东、广东、云南等省的戏剧创作别开生面，也在全国引起巨大反响。专家们说："山东出了个很大胆的剧作家。""《红雪》是在戏剧界投下的一枚重型炮弹，是山东建国以来最好的一部戏，是真正的艺术品。""对于剧种的改革，具有颠覆性的里程碑式的意义。""老冤蛋让人想起鲁迅笔下的阿Q。""这是一部史卷，迟早要在戏剧史上留有位置。"

纵观其作品，或古或今，亦庄亦谐，无不直面现实，直指人性，并深刻揭示人性在特定环境中所必然带有的文化印记，无不彰显其灵动大气、细腻传神、厚重深邃、高古诗化、自成一家的创新理念与娴熟技巧。

《红雪》，一反传统样式，由三个朝代的三个女人的悲剧命运构成全剧，而三个女人则由同一演员饰演，时空交错，瞬间转换角色，看似互不关联，却分别从性爱、情爱和婚姻三个侧面，深刻揭示了封建文化的超稳定性，在给人以强烈的视觉冲击和心灵震撼的同时，留下无尽的思考。恰如专家评论："世界的裂缝从诗人心上通过。写的是那三个时代的女人，其实又何止是那几个时代、那几个女人呢？"①

《沂蒙情》，一改同类题材的旧有模式，写抗战却不见鬼子兵，不刻意编织情节的完整，只按人物的心路历程，逐一展示婆媳三人在血与火的大背景下人物性格的发展，从而折射出沂蒙女人乃至中华民族前仆后继、英勇不屈的精神，令人于当代的精神萎顿中，唤起久违的情感共鸣并得以精神高蹈。难怪专家称道："作为红色题材，它至少十年之内不可超越。"

《大明悲歌》，则一反同类题材的历史认知和人物定位，以独特的视角和深刻的思想穿透力，去着力刻画袁崇焕、崇祯、成基命乃至范文程几个深受中原文化熏陶的士人之间的性格碰撞与人性搏杀，最终，历史地造就了一代慷慨悲歌的英雄，使人于情感波涛的挣扎中深切体悟到古代文人宿命般悲剧命运的必然与缘由。

《草民老冤蛋》，则以独立成章又紧密相连的三个小戏连缀构成，从一个饱受欺辱人格扭曲的小人物入手，通过收礼、当选、告状等情节步步深入地揭示其在海选之际，以独有的近乎荒唐的方式所作的挣扎与反抗，"深刻揭示了当代农村的民主进程"，成功地为艺术画廊增添了一个独具光彩的艺术形象，也令人在会心一笑中感受到百变人生的沉重与希望。

更值一提的是，新生的作品剧团愿意演，观众喜欢看，深邃中充满机趣，诗化中又见平实，不仅屡获全国各类大奖，而且久演不衰。可以断定，其不少作品将会穿越时空走向更远。

新生，正如其名字一样，朴素而顽强，低调而功成！

（选自何玉人《新时期中国戏曲创作概论》）

---

① 李小青."世界的裂缝从诗人的心上通过"——大型戏曲《红雪》编后按[J].剧本.2003,（4）

跋

土味醒脾·焦灼深情·机趣谐谑

——剧作家王新生创作蠡测

李小青

与剧作家王新生相识，缘于本世纪初由中国剧协《剧本》月刊在辽宁举办的一次全国剧本创作改稿会，研讨的剧本包括王新生、邹星枢合作的吕剧《红雪》。

吕剧《红雪》读后，感到这是部让人眼前一亮的剧本。剧中人物形象有强烈的质感、人物命运跌宕多舛是编剧的功力所在，也是好“戏”的常有状态；这部戏醒目的更重要原因，则是因其更是一部纵向拓展了表现题材之可能性的地方戏曲剧目。所谓纵向拓展，是对剧中主人公命运悲剧没有停留在多舛的表象起伏，而是进行了深入的开掘。或者说，这部戏的创作没有满足于剧种本身擅长的家长里短、杯水风波，而是撇去生活这锅沸腾浓汤表面泛起的浮沫，让人直视沉到锅底的食材及作料，明了其或美味或膻腥的缘由，可说是这一艺术体裁的创作中少见的沉潜之作，闪耀着思想的慧光，带给读者的审美感受自是不同。改稿会上，专家意见两极，经过几番波折，吕剧《红雪》刊发于转年的《剧本》月刊。这部戏由滨州市吕剧团演出后，得到很高评价——龚和德老师评论道：“看似三个故事的叠加，但已不再是原有故事的含义，而是说三百年来还是那一道菜，封建文化尾大不掉”；王安奎老师认为吕剧《红雪》“对本剧种的改革具有颠覆性的、里程碑式的意义”；时任山东省文化厅副厅长周艺认为这是“1949年以来山东最好的一部戏”；这部戏在当年的省节术节上获得所有奖项的一等奖，不久后受邀参加中国剧协主办的第七届中国戏剧节，可惜因资金问题遗憾没能成行。后来，《红雪》被广东粤剧院移植，在广州、香港等地演出，当地媒体很关注，并引起轰动，口碑效应引发难得一见的情形：新马泰的粤剧迷们闻名专程乘飞机到羊城前来观看。

多年来遥感王新生的戏剧创作，所涉及的剧种、触及的题材，均颇为丰富。从剧种来说，不仅有山东的地方戏曲如吕剧、柳琴戏、五音戏、渔鼓戏、扽腔等，亦创作有京剧、粤剧、广东汉剧、花灯戏等剧种的剧本；从题材来讲，现实、民国、革命历史、古装、新编历史等都有创作。不同剧种、不同题材的剧目中，王新生笔下的主人公形象斑斓，心绪通透，每个情节变化的节点、命运转折的关键都被他铺垫得波澜起伏、安排得明明白白，让读者及观众或则以喜、或则以忧——这是他投入心血、焕发功力的所在之处。在现实生活中，听他叙述过面对不得不打交道者时的耿介、不擅变通乃至“不谙世事”般的措手不及，作为责编过他的出色剧本的熟人，不禁为他某些特定状况下的个人和作品的处境“捉急”和忧心。但转念也会释然，原因有二：一是顿悟到，有种艺术家的情商、智商只在作品中闪亮，灵光只在精神维度里照明，不舍得屈尊用来打量现实中因幽暗的人性带来的脚下泥泞；二是为人“捉急”也是需要“资格”的，反观自身，在某种人面前某类事之间不妥协、不变通、不委曲也可算得有过之。好在王新生的安身立命之本在于剧本创作，他的为人之道亦不在于睚眦必报，更不会逞一时口舌之利来给任何人“添堵”，这些都有违他厚道、德行与善良品格，是尤其值得敬重的。好在类似情形状况已经过去，当时也信总会烟消，而真正有价值的部分则不会云散，比如这本剧作集。

在当代剧作家中，王新生的写作有着鲜明的风格。本书收入的虽是他创作的部分剧本，但正如丹纳在《艺术哲学》中所说：“人人知道一个艺术家的许多作品都是亲属，好像一父所生的几个女儿，彼此有显著的相像之处。”本短文试图涉及王新生剧本创作的艺术特征之一二，纯属以蠡测海并期图抛砖引玉。

一是“土味醒脾”。其实在王新生为数不少的小戏创作中，这一特点尤为鲜明。当然一定与作品所涉及题材、人物的身份设定相关。如在未收入本书的渔鼓戏“郑板桥系列”、收入本书的“老冤蛋系列”中，都可谓俯拾皆是。在《老冤蛋当选》里，因老冤蛋意外当选村主任，妻子喜出望外，唱道：“谁说俺冤蛋不中用 / 一投票，一翅子飞到高枝儿上 / 亮晃晃大名他登头榜——/ 喜得俺，不年不节割刀肉 / 解解馋，吃它个满嘴溜溜光！”从这几句喜气外溢的唱段中，浓浓的乡土气息带着饱含负氧离子的润泽扑面而来，散发出来自土地的令人心安的愉悦，可谓土味十足；而老冤蛋对此的本能反应则是：“咳！放屁砸了脚后跟——邪门儿不？”他接着唱道：“胡闹、蹊跷、忒荒唐 / 秫秸秆子充房梁 / 老冤蛋哪是这块料 / 尿憋子打酒算哪一桩 / 全村顶数俺窝囊 / 受气包，咋成了香饽饽呀面干粮？”这唱词分明活化了这位常常不自信、善良乃至有时懦弱因而显得“窝囊”的老冤蛋，可谓十足醒脾。不仅王新生创作的小戏里，即便大戏中，这样的段落也常因情由境而生。如吕剧《大河开凌》的男主角迷糊在被比他生活更凄惨的灾民围困时：“哎各……各位，恁瞅瞅，这肚皮瘪着、肋条支着，兜里统共俩窝头，俺也是裤不上袄不上的扛活儿的呀！”迷糊的这两句话，不是那个民不聊生社会背景下的人物，说不出来；不是对最底层贫穷农民抱有蚀骨之痛的编剧，写不出来。这与剧作家的生活经历和积累、乡土情结、对那片土地上穷苦大众血脉相连的情感以及对语言的天赋、敏感有关，而随着历史的车轮滚滚向前，某种程度上来说，这种“土味”“醒脾”的语言，很难具有可复制性。

其实，王新生剧作中人物语言不仅“土味醒脾”，也能做到“一戏一格”：譬如写到现代戏中的文化人（《天堂》中的文化站长老陈），写到历史上的文学家（《长白寒儒》的范仲淹）、国之栋梁（《大明悲歌》的袁崇焕）、诤臣（《游百川》中的游百川）等，都有不同的笔墨，风味不同地文采斐然着。本书中均收，不一一例举。

二是焦灼深情。所谓深情，应该是那种比爱更重、比喜欢更长远的牵系；而所谓焦灼，在王新生创作的尤其两部新编历史剧的文本中，体现得尤为突出，其一是第十六届中国戏剧节的入选剧目京剧《游百川》；其二是获得中国戏剧奖 · 曹禺剧本奖的粤剧《大明悲歌》。

谈起京剧《游百川》的创作，其实原本是挖掘当地历史文化名人的命题作文，在前期搜集素材的过程中，剧作家进入了“从要我写到我要写”的“套路”中。在剧中，对于凭良知尽职尽责将面临险境、得过且过见风使舵可安享太平生涯的状况，夫人周氏劝游百川：“抚琴去吧——”游百川心思重重：“欲将心事付瑶琴？呵呵！若人人推聋作哑，个个远避风头，那这大清……”夫人提醒：“大清是皇上的！”游百川脱口而出：“也是百姓的呀！当初建园，历五代、经百年，耗资庞巨。而今国运不昌，民生凋敝，若强力重修，势必朘削穷民，动摇社稷。我……我一朝廷命官，怎能视若罔闻不吭一气？”这里不仅有文人一片为国为民的深情，更有一位负责任有良知官员的焦虑乃至焦灼和揪心。再如粤剧《大明悲歌》中那最精彩也最沉重的段落：君臣雪夜相见，在崇祯尚未意识到之时，袁崇焕已预知自己“命数已尽，在劫难逃”。在崇祯的追问下，袁崇焕说出原因：一是“纵敌入关、媚和通贼”之传说，“总要有人领罪”；二是“大明之危，危不在外敌入侵，而危于世风日下、人心涣散”；三是即便自己“背骂名千刀剐 / 国人啖肉共声讨”，但或许亦有可能“籍此激得民心聚 / 可换来，千秋万代、如日中天的大明朝”。在剧中该段落，袁崇焕的两个推演一个判断，事实证明了两个半，最后半个是落空了的：他的牺牲、他“背骂名”遭凌迟的民族之痛、他被“啖肉”的国人之耻，远远换不来“千秋万代，如日中天的大明朝”！其实这是剧作家与笔下人物心灵共振的心血倾吐，也痛心也疾首，更在赤诚深情中弥漫焦灼，给后人烛照主人公所作所为的精神海拔！其实这两部剧目本书也有收入，但忍不住“画重点”与大家分享。

三是机趣谐谑。其实这是地方戏曲作者几为本能的看家本领，也是地方戏曲之所以生生不息的重要因素之一。像王新生在五音戏《云翠仙》中所写：“一部聊斋半部狐……孤愤却做笑谈出”是机趣的一种；还有如《大河开凌》中对要去找“姓马的大胡子”的地主们的描摹是谐谑的一类；还有如小戏《老冤蛋》系列设置的人物行为的夸张而不离性格逻辑，还有像《云翠仙》里的言来语去的对话：

“功名？功名是什么东西？”“它是……嗨，它本来就不是个东西。”“不是东西，怎还撇舍不下呢”……在王新生的剧作中，无论大戏小戏，这种种机趣谐谑经常会与读者观众不期而遇，意外之喜、会心一笑，是观众接受美学中不可或缺的小确幸。

这篇文字为本书之“跋”。前面曾提及试图以此涉及王新生剧本创作的艺术特征之一二，纯属以蠡测海并期图抛砖引玉。的确，王新生剧作中还有很多值得赏析之处，如他的小戏曲。看过《老冤蛋》系列，曲六乙老师说：“这个戏让人含着泪笑，笑着掉泪”；王安奎老师评价“老冤蛋是一个全新的艺术形象，让人想起鲁迅笔下的阿Q”；周光老师认为“新生用三个小戏写了当代农村民主进程，刻画了独特而典型的农民形象，虽是小戏系列，但也可说是时代画卷中的重要局部，在戏剧艺术长廊会留下相应的位置。”或许，这与王新生在戏剧创作中追求的“……从人物出发，同时揭示其在特定历史环境中的文化印记”相关。

对于本书尚未收入的小戏曲《郑板桥》系列，黄心武老师曾感叹：“小戏曲创作能搞得这么精致、这么有深度不容易。据说，三个郑板桥小戏救活了一个剧种（渔鼓戏）、一个剧团（沾化渔鼓戏剧团），很钦佩；”温大勇老师评价："新生是个大编剧，是整个小戏曲创作中最成熟、最有成就的编剧。《郑板桥》系列很完整，不落俗套，好看而有味道。"

关于王新生的戏剧创作，正如马也老师谈道："王新生是中新代有思想、有实力的剧作家。"确实，王新生的剧本有很多话题值得拿出来说道说道：他笔下不同时期的农村生活、草根人物，不同年代、地域、文化背景下的女性形象，不同着力点的历史文化名人的再塑造等，其中体现出的戏曲艺术的感染力和思想的分量，都很值得关注、思索与探究。

纸短话长，就此打住。